Margaret Forster
Das Vermächtnis meiner Mutter

Margaret Forster
Das Vermächtnis meiner Mutter

Roman

Aus dem Englischen
von Roseli und Saskia
Bontjes van Beek

Arche

Die englische Originalausgabe erschien 1999
u. d. T. *The Memory Box*
bei Chatto & Windus Limited, London

Umschlag unter Verwendung eines Fotos von Louis Vuitton
aus: Alexis Gregory, *The Golden Age of Travel.*
Rizzoli, New York
Satz: Greiner & Reichel, Köln
Druck, Bindung: freiburger graphische betriebe, Freiburg
Printed in Germany
ISBN 3-7160-2258-6

Für Joan White, am Loweswater

Erstes Kapitel

Susannah war offenbar vollkommen, wie es den Toten so häufig nachgesagt wird. Sie war angeblich vollkommen schön, vollkommen gut und in ihrem verhältnismäßig kurzen Leben vollkommen glücklich. Dieser letzte Punkt war der Grund, weshalb ich nichts mit ihr zu tun haben wollte. Schon als Kind erschien mir der Gedanke, »vollkommen glücklich« zu sein, absurd. Wie konnte irgend jemand – außer er war ein Dummkopf – vollkommen glücklich sein? Ich stellte sie mir daher mit einem ewigen Lächeln in ihrem selbstgefälligen Gesicht vor. Mich schauderte bei dem Gedanken an diese Frohnatur, und ich wollte nichts von ihr wissen. Sie hätte mich nicht gemocht. Mich würde niemand je als irgendwie »vollkommen« (es sei denn als vollkommene Nervensäge) bezeichnen, und schon gar nicht als »vollkommen glücklich«. Auf meinem Gesicht ist eher ein Stirnrunzeln zu sehen als ein Lächeln. »Sie ist so ernst«, sagen die Leute, als ob es ein Verbrechen wäre, ernst zu sein. Und von Natur aus bin ich nicht gerade sonnig, sondern ziemlich zynisch. »Wie mißtrauisch du bist«, sagen alle. Stimmt. Ich bin mißtrauisch und wenig spontan.

Ganz anders Susannah. Sie war offenbar eine wunderbar spontane Person. Es hieß, sie sei mit offenen Armen auf das Leben zugegangen, immer fröhlich und optimistisch. Man hat mir erzählt, sie sei bis zu ihrem Tod glücklich gewesen, alle hätten ihre Heiterkeit bewundert. Ich glaube kein Wort davon. Ich denke, man hat dieses Bild erfunden, weil man unnötigerweise versuchte, mich zu trösten. Wie konnte sie, obwohl sie wußte, daß sie bald sterben würde, glücklich sein, wo sie doch erst einunddreißig war und ich, ihr Baby, ihr einziges und heißersehntes Kind, noch keine sechs Monate alt? Beweisen Sie mir, daß eine solche Frau glücklich war, und ich beweise Ihnen, daß sie nicht ganz bei Trost war. Aber niemand hat je mit mir offen über die Umstände dieses eindeutig unglücklichen Todes gesprochen. Sie scheinen bei der allgemeinen Betrachtung ihres Lebens vergessen worden zu sein – eine Art Tribut, wie ich vermute. Vielleicht war ihr Tod ja für alle, die sie liebten, zu tragisch, um darüber reden zu können. Wie sich herausstellen sollte, galt das nicht für mich. Ich war nur etwa ein Jahr ohne Mutter, und selbst in dieser Zeit hatte ich eine Großmutter und mußte nicht ohne mütterliche Wärme auskommen. Fast immer bin ich von den liebenden Armen einer Frau gehalten, von einer tröstenden Mutterfigur geküßt und geherzt worden, die mir Lieder vorgesungen hat. Ich habe nie, auch nur im entferntesten, die Liebe einer Mutter entbehrt.

Mein Vater hatte Glück. Gewiß, er trauerte um seine junge glückliche Frau, aber er war selbst noch jung und attraktiv und liebenswürdig und verliebte sich rasch wieder und heiratete. Ich bin sicher, daß er in all den Monaten und Wochen und Tagen und Stunden furchtbar gelitten hat, ohne allerdings völlig zu verzweifeln. Susannahs Mutter, meine hingebungsvolle schottische Großmutter, kümmerte sich, unterstützt von ihrer anderen Tochter, meiner Tante Isabella, um mich, während er weiterhin seiner Arbeit nachging und sein eigenes Leben führte. Er verkaufte das Haus, in dem er und Susannah gelebt hatten, und mietete eine kleine Wohnung in Edinburghs New Town. Die Woche über wohnte er dort, an den Wochenenden besuchte er mich bei meiner Großmutter. Dieses System funktionierte gut, zur Zufriedenheit aller, wie mir scheint, jedenfalls war es nur von kurzer Dauer. Bald nach Susannahs erstem Todestag heiratete er Charlotte, und ich bekam eine neue Mutter, die mich innig liebte und die auch ich schon bald innig liebte. Er ist seitdem immer glücklich gewesen und hat sich, soweit sich dies, auch von mir, überhaupt beurteilen läßt, nie wieder nach seiner verstorbenen ersten Frau gesehnt.

Ich habe das Gefühl, als hätte die Existenz der Andenkenschachtel ihn von Anfang an irritiert. Er gab sie mir erst an meinem einundzwanzigsten Geburtstag, obwohl sie die ganze Zeit über in unserem Hause gewesen war und nur darauf gewartet hatte, von mir geöffnet zu werden. Charlotte wußte natürlich von ihr, aber weder sie noch mein Vater konnten sich dazu durchringen, von ihr zu sprechen. Ich glaube, sie dachten, daß so etwas makaber sei, und fürchteten sich vor ihrem Inhalt. Sie wußten beide nicht, was in der Schachtel war, und obgleich Susannah immer als so glücklich gegolten und demnach höchstwahrscheinlich nichts Erschreckendes hineingetan hatte, konnten sie nicht mit Sicherheit sagen, wie ich auf das Vermächtnis reagieren würde. Ich war ein ausgesprochen phantasievolles Kind, und sie wußten einfach nicht, wie sie diese Andenkenschachtel in mein Leben einführen sollten. Es war eine zu schwerwiegende Sache, um sie auf die leichte Schulter zu nehmen, wenn man sie aber nicht auf die leichte Schulter nahm, hätte mich ihre Tragweite erschrecken können. Susannah hatte keine Anweisungen hinterlassen, wann sie mir ausgehändigt werden, in welchem Alter ich sie bekommen sollte. Sie hielten es für das beste zu warten, bis ich erwachsen war, und sie mir an meinem achtzehnten Geburtstag zu überreichen. Damals war ich aber nicht zu Hause, und so schoben sie die Übergabe weiter hinaus.

Ihre Besorgnis erscheint mir heute seltsam. Wovor hatten sie eigentlich Angst? Dachten sie, ich könnte schockiert sein, und wenn ja, warum? Es kommt mir bei meinem Vater wie ein überraschender Mangel an Vertrauen vor. Charlotte hatte Susannah nie kennengelernt, ihr kann man dieses Zögern also nicht vorwerfen. Die Schachtel, oder vielmehr der Inhalt der Schachtel, war offenbar ein Geheimnis gewesen. Susannah hatte es für sich behalten, und vielleicht war mein Vater deswegen verletzt oder irgendwie beunruhigt gewesen. Es sei immer mehr zu einer beinahe fieberhaften Obsession geworden, was sie in die Schachtel tun solle, hinzu sei eine schreckliche Überspanntheit gekommen, so jedenfalls erzählte mein Vater es Charlotte, die es später mir erzählte. Sie bemerkte dabei, daß die Schachtel schließlich für Susannah die Zukunft verkörpert habe, die ihr geraubt wurde, deshalb sei es nur verständlich, wenn sie streng über sie wachte, sie ganz für sich behielt. (Charlotte war in dieser Hinsicht vorbildlich, sie versuchte immer, sich in andere hineinzuversetzen.) Jedenfalls fühlten sich beide unwohl, ja fast schuldig, als sie mir am Morgen meines einundzwanzigsten Geburtstags endlich davon erzählten. Sie waren sichtlich erleichtert, als ich nur wenig Interesse bekundete. Ich sagte, ich wolle sie nicht öffnen oder auch nur sehen.

Das war gelogen und doch nicht gelogen. Ich habe immer gespürt, was meinen Eltern gefiel, und während ich als Kind mein Wissen oft gezielt eingesetzt habe, um sie zu quälen, war ich inzwischen eher darauf bedacht, ihnen zu gefallen und eine stürmische Jugend wiedergutzumachen. Vor allem wollte ich meiner Mutter alles recht machen. Ich beobachtete ihr Gesicht, als ich sagte, für mich sei der Gedanke, ein Geschenk aus dem Jenseits zu erhalten, unheimlich. Ich sah die Anspannung aus ihren Augen weichen und hatte das Gefühl, eine Prüfung bestanden zu haben. Ich gehörte zu Charlotte, immer schon, und würde Susannahs Ansprüche nicht zur Kenntnis nehmen. Selbst mein Vater wirkte erleichtert, obwohl es mir rückblickend ein wenig feige vorkommt, daß er mich nicht zu überreden versucht hat, schließlich wußte er als einziger, was die verflixte Schachtel Susannah bedeutet hat. Aber er war sichtlich froh, daß das Thema abgehakt war, und dachte vielleicht, es sei richtig gewesen zu warten, bis ich erwachsen war, bevor er überhaupt davon anfing. Sollte dies der Fall gewesen sein, bin ich mir allerdings nicht sicher, ob er damit recht hatte – wenigstens nicht auf lange Sicht. Die Schachtel weckte in Wahrheit meine Neugier, auch wenn ich sofort versuchte, sie zu unterdrücken. Mit zehn Jahren oder so wäre mir das wahrscheinlich nicht gelungen. Ich bin überzeugt, die Vorstellung, sie könne alle möglichen Schätze enthalten, hätte mich zu sehr aufgeregt; und mit fünfzehn wäre sie mir dann unwiderstehlich romantisch vorgekommen, und ich hätte vielleicht sogar geweint, wenn ich getrocknete Rosen oder ähnliches zwischen den Seiten eines bedeutungsvollen Gedichts gefunden hätte. Mit einundzwanzig war ich jedoch sehr egozentrisch, meine Neugier hielt sich in Grenzen, und ich konnte sie leichter verbergen. Bei dem Gedanken an eine sterbende Frau, die überlegte, was sie für mich in eine Schachtel tun könne, wurde mir eher übel. Und außerdem hatte die ganze Idee mit der Schachtel etwas Sentimentales an sich, das mich abstieß.

Zweifellos zwang sie mich aber, an Susannah zu denken. Während ich heranwuchs, dachte ich nur wenig an sie, da ich mir wünschte, daß Charlotte meine richtige Mutter sein sollte und sie allen Beweisen zum Trotz auch dafür hielt. Ich war jedesmal wütend, wenn jemand sie als meine Stiefmutter bezeichnete, auch wenn Charlotte selbst mich dann beruhigte und sagte, das sei sie nun mal, ob es mir gefalle oder nicht. Glücklicherweise kam das nur selten vor, weil kaum jemand wußte, daß Charlotte nicht meine leibliche Mutter war. Als mein Vater sie heiratete, war er von Edinburgh nach Oxford gezogen, und alle, die ihn dort kennenlernten, nahmen an, Charlotte sei wirklich, wie ich sie nannte – meine Mutter. Nur selten merkte jemand, daß sie es nicht war, obwohl die Wahrheit nicht bewußt vertuscht wurde. Hätte er genau hingesehen, würde er auf den Fotos Susannah entdeckt haben, die mich, nur wenige Wochen alt, in unserem Haus auf dem Arm hielt. Hätte man meine Eltern gefragt, würden sie, ohne zu zögern, geantwortet haben, das sei Susannah, die erste Frau meines Vaters, die tragischerweise gestorben sei, als ich noch ein Baby war. Ich war es, die manchmal log. »Eine Verwandte«, sagte ich dann und schämte mich nur ganz vage.

Es gefiel mir gar nicht, ständig an Susannah erinnert zu werden, vor allem von meiner Großmutter, als ich noch klein war. Es irritierte mich, Geschichten über sie erzählt zu bekommen oder Vergleiche zu hören wie: »Du bist genau wie Susannah, sie lachte genauso wie du.« Sofort hörte ich auf zu lachen und versuchte, solange ich daran dachte, bewußt anders zu lachen. Was ich hören wollte, war: »Seltsam, du ähnelst Susannah überhaupt nicht«, oder noch lieber: »Seltsam, du bist genau wie Charlotte.« Wirklich seltsam war, daß es eine Zeitlang, als ich ein pummeliges Kind war, bevor ich groß und schlaksig wurde, tatsächlich eine Ähnlichkeit zwischen Charlotte und mir gab und nicht die geringste mit Susannah. Sie war blond, hatte eine helle Haut, blaue Augen und war ziemlich klein. Ich hatte dunkles Haar, braune Augen und eine eher olivfarbene Haut – genau wie Charlotte (aber auch, was ich nicht bedachte, wie meine Großmutter väterlicherseits und mein Vater). Ich triumphierte förmlich, als meine Großmutter kurz vor ihrem Tod eher traurig sagte: »Du hast nichts von Susannah, du schlägst ganz nach der Familie deines Vaters.« Ich war froh. Ich wollte nicht sein wie eine Tote. Wenn ich schon »wie« jemand in unserer Familie sein mußte, dann lieber wie jemand, der am Leben war.

Mein Vater und Charlotte hatten keine Kinder. Sie hatten sich welche gewünscht, Charlotte sogar brennend, aber sie bekamen keine. Sie waren traurig darüber, und ich auch. Selbstverständlich (jedenfalls meine ich, es sei selbstverständlich) wünschte ich mir Brüder und Schwestern, aber jedesmal wenn Charlotte sagte, wie glücklich sie sei, mich zu haben, lächelte ich affektiert vor Freude und Stolz. Wenn ich wie jetzt zurückblicke, bewundere ich sie, wie tapfer und vernünftig sie mit ihrer eigenen Kinderlosigkeit umging. Sie machte kein Problem daraus. Es war schwer für sie, nicht einmal ein Kind zu haben, wo sie sich doch eine ebenso große Familie gewünscht hatte wie die, aus der sie kam. Aber da ich seit meinem achtzehnten Monat bei ihr lebte, war ich wahrscheinlich klein genug, so daß sie wie ich das Gefühl haben konnte, wirklich meine Mutter zu sein. Hätte ich sie abgelehnt, oder hätte sie mich einfach nicht lieben können, wäre es anders gewesen, aber wir wurden sozusagen unzertrennlich. Sogar ihre Familie schien zu vergessen, daß ich nicht ihr eigenes Kind war. Sie hatte zwei Schwestern und zwei Brüder, die insgesamt elf Kinder hatten, und ich wurde wie selbstverständlich in diese Horde von Vettern und Cousinen aufgenommen. Sie alle kamen regelmäßig zu Besuch. Ich denke, mein Vater fand diese bisweilen ausgedehnten Besuche (einer der Brüder war bei der Royal Air Force, und wenn er irgendwo weit entfernt stationiert war, verbrachten seine Kinder ihre ganzen Ferien bei uns) etwas anstrengend, aber meine Mutter hatte es gern, wenn das Haus voller Kinder war, und zwar nicht nur, weil ich dann Spielkameraden hatte.

Es war ein großes Haus mit viel Platz. Mein Vater hatte es eigenhändig umgebaut und sich alle möglichen Dinge einfallen lassen, um es zu modernisieren, ohne die attraktiven Elemente des Edwardianischen Stils zu zerstören. Von außen konnte man sich kaum vorstellen, wie die dunklen Räume so hell hatten werden können, es sei denn, man war Architekt (wie er). Ich liebte dieses Haus. Jedes andere wirkte dagegen langweilig oder eng, klaustrophobisch und überladen, während unseres ganz und gar aus hellen Holzfußböden und Oberlichtern und Türen bestand und weiß gestrichen war. Es war geräumig und sparsam möbliert und voller Pflanzen. Umgebaut in den frühen siebziger Jahren, war es mit seinem skandinavischen Stil seiner Zeit oder vielmehr dem, was später

Mode wurde, voraus. Meine schottische Großmutter fand es ungemütlich, kalt und karg, aber die Vettern und Cousinen bewunderten es. Der obere Stock war für sie in eine Art Schlafsaal umgebaut worden, mit Küche und Bad, und sie trennten sich am Ende der Ferien nur schwer davon. Ich schlief mit ihnen dort oben, als ich mich noch darüber freute, zu dieser Riesenbande zu gehören.

Ich weiß nicht, was aus diesem Gefühl geworden ist. Ich weiß nicht einmal, was aus den meisten dieser Vettern und Cousinen geworden ist. Nachträglich wird mir klar, daß die Nähe ganz allein Charlottes Werk war – sie schuf die Atmosphäre, in der solche Beziehungen gedeihen konnten. Mir selbst überlassen, bin ich mit niemandem von ihnen in Verbindung geblieben bis auf Rory, und Rory gehörte nie zu dieser Bande. Er kam allein zu Besuch oder mit seiner Mutter und hatte nichts mit Charlottes Familie zu tun. Er war mein einziger Vetter von Susannahs Seite, der Sohn ihrer Schwester, meiner Tante Isabella. Rory sah aus wie Susannah, was unsere Großmutter zu ständigen Kommentaren veranlaßte. »Seitengene«, sagte sie, ohne daß ich verstand, was sie damit meinte. Ich wußte nur, daß ihm im Unterschied zu meinen anderen Vettern Sport und laute Spiele nichts bedeuteten, außerdem flößte er mir nicht denselben Respekt ein wie sie. Aber es dauerte lange, bis ich mich stärker zu ihm hingezogen fühlte als zu den anderen. Als ich sieben oder acht Jahre alt war, beeindruckte mich Rorys sogenannte Unverfrorenheit jedoch immer mehr, und ich war fasziniert von ihm.

Es war Rory, der den Zugang zum Dachboden entdeckte. Ich hatte nie erfahren wollen, was sich unter dem Dach unseres Hauses verbarg, obgleich ich sehr wohl wußte, daß da etwas über dem oberen Stockwerk war. Hin und wieder kamen alte Möbel ins Haus, Dinge, die meiner Mutter oder meinem Vater vermacht worden waren, und dann seufzten sie und sahen einander an und fragten sich, ob sie das betreffende Stück lieber verkaufen oder auf den Dachboden stellen sollten. Gewöhnlich beschlossen sie, eine angemessene Zeit zu warten, bevor sie sich davon trennten, und dann kam jemand und half meinem Vater, es die Treppe hinaufzuschleppen. Rory interessierte sich brennend für das, was dort oben verstaut war. Er meinte, womöglich gäbe es dort einen verborgenen Schatz, den wir entdecken könnten. Ich lachte ihn aus, er käme auf dumme Gedanken, weil er »Kinder«-Bücher lese (während ich mir etwas darauf einbildete, praktische »How-to-do-dies-und-das-Bücher« zu lesen). Er ließ jedoch nicht locker, malte sich weiter aus, was da wohl über unseren Köpfen sein mochte, und klang dabei so überzeugend, daß ich trotz meines ausgeprägten gesunden Menschenverstandes beinahe daran zu glauben begann, dort oben könnten tatsächlich wunderbare Dinge verborgen sein, die, längst vergessen, nur darauf warteten, entdeckt zu werden. Schließlich stimmte ich ihm zu, daß es sich lohnen würde nachzusehen, und sagte, ich würde meinen Vater fragen. Das war jedoch das letzte, was Rory wollte – er wollte, daß alles geheim blieb, und ein Abenteuer daraus machen und zog mich irgendwie mit in sein Vorhaben hinein.

Er bestand darauf, daß wir nachts auf Entdeckungsreise gehen sollten. Wir schliefen im oberen Stock. Da wir nur zu zweit waren, hallte der Raum wider, und wir kamen uns inmitten all der Betten ziemlich verloren vor. Aber Rory mochte das, er mochte es, wenn alles ein wenig unheimlich war. Wir schliefen nebeneinander, und er sagte, er wolle mich wecken, wenn es an der Zeit sei. Das war allerdings nicht nötig. Ich konnte nicht schlafen und sehnte mich danach, daß er mich anstoßen und zu mir sagen würde, wir sollten gehen. Als er es endlich tat – er hatte gewartet, bis die Geräusche unten im Haus verrieten, daß meine Eltern zu Bett gegangen waren –, sprang ich vor Aufregung sofort aus dem Bett. Rory übertrieb jede einzelne Bewegung, blieb alle paar Schritte theatralisch stehen, um zu lauschen, und ich erinnere mich noch, wie mein Herz lächerlich heftig pochte. Er führte mich zum anderen Ende des riesigen Raumes, die Stufen hinauf, und zeigte dann nach oben. In der Mitte der hölzernen Decke gab es einen Griff, der weiß gestrichen und ziemlich deutlich zu erkennen war. Er hatte vorher einen hochbeinigen Hocker geholt, den ich jetzt festhielt, während er darauf kletterte und am Griff zog. Wie von selbst und ohne jedes Geräusch entfaltete sich eine Metalleiter.

Wir gelangten in zwei Dachkammern, die durch eine dünne Wand mit einer kleinen Tür voneinander getrennt waren. Ich vermute, daß diese Sperrholzwand genau unter der Dachkehle verlief. Die Wand selbst war nur etwa eineinhalb Meter hoch und die Tür winzig klein, so daß wir uns beim Hindurchkriechen wie Alice im Wunderland fühlten (ich konnte mir nicht vorstellen, wie ein Erwachsener dies hätte schaffen sollen, aber vielleicht brauchte man das ja auch gar nicht; vielleicht wurden die beiden Dachkammern jeweils von verschiedenen Seiten betreten). Rory hatte eine Taschenlampe und ließ den Lichtstrahl durch beide Dachkammern wandern. Sie waren voll alter Möbel, vor allem Stühle aus dunklem Holz mit Samtpolstern und kleine Tische mit zierlichen Beinen. Es gab jedoch auch Truhen und Kisten, und wir spähten in einige hinein, sie waren aber nur mit Brokatvorhängen und muffigen alten Kleidungsstükken vollgestopft. Ich war sehr enttäuscht, und nicht einmal Rory konnte mein Interesse wachhalten. Ich kletterte trotz seines Protestes die Leiter hinunter und überließ es ihm, die Bodenluke zu schließen. Es gelang ihm nur mit großer Mühe.

Was wir dort oben allerdings übersahen, war die Andenkenschachtel. Meine Schachtel. Sie stand die ganze Zeit über in der hinteren Dachkammer, die ich, ungeduldig, wie ich war, nicht gründlich genug durchsucht hatte. Rory hatte mit seiner Taschenlampe überall hingeleuchtet, aber wir hatten nur Bücher gesehen, Dutzende dicker Bände, die an den Wänden entlang aufgestapelt waren, sowie zahllose riesige Rollen, anscheinend aus Papier (heute weiß ich, daß es sich um Landkarten und Architekturentwürfe handelte). Ich entdeckte die Schachtel, die hinter diesen Stapeln verborgen war, erst, als ich das Haus verkaufte. Ich mußte mich damals überwinden, die Dachkammern wie alle anderen Räume auch genau anzusehen, um zu entscheiden, was mit jedem einzelnen Gegenstand geschehen sollte.

Und das war erst vor gut einem Jahr, einem schrecklichen Jahr, zu schrecklich, um davon ausführlich zu erzählen, weshalb ich es nicht tun werde. Mein Vater, erst fünfundsechzig, und meine Mutter – also Charlotte –, erst neunundfünfzig, starben nacheinander innerhalb von nur acht Monaten. Der Schock war quälend, ich war außer mir. Dieser doppelte Schlag schien mir eine ungeheure Ungerechtigkeit zu sein, viel schlimmer als Susannahs Tod damals, als ich noch ein Baby war.

Ich weiß nicht, wessen Tod mich tiefer getroffen hat. Vermutlich der meiner Mutter, weil er sich so lange hinzog und ich Zeit hatte, mir über das, was geschah, klarzuwerden, aber der meines Vaters war unfaßbarer und in mancherlei Hinsicht schmerzlicher. Er starb als erster, an einem Herzinfarkt, ohne jede Vorwarnung. Meine Mutter lebte in der kurzen Zeit zwischen dem Tod meines Vaters und der Endphase ihrer eigenen Krankheit weiter in unserem Haus. Sie hatte nicht das Bedürfnis, es zu verkaufen, fortzugehen und in ein kleineres Haus zu ziehen, wo sie nichts an ihn erinnern würde. Sie wollte vielmehr an ihn erinnert werden: Sie empfand jede Erinnerung als Trost, ihren einzigen Trost, abgesehen von mir. Vielleicht wäre sie mit zunehmendem Alter irgendwann gezwungen gewesen umzuziehen. Ich hätte sie möglicherweise sogar zu überreden versucht, denn das Haus war für eine Person viel zu groß, aber es war ihr nicht vergönnt, alt zu werden. Sie starb im Krankenhaus, ganz langsam, und es blieb mir überlassen, über unser geliebtes Zuhause und die Dinge darin zu verfügen.

Es stand mir frei, das Haus selbst zu bewohnen, aber das kam für mich nicht in Frage. Nicht weil es zu groß war, sondern aus anderen Gründen. Das Haus stand in Oxford. Ich wollte nicht in Oxford leben, so verlockend es auch für viele Leute sein mag. Der Aufenthalt in diesem Haus, nachdem sie und mein Vater gestorben waren, war für mich eine einzige Qual. Die Erinnerungen, in die sie sich wie in eine warme Dekke gehüllt hatte, stachen mich wie ein härenes Gewand. Wenn ich es gezwungenermaßen betrat, um hin und wieder Sachen für meine Mutter zu holen, als sie im Krankenhaus war, überwältigte mich jedesmal eine Sehnsucht nach meinen Kindertagen mit meinen Eltern, als ich von ihnen geliebt wurde und sie liebte. Die ganze Zeit bahnte ich mir meinen Weg durch Heerscharen nicht etwa von Geistern, sondern von Gefühlen. Wenn ich nur den Schlüssel im Schloß umdrehte, wurde mir schon mulmig zumute, und sobald ich das Haus betreten und sich die Haustür mit jenem unverkennbaren Schnappen und dem leisen Klappern des Briefkastens aus Messing hinter mir geschlossen hatte, verspürte ich eine unangenehme Aufregung. Die Macht von Häusern hat mich schon immer verwirrt – daß bloße Backsteine und bloßer Mörtel so viel Atmosphäre besitzen, ist mir unheimlich.

Nach dem Tod meiner Mutter war es für mich am schwersten, unser einstiges Zuhause zu betreten, viel schwerer noch, als ihr Begräbnis zu organisieren. Ich trauerte, wie ich es nie zuvor getan hatte. Einen ganzen Monat lang mußte ich tagtäglich dorthin gehen, bis jedes Möbelstück, jeder Gegenstand, jedes Buch und jedes Bild, jedes Kleidungsstück, jeder einzelne Vorhang und jedes Kissen aussortiert waren und darauf warteten, von allen möglichen Leuten abgeholt zu werden. Jemand schlug vor, ich solle doch eine Firma für Entrümpelungen damit beauftragen, aber ich glaubte, es Charlotte schuldig zu sein, die Arbeit selbst zu übernehmen, und das tat ich auch. So stieß ich natürlich auf die Schachtel, obwohl ich sie um ein Haar übersehen hätte. Ich schob die Dachkammern bis zuletzt auf und ließ mich beinahe dazu verleiten, dieses letzte Kapitel beim Räumen dem Besitzer eines nahe gelegenen Secondhandshops zu überlassen, da ich wußte oder zu wissen glaubte, daß es dort oben nur noch Ramsch gab. Dann aber tauchte vor meinem inneren Auge jenes ferne Bild auf. Es sah aus wie Zeichnungen oder Pläne. Es könnten Arbeiten meines Vaters sein, und wenn ja, dann sollte ich wenigstens einen Blick darauf werfen.

Ich war an jenem letzten Tag, als ich mich überwand, nach oben zu steigen, sehr müde. Die Leiter glitt nicht so reibungslos herunter wie damals bei Rory. Sie klemmte, vermutlich weil sie wenig benutzt worden war, und ich mußte kräftig daran ziehen. Mir fiel es auch nicht leicht, durch die ungewöhnlich schmale Luke zu klettern, und erst als ich mich hindurchgezwängt hatte, wurde mir klar, daß es einen weit größeren Zugang zu der anderen Dachkammer geben mußte, sonst hätte man kein einziges Möbelstück hinaufschaffen können. Ich hätte mich nach einer zweiten Bodenluke umsehen sollen. Auf dem Dachboden angekommen, war jedoch alles noch genau so, wie ich es in Erinnerung hatte – Stühle, kleine Tische, Truhen mit Kleidungsstücken. Der Mann vom Secondhandshop konnte sie abholen, ein Glückstag für ihn (denn einiges hatte sicher seinen Wert). Die Papierrollen waren tatsächlich alte Architekturzeichnungen, wenngleich keine einzige signiert war und ich nicht wußte, ob sie von meinem Vater stammten. Von Kopf bis Fuß voller Staub, begann ich, sie hinter mir herzuziehen, um sie durch die Bodenluke zu werfen und dann später in den Garten zu schaffen und dort zu verbrennen.

Mein Vater konnte sich nie von etwas trennen – er war ein Sammler, alles mußte aufbewahrt werden, entweder weil man es (höchst unwahrscheinlich) irgendwann einmal verwenden könnte oder einfach weil er an allem hing, egal, was es war. Er hing sehr an seinen alten Plänen und Zeichnungen – schon allein das Papier schien für ihn wertvoll zu sein. Als ich klein war, durfte ich ihm dabei helfen, die riesigen Bögen, an denen er gerade arbeitete, aufzurollen, was ich nur zu gern tat. »Langsam, langsam, Catherine«, pflegte er zu sagen, und: »Gerade halten, ganz gerade halten, nicht so stark drücken.« Ich rollte das Papier an einem Ende auf, wobei ich mich bemühte, es ordentlich zu machen und, während er das andere Ende aufrollte, mit ihm Schritt zu halten, und gemeinsam brachten wir eine Rolle zustande, die so perfekt war, wie er es sich vorstellte. Mir fiel es schwer, langsam und methodisch und sorgfältig zu sein. Ich tat alles hastig und fragte mich, warum ich nicht wie mein Vater sein konnte. Wenn ich ihm bei solchen einfachen Arbeiten »half«, lächelte er mich an und sagte, das hätte ich gut gemacht. Schon damals, als ich erst fünf oder sechs war, wußte er, daß ich nicht war wie er, und er sah mir immer meine Unbeholfenheit und Ungeduld nach. Wenn ich mich später ärgerte, weil ich nicht so war, wie ich gern gewesen wäre, wie er oder wie Charlotte, tröstete er mich und sagte, niemand könne etwas für seine Natur, man könne nur versuchen, das, was einem an sich selbst nicht gefalle, im Zaum zu halten. Wenn meine Großmutter da war und ihn hörte, seufzte sie und sagte: »Manche Leute müssen sich ganz schön im Zaum halten«, oder, eine Spur rätselhafter: »Manche Leute, die ich kannte, haben ihren Eigensinn nie im Zaum gehalten.«

Aber ich konnte diese staubigen, alten, knisternden Papierrollen nicht aufbewahren. Und andererseits waren sie zu persönlich, um sie wegzugeben, selbst wenn jemand sie gewollt hätte. Deshalb hatte ich beschlossen, sie zu verbrennen, wie schmerzlich es auch sein mochte. (Zuletzt blieb mir doch nicht die Zeit dazu, und ich nahm sie mit.) Während ich die Rollen fortschaffte, entdeckte ich die Schachtel. Zunächst erblickte ich etwas, das wie eine Plane aussah, die um eine Art zylindrisches Bündel gewickelt und sorgfältig verschnürt war. Es fiel mir nur deswegen auf, weil an dem Bindfaden, mit dem dieses Paket verknotet war, ein seltsames rosa Schild hing. Auf dem Schild stand, mit Tinte geschrieben, die zwar fast verblaßt, aber noch zu entziffern war, mein eigener Name: »Für meine geliebte Catherine Hope, irgendwann in der Zukunft.«

Sofort überlief es mich kalt. Ein kalter Schauer und ein Gefühl der Angst. Dabei hatte das hübsche rosa Schild, rundherum verziert mit winzigen Blumen, deren Blätter alle einzeln bunt ausgemalt waren, nichts Beängstigendes an sich. Das Bündel sah aus, als würde sich unter seiner Hülle ein Geschenk verbergen, das nur darauf wartete, ausgepackt und unter einen Christbaum oder auf einen Tisch mit einem Geburtstagskuchen gestellt zu werden, und trotzdem machte es mir in seiner Unschuld angst. Ich kauerte mich im schummrigen Licht der Dachkammer daneben und rätselte, was ich tun sollte. Ich würde es mitnehmen und öffnen müssen, aber ich fürchtete mich nicht nur vor neuem Kummer, sondern auch vor jeglichem Pathos, vor dem mir sogar noch mehr graute. Wie sollte das aber ohne Pathos vonstatten gehen? Wie groß meine Gleichgültigkeit Susannah gegenüber auch sein mochte, der Anblick ihrer Schachtel konnte mich unmöglich kaltlassen. Ich wünschte sehnlichst, sie hätte das nicht getan. Wer hatte die Idee gehabt, oder war es ihre eigene gewesen? Und worin lag für sie der Sinn ihres Vermächtnisses? Mir von sich zu erzählen? Eine Art Erklärung abzugeben? Ein Versuch, an meiner unbekannten Zukunft teilzuhaben? Aber sie mußte doch geahnt haben, daß ich mit Informationen über sie, mit Fotografien und Andenken, umgeben sein würde, daß mein Vater und ihre Familie von ihr erzählen würden. Womit sie allerdings nicht hatte rechnen können, war, daß ich gar nicht viel hatte erfahren wollen. Es hätte sie verletzen können, daß ich mit Charlotte völlig zufrieden war – und bei dem Gedanken fragte ich mich plötzlich, ob sich hinter dem Vermächtnis der Schachtel nicht vielleicht noch ein weiteres Motiv verbarg. Sie konnte so etwas wie eine Waffe aus dem Jenseits sein. Eine Methode, meine Ablehnung zu bekämpfen. Rief sie vielleicht: »*Ich* bin deine Mutter gewesen! Hör mir zu!«?

Ich wußte, daß ich anfing, melodramatisch zu werden. Die Schachtel rief überhaupt nicht. Sie hatte beinahe dreißig Jahre lang, in dickes Tuch gehüllt, hier gestanden. Sie war die ganze Zeit über stumm gewesen und hatte keinerlei Einfluß ausgeübt, höchstens auf meinen Vater. Ich stelle mir vor, daß er sich hin und wieder an ihre Existenz erinnerte und sich darüber ärgerte. Als ich das Schild anfaßte, fiel mir auf, daß er es von der Schachtel selbst gelöst und an dem Bindfaden befestigt haben mußte, als er sie in diese schützende Hülle eingewickelt hatte. Warum hatte er das getan? Um meine Aufmerksamkeit darauf zu lenken, um sicherzugehen, daß ich sie, wenn der Augenblick gekommen war, auch erkennen würde? Ich konnte mich nur undeutlich an das erinnern, was er an jenem Morgen meines einundzwanzigsten Geburtstags gesagt hatte. Er hatte kurz geschildert, wie Susannah diese Andenkenschachtel ganz für sich behalten hatte. Sie habe ihm erzählt, daß sie sie für mich vorbereite, »für alle Fälle«, er sei daran aber nicht beteiligt gewesen. Sie habe weder darüber diskutieren noch sich bei der Entscheidung helfen lassen wollen, was sie hineintun sollte. Sie habe sich damit beschäftigt, als sie sich vor lauter Schwäche kaum noch aus ihrem Schlafzimmer habe bewegen können, und er habe nie gesehen, was sie hineingetan habe. Er hatte mich, allerdings nicht sehr überzeugend, gebeten, mir das Ganze als ein glückliches Erlebnis vorzustellen. Susannah habe es geheimhalten wollen, und da sie zu diesem Zeitpunkt kaum noch eine Privatsphäre gehabt habe, sei er nicht neugierig gewesen. Nach ihrem Tod, und er schilderte die traurige Aufgabe, ihre Sachen aufzuräumen, habe ihn das Gewicht der Schachtel überrascht. Er habe jedoch keinen Blick hineingeworfen. Er habe sie mit einem Klebestreifen versiegelt, sie in wasserdichten Stoff eingewickelt und im Keller ihres Hauses in Edinburgh aufbewahrt, bis es verkauft worden sei. Während ich bei meiner Großmutter und er in seiner Wohnung lebte, sei sie mit den restlichen Möbeln eingelagert gewesen, und als er dann Charlotte geheiratet habe und seines neuen Jobs wegen nach Oxford gezogen sei, hätten sie sie mitgenommen. Immer wieder hätten Charlotte und er darüber gesprochen, wann sie mir von der Schachtel erzählen sollten, aber jahrelang schien der richtige Augenblick noch nicht gekommen zu sein.

Das leuchtete mir ein. Ich war kein einfaches Kind. Alles mögliche brachte mich durcheinander, auch wenn ich nach außen hin kräftig und robust wirkte. Ich hatte regelmäßig Alpträume – ich erinnere mich nicht mehr an sie, nur daran, daß viel Blut floß –, schlief jahrelang schlecht und landete nicht selten im Bett meiner Eltern. Es war verständlich, daß sie sich scheuten, mir eine Schachtel mit lauter unbekannten

Gegenständen auszuhändigen, hinterlassen von einer Sterbenden, die höchstwahrscheinlich nicht immer bei vollem Verstand gewesen war. Und später, als junges Mädchen, neigte ich zu heftigen Wutanfällen, die von Phasen gewollter Lustlosigkeit abgelöst wurden – alles nichts Ungewöhnliches, aber wohl kaum der geeignete Ausgangspunkt, um gelassen mit einem solchen Vermächtnis umzugehen. Ich kann meinen Eltern ihr Zögern nicht im geringsten verübeln. Und ich bin sicher, daß sie die verflixte Schachtel jahrelang einfach vergaßen – sie war hier oben in dieser Dachkammer im wahrsten Sinne des Wortes aus den Augen, aus dem Sinn.

Jetzt würde ich die Schachtel mitnehmen müssen. Ich zögerte, sie überhaupt zu berühren, griff schließlich aber doch nach der Schnur, dort, wo sie an der Seite verknotet war, und zog sie bis zur Bodenluke. Ich hatte am Fuß der Leiter einen Haufen Kissen zurechtgelegt, um alle zerbrechlichen Gegenstände, die ich entdecken würde und behalten wollte, auf sie hinunterfallen zu lassen. Bisher hatte ich nur eine hübsche alte Lampe ausgesucht. Für die Schachtel war reichlich Platz. Sie fiel problemlos durch die Luke, und ich kletterte hinterher. Inzwischen war ich in Eile. Der Makler, der das Haus verkaufen sollte, wollte die Schlüssel abholen, und er mußte jeden Augenblick kommen. Ich wünschte mir eine rasche Übergabe, mußte also mit allem fertig sein, um schnell davonfahren zu können. Mein Auto war schon vollgeladen, im Kofferraum und auf dem Rücksitz war kein Platz mehr, und nur der Beifahrersitz war noch leer. Die Schachtel mußte also dort hingestellt werden. Ich schob sie ins Auto und befestigte sie, indem ich den Sicherheitsgurt unter den Bindfäden hindurchzog.

Bei dieser hastigen und ungestümen Aktion riß ich das rosa Schild ab. Es lag neben dem Vorderrad auf dem Kies, und mir drehte sich der Magen um. Ich starrte wie benommen auf das harmlose Stück Pappe und zwang mich, es aufzuheben. Ich konnte es nicht dort zurücklassen, kläglich im Wind flatternd, dem Regen oder den Pfoten irgendeines streunenden Hundes ausgesetzt. Ich griff danach, stopfte es in meine Tasche und schlug in dem Augenblick die Tür zu, als der Makler in die Auffahrt einbog.

Ich würde unser Haus nie wiedersehen. Ich hatte dem Makler weisgemacht, ich ginge ins Ausland, und ihm eine Vollmacht gegeben, das Haus so schnell wie möglich dem erstbesten Interessenten, der den (von ihm festgesetzten) Preis zu bezahlen bereit war, zu verkaufen. Wenn nicht zu diesem, dann eben zu einem niedrigeren Preis nach seinem Ermessen – ich wollte keine Rückfragen, wollte nichts weiter damit zu tun haben. Er würde sich auch um die abschließende Räumung kümmern. Ich vermute, daß ihn meine kurzangebundene Art vor den Kopf stieß und er sich eigentlich darauf eingestellt hatte, noch zu bleiben und ein paar Worte mit mir zu wechseln. Ich ließ ihn, mit verdutzter Miene und langsam winkend, auf der Türschwelle zurück. Ich winkte nicht. Ich sah auch nicht in den Rückspiegel und fuhr viel zu schnell, bis ich in die Woodstock Road einbog. Es war geschafft. Unser Haus war seinem Schicksal überlassen worden, und je schneller ich mich daran gewöhnte, desto besser. Der Gedanke, daß es ausgelöscht war mit allem, was es mir in der Vergangenheit bedeutet hatte, war mir lieber, als es mir mit anderen Bewohnern vorzustellen. Ich würde seine Macht zerstören, indem ich die Erinnerung daran tilgte.

Die Rückfahrt nach London dauerte nicht lange, die Strecke war mir vertraut, aber an jenem Tag schien sie nicht enden zu wollen. Es gefiel mir ganz und gar nicht, mit dieser unheimlichen Schachtel neben mir am Steuer zu sitzen. Ich dachte an eine Bombe, und der Vergleich schien zu stimmen, bis mir klar wurde, daß nicht beides möglich war: Der Inhalt der Schachtel konnte nicht hochexplosiv sein und zugleich voller Pathos. Ich steigerte mich wegen der Schachtel in etwas hinein und gab ihr, wie Charlotte zu Recht bemerken würde, die Schuld an meiner Traurigkeit darüber, unser Haus verlassen zu haben. Ich erinnerte mich daran, daß ich schon unglücklich und deprimiert gewesen war, noch bevor ich sie in der Dachkammer entdeckt hatte. Ich war allein, einunddreißig Jahre alt, genauso alt wie Susannah, als sie starb. Diese Parallele entging mir nicht. Sie hatte nicht ahnen können, daß ich so alt sein würde wie sie, wenn ich ihr Geschenk endlich erhalten würde. Plötzlich kam mir der Gedanke, die Schachtel könne ja voller Dinge sein, die zu einem kleinen Mädchen paßten oder zu einem Teenager. Das munterte mich ein wenig auf. Es wäre leichter, damit umzugehen, wenn die Schachtel Spielsachen oder gar Erinnerungsstücke an meine Babyzeit enthalten würde. Vielleicht würde ich ja nichts anderes darin finden als meine erste Rassel, mein erstes Mützchen und so weiter. Mein gesunder Menschenverstand sagte mir, daß dies eher unwahrscheinlich sei, denn Susannah war viel zu phantasievoll gewesen, um eine Schachtel mit solch sentimentalen Dingen zu füllen, aber ich empfand die Vorstellung als seltsam tröstlich.

Wahrscheinlich hatte ich schon immer gewußt, daß sie »phantasievoll« war, weil sie dafür viele Beweise hinterlassen hatte, die ich als Kind wahrnahm, ohne sie zu verstehen. Da war zum Beispiel mein Kaleidoskop, das erste Spielzeug, das ich, soweit ich mich erinnere, je in mein Herz geschlossen habe. Ich besaß Stofftiere, die üblichen Teddys und Pandabären und Puppen, aber das Kaleidoskop trug ich, daran erinnere ich mich, ich war etwa drei oder vier, fest an mich gedrückt, mit mir herum. »Sie ist dafür noch zu klein«, hatte meine Großmutter anscheinend zu meinem Vater gesagt. »Sie kann nicht ein Auge schließen und richtig durchgukken.« Das aber konnte ich, und er wußte, daß ich es konnte. Wenigstens in diesem Punkt besaß ich die nötige Geduld und Vorsicht. Er gab es mir. »Schüttle es«, sagte er, »und guck in das kleine Fenster, dann kannst du etwas Schönes sehen.« Ich schüttelte und schüttelte, ziemlich heftig (wie bei den meisten Dingen), und schielte dann, sehr vorsichtig für meine Verhältnisse, in die Öffnung des Glases und war ganz benommen von den unzähligen Mustern, die vor mir herumwirbelten. Ich schüttelte und guckte und schüttelte und guckte, wobei ich das Kaleidoskop vor lauter Konzentration so fest gegen mein rechtes Auge drückte, daß sich rundherum ein roter Ring bildete. Mein Vater nahm es mir weg, aber ich schrie, bis ich es wiederbekam, und dann wurde ein Kompromiß geschlossen. Susannah habe das Kaleidoskop gebastelt, wirklich selbst gebastelt, erzählte mir mein Vater irgendwann einmal in einem seltenen Anflug von Nostalgie, als sie schwanger gewesen sei und gesund und glücklich. Andere schwangere Frauen strickten, Susannah bastelte ein Kaleidoskop für ein Kind, das noch eine lange Zeit viel zu klein sein würde, um es zu benutzen.

Als ich die Hanger Lane erreichte und mich in Londons nicht enden wollenden Verkehr einfädelte, überkam mich ein Gefühl der Benommenheit. Ich überließ mich dem schleppenden Stop-and-go auf der North Circular Road, und meine eben noch so aufgewühlte seelische Verfassung wich müßigen Spekulationen darüber, wo ich wohl in Zukunft wohnen würde, wenn das Haus in Oxford (so nannte ich es bereits, »das Haus in Oxford« und nicht mehr »unser« Haus) verkauft war. Ich würde reich sein. Jedenfalls für meine Verhältnisse. Das Haus in Oxford würde sicher, wie man mir beteuert hatte, ein Vermögen einbringen, außerdem gab es noch ein Cottage in Cornwall, das jetzt mir gehörte, sowie mehrere Lebensversicherungen und eine ansehnliche Summe auf der Bank. Die Erbschaftssteuer, hatte man mich gewarnt, würde nicht eben gering sein, trotzdem würde ich eine Menge Geld haben. Diese Neuigkeiten hatten mir zuerst kaum etwas bedeutet, aber ganz allmählich freundete ich mich damit an. Ich würde mir, ganz gleich wo, ein eigenes Haus kaufen können, und diese Vorstellung begeisterte mich. Meine Umgebung war mir wichtig. Meine Wohnung war nie bloß ein Dach über dem Kopf gewesen. Ich hatte sie mit viel Liebe dekoriert und eingerichtet und Zeit und unendlich viel Geduld darauf verwendet, sie so schön wie nur irgend möglich zu gestalten. Ich war mir sehr wohl bewußt, daß ich den Stil meines Vaters zu imitieren versucht hatte, indem ich Holzfußböden verlegte, blaßgelbe und weiße Farbe und mattgraue Stoffe verwendete, um dem Ganzen den Eindruck von Weite und Helligkeit zu verleihen. Jedesmal wenn ich nach Hause kam, freute ich mich über die von mir geschaffene wohltuende Atmosphäre.

Meine Wohnung war jedoch alles andere als perfekt. Zunächst einmal hatte sie keinen Garten. Es war eine Maisonette, die beiden oberen Stockwerke eines häßlichen Hauses in Crouch End. Kein Garten und keine schöne Aussicht, nur auf andere öde Häuser und eine lange, schmale Straße, die meistens voll parkender Autos war. Jetzt würde ich mir ein Haus irgendwo im Grünen kaufen können und es mir wirklich schön herrichten. Ich würde nicht das erstbeste nehmen. Meinem Leben würde das einen neuen Sinn geben, der mir – traurig, aber wahr –, ich wußte es, seit langem fehlte. Meine Arbeit hatte mich in letzter Zeit nicht mehr so gefesselt wie früher, und mein Privatleben war eine einzige Katastrophe. Welch ein Gegensatz zu Susannahs glücklichem, erfülltem Leben mit einunddreißig! Sie hatte meinen Vater geliebt, und er hatte sie geliebt, seit ihrem letzten Studienjahr. Meine Geburt war in der, wie ich fand, abstoßenden Formulierung meiner Großmutter »der Zuckerguß auf dem Kuchen«. Ich habe mich nie gern als Zuckerguß gesehen, süß und klebrig. Ich stellte mir vor, wie ich langsam im Mund irgendeines Menschen zerging. Jedenfalls machte meine Ankunft Susannahs berühmtes Glück erst vollkommen. Außerdem war im Jahr zuvor ein von ihr gemaltes Bild bei der Sommerausstellung der Royal Academy gezeigt worden.

Susannah war eigentlich keine Künstlerin. Sie hatte wie mein Vater einen Abschluß in Architektur gemacht, wo sie einander begegnet waren, und sie konnte sich, was für jene Zeit ungewöhnlich war – damals gab es noch kaum Architektinnen –, in der von Männern dominierten Berufswelt behaupten. Sie gewann sogar einen Preis – was mein Vater nie schaffte – für den Entwurf eines Einkaufszentrums. Ich hatte schon immer den Eindruck, daß sie sehr viel ehrgeiziger als mein Vater gewesen war und daß darin ein kleines Problem lag, beziehungsweise hätte liegen können, wenn ihre schwache Gesundheit sie nicht gebremst hätte. Ich bin mir nicht sicher, wo ich das aufgeschnappt habe (dabei finde ich es, wenn ich heute darüber nachdenke, erstaunlich, wieviel ich doch aufgeschnappt habe, wenn man bedenkt, wie sehr ich mich dagegen sträubte, irgendwelche direkten Fragen zu stellen). Es muß in Charlottes Familie gewesen sein, und das ist seltsam genug. Ich erinnere mich, wie meine Tanten und Onkel, die natürlich nicht wirklich mit mir verwandt waren, am Abendbrottisch saßen, nachdem sie meine diversen Vettern und Cousinen bei uns abgeliefert hatten, und jemand sagte, sie seien »in diesem Einkaufszentrum« gewesen, und mein Vater sagte, wie sehr er es bewundere, worauf die eine Tante – nein, ich glaube, es war ein Onkel – bemerkte, wie geschickt Susannah das Raumproblem gelöst habe, wie »ingeniös« sie gewesen sei. Ich muß schon etwas größer gewesen sein, denn ich erinnere mich, daß ich gefragt habe, was »ingeniös« bedeute, ob es dasselbe sei wie »genial«. Mein Vater lachte und sagte, das sei gar nicht so abwegig, und dann fragte jemand: »War Susannah ein Genie?«, und eine Zeitlang herrschte Schweigen, während alle auf eine Antwort warteten. Ich weiß nicht mehr den genauen Wortlaut der Antwort, aber ich bemerkte, wie überschwenglich sie ausfiel, und ich fühlte mich unwohl, als mein Vater noch hinzufügte, Susannah habe sehr viel mehr Talent besessen als er und wäre im Beruf »aufgegangen«. Ich mußte an einen Kuchen denken und lachen. Falls Charlotte dabei war, und das war sie bestimmt, es sei denn, sie hatte in der Küche zu tun, sagte sie kein Wort.

Susannah sollte es jedoch nie vergönnt sein, im Beruf aufzugehen. Mit ihrer Gesundheit ging es bergab, und sie mußte zu Hause arbeiten, und obgleich man weiterhin so tat, als ob sie Karriere mache, war das nicht der Fall. Sie begann zu malen, und alle waren froh darüber – es war weniger anstrengend für sie, weniger kräfteraubend. Sie malte Aquarelle, vor allem Landschaften. Das Bild in der Sommerausstellung zeigte eine Weide. Es hing im Arbeitszimmer meines Vaters, wenn auch nicht an besonders exponierter Stelle. Als Kind konnte ich ihm nichts abgewinnen. Es sah für mich beinahe leer aus, eine grüne Fläche mit ein paar Flecken im Hintergrund, die Kühe, aber genausogut etwas anderes hätten sein können. Falls man mir je erzählt hat, wo diese Weide war, so habe ich es vergessen. Mein Vater lobte es nie, ließ überhaupt nie irgendeine Bemerkung über das Bild fallen.

Ich gab es zu einer Auktion, zusammen mit all den übrigen Bildern, die ich, als ich das Haus in Oxford räumte, nicht behalten wollte, und erfuhr später zu meinem Erstaunen, daß jemand zweihundert Pfund dafür bezahlt hatte. Etwas in mir hatte sich gegen den Verkauf gesträubt, aber etwas anderes, Stärkeres beharrte trotzig darauf, daß dem Gemälde keine besondere Bedeutung zuzumessen sei, nur weil es von Susannah stammte und in einer Sommerausstellung der Royal Academy gehangen hatte – wie jeder wußte, war die Hälfte der Bilder zweitrangig. Ich hätte es nirgendwo in meiner Wohnung aufhängen und nirgendwo, in keiner Dachkammer, aufbewahren können. Ich hatte das einzig Richtige getan, fühlte mich aber in Wahrheit ein wenig schuldig, auch wenn niemand wußte, was ich getan hatte. Ich hatte eher zuviel behalten und blickte verzweifelt auf all den Kram, den ich unter Mühen aus dem Auto hereingeschleppt hatte. Meine schönen Räume waren übersät mit Kisten und

Koffern, eine Beleidigung fürs Auge. Ich war entsetzt über den Anblick dieses Durcheinanders und ruhte nicht eher, bis ich alles in mein Gästezimmer geschafft und die Tür geschlossen hatte.

Bis auf die Andenkenschachtel. Ich trug sie in mein Wohnzimmer und stellte sie vor dem Sofa auf den Boden. Je schneller ich sie öffnete, desto besser. Ich brauchte ein Messer oder eine Schere, um die Schnur durchzutrennen – die Knoten sahen vom Alter viel zu mitgenommen aus, als daß man sie leicht hätte lösen können. Nachdem ich mir die Hände gewaschen hatte, als wollte ich einen chirurgischen Eingriff vornehmen und müßte strengste Hygienevorschriften einhalten, schnitt ich mit dem Brotmesser die Schnur durch und danach die wasserdichte äußere Hülle. Dann erlebte ich eine Überraschung. Ich hatte angenommen, daß die Schachtel selbst aus Holz oder fester Pappe, etwa wie ein Umzugskarton, sein würde. Was ich jedoch vorfand, war eine altmodische Hutschachtel. Sie war groß und rund, etwa sechzig Zentimeter hoch und mit einem Durchmesser von circa fünfundvierzig Zentimetern, und hatte einen Bezug aus leuchtendfuchsienfarbener, grobgerippter Seide mit purpurroter Zackenlitze rund um den Deckel und einem purpurroten Satinband, das obendrauf zu einer dekorativen Schleife gebunden war. Es war eine wunderbar gewöhnliche und zugleich prachtvolle Schachtel. Ich mußte unweigerlich lächeln. Meine Großmutter, Susannahs Mutter, hatte mehrere solcher Schachteln besessen, aber keine, die so farbenprächtig und extravagant war. Rory und ich spielten damit und probierten die ausgefallenen Hüte auf, Gebilde aus Schleiern und Federn, die sorgfältig aufbewahrt, aber nie mehr getragen wurden.

Aus irgendeinem Grund zögerte ich nach wie vor, die Schachtel zu öffnen, obgleich ich mich schon viel entspannter fühlte. Ich ging in die Küche und goß mir ein Glas Wein ein, wobei ich mich fragte, warum mein Vater mir nie von der kitschigen Aufmachung der Schachtel erzählt hatte. Es würde mich Susannahs Schachtel gegenüber gewiß milder gestimmt und mich dazu gebracht haben, sie anzusehen. Ich ging langsam zurück und betrachtete sie von neuem. Ich zog versuchsweise an der purpurroten Schleife. Sie ging nicht auf. Ich zerschnitt vorsichtig das Band unter der Schleife, und als der Deckel sich noch immer nicht hochheben ließ, sah ich, daß rundherum ein Klebestreifen verlief, und erinnerte mich, daß mein Vater gesagt hatte, er hätte sie versiegelt. Ich schnipselte weiter vorsichtig mit der Schere daran herum und bemerkte, daß der Deckel sich, als der Druck nachließ, eine Spur bewegte. Während ich ihn behutsam abnahm, spürte ich, wie mir unvermutet der Atem stockte. Unter dem Deckel kamen, in den vielen Jahren flachgedrückt, mehrere zerknitterte Schichten farbigen Seidenpapiers zum Vorschein, weiß, gelb und grün, alle wie eine Blüte arrangiert. Ein wunderhübscher Anblick, und ich saß einen Augenblick lang staunend da, bevor ich das Papier durchwühlte. Als ich es herausgenommen und im umgedrehten Deckel verstaut hatte, rechnete ich eigentlich damit, eine Nachricht vorzufinden. Statt dessen stieß ich auf eine weitere Schicht, ein dünnes, rundes Stück Wellpappe. Sie war leicht gebogen, und es dauerte etwas, bis ich sie herausnehmen konnte.

Was meine mittlerweile gierigen Augen zu sehen bekamen, war verwirrend.

Zweites Kapitel

In der ganzen Schachtel war kein Brief, keine Notiz, keine Erklärung. Ich erwartete trotzdem, irgend etwas Schriftliches zu finden. Ich suchte weiter, indem ich das Seidenpapier, falls in seinen Knicken irgendeine Botschaft steckte, Stück für Stück ausschüttelte, und ich untersuchte auch das Futter der Schachtel und ihren Deckel, um zu sehen, ob darin vielleicht irgend etwas verborgen war. Nichts. Der Inhalt sollte offensichtlich für sich selbst sprechen. Ich starrte auf das, was da vor mir aufgereiht lag, und fragte mich, ob mein Vater vielleicht den Schlüssel zu alldem gehabt hatte. Susannah konnte nicht wissen, daß auch er tot sein würde, bevor ich ihre Schachtel öffnete. Aber wenn sie andererseits so geheimnisvoll mit ihr umgegangen war, wie er gesagt hatte, hätte sie sich dann darauf verlassen, daß er sie mir erklärte? Das konnte ich mir nicht vorstellen. Ich sollte die Bedeutung dieser bunt zusammengewürfelten Gegenstände selbst herausfinden.

Sie waren alle einzeln in unterschiedliches Geschenkpapier eingewickelt. Auf dieses Einwickeln war sehr viel Sorgfalt verwendet worden, und plötzlich sah ich Susannah vor mir, wie sie die Papiere auswählte, wie sie nach ungewöhnlichen Mustern und Farbkombinationen suchte. Einige waren von Hand – von ihrer Hand? – mit Schablonen bemalt, goldene Kronen auf weißem Hintergrund, purpurrote Schmetterlinge auf Rosa. Als schließlich alles ausgewickelt war und die Papiere glattgestrichen und übereinandergelegt waren, hatte ich genug, um für Jahre Geschenke damit einzupacken, nur daß es einem fast blasphemisch vorkommen würde, sie für irgendeinen banaleren Zweck zu verwenden. Ich sagte mir, daß ich immer daran würde denken müssen. Susannah spielte nicht, sie verfolgte ein Ziel. In ihrer Schachtel war nichts aufs Geratewohl ausgesucht, nichts in das erstbeste Stück Papier, das gerade zur Hand war, eingewickelt. Sie hatte offensichtlich so sehr darauf vertraut, ihre Gaben würden für sich sprechen, daß sie es nicht für nötig hielt, irgendeinen schriftlichen Code zu hinterlassen. Aber Nummern hatte sie hinterlassen. Auf jedem Päckchen klebte ein kreisrundes farbiges Papier und in der Mitte darauf eine mit schwarzer Tinte geschriebene Nummer. Ich nahm alles sehr langsam heraus, drehte jeden Gegenstand um, bevor ich ihn auspackte, und so stellte ich nach und nach fest, daß die Nummern nicht in der richtigen Reihenfolge waren. Ganz oben lagen die Päckchen mit den Nummern 8, 4 und 1 säuberlich nebeneinander und bildeten eine komplette Schicht. Sobald ich alles ausgepackt hatte, erkannte ich, daß die zerbrechlichen Dinge oben lagen und die Nummern mich wahrscheinlich darauf aufmerksam machen sollten, daß ich alle Gegenstände in dieser Reihenfolge untersuchen müsse und nicht so, wie sie aus der Schachtel kamen. Aber war dieser Gedanke richtig? Andererseits war die Numerierung zu deutlich und absichtlich, als daß sie keinen Sinn haben sollte.

Ich spürte, daß ich das tun mußte, wogegen ich mich immer gewehrt hatte, nämlich mir vorzustellen, ich würde wissen, daß ich innerhalb von Monaten, vielleicht von Wochen, sterben würde und für meine kleine Tochter eine Andenkenschachtel zusammenstellen sollte. Aber so sehr ich mich auch anstrengte: Das ging über mein Einfühlungsvermögen. Ich hatte keine kleine Tochter. Ich hatte nie ein Baby, ob Junge oder Mädchen, gehabt. Der emotionale Bereich mütterlicher Liebe war mir noch verschlossen. Aber da gab es noch ein anderes Hindernis. Ich konnte mich weder in Susannahs Empfindungen hineinversetzen, noch hatte ich eine Beziehung zu dem, was sie getan hatte. Ich konnte mir nicht vorstellen, eine solche Schachtel hinterlassen zu *wollen*, in welcher Verfassung ich auch sein mochte. Warum auch? Um meiner Tochter zu sagen, wie ich war, ihr eine Vorstellung von mir zu hinterlassen? Aber ich würde wissen, daß sie davon mehr als genug hätte. Sie hätte die Erinnerungen ihrer liebevollen Familie. Sie wüßte genau, wie ich war, so wie ich über Susannah Bescheid wußte. Mein Vater kaufte in den sechziger Jahren eine Filmkamera, und später ließ er seine alten Filme auf Video überspielen, damit ich, wenn ich wollte, sehen konnte, wie Susannah sich bewegt hatte. Ich glaube, ich habe mir einen Film angesehen, ein einziges Mal, und das reichte. Die Bewegungen waren ruckartig, die Einstellung unscharf, und es war nichts als eine langweilige Stunde mit slapstickartigen Momenten. Aber ich hatte die lebende, atmende Susannah gesehen, und sie mußte das gewußt haben. Ich hatte sogar ihre Stimme – hell, ziemlich hoch – auf einer Reihe von Tonbandaufnahmen gehört. Und meine Großmutter gab mir ihre Tagebücher aus der Schulzeit, in die ich nur einen Blick warf, weil ich sie so entsetzlich banal fand, und ich kannte ihre Schulzeugnisse und Urkunden für alles mögliche, von der Prüfung im Radfahren bis zum Tauchen. Ich hatte mehr Informationen, als ich mir hätte wünschen können, und hatte mir doch gar keine gewünscht.

Jetzt würden mich ihre Dinge erst einmal belasten und verwirren. Ich fragte mich, warum sie, wenn sie etwas Persönliches, etwas Besonderes zu sagen hatte, dies nicht schriftlich getan hatte, in einem Brief, der leicht zu lesen und unmißverständlich war. Offensichtlich war ihr das zu einfach. Oder war das nicht möglich? Traute sie Worten nicht genug? Vertraute sie dies lieber konkreten Dingen an? Jedenfalls war es ihre Entscheidung, die sie mir in Form dieser elf Gegenstände hinterlassen hatte. Ich betrachtete sie von neuem, angefangen bei dem, was ich zuerst ausgepackt hatte, mit der Nummer 4 darauf. Es war eine Muschel. Eine sehr große Muschel, beinahe fünfundzwanzig Zentimeter lang und an ihrer dicksten Stelle etwa ebenso breit. Sie hatte zwei hohe Zacken, die wie Arme ohne Hände abstanden, und an dem geschlossenen Teil standen wie Kegel acht spiralförmige Zacken in einem Kreis. Das Ohr oder der fächerartige Teil hatte die Form eines Bogens und einen zarten, gewellten Rand. Die Farbe war ein schmutziger Cremeton mit grauschwarzen Flecken über dem ganzen Rücken, und auf der Innenseite des Ohres lag ein heller, aprikosenfarbener Schimmer. Die Außenseite fühlte sich sehr rauh an, und die Zacken waren mit einer Art Stroh umwickelt.

Ich hatte noch nie eine so große Muschel in dieser Art gesehen, und doch sah sie ziemlich gewöhnlich aus, ohne jene einmalige Schönheit, wie sie manchen Muscheln eigen ist. Was sollte sie mir sagen? Daß Susannah Muscheln liebte? Das tun die meisten Menschen. Oder hatte diese Muschel irgendeine Bedeutung, die mir entging? War der Ort, das Meer oder die Küste, woher sie stammte, wichtig? Ich wußte, daß ich jederzeit in die Bibliothek gehen und ein Buch über Muscheln finden konnte, in dem sie zu identifizieren war und ihre Herkunft beschrieben wurde. Vielleicht war sie sehr selten, und ich würde herausfinden, daß sie nur von einem einzigen Ort auf der Welt stammen konnte. Vielleicht würde diese Muschel mich an einen Ort führen, den ich auf Susannahs Wunsch hin besuchen sollte, um irgendein Geheimnis zu lüften. Und während ich mich solch romantischen Gedanken hingab, lächelte ich. Wie leicht ließ ich mich mitreißen. Eine Muschel war eine Muschel. Ein hübscher, dekorativer Gegenstand für eine Tochter, die ihn in einer ihr von der Mutter hinterlassenen Schachtel findet, mehr nicht.

Neben der Muschel lag, auf der obersten Schicht und mit 8 numeriert, ein weiteres Geheimnis. Es war ein in Silber eingefaßter Spiegel, geformt wie ein Diamant, mit einem langen Handgriff. Ich drehte ihn, um ihn genauer zu betrachten, um und suchte wiederum nach einem Hinweis, was er bedeuten könnte. Die Silberarbeit war kunstvoll, ein kompliziertes Muster aus Blättern und Stielen. Das Silber glänzte nicht, sondern war angelaufen und matt, und zwischen ein paar Dellen hatte sich Staub festgesetzt. Das Spiegelglas war nicht in Ordnung. Es saß ein wenig locker in seiner Fassung, und ein kleines Stück war an einer der Stellen herausgebrochen, wo das Glas von einem zarten Netzwerk feiner Silberranken gehalten wurde. Ich hielt den Spiegel mit ausgestreckter Hand vor mich hin und betrachtete mich. Wie ich meine Stirn runzelte, wie finster ich dreinschaute, wie unübersehbar die

Falte zwischen meinen Augen war! Ich versuchte, mein Gesicht zu entspannen. Die Falte blieb. Ich war es nicht gewohnt, mich in Spiegeln anzustarren, in Wahrheit schaue ich selten hinein, und ich vermute, ich bin stolz darauf, nicht eitel zu sein. Hatte die Botschaft dieses Spiegels mit Eitelkeit zu tun? Und wenn ja, mit wessen – mit meiner oder Susannahs? Aber vielleicht lag ich vollkommen falsch. Ging es bei dem Spiegel um seinen Wert? War er vielleicht ein Erbstück, das Susannah hinterlassen hatte, um eine Verbindung zwischen mir und meinem Erbe herzustellen? Komisch, mir gefiel diese Vorstellung, und sie war durchaus realistisch. Ihre ganze Familie war stolz auf ihre schottische Herkunft, besonders väterlicherseits, besonders die Camerons. Meine Großmutter erzählte mir dauernd Geschichten über die tapferen Vorfahren ihres verstorbenen Mannes, die zurückreichten bis zu Ur-Ur-Uronkeln und -vettern und -cousinen, die bei Culloden gekämpft hatten. Aber an diesem Spiegel war nichts Schottisches. Bei dem Muster handelte es sich, wenn es überhaupt etwas darstellte, um Efeu (aber das war nicht eindeutig) und nicht um Disteln. Er war alt, mehr konnte ich nicht sagen, aber wie alt, würde ich herausfinden müssen – also noch mehr Besuche in einer Bibliothek, weiteres Nachschlagen in Büchern. Ich werde am Ende noch eine Expertin für Muscheln und Silberspiegel, aber wozu sollte das gut sein?

Ich war schon etwas erschöpft, als ich das letzte Päckchen, das auf der obersten Schicht lag, herausnahm. Es war ein dünner Umschlag, sehr leicht, und anscheinend nur mit Vorsicht anzufassen. Es trug die Nummer 1 und hatte zwischen der Muschel und dem Spiegel gelegen, von beiden gut geschützt. In dem blauen Seidenpapier fand ich eine durchsichtige Plastiktüte mit drei Federn, die nebeneinander lagen. Sie waren alle drei weiß, jede etwa dreißig Zentimeter lang, mit dunkelgrauer Zeichnung an einem und hellgrauer Zeichnung am anderen Rand. Sie sahen aus wie frisch gerupft, mit scharfen und sehr sauberen Kielspitzen. Ich nahm sie nicht aus der Tüte, drehte sie nur um und legte sie wieder hin. Was sollte all das? Während ich die Dinge in der mittleren Schicht auszupacken begann, hatte ich allmählich das Gefühl, zum Narren gehalten zu werden. Ich mochte die Nummer 7 kaum mehr öffnen, als ich es aber doch tat, war ich erleichtert. Ich erkannte sie wieder. Es war eine Halskette, die ich Susannah auf Fotografien hatte tragen sehen und meine Großmutter hatte beschreiben hören. Ihr eigener Vater habe sie ihrer Mutter aus Indien, wo er in der Armee diente, mitgebracht, und sie sei zuerst ihr und dann Susannah vererbt worden. Es war ein wunderschönes, reich verziertes Schmuckstück, die Fassung aus Silber und der herabhängende Stein ein großer Smaragd. Susannah hatte sie an ihrem Hochzeitstag getragen, und mir war erzählt worden, ihr ausgefallenes Kleid sei passend zu der Halskette entworfen worden, und das Farnkraut in dem Rosenstrauß, den sie in der Hand hatte, habe denselben Farbton gehabt wie der Smaragd. Meine Großmutter hatte offenbar erwartet, daß mein Vater sie mir zu meinem achtzehnten Geburtstag geben würde, im gleichen Alter, in dem Susannah sie bekommen hatte. Als er es nicht tat, fragte sie ihn später in meiner Gegenwart danach. Es war in der Zeit, als ich nach Hause zurückgekehrt war und sie bei uns – es sollte das letzte Mal sein – zu Besuch war. Sie hatten etwas geflüstert, und sie schien irritiert zu sein über das, was immer er ihr erzählt hatte, aber zu mir sagte sie nichts, und ich fragte sie auch nicht. Ich vermute, daß mein Vater ihr gesagt hatte, er könne die Halskette nicht finden. Vielleicht erzählte er ihr sogar, daß er vermute, sie sei in der Andenkenschachtel.

Mein Vater hatte mir damals bereits einige andere Schmuckstücke und einige Kleider von Susannah gegeben. Seit ich dreizehn war, überreichte er mir über Jahre hin an jedem Geburtstag solche Geschenke, bis ich ihn bat, damit aufzuhören. Ich mochte keine Dinge von ihr »geschenkt« bekommen. Ich mochte nichts, was von einer toten Frau getragen worden war. Der Gedanke, mir Perlenstiftschrauben ins Ohr zu stecken, die vorher in ihren gewesen waren, war mir sehr unangenehm – ich kann nichts dafür. Für mich war Susannah tot, tot, tot, und es war belanglos, daß sie so lebendig war wie ich, als sie diese Ohrringe trug. Sie erinnerten mich allein an den Tod, und ich wollte sie nicht. Einmal steckte ich die Perlen ins Ohr, um meinem Vater eine Freude zu machen, aber meine Ohren fühlten sich sofort geschwollen und schwer an, und ich mußte sie wieder herausnehmen. Überhaupt habe ich Schmuck nie gemocht. Als andere Mädchen anfingen, silberne Ringe und Armbänder zu sammeln, war ich mehr an alten Plakaten und Sepia- oder Schwarzweißpostkarten interessiert. Susannahs Kleider geschenkt zu bekommen war noch schlimmer, aber wenigstens verstand meine Mutter mich und machte meinem Vater klar, daß er sich irre, wenn er glaube, mir würde das, was Susannah einst getragen hatte, viel bedeuten. Er war leicht zu überzeugen, wahrscheinlich weil er diese Dinge nur aus einem vagen Schuldgefühl heraus geschenkt hatte, da er sich nicht stärker bemüht hatte, Susannahs Andenken lebendig zu erhalten. Als ich seine Geschenke zurückwies, hörte er erleichtert damit auf.

Die anderen Gegenstände aus der mittleren Schicht waren unförmig, aber nicht schwer. Da waren ein aufgerollter Hut, ein kleiner, weicher Rucksack und eine Landkarte. Die Landkarte war das einzige, was überhaupt irgendeinen Sinn ergab, und ich faltete sie voller Ungeduld auseinander. Es war eine ganz gewöhnliche amtliche Karte von dem nordwestlichen Teil des Lake District im Maßstab 1 : 100 000. Ich liebe Landkarten, jede Landkarte. Mein Vater liebte sie auch und war glücklich, als ich anfing, dieses Interesse mit ihm zu teilen. Er pflegte für Rory und mich Karten anzufertigen, zuerst nur von der unmittelbaren Umgebung unseres Hauses in Oxford. Er machte das ganz korrekt, indem er dieselben Zeichen benutzte, wie sie auf amtlichen Landkarten zu sehen sind, und uns nach und nach mit den karthographischen Blättern Nr. 164 und 165 vertraut machte, die den Raum Oxford abdeckten. Er fuhr mit uns an eine bestimmte Stelle, zeigte uns auf der Karte, wo wir waren, und sagte dann, er würde uns am Ende einer von ihm eingezeichneten Route abholen. Kein Wunder, daß wir beide in der Schule in Geographie oder dem entsprechenden Fach glänzten. Rory gab diese Touren mit der Zeit auf, ich jedoch nie. Ich legte meine eigenen Routen fest, und wenn Charlotte auch besorgt war über meine Selbständigkeit, mein Vater ermutigte mich. Ich trat mit einem Freund in den YHA, den Youth Hostelling, ein, und wir fuhren nach Wales und wanderten querfeldein. Wir waren dreizehn, glaube ich, kurz bevor ich den ganzen Jugendherbergsgedanken als peinlich und blöd ablehnte und wir es nie wieder machten. Vielleicht hätte mein Vater mir den Weg zum Lake District gezeigt, wenn ich dabeigeblieben wäre. Er wußte, daß ich noch immer Spaß an Landkarten hatte und in seinem Büro endlos Zeit damit verbrachte, sie zu studieren, sie wie Bücher zu »lesen«.

Daher war mir diese Landkarte nicht fremd, obgleich ich noch niemals in diesem Teil Englands gewesen war, aber ich wußte, daß mein Vater in der Hafenstadt Whitehaven geboren war und in seiner Jugend Bergwanderungen gemacht hatte und geklettert war. Er und Susannah hatten auch irgendwo im Lake District ihre Flitterwochen verbracht, und wenn sie auch zum Klettern nicht kräftig genug war, hatte sie offenbar Freude am Wandern und liebte die Landschaft. Ich fand es merkwürdig, daß mein Vater mich nie dorthin mitgenommen hatte, wenn für ihn so glückliche und wichtige Erinnerungen damit verbunden waren, aber andererseits erklärte sich möglicherweise gerade daraus, weshalb er nach Susannahs Tod seine alten Lieblingsorte nie wieder besucht hatte – es war zu deprimierend, zu sehr Teil einer Vergangenheit, über die er hinwegzukommen suchte. Und Charlotte zog es nicht aufs Land, so daß es bedeutet hätte, sie zu Hause zu lassen und allein loszufahren, wozu er nie auch nur die geringste Lust verspürt hatte.

Whitehaven war nicht auf dieser Karte, aber ich vermutete, daß es nicht weit davon entfernt war. Mein Blick fiel sofort auf ein rotes Kreuz, das Buttermere markierte, und folgte von dort den Bleistiftmarkierungen einen grüngepunkteten Weg entlang, der parallel zum See verlief und dann abzweigte, hinauf zu einem Fluß, dem Scale Beck. Am Ende des Weges, der, den Kurven nach zu urteilen, durch die Berge verlief, wandte sich die Bleistiftfährte nach rechts auf etwas zu, das als *Mosedale Holly Tree* eingezeichnet war.

Dort endete sie bei einem weiteren roten Kreuz. Neben diesem Kreuz war ein kleines Ausrufezeichen, auch in Rot. (Rory wäre begeistert gewesen – X markiert den Ort, wo ganz sicher ein Schatz vergraben liegt, etc.) Eindeutig sollte ich diese Karte nehmen und dem Weg folgen. Wahrscheinlich hätte ich für die paar konkreten Hinweise dankbar sein müssen. Zweifellos sollte der Rucksack auf meinem Rücken landen, aber ich hatte meine eigenen ausgezeichneten Rucksäcke der verschiedensten Art und Größe und würde keine Verwendung haben für eine so dürftige Ausgabe. Die Träger waren zu schmal und würden in meine Schultern einschneiden, er war nicht wasserdicht und ließ sich nicht richtig verschließen. Er hatte eine große Tasche, die mit einer Schnur zugezogen war, und zwei kleine. Ich fühlte in jede von ihnen hinein, aber sie waren leer. Etwas war irgendwann einmal ausgelaufen, dem Fleck nach irgendein Saft, und in einer der kleinen Taschen fand ich Überreste eines alten Papiertaschentuchs. Ich kratzte sie angewidert heraus und schüttelte das Ganze erst einmal tüchtig aus. Nein, ich würde solch einen Rucksack nicht benutzen, auch wenn ich mich je dazu entschließen sollte, der Fährte zu folgen.

Der Hut war rot. Sollte er zu der Halskette passen, mit ihr zusammen getragen werden oder gehörte er zum Rucksack? Er war nicht elegant genug, um dem Schmuck ebenbürtig zu sein, aber viel zu verspielt und empfindlich, um auf einer Wanderung im berüchtigten Lake District-Wetter getragen zu werden. Er war eine schlabberige Variante aus Knautschsamt, ein Hut, der in verschiedene Formen gezogen werden konnte. Die breite Krempe war gesteppt und deshalb etwas steifer als der obere Teil. Es war die Art von

Hut, der absolut keine Form hat, bis er aufgesetzt wird, aber es widerstrebte mir, ihn mir auf den Kopf zu stülpen. Ich hob ihn hoch und ertappte mich dabei, daß ich an ihm roch. Er hatte einen würzigen, pikanten, recht angenehmen, absolut nicht muffigen Geruch. Ich sah, daß an einer Seite eine Blume aufgenäht war, eine vertrocknete Rose, deren Blütenblätter sich teilweise schon in ihre Bestandteile aufgelöst hatten. Ich spielte eine Weile nervös mit ihm herum, drehte ihn hin und her, und dann zog ich ihn mir, um es hinter mich zu bringen, schnell über den Kopf. Er fühlte sich gleich behaglich an, aber er war ja auch ein so weicher und schmiegsamer Hut, daß er auf jeden Kopf paßte. Ich nahm den silbernen Handspiegel und sah zögernd hinein. Der Hut stand mir. Ich spielte von neuem mit ihm, indem ich die Krempe bog und drehte, ihn zuerst zu einer Seite und dann zur anderen zog, bis ich zufrieden war. Ich trage nie einen Hut, höchstens manchmal eine Baseballkappe aus Baumwolle, um meine Augen vor der Sonne zu schützen, wenn ich arbeite. Ich würde nie mit diesem Hut auf dem Kopf aus dem Haus gehen. Das war nicht mein Stil, ebensowenig wie die Halskette.

Hatte Susannah ihn nur in die Schachtel getan, weil sie ihn gern gehabt hatte? Oder gab es einen wichtigeren Grund? War er bei einer denkwürdigen Gelegenheit getragen worden? Ich würde das Fotoalbum hervorholen müssen, um das herauszufinden. Dann kam mir der Gedanke, daß der Hut vielleicht zum Verkleiden gedacht war, falls sie sich, wie ich annahm, vorgestellt haben sollte, ich würde diese Schachtel noch als Kind öffnen. Er wäre zu groß gewesen und mir über die Augen gerutscht, aber da er biegsam war, hätte man ihn hochrollen können, und, ja, ich hätte sogar gern mit ihm gespielt. Genau wie Rory. Er hätte mit sechs oder sieben Susannah wahrscheinlich noch ähnlicher gesehen, als meine Großmutter ohnehin von ihm behauptete. Zu spät. Ich besaß einen Glaskopf, wie man ihn für Modellhüte benutzt, den ich in einem Trödelladen aufgetrieben hatte, weil mir das Grün des Glases gefiel und weil ich dachte, er sei eine hübsche Verzierung für mein Bücherregal im Wohnzimmer, wo er jeden Sonnenstrahl einfangen würde. Ihm setzte ich den roten Hut auf. Es sah einfach wunderbar aus, der rote Samt mit dem grünen Glas.

Nun gab es nur noch eine Schicht. Die vier übriggebliebenen Gegenstände waren alle in das gleiche einfarbige, goldene Papier eingewickelt, mit einem silbernen Band drum herum, und alle hatten ungefähr dieselbe längliche Form. Bücher? Der erste war tatsächlich ein Buch, klein, aber dick, mit einem Einband aus einem Material im William Morris-Design, grau, mit Pfauenfedern in hellerem Grau und verwaschenem Blau. Es handelte sich um ein für das Kaufhaus Liberty of London hergestelltes Adreßbuch, und auf der rechten Seite war ein eingestanztes Register mit den einzelnen Buchstaben des Alphabets. Auf jeder Seite hatten drei Adressen Platz, die Wörter »Name«, »Adresse« und »Telefonnummer« waren in Purpurrot gedruckt. Als ich es überflog, stellte ich fest, daß es nicht allzu vollgeschrieben war, aber es dauerte eine Weile, bis ich feststellte, daß die Eintragungen etwas Merkwürdiges an sich hatten. Es gab keine Namen von Personen. Überhaupt keine. Es gab Adressen und manchmal Telefonnummern, aber keine Namen. Es war im wahrsten Sinne des Wortes ein Adreßbuch und mehr nicht, und die Adressen schienen hauptsächlich die von Hotels und ähnlichem zu sein. Die meisten waren in England und Schottland, ganz vereinzelt in Frankreich. Ferien? Waren dies die Orte, wo Susannah Ferien gemacht hatte? Versuchte sie, mich in einen ausgiebigen Urlaub zu schicken? Wenn ja, wäre sie enttäuscht. Ich war schon viel gereist, und keiner der Bestimmungsorte, die ich beim Durchblättern registrierte, lockte mich, oder wenn doch, so war ich bereits dort gewesen. Paris zum Beispiel. Sie hatte den Namen eines Hotels auf der Ile St. Louis notiert, das ich kannte. Ein sehr hübsches, aber einfaches kleines Hotel. Vielleicht war es für Susannah aufregend gewesen. In den fünfziger Jahren, der Zeit, in der sie höchstwahrscheinlich als Studentin dorthin gefahren war, waren Auslandsreisen nicht üblich.

Ich legte das Adreßbuch beiseite und nahm das nächste Geschenk heraus. Es war ein Tuschkasten, ein Windsor & Newton-Kasten mit Aquarellfarben, samt abgenutztem Pinsel, der säuberlich zwischen den Farben in seinem Fach steckte. Diese waren quadratisch, sechs auf jeder Seite. Die Grün- und Blautöne und das Weiß und Braun waren gebraucht, die Rottöne beinahe unberührt. Außen bestand der Kasten aus jenem harten schwarzen Plastik – Plastik? Ich glaube ja –, und innen war er weiß. Jemand hatte offensichtlich innen auf dem weißen Deckel Farben gemischt. Es war höchstwahrscheinlich ihr eigener Tuschkasten, wenn auch nur einer von mehreren, die sie besaß, denn ich hatte andere gesehen. Meine Großmutter hatte einen gehabt. Sie schenkte ihn mir, als ich ungefähr zehn und bei ihr zu Besuch war, wobei sie sich laut fragte, ob ich wohl »Susannahs Talent« geerbt hätte. Das hat mich erfolgreich davon abgehalten, ihn zu benutzen. Später schenkten meine Eltern mir einen ähnlichen Tuschkasten, ohne Susannah oder ihr Talent zu erwähnen, und ich entdeckte, daß mir Malen Spaß machte und ich gut darin war. Mein Vater freute sich und machte mir Mut, und ich brachte einige ganz annehmbare Ergebnisse zustande. Er kaufte mir später ein paar Ölfarben, und ich stellte fest, daß ich Ölfarben sogar noch lieber mochte als Aquarellfarben. Susannah, wußte ich, hatte Ölfarben nie angerührt. Sie war bei Aquarellfarben geblieben. Ich würde diesen Malkasten nicht benutzen. Ich klappte ihn zu, aber vorsichtig, seltsamerweise berührt von seinem Anblick. Mehr als irgendein Gegenstand bisher hatte er mich traurig gemacht. Benutzte Farben wirken traurig auf mich, wobei es mir schwerfällt zu sagen, warum.

Wie zu erwarten, war das nächste, was ich auspackte, ein Bild. Es war etwa 25 mal 20 Zentimeter groß, ungerahmt. Die Szenerie war eine Hügellandschaft mit einer Art Gebäude auf halber Höhe. Dieses Gebäude, eine Hütte oder Kate, war mit Bleistift gezeichnet, ebenso wie der Bach oder das, was für mich aussah wie ein Bach, der daran vorbeifloß. Es war eindeutig ein unfertiges Bild, bei dem nur die Spitze des Hügels und einige Felsbrocken richtig gemalt waren. Ich betrachtete es lange, indem ich mich bemühte, daraus klug zu werden und eine positive Einstellung dazu zu finden, oder es, wenn auch kritisch, jedenfalls zu würdigen, aber ich war lediglich deprimiert. Es handelte sich um einen eher langweiligen Versuch, ein Bild zu malen, nicht besser als das berühmte mit der leeren Wiese. Hatte sie es mir hinterlassen, um mich anzuregen, es zu Ende zu malen? Oder sollte ich den Ort, den es *darstellte,* aufspüren? Aber es *war* so wenig dargestellt. Dieser bescheidene Hügel mit seiner Hütte konnte Gott weiß wo sein.

Das letzte Päckchen war unter einigen Schwierigkeiten tief unten auf den Boden der Schachtel gezwängt worden. Es schien quadratisch zu sein, aber als ich es öffnete, war es eine Rolle mit Papieren in einer festen Pappschachtel. Ich entrollte sie und hatte zwei Farbreproduktionen vor mir. Sie waren aus irgendeinem Kunstbuch herausgeschnitten worden, gute Technik, ein wenig sentimental, wahrscheinlich 19. Jahrhundert, nahm ich an, aber den Künstler erkannte ich nicht. Eine zeigte eine Mutter in Blau, die ein Baby an sich drückte und küßte; die andere eine mit ihrem Baby zärtlich spielende Mutter in einem cremefarbenen Kleid.

Vielleicht sind es keine Mütter, sagte ich mir: Es könnten auch Kindermädchen sein. Aber da gab es etwas in der Art, wie die Babys – beide nackt – gehalten wurden, was nahelegte, daß es doch Mütter waren. Enttäuscht rollte ich die Farbdrucke wieder auf.

Es war vorbei, und es war nicht zu einem Trauma geworden. Soviel unnötige Angst vor dem, was sich als eine Sammlung harmloser Andenken herausgestellt hatte. Ziemlich überdrüssig stopfte ich all das Geschenkpapier in die Schachtel und machte den Deckel zu. Ich wollte die Schachtel irgendwo außer Sichtweite verstauen. Meine Schränke waren nicht tief genug, aber ich fand einen Platz unter dem Ausguß in meiner Dunkelkammer, ein bis auf die Hähne der Wasserleitung leeres Fach, in das ich sie hineinzwängen konnte. Ich fühlte mich viel besser, als ich sie verstaut hatte. Ein paar Gegenstände konnten ruhig zu sehen sein. Der Hut war bereits ein unverrückbares Inventar auf dem Glaskopf, die Halskette lag in meiner Spiegelschublade (eins dieser Drehspiegelgestelle aus Holz), der Rucksack mit der Landkarte darin hing an einem Haken in meinem Schlafzimmer hinter der Tür, die Muschel lag auf dem Badezimmerregal, die Federn nahm ich aus ihrer Plastiktüte und steckte sie in eine Flasche, die auch auf dem Regal im Badezimmer stand. Den silbernen Handspiegel wickelte ich in ein Tuch und legte ihn, zusammen mit dem Adreßbuch, in eine Schublade voller Pullover. Übrig blieben nur noch die aufgerollten Drucke, der Malkasten und das unfertige Bild. Ich legte sie in eine Truhe aus Kiefernholz, die, lediglich mit einem überflüssigen Daunenbett darin, oben auf der Treppe stand.

Ich weiß nicht, warum, aber ich hatte von allem eine Liste in der Reihenfolge der Nummern erstellt. Vermutlich dachte ich, daß ich, nachdem ich die Päckchen ausgewickelt hatte, nicht mehr wüßte, wie sie numeriert waren, und daß dies vielleicht von Bedeutung sein könnte. Aber als ich mir die kleine Liste ansah, konnte ich nicht erkennen, warum die korrekte Reihenfolge wichtig sein sollte. Warum waren jene Federn mit einer 1 numeriert? Und die Drucke als letztes mit einer 11? Ich wanderte rastlos und unruhig eine Weile mit der Liste in der Hand umher. Ich hatte es nicht gern, mir dumm vorkommen zu müssen, weil ich Zusammenhänge nicht erkennen konnte, die jemand, der klüger war, vielleicht verstehen würde. Außerdem war ich müde und hungrig, und so legte ich die Liste schließlich auf meinen Schreibtisch, machte mir Pasta und aß sie vor dem Fernseher, während ich Nachrichten sah, sie aber nicht in mich aufnahm. Die ganze Zeit, in der ich auf den Bildschirm starrte, sah ich nicht etwa die tatsächlich vorüberflimmernden Bilder, sondern all die Dinge, die in der Andenkenschachtel gewesen waren, in einer endlosen Prozession, wieder und wieder.

Im Bett war es noch schlimmer. Ich war müde, aber sobald ich meine Augen schloß, um in den Schlaf einzutauchen, sah ich die verflixte, sich ihrer Macht nur zu bewußte Schachtel vor mir. Ich sagte mir, daß sie jetzt unter dem Ausguß in der Dunkelkammer stand und, nachdem ihr Inhalt zum Vorschein gekommen war, keine Macht mehr über mich *hatte*. Aber das stimmte nicht. Sie geöffnet zu haben hatte zwar andere, aber immer noch starke Nachwirkungen. Die Furcht vor irgendeiner schrecklichen Überraschung war vorüber und auch die panische Angst, von Gefühlen überschwemmt zu werden, die mir bis dahin unbekannt waren, aber trotzdem fühlte ich mich noch irgendwie bedroht. Susannah hatte, wie beabsichtigt, mit Hilfe der Schachtel die Hand nach mir ausgestreckt, und selbst wenn ich nicht gänzlich verstand, was sie mir sagen wollte, war es ihr gelungen, Anspruch auf mich zu erheben. Ich konnte sie nicht länger ignorieren. Sie hatte sich gewaltsam Zugang in meine Gedanken verschafft, aus denen ich sie immer hatte heraushalten wollen. Ich hatte, seit ich von ihrer Existenz wußte, seit ich wußte, daß sie überhaupt als *meine Mutter* existierte, versucht, möglichst nicht an sie zu denken. Jetzt lag ich im Dunkeln und war gezwungen, über mich selbst als einen ehemaligen Teil von ihr nachzudenken. Ich muß bei ihr gewesen sein, als sie die Gegenstände für die Schachtel auswählte und einwickelte und ordnete. Ich lag wahrscheinlich in einer Wiege oder in einem Kinderbett neben ihrem eigenen Bett. Sie wird sich über mich gebeugt haben, vielleicht mit mir geredet, mir gezeigt haben, was sie mir hinterließ, mir gesagt haben, warum sie es tat. Ich ertappte mich dabei, daß ich mich in meinem Dämmerzustand abmühte, ihre Stimme zu hören, ihr Gesicht über dem meinen sich abzeichnen zu sehen, die Zartheit ihrer Berührung zu spüren …

Ich setzte mich auf und schaltete meine Nachttischlampe an. Das war krank. Es war außerdem lächerlich. Ich rief mir ins Gedächtnis, daß ich ja erst ein paar Monate alt gewesen war und keine Erinnerung an Susannah haben konnte. Da gab es nichts wachzurufen. Aber was ist Erinnerung überhaupt? Stimmte es, daß nichts vergessen wird, selbst das nicht, was ein kleines Baby erlebt hat? War es möglich, daß Erinnerungen an Susannah tatsächlich irgendwo in meinem Gehirn tief verwurzelt waren, zu denen ich vordringen könnte, wenn ich wüßte, wie? War es nur ein Problem des Wiedergewinnens? Ich ließ mich ins Bett zurücksinken und überlegte, was mit Erinnerungen geschieht, an die man sich nicht erinnert. Ich stellte sie mir vor wie in einem großen Fundbüro, alle in einem wirren Haufen und dicht zusammengedrängt und lautstark fordernd, herausgelassen zu werden. Mir schien, auch wenn es manchmal schwer ist, sich zu erinnern, daß es ebenso schwer ist zu vergessen. Vielleicht würden meine Erinnerungen als Baby wieder an die Oberfläche kommen, wenn ich zu einem Psychiater oder Psychotherapeuten ginge, aber ich hatte nicht im geringsten vor, dies zu tun. Ich schwor, streng mit mir, vernünftig zu sein. Die einzig wichtige Wahrheit bestand darin, daß ich mich an nichts erinnerte und daß dies immer ein Segen gewesen war. Ich bin vor dem Schmerz über Susannahs Tod bewahrt worden. Ich hatte keine Sehnsucht nach ihr gehabt oder nach ihr geschrien. Ich hatte nicht einmal gewußt, daß sie für immer verschwunden war, hatte meine Großmutter sofort als Ersatz akzeptiert und gedieh prächtig, bis schließlich Charlotte in mein Leben trat.

Es war aber überhaupt nicht gesagt, daß diese erfreuliche Version, an die ich immer stillschweigend geglaubt hatte, unbedingt zutraf. Vielleicht hatte ich sie vermißt. Daß ich nicht weinte, daß ich anstandslos in die Arme meiner Großmutter hinüberwechselte, muß nicht notwendigerweise bedeuten, ich hätte nicht registriert, daß es andere waren. Ich erinnerte mich auf einmal, daß meine Tante Isabella eines Tages in einem fast mißbilligenden Ton bemerkte, wie anpassungsfähig ich gewesen sei, als empfände sie es weder als natürlich noch richtig, daß ich so fügsam gewesen war und nicht vor Schmerz über meinen Verlust geschrien hatte. Sie schien es schockierend zu finden, wie heiter ich Susannah aufgab, die mich doch so leidenschaftlich geliebt hatte. Sie hätte es womöglich lieber gesehen, wenn ich untröstlich gewesen wäre und instinktiv gespürt hätte, was ich verloren hatte. Mir kam in den Sinn, daß mir die Schachtel, als ich sie zum erstenmal sah, wie eine Waffe erschien. Vielleicht hatte sie sich gewünscht, daß ich ihr ihren Tod übelnahm. Dieser Gedanke erschreckte mich – ich hatte immer angenommen, es müsse für sie eine Beruhigung gewesen sein zu wissen, wie jung ich war, und zu denken, ich würde mich an nichts erinnern, und daß daher ihr Tod mein Leben nicht zerstören würde. Sie wußte, sie würde mich verlassen, aber was war, wenn sie, anstatt froh zu sein, daß ich mich nicht an sie erinnern würde, wütend gewesen wäre? Vielleicht war ja zwischen die Schichten ihrer Schachtel Wut gepackt worden: »Wie kannst du es wagen, dich nicht an mich zu erinnern, wie kannst du es wagen zu behaupten, ich würde dir nichts bedeuten, wie kannst du es wagen, mich nie deine Mutter zu nennen?« Sie wollte mich demnach nicht unterhalten oder erziehen. Sie wollte mich veranlassen, meine Einstellung ihr gegenüber zu überprüfen. Ich mußte Inventur machen und sie dabei einbeziehen.

Ich stand auf, lief herum, trank einen Schluck Wasser, ging wieder ins Bett, ließ aber das Licht an. Ich würde eine ganze Weile nicht einschlafen können, das wußte ich, daher war es das beste, es mir bequem zu machen und zu versuchen, mich zu beruhigen. Ich versuche immer, mich zu beruhigen. »Beruhige dich«, war mir ewig von meinen Eltern, meiner Großmutter, meinen Lehrern und meinen Liebhabern gesagt worden: »*Beruhige* dich um Himmels willen, Catherine!« Was ist so falsch daran, stürmisch, sprunghaft zu sein, frage ich mich. Aber natürlich weiß ich ganz genau, was falsch daran ist. Es ist anstrengend für andere Leute. Ich glaube, sie sehen in meiner Aufregung eine Art Verrücktheit, die ihnen angst macht. Sie denken, ich könnte explodieren und ihnen etwas antun. Oder mir selbst. Aber diese brodelnde Wut, die ich scheinbar ständig in mir habe, durchläuft mich wie ein heißer Lavastrom – Wut über Dinge, die diese Wut gar nicht wert sind. Die Leute sagen, ich würde noch lernen, sie zu beherrschen oder zumindest sie zu lenken, aber das habe ich nie wirklich getan. Ich bin so, und ich habe aufgehört, mich dessen zu schämen. Ich habe auch aufgehört, mich zu fragen, woher sie kommt, obgleich ich früher schreckliche Angst hatte, Susannah komme in mir zum Vorschein. Niemand hatte mir je erzählt, sie sei aufbrausend gewesen oder habe zu solchen Wutanfällen geneigt, wie sie mich regelmäßig überkamen, aber wenn ich das Gefühl hatte, jemandem die Schuld an meinem Zustand geben zu müssen, war es praktisch, sie ihr zu geben. Das tat ich oft insgeheim. Und einmal, als ich meine arme Großmutter anschrie, ich sei nun einmal *böse*, nicht ich sei schuld, ich sei so *gemacht*, sah ich auf einmal einen sehr seltsamen Ausdruck auf ihrem Gesicht. Er machte mir angst, und ich stürzte mich in ihre Arme und schluchzte und sagte, es tue mir leid, so geschrien zu haben. Sie strich mir einfach übers Haar und hielt mich und schwieg.

Tony war der einzige Mensch, der mir dabei helfen konnte, mich zu beruhigen, wenn ich wütend und erregt war. Er selbst war ruhig, dieser Mann, den ich vor noch gar nicht so langer Zeit geliebt hatte, vor wenigen Wochen noch, bevor die Andenkenschachtel in mein Leben trat und mich durcheinanderbrachte. Tony hat über ein Jahr mit mir zusammengelebt, in dem Jahr, das mit Charlottes Tod endete. Er stand mir bei, als mein Vater starb und dann während Charlottes Krankheit. Er half mir, nicht verrückt zu werden, indem er mich liebte und meine Wut ertrug und für meinen elenden Zustand, durch den sie geschürt wurde, Verständnis hatte. Tony lehrte mich Tricks, die mir schon andere hatten beibringen wollen und die ich stets zurückgewiesen hatte. Ich war immer beleidigt gewesen, wenn man mir sagte, ich solle, wenn ich wütend sei und auszurasten drohe, tief Luft holen oder die Augen schließen und bis zehn zählen. Tony kam nicht mit solchem Blödsinn daher, wie tief atmen und zählen, sondern führte mich in Yoga ein und übte es mit mir. Ich höhnte und spottete, ließ mich aber – wenn auch widerwillig – von ihm unterrichten, und obwohl es mich nicht davon abhielt, gelegentlich zu explodieren, machte es mich insgesamt ruhiger. Das bewirkte auch seine Idee, mein Schlafzimmer in einen beruhigenden Raum zu verwandeln, in den ich mich zurückziehen könnte. Tony sorgte für eine neue

Beleuchtung, und zusammen suchten wir einen Teppich aus, um die Dielen zu bedecken: Der Raum wirkte nun gedämpft, weniger öde und nackt. Wir strichen die weißen Wände in einem blassen Apricot und ließen sie kahl bis auf die gegenüber dem Bett. Dort sollte aufgehängt werden, was er feierlich mein »Besänftigungsbild« nannte. Ich ließ ihm seinen Willen und wählte nach reiflicher Überlegung einen Druck, den ich schon immer geliebt hatte.

Es ist ein Cartier-Bresson-Foto, *Brie*, aufgenommen 1968, eine klassische Fotografie in Schwarzweiß. Sie zeigt eine Straße zwischen Feldern, vielleicht Lavendelfeldern, im Vordergrund breit, aber durch eine lange Allee hindurch schmaler werdend, wie man sie häufig in Frankreich auf dem Land findet. Die Allee macht eine Linkskurve und verliert sich am Horizont. Die Hälfte des Bildes besteht aus Himmel. Keine Wolken, nur ein sanfter grauer Himmel. Keine Menschen, keine Häuser. So manche Nacht habe ich im Halbdunkel meines Schlafzimmers auf das Bild gestarrt und bin dieser geraden und doch mysteriösen Straße gefolgt. Gewöhnlich half es mir, allmählich einzuschlafen, aber in jener Nacht hatte es die gegenteilige Wirkung. Ich war mit einemmal hellwach. Ich fing an, mir vorzustellen, was ich in einer Andenkenschachtel hinterlassen würde. Würde ich diese Fotografie hineintun? Und wenn ja, was würde ich mit ihr sagen wollen, und was mochte sie für die Person bedeuten, der ich sie vermachte? Ich verstand, daß es mir helfen würde, wenn ich darüber nachdachte. Aus Susannahs Vermächtnis schlau zu werden gelang vielleicht nur, wenn ich mich in die Lage versetzte, selbst etwas Vergleichbares zu hinterlassen. Sofort erkannte ich die Gefahren. Was mochte jemand denken, der einen Druck dieses Cartier-Bresson-Fotos geschenkt bekäme? Er würde als erstes den *Ort* aufsuchen. Er würde denken, daß ich, wo immer diese Straße war, dort entlanggegangen oder -gefahren sei und daß sie für mich von großer Bedeutung sei. Er würde sich verpflichtet fühlen, sie zu finden, und darauf warten, daß ihm ein Licht aufginge. Aber das würde nicht geschehen. Der Ort, die Straße selbst, war unwichtig, und dorthin zu fahren würde ihm nichts von mir erzählen. Ich bin nie in der Brie gewesen. Der Ort bedeutet mir nichts. Von Bedeutung war allein die künstlerische Qualität der Fotografie. Sie wäre als Hinweis auf meinen Geschmack gedacht gewesen.

Was würde ich sonst noch hinterlassen? Ich versuchte, über mich nachzudenken, was aus mir geworden war, wer ich war, über mein Leben im allgemeinen. Was würde ich meiner imaginären Tochter übermitteln wollen? Warum sollte mich schmerzen, was Fotos und Zeugenaussagen anderer ihr nicht erzählt hatten? Susannah hatte einen Mann, eine Mutter, eine Schwester und mehrere Onkel, Tanten, Vettern und Cousinen zurückgelassen, die nicht nur versucht hatten, ihr Andenken zu bewahren, sondern ein ganzes Archiv von Material über sie besaßen. Wenn es mein Wunsch gewesen wäre, hätte ich davon überschwemmt werden können. (Vor allem meine Großmutter schien entschlossen zu sein, mir zu erzählen, was ich nicht hören wollte – sie war nicht zu stoppen, und ich fing an, mich vor den Worten »Susannah hat immer« zu fürchten.) In all ihren Geschichten, so hatte ich den Eindruck, gewann Susannah etwas – Preise in Hülle und Fülle für die beste Handschrift, das am schönsten bemalte Osterei, das am schnellsten gelöste Kreuzworträtsel, das am besten vorgesungene Lied, das am besten aufgesagte Gedicht – und so ging es weiter und weiter mit der Lobeslitanei. Sie habe immer so fleißig gearbeitet, sich so sehr bemüht, so gründlich überlegt; sie habe immer so gewinnend gelächelt, so leicht Freunde gewonnen, die Leute so restlos bezaubert. Meine Großmutter hatte natürlich nur den einzigen Wunsch, sie für mich *lebendig* werden zu lassen, aber genau das vermochte sie nicht. Vielleicht wäre es ihr gelungen, wenn sie mir nur eine Geschichte erzählt, nur ein Beispiel gegeben hätte von einer ungezogenen oder boshaften Susannah, aber das tat sie nie. Als Kind nahm ich an, es gäbe keine nachteiligen Geschichten zu erzählen, und erst jetzt wird mir klar, daß meine Großmutter, wenn auch aus den edelsten Motiven, Susannahs Vergangenheit zensiert haben könnte.

Ein Kind von mir würde all das nicht gehabt haben. Da waren keine Großeltern, um die Erinnerung an mich wachzuhalten; die meisten meiner Vettern und Cousinen waren aus meinem Leben verschwunden. Nur Rory kannte mich wirklich und stand mir noch immer nah. Aber ihm würde man nicht vertrauen. Jede Andenkenschachtel von mir würde mehr aussagen als die von Susannah – sie würde für sich selbst sprechen und das fast vollkommene Fehlen sonstiger Stimmen und Zeugnisse kompensieren. Und da wäre kein Ehemann gewesen, sie zu verwahren …

Das war ein dummer Gedanke. Wenn ich ein Kind gehabt hätte, wäre da auch ein Vater, wenn nicht gar ein Ehemann gewesen. Während ich darüber nachdachte, geriet ich immer tiefer und tiefer in absurde Spekulationen, entfernte mich immer weiter und weiter von meinem ursprünglichen Ausgangspunkt. Ich erkannte, daß ich mich hartnäckig weigerte, meine eigene, die entscheidende Frage zu beantworten: Was würde ich in eine Andenkenschachtel tun, wenn ich eine hinterlassen müßte? Großer Gott, das konnte doch nicht so schwer sein. Dann erkannte ich, warum ich ständig auswich. Nicht weil ich nicht wußte, was ich vermitteln sollte, sondern weil ich mich schämte, was es war. Susannah hatte vieles, worauf sie stolz sein konnte. Glückliche Dinge. Gute Erinnerungen. Ich nicht. Ich mußte mich der Tatsache stellen, daß mein Leben ziemlich verpfuscht war. Ich hatte Dinge getan, die ich nicht unbedingt jemandem mitteilen wollte, der nichts davon wußte. Nur meine Kindheit, meine frühe Kindheit lohnte den Versuch, von ihr zu erzählen, etwa von meinen ersten, vollkommen glücklichen zehn Jahren. Ich hätte es gern gesehen, wenn ein Kind von mir von diesem Glück gewußt hätte, und gehofft, daß es ihm gefallen würde. Aber wie sollte ich das mit wenigen Gegenständen, die in eine vergleichsweise kleine Schachtel paßten, weitergeben? Ich dachte an unser Haus in Oxford, an das wunderschöne Zuhause meiner Kindheit, und ich erinnerte mich an das Modell, das mein Vater früher von ihm gebaut hatte, ein Puppenhaus, das ich zu meinem siebten Geburtstag geschenkt bekam, das schönste Geschenk. Ich besaß es noch immer, es stand in einer geräumigen Nische auf dem Treppenabsatz. Aber es war zu groß für eine Hutschachtel, ja sogar für eine Kiste. Das Puppenhaus kam für meine Andenkenschachtel nicht in Frage. Es konnte nur in sich selbst ein Andenken sein.

Aus irgendeinem Grund war ich nicht mehr so aufgeregt, nachdem ich die Idee gehabt hatte, mit diesem Haus zu beginnen. Es beruhigte mich zu wissen, daß ich selbstverständlich Dinge besaß, was auch immer für welche, die etwas von meinem Leben erzählen konnten. Und schließlich ging es bei dieser Andenkenschachtel darum, eine Verbindung herzustellen, sonst nichts. Es war nicht gerechtfertigt, irgend etwas, das Susannah mir hinterlassen hatte, als unheilvoll anzusehen. Ich brauchte nicht schweißgebadet dazuliegen und angestrengt nach einer tieferen Bedeutung zu suchen. Und dann schlief ich ein.

Drittes Kapitel

Am nächsten Morgen, einem Sonntag, wachte ich spät, aber gutgelaunt auf. Während ich meinen Kaffee ins Wohnzimmer trug, warf ich einen Blick auf den Glaskopf mit dem roten Hut, von dem das Sonnenlicht genau so, wie ich vermutet hatte, reflektiert wurde, und war fest entschlossen, den Inhalt der Andenkenschachtel noch einmal zu überdenken. Ich sagte mir, das Ganze sei im Grunde wie eine Schatzsuche, wenn auch nicht nach Rorys Geschmack, und ich müsse darin ein Vergnügen sehen. Ich würde jeden dieser elf Gegenstände als eine Spur betrachten und, indem ich auf der Suche nach Susannah diesen Spuren folgte, ihnen einen Sinn geben können. Es war für mich sogar eine willkommene Ablenkung, auch wenn Susannah nicht hatte ahnen können, daß ich so etwas brauchte.

Wovon wollte ich abgelenkt werden? Ich schämte mich, es mir einzugestehen: vom Leben, von meinem eigenen Leben. Ich mußte mich von der Art, wie ich lebte, erholen. Nicht daß ich etwa selbstmordgefährdet gewesen wäre – ich dachte nie an Selbstmord. Ich war einfach nur müde, kaputt. Ich konnte allem, was ich tat, nur wenig Freude oder Genugtuung abgewinnen und ärgerte mich darüber, da ich doch allen Grund hatte, dankbar zu sein. Alles wirkte schal und abgestanden, und wenn etwas wirklich Tragisches geschah, wenn meine Eltern so unerwartet, einer nach dem anderen, starben, schien das nur zu zeigen, wie selten ich Glück empfunden hatte, bevor ich Anlaß hatte, wirklich unglücklich zu sein. Ich war beinahe erleichtert, endlich einen Grund für meine vagen Gefühle der Verzweiflung zu haben. Welch ein erbärmlicher, Susannah-untypischer Zustand! Ich hatte keine Ahnung, wie es eigentlich dazu gekommen war. Alles hatte zu Anfang so vielversprechend ausgesehen, war dann aber gescheitert, und mit meinen einunddreißig Jahren dachte ich irritiert daran, wie selbstbewußt und entschlossen ich mit achtzehn, neunzehn gewesen war.

Ich hatte damals nicht weit vorausgeschaut, keine konkreten Pläne gehabt, aber das haben auch nur wenige Achtzehnjährige, abgesehen von den paar Glücklichen, die schon immer Ärzte oder Anwälte werden wollten und ihren Weg klar vor sich sehen. Ich dachte einfach nur ... eigentlich weiß ich gar nicht mehr, was ich damals dachte. Daß schon irgend etwas passieren würde, nehme ich an, daß ich mir um die Zukunft keine Sorgen zu machen brauchte, sie würde einfach auf mich zukommen. Ich hatte mir nie Sorgen gemacht. Ich hatte nie einen Anlaß dazu gehabt. Hin und wieder erkundigte sich mein Vater ganz vorsichtig, ob ich mir überlegt hätte, was ich später tun wolle. Ich erinnere mich noch, wie überrascht ich war, daß er mich überhaupt fragte. Er mußte doch wissen, daß ich irgendwohin gehen würde, wo ich mehr über Fotografie lernen würde, und daß ich dann Fotografin werden wollte. Mich interessierte nichts anderes, aber ich hatte natürlich nicht wirklich darüber nachgedacht, ich hatte nicht die geringste Vorstellung davon, wie man eine professionelle Fotografin wurde – ich fotografierte einfach gern. War das nicht genug? Für meinen Vater nicht. Er meinte, ich solle eine breitere Ausbildung machen und entweder die Universität oder eine Kunsthochschule besuchen und einen Grundkurs belegen, um einen Abschluß machen zu können. Ich weigerte mich, zur Uni zu gehen, und ließ mich nur deshalb auf den Grundkurs ein, weil ich gehört hatte, daß alle viel Spaß dabei hatten (ich hatte auf dem Londoner St. Martin's College tatsächlich viel Spaß).

In dem Kurs damals ging es nur wenig um Fotografie, aber das machte mir nichts aus. Ich fotografierte sowieso, zum Vergnügen, ohne daß ich auf die Idee gekommen wäre, damit meinen Lebensunterhalt zu verdienen. Ich sah keinen Anlaß dazu. Seitdem meine Eltern mir zu meinem zehnten Geburtstag eine gute Kamera, eine Pentax, geschenkt hatten, wußte ich, daß es um mich geschehen war. Ich brachte mir alles selbst bei, nach der »Aus-Fehlern-lernen«-Methode, indem ich unentwegt fotografierte, und ließ mir nur zeigen, wie man Abzüge macht. Glücklicherweise war das Fach Kunst an meiner Schule ausgezeichnet, mit Fotografie als Wahlfach, und ich lernte schnell. Mein Vater richtete mir in einem kleinen Raum, dem früheren Kohlenkeller, eine Dunkelkammer ein und war ganz glücklich, das zu finanzieren, was er für mein Hobby hielt. Zu meinem achtzehnten Geburtstag kaufte er mir eine Leica, noch mehr Luxus. Aber es war kein Hobby, sondern eine Leidenschaft, und wahrscheinlich hat er staunend mit angesehen, wie sehr sie von mir Besitz ergriff. Schon bald nahm ich an Wettbewerben teil und gewann auch einige, und für mich stand fest, das war's, genau das wollte ich tun. Geduldig machte mich mein Vater darauf aufmerksam, Wettbewerbe zu gewinnen stehe auf einem Blatt, Rechnungen zu bezahlen auf einem anderen. Rechnungen? Ich glaube nicht, daß ich überhaupt verstand, was er meinte. Man könnte sagen, er selbst sei schuld daran gewesen: Er und meine Mutter hatten mich zu sehr verwöhnt. Sie hatten mir nie beigebracht, daß Geld einen Wert hat. Ich hatte nie in den Schulferien irgendwelche Jobs annehmen müssen wie die meisten meiner Freunde, um mein Taschengeld aufzubessern. Sie gaben mir einen großzügigen Betrag, und ich hielt meine Ausgaben sogar noch für bescheiden, weil ich mir nur selten Kleidungsstücke oder Schallplatten kaufte, vergaß dabei aber, was ich sie sonst noch kostete (Kameras, Filme, Ausrüstung). Man könnte meinen Eltern zu Recht vorwerfen (nicht, daß ich es je tun würde), daß sie für vieles verantwortlich waren, einfach weil sie zu großzügig waren. Mich wundert heute, wie wenig ich mich damals schämte oder schuldig fühlte, das verwöhnte Einzelkind wohlhabender Eltern zu sein. Ich nahm alles als selbstverständlich hin. Ich hielt es offenbar für mein angestammtes Recht, so verhätschelt zu werden, und hatte deswegen keinerlei Gewissensbisse.

Sie finanzierten mich während der ganzen Zeit in St. Martin's und kauften mir dann eine Wohnung. Nicht genug damit, sie unterstützten mich, bis ich soviel verdiente, daß ich davon leben konnte. Ich brauchte vier Jahre, und keiner der beiden machte mir je Vorhaltungen und sagte, ich müsse mir, wenn das Fotografieren nicht genügend einbrächte, eben einen anderen Job suchen. Sie halfen mir in jeder Hinsicht, aber es kümmerte mich überhaupt nicht. Das einzige, was ich zur Entschuldigung meiner gleichgültigen Haltung sagen kann, ist, daß ich sie liebte und es ihnen auch zeigte. Ich zog nicht von ihnen weg, sie waren mir nie lästig, so wie es vielen meiner Freunde mit ihren Eltern erging (selbst Rory, der genau wie ich allen Grund zur Dankbarkeit hatte). Ich liebte sie, mochte sie, telefonierte beinahe täglich mit ihnen und besuchte sie jedes zweite Wochenende. Sie nahmen an allem, was ich tat, Anteil, und unser herzliches Verhältnis kühlte nie ab, jedenfalls nur sehr wenig. Wegen Männern, der beiden vor Tony. Die Wahl meiner Freunde und Liebhaber hatte weniger zur Folge, daß unsere gegenseitige Zuneigung abkühlte, als daß sie sich Sorgen um mich machten, was mir früher, selbst wenn sie es getan haben sollten (mit Sicherheit), nie aufgefallen war. Sie wurden etwas verkrampft; es beunruhigte sie, wenn bestimmte Männer in meine Wohnung einzogen, und sie waren jedesmal sichtlich erleichtert, wenn sie hörten, daß sie wieder ausgezogen waren.

Vielleicht war ich ja der Männer überdrüssig, nicht des Lebens. Es hatte nicht viele gegeben. Nur ein paar. Nur zwei, die irgendwie von Bedeutung waren. Ich war nicht gut in Beziehungen, das war das Problem. Nach den ersten Monaten einer neuen Beziehung wurde ich, wie sehr ich den Mann auch lieben mochte, immer unruhiger und fühlte mich eingeengt. Ich fragte mich natürlich, wie sehr ich ihn tatsächlich liebte. Konnte das, was ich empfand, wirklich *Liebe* sein, wenn ich mir die meiste Zeit wünschte, er wäre nicht da? Bedeutete Verliebtsein nicht, daß man von dem Geliebten nicht genug bekommen konnte? Mein Vater und Charlotte liebten sich. Sie schienen nie länger als einen Tag getrennt sein zu wollen. Und der glücklichen Susannah war es mit meinem Vater genauso ergangen, ihrem, soweit ich weiß, einzigen

Liebhaber. Vielleicht kenne ich mich ja auch einfach mit Männern und der Liebe nicht aus. Jedenfalls war mein Privatleben alles andere als erfüllt und befriedigend, und ich schien mich nicht darin zurechtzufinden. Ich war lieber allein.

An jenem Morgen wurde mir allerdings klar, wie sehr ich mir wünschte, Susannahs Vermächtnis möge mich berühren und verändern, ja, Wunder bewirken. Ich wußte, es war verrückt, solche Erwartungen zu haben, aber ich spürte, daß ich, falls ich mich nicht zusammenriß und Vertrauen hatte, diese mir mit so viel Liebe vermachten Gaben vergeuden würde. Und es *ging* hier um Liebe, daran bestand für mich kein Zweifel. Alles war so liebevoll eingewickelt und so behutsam verpackt worden. Aber vielleicht hatte mir ja schon immer instinktiv der Gedanke an diese Liebe angst gemacht. Wenn ich diese Liebe empfinden würde, würde ich auch ihren Verlust empfinden. Vielleicht hatte ich in all den Jahren klugerweise instinktiv diese postume Liebe abgelehnt. Sie hätte mich mit einer Empörung und Wut gegen das Schicksal erfüllen können, die mir so erspart geblieben waren.

An dem Tag machte ich einen Plan. Ich studierte die Liste der Gegenstände, die in der Schachtel gewesen waren, und beschloß, ihnen in der Reihenfolge ihrer Numerierung nachzugehen. »Nachgehen« war nicht der richtige Begriff, aber mir fiel kein besseres Wort ein. Ich wollte sozusagen jeden einzelnen Gegenstand studieren, was auch hieß, seine mögliche Bedeutung zuerst als Gegenstand an sich und dann im Hinblick auf Susannah herauszufinden. Falls es eine Fährte gab, die irgendwohin führte, dann würde ich ihr gewiß am besten auf diese Weise folgen. Falls es keine gab, falls es sich trotz der Numerierung vielmehr um eine beliebige Sammlung von Erinnerungsstücken handelte, die als zarte Bande zu einer Toten gedacht waren, würde sich auch dies herausstellen.

Ich bedauerte es sehr, mit den drei Federn beginnen zu müssen, denn verglichen mit den anderen Gegenständen, waren sie so vage. Ich wußte nicht, ob Susannah sich für Vögel interessiert hatte. Sie hatte keine Vögel gemalt, und unter den Büchern, die ihr gehörten und die ich an einen Antiquar geschickt hatte, waren keine über Vögel gewesen. Bei einem Abstecher in die Bibliothek am nächsten Tag und einem halbstündigen Studium der eher bescheidenen Ornithologie-Abteilung erfuhr ich, daß die drei Federn weder selten noch besonders spektakulär waren. Es waren die Federn einer ganz gewöhnlichen Seemöwe, wie man sie überall an der englischen Küste findet. Wahrscheinlich würde nicht einmal ein Experte sagen können, woher sie stammten. Ich war enttäuscht. Wieder zu Hause, dachte ich – mit den Federn in der Hand – angestrengt nach. Woher hatte Susannah sie? War die Nummer 1 ein Hinweis auf ihre Kindheit? Oder auf die Segeltörns mit meinem Vater? (Ich erinnerte mich nur noch an ein einziges Foto mit ihr am Meer, das im Arbeitszimmer meines Vaters gehangen hatte – irgendwo auf einem Boot, aber, wenn ich mich recht entsann, ohne Möwen.) Ich holte das älteste der Fotoalben, die meine Großmutter mir vermacht hatte, hervor. Es war eins dieser Alben mit Seiten aus dicker schwarzer Pappe, auf denen die meist kleinen quadratischen Fotos fest eingeklebt waren. Kein Schnappschuß von Susannah am Meer, nicht ein einziger. Ein paar wenige an verschiedenen Seen, aber nicht einer an der Küste.

Die Alben mit Fotos aus Susannahs Leben lagen alle zusammen. Ich hatte sie in eine Schachtel gepackt, die beiden, die meine Großmutter mir gegeben hatte, und die beiden Alben meines Vaters mit seinen ersten Fotos, einschließlich derer meiner Geburt. Als ich das erste der beiden Alben meines Vaters aufschlug, fand ich seitenweise Fotos von Susannah, aufgenommen am Meer. So viele und alle einander so ähnlich, daß ich sie deshalb wahrscheinlich bislang kaum zur Kenntnis genommen hatte. Mein Vater schien darauf fixiert gewesen zu sein, sie im Vordergrund, im Profil, zu fotografieren, so daß der Blick sich auf den Umriß von Stirn, Nase und Kinn und nur wenig sonst konzentrierte. Er muß sie auf die Spitze einer Klippe gesetzt haben, denn der Hintergrund bestand nur aus Meer und Himmel. Und, ja, auf diesem Hintergrund gab es tatsächlich Möwen, Seemöwen, weiße Flecken, manchmal ganze Schwärme, aber keine war besonders hervorgehoben. Da mein Vater ein gewissenhafter und ordentlicher Mann war, hatte er sämtliche Fotos beschriftet. Er hatte in Kursivschrift kurze Bildlegenden verfaßt – Datum, Ort usw. Die Fotos auf den ersten Seiten seines Albums stammten alle aus dem Sommer, in dem mein Vater Susannah kennengelernt hatte und an dessen Ende er sie nach Hause mitnahm und seiner verwitweten Mutter vorstellte, die in Whitehaven lebte. Manche waren bei Ausflügen zu verschiedenen Küstenorten entstanden – St. Bees, Allonby, Skinburness, die meisten jedoch in Whitehaven selbst.

Stammten die Federn von der Küste bei Whitehaven? War diese Vermutung richtig oder falsch? In meinen Augen war sie richtig. Susannah hatte nicht etwa mit einem Verweis auf ihre Kindheit, sondern auf meinen Vater begonnen. In gewisser Hinsicht war dies der lebendigste Verweis, da ich aus dieser Verbindung hervorgehen sollte. Trotzdem war es schwierig, einen Sinn darin zu erkennen, mir drei Möwenfedern zu vermachen. Wollte sie, daß ich mich nach Whitehaven auf eine Art Reise in die Vergangenheit begab? Bei dem Gedanken wurde mir ein wenig mulmig zumute, aber andererseits war ich noch nie in Whitehaven gewesen, oder überhaupt in Cumberland (mein Vater nannte seine Grafschaft nie »Cumbria«). Nach dem Tod seiner Mutter – ich war noch zu klein, um mich an sie erinnern zu können, obgleich sie ihre letzten beiden Winter offenbar bei uns in Oxford verbracht hatte – fuhr er nie wieder dorthin zurück, und ich ahnte schon immer, weshalb. Cumberland war für ihn tabu. Gäbe es noch irgendwelche Verwandte in Whitehaven, vor allem einen Bruder oder eine Schwester mit Familie, hätte er sicher seine Abneigung überwunden und mich dorthin mitgenommen, aber er war ein Einzelkind, ebenso um eine Familie betrogen, wie Charlotte mit einer gesegnet und belastet war. In den seltenen Momenten, wenn er traurig war, erzählte er mir, ich sei der letzte Sproß der alten Familie Musgrave, und rezitierte Gedichte, ich glaube Verse von Walter Scott, in denen unser Name gepriesen wurde.

Ich mochte meinen regionalen Familiennamen schon immer, auch wenn ich noch nie in dieser Gegend gewesen war. »Musgrave« klingt nicht besonders schön, eher sogar das Gegenteil, aber ich fand, es paßte gut zu Catherine. Ich ließ den Namen Hope ganz weg. Ich war Charlotte für vieles dankbar, aber am dankbarsten war ich ihr dafür, daß sie meinen Namen geändert oder vielmehr meinen zweiten Namen zu meinem Rufnamen gemacht hat. Bei meiner Geburt wurde ich Catherine Hope getauft, mit Rufnamen

Hope. Susannah nannte mich Hope. Als aber Charlotte meine Mutter wurde – ich war gerade eben ein Jahr alt –, fragte sie meinen Vater, ob es ihm recht sei, wenn sie mich bei meinem ersten Vornamen, Catherine, nennen würde. Mein Vater sagte, das sei ihm sogar lieber, und als er meine Großmutter ängstlich um Rat fragte, stellte sich heraus, daß sie hocherfreut war. Sie selbst hieß Catherine, und auch ihr hatte es nicht gefallen, daß man mich Hope nannte. Jeder war also froh darüber, den Namen, den Susannah für mich ausgesucht hatte, fallenzulassen. Genau. *Hope*, Hoffnung, natürlich. Der Gedanke daran war mir unerträglich, und wenn ich später – viel, viel später – an den Namen dachte, konnte ich ihn nicht ausstehen. Ich wollte nicht ihre Hoffnung sein, ich sträubte mich gegen die Vorstellung, mein Name sei mit solcher Symbolik beladen. Ich war ihre Hoffnung für die Zukunft, und die hatte sich nicht erfüllt. Auf allen Formularen, die ich, seitdem ich davon weiß, ausgefüllt habe, stand immer als Name Catherine Musgrave.

Ich sah eigentlich keinen Grund, nach Whitehaven zu fahren, nur weil auf den Fotos von Susannah ein paar Seemöwen auftauchten, aber andererseits hatte ich diese Stadt schon immer mal besuchen wollen, wenn auch eher wegen meines Vaters und nicht ihretwegen, und es gab nichts, was dagegen sprach. Ich war ein freier Mensch. Ich war ungebunden. Ich brauchte eine Veränderung. Es war Anfang Herbst, das Wetter war schön, ich beschloß also zu fahren. Aber nicht mit meinem Wagen. Ich bin keine leidenschaftliche oder besonders gute Autofahrerin, und mit meinem Auto war etwas nicht in Ordnung. Ich wollte nicht warten, bis es repariert war – meine Begeisterung hätte in den achtundvierzig Stunden, die die Werkstatt benötigen würde, womöglich dahinschwinden können –, so nahm ich den Zug nach Carlisle und ließ mir einen Mietwagen reservieren.

Das beste an Zugreisen im Unterschied zu Reisen mit dem Auto ist natürlich, daß man lesen kann. Tony staunte immer, wieviel ich las. Er sagte, ich hätte, als wir uns kennenlernten, gar nicht wie ein Bücherwurm ausgesehen. Ich verstand das nicht als Kompliment, sondern als Beleidigung und forderte ihn auf, mir genau zu erklären, was er damit meinte. Meinte er, ich hätte zu borniert gewirkt, um eine ernstzunehmende Leserin zu sein? Zu oberflächlich? Zu dumm? Er blieb gelassen und sagte, nein, nichts von alldem, vielmehr habe er mich eher für einen visuellen Menschen gehalten, den Bilder, Filme und Fernsehen interessierten. Und er habe nicht geglaubt, daß ich wirklich die Geduld besäße, die man zum Lesen brauche. Ich hätte so gewirkt, als sei ich immer rastlos, immer in Bewegung, und er habe sich nicht vorstellen können, daß ich ruhig dasitzen und die Seiten eines Buches umblättern könne. Nun, er sollte schon bald vom Gegenteil überzeugt werden. Ich las in meiner Freizeit mehr als er, und zwar nicht, was er als leichte Kost bezeichnet hätte. Ich liebe umfangreiche Biographien und, zur Abwechslung, vor allem Sammelbände mit klassischen Kurzgeschichten.

Während ich darüber nachdachte, was ich unterwegs lesen sollte, machten meine Gedanken einen plötzlichen, unerwarteten Sprung. Auf dem Weg zu meiner Buchhandlung dachte ich darüber nach, daß sich Susannahs Federn, wäre ich Autorin, ausgesprochen gut als Thema für eine Kurzgeschichte eignen würden – *Die Federn* oder *Die Möwenfedern.* Und dann dachte ich *Die Möwe*, es *gab* doch eine Kurzgeschichte, sogar eine berühmte, mit diesem Titel. Ich irrte mich, aber nicht ganz. Woran ich dachte, war keine Kurzgeschichte, sondern ein Theaterstück, ein Stück von Tschechow. Ich wußte, es war lächerlich, aber die sonderbare Vorstellung, daß das Rätsel um meine Möwenfedern in dem Stück eines russischen Theaterautors des 19. Jahrhunderts aufgeklärt werden würde, faszinierte mich. Unter den Büchern meines Vaters hatte es bestimmt auch welche von Tschechow gegeben – und von Dostojewski und Turgenjew. Wer weiß, vielleicht hatte Susannah, die soviel liegen mußte, dieses Stück ja gelesen und mit irgendeiner verschlüsselten Botschaft verbunden, die sie mir zukommen lassen wollte.

Mir fiel plötzlich ein, daß Susannah irgendwann Schauspielerin hatte werden wollen. Nicht etwa meine Großmutter, sondern meine Tante Isabella hatte mir davon erzählt. Sie hatte mich bei einer Theateraufführung in der Schule gesehen – sie und Rory waren bei uns zu Besuch und kamen zusammen mit meinen Eltern. Das Stück hieß *Die Kröte aus Krötenhausen*, und ich spielte die Riesenkröte, eine Rolle, die ich liebte. Ich stellte mit meinem Hüpfen absolut jede Kröte in den Schatten und schrie meistens, statt meinen Text zu sprechen, erntete aber manch einen Lacher und lief, hocherfreut über meinen Erfolg, zu meiner Familie, um sie zu fragen, wie es ihnen gefallen habe. Meine Eltern waren wie immer voll des Lobes, während Isabella eher zurückhaltend reagierte und unbedingt anmerken mußte, ihrer Meinung nach hätte ich »etwas dick aufgetragen, genauso wie Susannah es immer tat«. Mein Vater warf sofort ein, die Kröte *sei* nun mal eine Angeberrolle, aber Isabella beharrte darauf, ich hätte die anderen an mehreren entscheidenden Stellen an die Wand gespielt – »genauso wie ihre Mutter«. Das Ganze hätte ein schlimmes Ende nehmen können – ich war kurz davor zu weinen –, aber Charlotte bog die Sache gerade, und obgleich ich meiner Tante nie ganz verziehen habe, kam es nicht zum Streit. Ich denke, sie muß sich ein wenig schuldig gefühlt haben, denn noch am selben Abend sagte sie, sie glaube, aus mir könne eine gute Schauspielerin werden, wenn ich mich nur ein wenig zurücknehmen würde. »Deine Mutter wollte früher mal Schauspielerin werden. Sie bewarb sich bei der Royal Academy for Dramatic Arts, wurde aber nicht angenommen und gab die Idee Gott sei Dank auf. Unsere Mutter war erleichtert, sie war nie für die Schauspielerei gewesen, sie fand, daß sie Susannahs negative Seiten zu Tage förderte. Und das war auch so.«

Vielleicht hatte Susannah sich ja trotzdem weiterhin fürs Theater interessiert, vielleicht hatte sie in ihrer Freizeit Stücke gelesen und weiterhin heimlich davon geträumt, Schauspielerin zu werden, vielleicht war es gar nicht so abwegig, daß sie mich, indem sie mir die Möwenfedern hinterließ, auf ein Stück aufmerksam machen wollte, weil es etwas über sie aussagte.

Es gab niemanden, der mich hätte auslachen, niemanden, der zu mir hätte sagen können, wie dumm ich war, niemanden, der vernünftig mit mir geredet und mich ermahnt hätte, ich solle doch nicht albern sein. Es war verrückt, drei gewöhnliche Vogelfedern mit einem bestimmten Ort in Verbindung zu bringen und sich von einer Reise dorthin eine Offenbarung zu erhoffen, aber über eine derart weither geholte Parallele zu literarischer Erleuchtung gelangen zu wollen war ganz einfach dumm. Aber ich wollte dumm sein.

Und ich brauchte etwas zum Lesen, warum dann nicht eine billige *World Classics*-Ausgabe von Anton Tschechows *Fünf Theaterstücken*? Ich lächelte, als ich sie kaufte, und amüsierte mich insgeheim darüber, aber als ich im 10 Uhr 45-Zug von Euston Station saß und *Die Möwe* las, verblaßte die Vorstellung, daß es sich um einen Scherz handeln könnte, immer mehr. Bei meiner Suche stieß ich prompt auf bedeutungsträchtige Stellen. Die erste Zeile von Mascha, die zweite des Stücks überhaupt, lautet: »Aus Trauer um mein Leben. Ich bin unglücklich.« Außerdem ist alles, was Nina sagt, im Zusammenhang mit Susannahs Situation bedeutungsvoll: »Mein Herz ist ganz voll von Ihnen.« – »Was sein soll, dem entgeht man nicht.« – Sie hält sich selbst für eine Möwe. – »Ich bin eine Möwe ...« – »Mich aber zieht es hierher ..., gleich einer Möwe.« Und dann ihr letzter langer Monolog, bevor sie durch die Verandatür hinausläuft: »Schön war es vormals ... Welch ein klares, warmes, heiteres, reines Leben.« Meine Augen sprangen von einer Zeile zur nächsten, hefteten sich auf einzelne Wörter, sträubten sich dagegen, sorgfältig zu lesen oder das Stück als Ganzes zu erfassen. Ich wußte kaum, wovon es handelte, außer daß das Leben dieser Nina irgendwie ruiniert worden zu sein schien, nachdem es einst vollkommen gewesen war. Und die Möwe, oder eine Möwe, mit der sie sich identifiziert, wird getötet.

Schluß mit dieser verrückten Vorstellung, Susannah habe eine literarische Anspielung gemacht. Ich fühlte, wie ich ein wenig errötete, als ich das Taschenbuch zuschlug, und starrte aus dem Fenster. Wie gefährlich dieses Spiel war, denn als solches stellte es sich heraus, als Spiel ohne Spielregeln, mit einer minimalen Aussicht auf einen schwer definierbaren Preis am Schluß.

Meine Phantasie hatte ihren Spaß daran, eine Absurdität nach der anderen heraufzubeschwören und dem, was auf der Hand lag, einen tieferen Sinn zu verleihen. Ich hatte eine Art Bremse gelöst und fuhr sorglos dahin, wobei mein Bewußtsein alle möglichen seltsamen Alleen entlangraste. Möwen, Federn, Bilder von Susannah verschwammen vor meinen Augen, und ich empfand eine körperliche Erregung, die mir nicht behagte. Ich war erleichtert, als die Eintönigkeit der Midlands in die Hügel des Nordwestens überging, und empfand den Anblick der sanften, hügeligen Landschaft, durch die der Zug fuhr, als wohltuend. Ich war wie ein Medium, das aus einer selbst ausgelösten Trance wieder erwachte.

Als ich in Carlisle aus dem Zug stieg, war ich wieder auf dem Boden der Realität angekommen. Glücklicherweise, denn die Strecke von dort nach Whitehaven war alles andere als eine, wie ich erwartet hatte, angenehme Fahrt in Kurven entlang der Küste, sondern eine schwierige Angelegenheit, bei der man auf einer gefährlichen, ziemlich schmalen und nur selten zweispurigen Straße zwischen lauter riesigen Lastern fuhr. Ich hatte kaum Gelegenheit, die Landschaft zu genießen, und bekam nur einen vagen Eindruck von Bergen, die sich eine ganze Weile lang zu meiner Linken hinzogen. Erst kurz vor Whitehaven, hoch oben auf einem Küstenweg, auf den es mich bei meinem Versuch, dem Verkehr zu entkommen, von der Hauptstraße aus verschlagen hatte, empfand ich beim Anblick der Landschaft, wie ich sie von meinem Vater her kannte, so etwas wie ein erhabenes Gefühl. Als ich aber sah, wie sich das Meer auf der schottischen Seite bis zu einer blauen Hügelkette erstreckte und sich mir auf der anderen Seite ein herrlicher Ausblick auf emporsteigende und abfallende Berge bot, begann ich zu verstehen, welche Faszination diese heimatlichen Gefilde auf meinen Vater ausgeübt haben mußten.

Was ich nicht wußte und was mich beschäftigte, während ich eine lange, gewundene Straße zur Stadt hinunterfuhr, war, ob Susannah diese Liebe wohl mit ihm geteilt hatte. Sie stammte aus Schottland, nicht aus Cumbria, und war sicherlich eher mit ihren eigenen heimatlichen Hügeln verbunden. Und im Gegensatz zu meinem Vater war sie keine große Bergsteigerin und Wanderin gewesen, da sie wegen ihrer Herzschwäche nicht dieselbe Ausdauer und Kraft besaß wie er. Ich wußte nicht einmal, wie oft sie eigentlich in dieser Gegend gewesen war. In jenem ersten Sommer hatte er sie mit nach Hause genommen, um sie seiner Mutter vorzustellen (kein Erfolg – sie fand, Susannah sähe »zerbrechlich« aus – nur allzu wahr), aber was war danach? Ich wußte es nicht. Es mußte doch wenigstens einen zweiten Anlaß gegeben haben, etwa eine Wanderung, und dann war da noch ihre Hochzeitsreise in den südlicheren Teil der Grafschaft mit den entsprechenden Fotos, auf denen Susannah unglaublich braungebrannt und gesund und alles andere als zerbrechlich aussah. Ich hatte ihre Landkarte dabei und den Rucksack, Nummer 2 und 3, und dachte daran, von Whitehaven aus noch mehr zu erkunden, wenn mir danach zumute war.

Während ich mich in der Stadt zurechtzufinden versuchte (offenbar fuhr ich im Kreis, denn mir fiel auf, daß ich an bestimmten Gebäuden zweimal vorüberkam), konnte ich mir nur schwer vorstellen, daß mein weltgewandter Vater aus einem solchen Ort stammte.

Für mich paßte er hier nirgendwohin, und dieses Gefühl verstärkte sich noch, nachdem ich in einer kleinen Nebenstraße unten am Hafen geparkt hatte. Ich versuchte, ihn mir als Jungen vorzustellen, wie er auf dem jämmerlichen, matschigen dunklen Sandstreifen, den ich hinter der Kaimauer des Binnenhafens erkennen konnte, gespielt hatte, doch vergebens. Dann schlenderte ich eine triste Einkaufsstraße hinunter, mit lauter Schuhläden, vor denen Drahtkörbe voller billiger Turnschuhe standen, bis ich zu einem kleinen Marktplatz kam, auf dem das Fremdenverkehrsbüro in einem hübsch gestrichenen alten Gebäude untergebracht war. Ich war erleichtert, als ich davorstand. Man gab mir einen Stadtplan, mit dessen Hilfe ich zum Washington Square gelangte, wo meines Wissens mein Vater geboren worden war und seine Kindheit verbracht hatte. Es war alles andere als ein *Square*, sondern ein Dreieck inmitten schmaler Straßen und Gassen. Aber hier *konnte* ich mir meinen Vater vorstellen, wie er auf der Bank des Platzes saß und vielleicht zeichnete, wie er die fünf kleinen Bäume skizzierte, die malerisch in einer Reihe im Kopfsteinpflaster standen, oder das Wandbild mit George Washingtons Segelschiff aus dem Jahr 1732 abzeichnete, das die Rückwand eines angrenzenden Backsteinhauses schmückte. Es war seltsam, aus der schäbigen Einkaufsstraße mit ihrer deprimierenden Atmosphäre und dem verlassenen Hafen in diese reizvolle Enklave zu geraten, und ich war froh. Ich stand da und starrte zu dem Haus hinauf, in dem mein Vater aufgewachsen war, mit den drei Fenstern, eines über dem anderen, genauso wie er es geschildert hatte, wobei das oberste zu seinem Zimmer gehört hatte. Es schien wie alle anderen Häuser auch nicht mehr privat genutzt zu werden. An den meisten waren Schilder mit Bürozeiten angebracht, und nirgends waren Vorhänge an den Fenstern. Aber es herrschte noch immer das Flair einstiger Vornehmheit, was ich nicht erwartet hatte und als wohltuend empfand.

Es war verwirrend, Bilder meines Vaters heraufzubeschwören, während ich doch eigentlich hier war, um an Susannah zu denken. Ich konnte mir vorstellen, wie sehr Whitehaven sie befremdet haben mußte, wo sie doch aus einer ziemlich betuchten Edinburgher Familie stammte, die in einer großen Backsteinvilla wohnte, unter Gleichgesinnten, in einer Gegend, in der ganz offensichtlich allgemeiner Wohlstand herrschte. Sie hatte nie in direkter Nachbarschaft zu offensichtlicher Armut gelebt wie mein Vater hier, wenn auch abgeschottet, aber doch ein Teil davon. Sein Elternhaus am Washington Square war ein elegantes Gebäude im Georgianischen Stil, aber ich wußte, daß es im Innern karg möbliert und immer kalt gewesen war, im Gegensatz zu Susannahs überladenem, überheiztem Zuhause. Meine Großmutter väterlicherseits hatte nach dem Tod ihres Mannes, als mein Vater sechzehn war, sehr wenig Geld gehabt, und da sie selbst nie gearbeitet hatte, verkaufte sie die meisten Möbel, alles, was anständiges Geld einbrachte, und führte ein spartanisches Leben. Am liebsten hätte ich angeklopft und gefragt, ob ich mir das Haus ansehen dürfe, ließ es aber bleiben. Es würde nicht mehr so aussehen wie damals; es hatte keinen Zweck.

Statt dessen schlenderte ich ein Stück die Queen Street entlang und bog an der nächsten Ecke in die Cross Street ein. Obwohl sie nicht sehr lang war, gab es mehrere Häuser mit *bed and breakfast*-Schildern in den Fenstern, und ich entschied mich für eines wegen der heiteren Geranien, die draußen in einem Korb hingen. Die Frau, die die Tür öffnete, war alles andere als heiter. Sie starrte mich mit leerem Blick an und mußte lange überlegen, bevor sie sagte, sie habe noch ein Zimmer frei und könne mir sogar ein Abendessen kochen. Sie erklärte mir, wo ich über Nacht mein Auto abstellen konnte, und als ich das getan hatte, ging ich gleich zurück, denn mit »Abend« war offenbar halb sechs gemeint, und das war es schon beinahe. Während des Essens war mir nicht wohl zumute. Außer der Frau, Mrs. Robinson, und mir gab es niemanden sonst. Sie aß nicht. Ich saß an einem Tisch mit einer bestickten Decke, während sie zwischen Küche und Tisch hin- und herlief und auf mich wartete. Mir wurden Rührei mit Speck serviert, was ich nicht besonders mag, Toast und Kuchen und eine große Kanne Tee. Sie stand da und sah mir beim Essen zu, als sei ich ein Wesen von einem anderen Stern, und ich fing an, mich auch so zu fühlen. Alle Versuche, sie in ein Gespräch zu verwickeln, scheiterten oder versandeten schon bald. Sie sagte: »Sie sind nicht von hier«, eine derart auf der Hand liegende Bemerkung, daß mir keine Antwort einfiel. Ich sagte, mein Vater habe hier gelebt, um die Ecke, und beim Namen Musgrave erwachte kurz ihr Interesse. Ja, sie kenne den Namen. Es gäbe noch immer eine Menge Musgraves in der Gegend. Sie fragte mich nicht, warum ich hier sei, zeigte keinerlei Neugier, deshalb erzählte ich es ihr nicht (auch wenn ich es, wie mir klar wurde, gern getan hätte). Sobald ich den Speck und das Rührei aufgegessen und den Toast probiert hatte, zog sie mir den Teller auch schon mit den Worten weg, sie habe heute Chorprobe und müsse vorher noch das Geschirr abwaschen.

Inzwischen war es dunkel, dabei war es erst sieben Uhr. Ich war müde, ging also auf mein Zimmer, um ein Bad zu nehmen und zu lesen, bis ich einschlafen würde. Das Badezimmer lag neben meinem Zimmer an der Vorderseite des Hauses. Nachdem ich gebadet hatte, stand ich, in ein Badetuch gehüllt, da und trocknete mir das Haar mit einem zweiten Tuch, während ich durch die klaren Scheiben oberhalb der Mattglasscheiben des Fensters schaute. Überall waren Möwen, silbrig weiß in der Dunkelheit, und leuchteten im trüben Licht der wenigen Straßenlaternen. Eine stand auf dem Fenstersims, mit gekrümmtem Schnabel und auf Beinen, die länger waren, als ich je vermutet hätte. Das Geräusch, das sie machten, war weniger ein Kreischen als vielmehr ein helles, ununterbrochenes Pfeifen. Als ich in mein Zimmer zurückging – dessen flimmernd gemusterter roter Teppich und rosa und gelb gestreiften Vorhänge mich ganz schwindlig machten –, fragte ich mich, wie lange die Vögel wohl so weitermachen würden? Wurden sie von den Gezeiten bestimmt? Schliefen sie überhaupt? Würden sie bald alle zusammen davonfliegen und den Platz in plötzlicher Stille zurücklassen?

So war es vermutlich. Jedenfalls war es verhältnismäßig ruhig, als ich in der Nacht kurz aufwachte. Am Morgen war dann aber ein anderes Geräusch zu hören, Regen, heftiger Regen, der gegen das Fenster peitschte, und ein heulender Wind, der durch den Spalt drang, den ich offengelassen hatte. Im Zimmer war es kalt, und ich zitterte, als ich aus dem Bett stieg und eilig Jeans und einen dicken Pullover anzog. Mrs. Robinson bot mir erneut Rührei mit Speck an – der Geruch von gebratenem Speck war mir schon vorher in die Nase gestiegen – und war beleidigt, als ich ablehnte. Ich fragte, ob sie zufällig Kaffee habe, worauf sie gekränkt antwortete, natürlich habe sie welchen. Triumphierend brachte sie mir einen großen Becher Nescafé, und ich ließ mir nichts anmerken. Wer war ich denn, daß ich hochnäsig und großstädtisch hier aufkreuzte und echten Kaffee, schwarz und bitter, erwartete? Sie fragte mich, ob ich eine Thermosflasche voll mitnehmen wolle. Zunächst sagte ich, nein, änderte dann aber meine Meinung. Es sah so aus, als würde ich bis auf die Haut naß werden. Vielleicht würde ich nirgendwo ein Café finden. Dünner Nescafé konnte unter bestimmten Umständen wie Nektar munden.

Wenigstens war ich gut ausgerüstet. Ich war kein Neuling, wenn es darum ging, sich bei scheußlichem Wetter irgendwo im Freien an exponierten Orten aufzuhalten, und besaß dafür die richtige Ausrüstung, eine leichte, aber wasserundurchlässige Hose, eine Jacke mit Kapuze und Gummistiefel. Ich hatte einen Koffer für meine Kamera, der vollkommen wasserdicht war, und mein Stativ und einen riesigen, leider schweren Golfschirm bei mir, den ich unter solchen Umständen beim Fotografieren als Schutzschild benutzte. Es war zwar verrückt, bei so trübem Licht überhaupt Fotos machen zu wollen, aber ich hatte unter ähnlichen Bedingungen schon manch einen bemerkenswerten Erfolg, manch ein dramatisches Resultat erzielt. Ich weiß nicht, warum ich an jenem Tag auf den Gedanken kam zu fotografieren – es war ganz automatisch, was ich eben tat, meinen Job. Wo immer ich hinging, hatte ich meine Kamera bei mir. Sie war ein Teil von mir, manchmal der einzige Teil, auf den ich irgendwie stolz war. Fotos zu machen hatte mir schon immer geholfen, mich selbst zu spüren, mein Gleichgewicht wiederzufinden, wenn ich ins Schleudern geriet. Die Bilder waren für mich ein sichtbarer Beweis dafür, daß ich dort gewesen war, wo ich glaubte gewesen zu sein, und gesehen hatte, was ich glaubte gesehen zu haben.

Und dabei habe ich schon immer gewußt, daß man der Kamera nicht richtig trauen darf. Ich lernte bald ihre Grenzen, ihre Tricks kennen. Jedesmal wenn ich mir ein von mir aufgenommenes Foto ansah, erkannte ich den Betrug. Nicht das, was auf dem Bild war, strafte es Lügen, sondern das, was außerhalb des Ausschnitts lag, was fehlte. Ich war mir schon sehr früh darüber im klaren, ohne es in Worte fassen zu können, daß Fotos gemacht und nicht aufgenommen werden. Sie werden kreiert, von der Fotografin gestaltet, die den Betrachter dazu zwingen will, das zu sehen, was sie gesehen hat. So wie Cartier-Bresson es erreichte, daß ich jene Straße in Frankreich als einen fließenden, friedlichen Strom sah und mich wie im Traum darauf entlanggleiten ließ, bis ich nicht mehr erkennen konnte, woher die Straße kam und wohin sie führte, das war ihm völlig egal. Ich wußte, ich hätte ein anderes Foto gemacht und womöglich noch nicht einmal die verführerische Kurve gesehen, um einen solch einschläfernden Effekt zu erzielen. Aus einer Szenerie, die bei mir vielleicht finster und trostlos geworden wäre, machte er etwas Beruhigendes und Schönes. So etwas kommt ständig vor: Die Emotionen des Fotografen und seine Vision gestalten ein Foto.

Ich fragte mich oft, warum ich von jeher Fotos mit Susannah mißtraut hatte. Dabei sollten doch Porträts am ehesten gegen die Interpretation des Fotografen gefeit sein – Menschen, direkt vor der Kamera, wo ist da noch Raum für Interpretation? Sie sind es jedoch nicht. Porträtaufnahmen sind für mich immer, ehe man sich versieht, sentimental. Noch bevor der Film entwickelt ist, hat eine Art Tod von dem jeweiligen Menschen Besitz ergriffen. Er hat sich verändert, wird nie wieder derselbe sein wie auf dem Bild. Ich schaue Susannah an, die von meinem Vater so liebevoll in eine möglichst vorteilhafte Pose gebracht worden war, und alles, was ich sehe, ist tot. Diese Fotos lassen mich erschauern. Ich denke nicht: Wie schön sie aussah, wie herrlich ihre Augen waren, sondern: Das ist eine Erinnerung an ein vergangenes Leben. Deshalb fotografiere ich nie Menschen. Ich fotografiere ausschließlich Landschaften, und immer in Schwarzweiß. Farbe ist weniger wahrhaftig, neigt eher zur Übertreibung. Automatisch mißtraue ich jeder Farbaufnahme. Wenn ich mir auf den Fotos meines Vaters Susannahs Augen und Haar ansehe, denke ich: Nein, sie waren nicht so blau, es war nicht golden, das liegt an der Farbigkeit des Films, des Abzugs, und was man sieht, ist nur eine Annäherung. Blaue Augen, blondes Haar, ja, aber wo sind die Feinheiten? Farbe löscht sie aus.

Während ich an jenem Morgen durch die nassen Straßen von Whitehaven schlenderte, frönte ich hartnäckig meiner Vorliebe für Schwarzweißbilder – hätte ich nach irgendwelchen Farben Ausschau gehalten, wäre ich nur bitter enttäuscht worden. Es gab keine. Als ich die Stadt hinter mir gelassen hatte und einen Pfad erklomm, der von der Straße am Kai zu einer Landzunge führte, war nirgendwo auch nur die geringste Farbe zu sehen – graues, bleiernes Meer, schwarze Regenböen, ein mit riesigen dunklen Wolken befrachteter, trüber grauer Himmel. Und überall Möwen, große, auf den Himmel getupfte blaßgraue Flecken. Aber aus einem unerfindlichen Grund fühlte ich mich mit einemmal beschwingt.

Viertes Kapitel

Stundenlang, Stunde um Stunde, den ganzen nassen Tag über, lag ich auf dem Bauch, kaum vom Regenschirm geschützt, der mit seinem Griff tief im Gras steckte und doch ständig wegzufliegen drohte. Mit halbgeschlossenen Augen beobachtete ich das Meer, während der Regen seitlich in meine Kapuze peitschte und meiner rechten Wange kleine Nadelstiche versetzte, jedoch das wasserdichte Material nicht durchdrang. Der Stoff haftete kalt und klamm an meiner Haut, aber ich wagte nicht, ihn loszulösen. Tief unter mir lag das Meer, häßlich, schwarz und kalt, die Oberfläche der auf und ab wogenden Wellen war graubraun wie Bier, und der weiße Schaum und die Gischt waren ganz und gar nicht weiß, eher schmutziges Elfenbein. Von Zeit zu Zeit warf ich einen Blick durch die Linse meiner Kamera, die ich so gut wie möglich mit einem zweiten, kleineren, transparenten Schirm unter dem größeren zu schützen versuchte, und sah immer dasselbe: Möwen flogen in dichten Schwärmen so rasch vorüber, daß nicht einmal die kürzeste Verschlußzeit mit der schnellen Bewegung zurechtkommen und mehr als ein verschwommenes Bild produzieren konnte.

Da waren Hunderte von Möwen, die von kräftigen, wütenden Böen ans Ufer zurückgetrieben wurden. Sie wurden hoch über die Wellen emporgeworfen, die unentwegt auf den Kieselstrand peitschten. Nie zuvor hatte ich eine solch wütende und bedrohliche Gewalt von Wind und Wasser gesehen. Die Vögel schienen diesen dramatischen Elementen auf Gedeih und Verderb ausgeliefert zu sein, und doch unterwarfen sie sich nicht – wieder und wieder wurden sie an die Küste geschleudert und dann noch höher in die Luft getrieben, nur um zu wenden und wieder zum Horizont zu ziehen und dort von neuem mit ihrem Flug zu beginnen. Ich konnte nicht verstehen, warum sie nicht ins Landesinnere flogen und dort Schutz suchten, bis der Sturm sich ausgetobt hatte. Oder sich vom Wind tragen ließen, wohin er wollte. Sie schienen heldenhaft entschlossen zu sein, immer wieder aufs Meer hinauszufliegen und nicht aufzugeben, eng beisammen, als Gruppe kämpfend, von der sich keine einzige absonderte. Ich fragte mich, ob sie wohl aus Protest Schreie ausstießen, aber es war unmöglich, sie zu hören. Nichts war zu vernehmen außer dem Heulen des Windes und dem dumpfen Schlagen der Wellen. Die Vögel waren zum Schweigen gebracht, solange der Sturm tobte.

Boote waren dort draußen auf dem Meer nicht zu sehen, während hinter mir im Hafen alle Buchten voll zusammengepferchter Boote jeder Größe waren, die sich in ihrem Zufluchtsort drängelten und an ihren Ankerketten zerrten. Auch dort war niemand zu sehen. Als ich zu dieser Landspitze hinaufgestapft war, hatte ich ebenfalls niemanden getroffen. Das gab mir ein Gefühl des Alleinseins und der Isoliertheit, wie ich es selten erlebt habe. Ich war steif gefroren, und der Regen hatte sich einen Weg in meine Stiefel gebahnt, die langsam volliefen. Aber ich blieb weiterhin unbeweglich dort liegen und fragte mich, ob man auf diese

Weise durch Erfrieren, beim Bergsteigen oder in der Wildnis, stirbt, weil man zu apathisch wird, um sich zu bewegen, weil man sich den jeweiligen Naturgewalten, die einen zu überwältigen drohen, ergibt – und es letztlich noch gern tut.

In meiner Innentasche unter den Schichten meiner wasserdichten Jacke steckten die drei Federn. Es konnte nicht ein Tag wie dieser gewesen sein, als Susannah sie fand. Der Strand dort unten war sicher mit Möwenfedern übersät, aber niemand würde sie bei solch einem Wetter aufsammeln. Ein vernünftiger Mensch würde sich überhaupt nicht im Freien aufhalten. Ich selbst jedenfalls war nicht vernünftig. Käme ich der Kante des Felsens auch nur ein wenig näher, könnte ich weggeblasen, hinuntergeschleudert werden in die gierige See. Ich wußte, daß ich nicht eine Aufnahme gemacht hatte, die sich lohnte. Ich hatte das nicht einfangen können, was jenseits der Kamera lag, auch wenn ich einen flüchtigen Eindruck von dem ganzen Aufruhr bekommen hatte. Alles auf dem Film würde belanglos wirken und nicht wiedergeben, was ich wirklich empfand: eine schreckliche Angst. Ich ertappte mich dabei, daß ich mich am Gras festkrallte und mir vorstellte, ich würde den Abhang hinunterrutschen.

Ich hatte mich immer geweigert, Susannahs Angst nachzuempfinden, aber als ich dort lag, selbst auf einen so bemitleidenswerten Zustand reduziert, nur weil ich längere Zeit Kälte und Regen ausgesetzt war, begann mich eine Ahnung davon zu beschleichen. Ganz sicher hatte sie Angst gehabt. Sie hatte gewußt, daß ihr Herzmuskel schwächer wurde – er wurde seit Jahren schwächer –, und daß jeden Augenblick ihr Herz, diese lebensnotwendige Pumpe, ohne vorherige Warnung aussetzen konnte (was sie tat). Meine Großmutter beklagte unaufhörlich, daß sie fünf Jahre später ein Bypass hätte retten können, aber damals konnte sie nichts retten, und das wußte sie. Es war nur eine Frage der Zeit, bis das Herz seinen Dienst versagte, und die Angst mußte immer schlimmer geworden sein, Angst vor dem Tod, Angst vor dem Sterben, Angst, mich zu verlassen. Ich fühlte mich auf einmal wie gelähmt, als ich mir diese Angst vorstellte, und war den Tränen nahe. Nie zuvor hatte sie mir leid getan.

Nur mit großer Willensanstrengung gelang es mir, diese verschlungenen Pfade meiner Gedanken zu verlassen und aufzustehen. Sofort zwang mich der Wind in die Knie, und ich rang vor Schreck nach Atem. Ich stand ein zweites Mal, diesmal ganz langsam, auf und drehte mich um, damit ich den Wind im Rücken hatte. Ich halte mich körperlich für kräftig und bin stolz auf meine Kondition, aber es war ein solcher Kampf, den großen Regenschirm zusammenzufalten und ihn aus dem Boden herauszubekommen, daß ich keuchte, bis ich schließlich zusehen mußte, wie er mir aus den Händen gerissen und vor mir hergeschleudert wurde, als tödliche Waffe mit der Spitze voran. Ich hängte mir meine Kameratasche um, den Gurt über meine Schulter und schräg über Rücken und Brust und die Tasche selbst vor mich. Dann machte ich mich vornübergebeugt auf den Weg und versuchte, langsam zu gehen, wurde aber vom Wind so getrieben, daß ich halb laufen mußte. Mir wurde ganz heiß, als ich immer wieder versuchte, langsamer zu gehen, während der Regen, der jetzt, wo ich mich umgedreht hatte, von vorne kam, mir schließlich den Hals herunterlief. Manchmal hielt ich die Augen geschlossen und betete, daß ich nur ja nicht stolperte. Als ich dann den höchsten

Punkt hinter mir gelassen hatte, spürte ich, wie der Wind nachließ. Zwischen zwei Abhängen herrschte Windstille, und ich ruhte mich einen Augenblick aus. Der restliche Abstieg war leichter, und schon bald erschien mir die Bedrohung, die ich dort oben empfunden hatte, absurd. Es waren nur der Wind, nur der Regen gewesen.

Ich kam zu dem, abgesehen von ein paar Möwen, gänzlich verlassenen Marktplatz und überquerte die Queen Street und lief zu meinem Quartier. Die Straßen waren leer, obgleich es erst später Nachmittag war, in den Rinnsteinen strömte so viel Regenwasser, daß sie Flüssen glichen. Mrs. Robinson öffnete widerwillig die Tür und sagte ärgerlich: »Sie sind naß.« Ich mußte im Flur meine Stiefel und meine Regensachen ausziehen, während sie, als die Pfütze auf ihrem Fliesenboden immer größer wurde, schwer atmete. Ich entschuldigte mich und sagte, ich würde es aufwischen, und sie sagte, das sei eine gute Idee, aber ich solle erst einmal ein Bad nehmen, sonst würde ich mir den Tod holen. Als ich eine halbe Stunde später hinunterkam, hatte sie erstaunlicherweise selbst alles aufgewischt. Meine Jacke und meine Hose hingen tropfend hinter der Tür, und sie hatte Zeitungspapier in meine Stiefel gestopft. Ich entschuldigte mich noch einmal für die Mühe, die ich ihr bereitet hatte, und bedankte mich. Zum Abendessen gab es selbst gekochte Suppe und Bücklinge, beides gut. Dann ging ich zu Bett, nachdem ich zuvor die Rechnung bezahlt und angekündigt hatte, daß ich am Morgen sehr früh abreisen würde und sie nicht stören wolle. Noch immer hatte sie nicht die leiseste Neugier gezeigt.

Es war erst acht Uhr, aber ich war todmüde. Ich kam gar nicht auf die Idee, noch zu lesen, und machte gleich das Licht aus. Wieder konnte ich die Möwen schreien hören. Mit der Dunkelheit waren sie vom Meer gekommen und hatten von den Dächern Besitz ergriffen, um sich von ihrer Anstrengung zu erholen. Der Wind schien nicht mehr so stark zu sein, und der Regen schlug nicht länger ans Fenster. Mrs. Robinson hatte gesagt, das Schlimmste sei vorüber, und hatte dann zu prahlen begonnen, daß dieser Sturm gar nichts gewesen sei, verglichen mit dem, was sie schon erlebt habe. »Wir sind hier daran gewöhnt«, sagte sie stolz. »Uns macht das nichts aus. Wenn Sie hier leben würden, würden Sie sich auch daran gewöhnen.« Als ich so dalag, schläfrig und froh, wohlbehalten im Bett zu sein, glaubte ich das nicht. Wie konnte ich nur zulassen, derart die Selbstkontrolle zu verlieren, nur weil ich hoffte, dem Geheimnis der Möwenfedern auf die Spur zu kommen?

Vor dem Einschlafen dachte ich an meine Wohnung, an mein Zuhause in London. Dort würden jetzt auf der Straße in Crouch End Autos auf und ab fahren, und die Restaurants und Cafés auf dem ganzen Broadway würden hell erleuchtet und voller Leute sein, für die der Abend gerade erst begonnen hatte. Hier hörte man von draußen keinen menschlichen Laut. Niemand ging in einer solchen Nacht auf der einzigen Straße spazieren. Es gab keine Lampen, die die Dunkelheit verdrängt hätten – in London wurde es nie wirklich dunkel. Und auch die Zeit war anders hier. Jede Stunde war spürbar. Mir schien die Zeit nicht vorbeizurasen, sondern gemächlich vorwärts zu stapfen, und dabei war ich in einer Stadt, nicht in einem gottverlassenen Dorf. Manche Leute würden den Frieden, den fehlenden Lärm hier lieben. Sie würden diese Stadt für wundervoll, wohltuend friedlich halten und die Vorzüge ihres ruhigen Zentrums preisen. Was wäre geschehen, wenn mein Vater mit Susannah, seiner ersten Frau, hierher zurückgekehrt und ich hier geboren wäre? Was, wenn meine Großmutter väterlicherseits sich in den ersten Jahren um mich gekümmert hätte und es Charlotte nie gegeben hätte?

Ich erwachte, erschreckt durch das grelle Sonnenlicht, das durch die dünnen Vorhänge fiel. Ich konnte es kaum glauben, aber als ich aus dem Bett sprang und zum Fenster lief, sah ich, daß der Himmel über den gegenüberliegenden Dächern von einem strahlenden, mediterranen Blau war und keine Wolke in Sicht. Ich war in Sekundenschnelle draußen. Es war erst sieben Uhr, als ich meine Sachen im Kofferraum meines Autos verstaute, und ich ging zu Fuß ans Meer hinunter. Ich nahm denselben Weg wie am Vortag, brauchte aber für dieselbe Entfernung nur die Hälfte der Zeit, weil ich schnell lief, während ich vorher gezwungen gewesen war, im Schneckentempo zu gehen und gegen den Wind anzukämpfen. Das Meer sah an diesem frischen, neuen Morgen herrlich aus, nicht ruhig, sondern gleichmäßig bewegt, wie eine große, weiche, sich hebende und senkende Masse aus tiefem Blau, die sanft wogte und sich mit kaum vernehmbarem Murmeln an der Küste brach. Der Hafen war schon fast leer. Ich konnte die Boote außerhalb der Hafenmauern, die ihnen Schutz gewährt hatten, auf- und niederschaukeln und fröhlich die Küste hinunter und hinaus in die Irische See tuckern sehen. Ich ging oben auf der Mauer, die sich wie ein Arm um den inneren Hafen legte, am Kai entlang und freute mich an den Sandsteinplatten, die mehr von Regen, Wind und Alter als von Füßen abgenutzt waren. Ich lief ganz bis ans Ende und blieb dort neben etwas stehen, das ich für eine Art Leuchtturm hielt, und blickte zu dem Felsvorsprung hinauf, wo ich am Vortag so gelitten hatte.

Es sah dort oben grün und friedlich aus. Hunderte von Seemöwen kreisten am Himmel, jetzt überraschend weiß vor dem Blau des Himmels, und ihr Kreischen erfüllte die Luft. Ihre Bewegungen, die Kreise, die sie zogen, kamen mir ruhig vor, das verzweifelte Wirbeln von gestern schien vergessen. Es war herrlich, ihnen zuzuschauen, berauschend, ihnen mit den Augen zu folgen, und wenn eine oder zwei in meiner Nähe landeten, sich auf dem Sandstein niederließen, fand ich sie wunderschön und überhaupt nicht gewöhnlich. Ihre Federn wirkten geschmeidig und glänzten in der Sonne, und sie stolzierten selbstsicher am Rand der Mauer entlang, bevor sie sich mühelos in den Himmel hinaufschwangen. Hatte Susannah sie so gesehen? Hatte ihre überschwengliche Lust am Fliegen ihr Herz höher schlagen lassen? Hatte sie sich einfach gewünscht, daß ich irgendwann in der Zukunft diese Lust teilte, die sie als junge, glückliche Frau an solch einem Morgen empfunden hatte? Das schien sehr plausibel. Die Federn mußten nicht mehr als das bedeuten – das Meer, ein wundervoller Morgen, die Freiheit der Möwen und was sie dabei empfunden hatte. Ich nahm die drei Federn aus meiner Tasche und strich sanft darüber hin. Wie empfindlich sie sich anfühlten, noch immer so scharfkantig wie an dem Tag, an dem sie sie gefunden hatte, und es spielte am Ende gar keine Rolle, wo das gewesen war. Die Spitzen waren scharf genug, daß meine Hand bluten würde, wenn ich mich stach. Ich zögerte, dann warf ich sie ins Meer. Sie flatterten langsam hinunter auf das Wasser, schienen innezuhalten und von Zeit zu Zeit in der Luft stehenzubleiben, und dann landete eine nach der anderen graziös auf der Oberfläche und wurde davongetragen. Ich verfolgte ihre langsame Reise, bis ich sie aus den Augen verlor, bis ich die weißen Flecken nicht länger sehen konnte, und dann verfolgte ich statt dessen einen Schwarm Vögel, der unter schrillen Schreien ganz flach über dem Meer auf den Horizont zujagte.

Plötzlich fühlte ich mich vollkommen zufrieden. Ich hatte die Federn für eine kleine Zeremonie benutzt, sie Susannah zurückgegeben, nicht in einem Anfall von Trotz oder Verweigerung, sondern voller Zustimmung. Was ich akzeptiert zu haben glaubte, war, daß sie, warum auch immer, Möwen geliebt hatte und deren Heimat, das Meer, wo auch immer. An jenem Morgen liebte auch ich sie. Ich machte Dutzende von Aufnahmen und war, als ich zum Auto zurückkam, sehr heiter, weil ich wußte, daß ich etwas erreicht hatte. Ich war hungrig, hatte aber nicht die Absicht, zu Mrs. Robinson zurückzukehren, obgleich der Gedanke an ihre Eier mit Speck zum erstenmal ziemlich verlockend war. Ich fand ein Café und begnügte mich mit Toast, vielen Toasts. Dann ließ ich Whitehaven hinter mir und fuhr in die Berge, wobei ich eine Nebenstraße wählte, auf der, wie ich hoffte, kaum Verkehr sein würde, was zutraf. Es war eine höchst verlockende Straße, die auf Hügel zuführte, dahinter zeichneten sich zerklüftete Berge ab, und davor lag flaches Moor. Ich hätte immer weiterfahren mögen, aber in Wahrheit kam ich nur langsam voran, weil ich häufig anhielt, um zu fotografieren. Jetzt fühlte ich mich meinem Vater nahe, so wie ich mich beim Beobachten der Seemöwen Susannah nahe gefühlt hatte.

Ich spürte, daß meine Entscheidung, der Route auf der Landkarte aus der Andenkenschachtel zu folgen, genau richtig war. Wenn es wieder geregnet hätte, wäre ich schnurstracks nach Carlisle zurückgefahren, doch der Glanz dieses Morgens lockte mich. Ich hatte, bevor ich Whitehaven verließ, den Rucksack mit Brot, Käse und Äpfeln gefüllt, und das alles mit dem ganzen Enthusiasmus eines Kindes. Ich hatte nicht vorgehabt, ihn überhaupt zu benutzen, weil ich ihn, so wie er aussah, nicht ausstehen konnte, eine jämmerliche Imitation eines richtigen Rucksacks, aber ich war so guter Laune, daß das schäbige Material und die schmalen Träger mich nicht länger störten. Selbst seine Flecken schienen etwas Besonderes zu sein, und seine Schäbigkeit war attraktiv. Ich konnte es kaum erwarten, ihn mir umzuhängen und mich auf den Weg zu machen. Ich sah, während ich am Crummock Water entlangfuhr, ein paar Wolken über den höchsten Berg heransegeln – war es der Great Gable? Ich war mir nicht sicher und befürchtete, das Wetter könne in Kürze umschlagen, aber obgleich die Wolken zahlreicher wurden, waren es nach wie vor kleine weiße Quellwolken, und als ich beim Buttermere, direkt vor dem Dorf, parkte, war der Himmel noch immer größtenteils blau.

Nachdem ich erst einmal Bridge und die Fish Inns hinter mir gelassen hatte, wanderte ich zunächst über flache Wiesen, die die beiden Seen miteinander verbanden (oder sie vielmehr teilten), und überquerte dann einen Fluß und folgte etwa eine Meile einem steinigen Weg am See entlang. Ich brauchte nicht auf Susannahs Landkarte nachzuschauen. Der Weg war eindeutig. Statt dessen konnte ich den Anblick der Ebereschen genießen, die voller roter Beeren in unregelmäßigen Reihen oberhalb des Sees standen, während sich die Berge am anderen Ufer in dem klaren Wasser spiegelten. Als ich mich vom See abwandte, begann ich, auf einem noch immer deutlich erkennbaren Weg, ohne mich anstrengen zu müssen, einen Paß zu besteigen – es war sehr leicht. Ein Gebirgsbach, dessen Wasser sich weiß und schäumend an den Felsen brach, stürzte in unheimlichem Tempo in Kaskaden den Abhang hinunter, und ich machte halt, um mein Gesicht zu waschen und um seine eisige Kälte einzuatmen. Ich schaute nicht zurück, bis ich oben angekommen war, denn ich wollte die volle Überraschung des Ausblicks, der mich mit Sicherheit erwartete, genießen. Ich vergaß Susannah, als ich das Panorama schließlich vor Augen hatte. Die Seen lagen gleißend hell in der Sonne, aber was mich ganz still dastehen und die Luft anhalten ließ, waren die Schatten, die die Berge warfen. Zu meiner Rechten legte der mächtige Red Pike einen schwarzen Mantel über all das Grün darunter, verlieh den Linden und Nadelbäumen ein schmutziges Braun und verdunkelte das klare Wasser der Flüsse. Oberhalb der Schatten strahlte alles, und als die Sonne in dem Moment, da ich mich abwenden wollte, weiterwanderte und über dem Berg emporstieg, verschwand die Schwärze rasch, und der ganze Hang schien vor Erleichterung zu jubeln. Selbst die Felsen nahmen Farbe an – die seitliche Wand des Red Pike war zuletzt nicht mehr schwarz, sondern ockergelb und silbern, das Gestein schimmerte metallisch, und hoch oben leuchtete das Rot der Felsschichten, dem er seinen Namen verdankte.

Jetzt holte ich die Landkarte aus dem Rucksack. Von hier war Susannah – und sicher auch mein Vater – nicht weiter in Richtung Ennerdale gegangen, wie ich es gern getan hätte, immer dem friedlichen Weg nach, sondern hatte sich nach rechts gewandt und war das Tal am Fuß des Melbreak entlanggegangen. Ich konnte keinen Weg erkennen, aber der Hinweis auf der Karte, die rote Linie, war eindeutig. Ich ging zügig in die Richtung, die meiner Ansicht nach ungefähr die richtige sein mußte, und steckte schon bald knöcheltief in Schlamm. Ich durchquerte einen Sumpf, durch den kein erkennbarer Pfad führte. Aber dann langte ich nach etwa einer Meile bei einem ziemlich breiten Weg an, der bis hinunter ins Tal verlief. Sie schien ihn allerdings nicht ganz hinabgegangen zu sein. Ihre eingezeichnete Route endete am Mosedale Holly Tree. Ich konnte die Stechpalme sehen, den einzigen Baum in dieser kargen Landschaft, und doch war er weit davon entfernt, irgend etwas Besonderes zu sein: ein verkümmert aussehender Baum, der kaum den Eintrag auf einer Generalstabskarte verdiente. Während ich auf dem Weg weiterging, der eine Weile hoch oben verlief, bevor er schräg hinabführte, fühlte ich mich, so mitten zwischen den Bergen, von ihnen eingeschlossen und zugleich abgetrennt von der Herrlichkeit der Seen, aber ohne irgendeinen Anflug von Klaustrophobie. Ich mochte die Leere, das Graubraun des Adlerfarns, das harte, von Schafen niedergetretene Gras. Ich wanderte weiter, fühlte mich sicher und entspannt, während meine Ohren ein wenig rauschten bei der Stille, die nur durch einen einsamen Vogel und das seltsame Blöken eines Schafs unterbrochen wurde. Als ich zwar auf gleicher Höhe, aber oberhalb der Stechpalme war, machte ich halt und setzte mich auf einen kleinen Felsen. Da war niemand, der mich hätte beobachten können. Meilenweit war ich das einzige Lebewesen, und das zu wissen fand ich aufregend.

Ich ließ den Rucksack auf dem Felsen liegen, nahm nur meine Kamera und kletterte hinunter zu dem Baum. Die Stechpalme war keineswegs verkümmert. Sie war von nahem ziemlich groß und glich ihrer Form nach eher einer Eiche. Ihre Wurzeln waren breit, und dazwischen waren große Steine, wie Sitzplätze. Ich wählte einen aus, setzte mich darauf und hatte das Gefühl, als säße ich unter einem Baldachin und wartete auf irgendeine Zeremonie. Wenn es geregnet hätte, wäre ich vollkommen geschützt gewesen, und genauso fühlte ich mich jetzt: geschützt und geborgen. Das Gras war kurz, der Boden unter dem Baum fast nackt, ein magischer Kreis der Harmonie, während außerhalb alles wild war, das Gras üppig und struppig. Ich blickte nach oben in die dichten Zweige. Da hingen nur ein paar Beeren, aber auf den Blättern lag ein heller Glanz. Was hatte Susannah hier gefunden? Frieden? Schutz vor den Elementen? Hatte sie da, wo ihr rotes Kreuz auf der Landkarte war, etwas vergraben? Rory hätte das als Kind gedacht, aber ich nicht. Welche andere Erklärung konnte es also geben? Daß hier etwas passiert war, ein Augenblick der Offenbarung? Ich sah langsam um mich, nahm die Weite des Tals bis hinunter zum Fluß und dann wieder hinauf bis zum Paß bei Ennerdale, wo es sich hoch oben verengte, in mich auf. Es war auf den ersten Blick, und auch auf den zweiten, völlig karg, und doch erkannte ich, je länger ich daraufschaute, ganz verschiedene Arten der Vegetation und unterschiedlichste Formen in der Beschaffenheit des Bodens und der

Felsen. Ich hatte gedacht, es gäbe dort überhaupt keine Blumen, aber als ich dann auf das Fleckchen Erde blickte, wo ich saß und das für alle, die hoch oben vorüberwanderten, sicherlich auch ohne irgendeine Blume erschien, sah ich winzige, sternförmige, blaßgelbe Blüten, die im Gras versteckt waren, und je länger ich hinsah, desto mehr entdeckte ich. Es war eine Frage des Sehens und Findens.

Wieder holte ich Susannahs Landkarte hervor. Warum führten die roten Punkte nicht bis ins Tal hinunter zum Loweswater oder zurück zum Crummock Water? Sie konnte hier nicht ewig geblieben, sie mußte irgendwie zurückgegangen sein. Vielleicht hatten sie gezeltet, sie und mein Vater, und dies war der Ort, an dem sie ihr Zelt aufgestellt hatten – aber nein, sie hatten nie gezeltet, das wußte ich. Mein Vater kletterte und wanderte gern, aber seine Vorliebe für die Bewegung an der frischen Luft schloß Übernachtungen im Freien nicht mit ein. Ihm war ein bequemes Bett für die Nacht wichtig. Ich blieb dort lange sitzen und dachte nach, aber ich war nicht so verärgert oder enttäuscht, wie ich hätte sein können. Wenn es ein Rätsel zu lösen galt und es mir nicht gelang, es zu lösen, so war das zumindest in diesem Fall Susannahs Schuld. Das Rätsel aber begann für mich eher darin zu liegen, daß sie offensichtlich selbst mit ihrem roten Kreuz und den Ausrufezeichen ein Rätsel hatte aufgeben wollen. Sie wollte mich zum Narren halten. Ich konnte das leicht hinnehmen, weil Rory es mir längst beigebracht hatte.

Nun mußte ich mich entscheiden, was ich wollte. Ich mußte irgendwann zu meinem Mietwagen zurückgehen und die etwas über vierzig Meilen nach Carlisle fahren, um dort den Zug nach Hause zu erreichen. Ich konnte nicht für immer grübelnd unter dieser Stechpalme sitzen bleiben. Wenn ich den Weg, auf dem ich gekommen war, zurückginge, konnte ich in gut einer Stunde beim Auto sein. Wenn ich geradeaus und um den Melbreak herum wanderte, wo ich auf der Generalstabskarte deutlich einen Weg erkennen konnte, kostete das mindestens doppelt soviel Zeit. Dennoch entschied ich mich für letzteres, weil mir der Gedanke, in meinen eigenen Fußspuren zurückzugehen, nicht gefiel und weil mir dagegen die Erwartung von etwas Unbekanntem, das vor mir lag, gefiel. Ich fühlte mich auch tatsächlich wie befreit, als ich den Baum hinter mir gelassen hatte. Ich war unabhängig von Susannahs Instruktionen und suchte mir meinen eigenen Weg, und ich genoß das vage Gefühl von Trotz. Es war eine wundervolle Wanderung, die mich um den Melbreak herum und durch einen Wald führte, bis ich auf einen Graspfad gelangte, der so eben aussah, als sei jemand mit dem Rasenmäher darüber hinweggegangen. Den ganzen Weg zurück zum Buttermere lag der Crummock Water wie eine Schlange vor mir, und der Pfad verlief so hoch oben, daß ich die Illusion hatte, ich flöge über ihn hinweg. Ich hatte eine Rundreise gemacht und fühlte mich befriedigt und erfüllt.

Als ich das Auto erreichte, taten mir die Beine weh, und ich war froh, mich hinzusetzen. Die Expedition hatte vier Stunden gedauert, aber es war erst zwei Uhr, Zeit genug, um das Auto zurückzubringen und den Zug zu erreichen. Ich nahm eine in der Karte gelb eingezeichnete Nebenstraße über Newlands Haus nach Braithwaite, von dort um Keswick herum und fuhr dann an der Westseite des Skiddaw entlang. Ich wußte, der Skiddaw war der erste richtige Berg, den mein Vater, noch absurd klein, mit vier oder fünf Jahren, bestiegen hatte. Als er Susannah kennenlernte, war er bereits auf allen Bergen gewesen, aber natürlich konnte sie nie irgendeinen mit ihm zusammen besteigen. Die Wanderung in der Gegend vom Melbreak, um diese Stechpalme zu erreichen, muß für sie ein Triumph gewesen sein (sollten das Kreuz und das Ausrufezeichen etwa ein Hurra für ihre Leistung bedeuten, die niemals übertroffen werden würde?). Für anstrengende Dinge war sie nie kräftig genug gewesen. Laut meiner Großmutter hat mein Vater immer darauf geachtet, daß sie sparsam mit ihren Kräften umging, aber manchmal hatte sie sich gegen seine Beschützerrolle aufgelehnt und ihren eigenen Willen durchgesetzt. Vielleicht war die Wanderung zur Stechpalme ein Beispiel dafür gewesen. Vielleicht hatte sie genau aus diesem Grunde gewollt, daß ich die Wanderung mache, um mir zu zeigen, daß sie nicht schwach war, daß sie einmal ausdauernd gewandert war und sich über alle Versuche hinweggesetzt hatte, sie davon abzubringen, Risiken einzugehen. Sie wollte mich wissen lassen, daß sie sich einen Stoß gegeben und die Anstrengung genossen hatte.

Sie hat allerdings nicht wissen können, wie sehr die Wanderung nach meinem Geschmack sein würde. Während ich eine weitere Nebenstraße nach Carlisle entlangfuhr, eine wundervolle, sich hügelauf und hügelab durch Uldale und Caldbeck windende Straße, größtenteils unbefestigt und leer, mit unvermuteten Ausblicken auf Solway, dachte ich darüber nach, wie sehr sich mir das Gesehene eingeprägt hatte und daß ich in den kommenden Jahren diese Wanderung in meinen Gedanken wieder und wieder würde nachvollziehen können. Ich hatte alles mit den Augen einer Fotografin gesehen, scharf und konzentriert, und es war spannend gewesen. Hatte sie erwartet, daß ich soviel Sinn dafür haben würde? Sie und mein Vater waren beide Architekten, und sie war Malerin, wenn auch amateurhaft, das heißt, ich täuschte mich vielleicht, und es entsprach genau ihren Erwartungen. Sie war möglicherweise zu dem Schluß gekommen, daß ich, wenn nicht ein großes genetisches Durcheinander entstanden war, ein Kind mit einem hochentwickelten visuellen Empfinden sein würde. Aber das hieß ja nicht, daß ich auch gern wandern würde. Die beiden Dinge gehören nicht automatisch zusammen, und in Wirklichkeit war ich nicht so viel gewandert wie mein Vater. Ich habe mich nie als sportlich oder als Naturtyp empfunden, obgleich ich vollkommen fit bin und ein großer Teil meiner Arbeit sich draußen abspielt. Als ich von den Bergen in die Eden-Ebene hinunterkam, ging mir plötzlich auf, daß ich gern mehr wandern würde, wandern, wie mein Vater es getan hatte. Ich würde hierher zurückkehren und längere Routen planen und die Berge besteigen, die er bestiegen hatte, und ich dankte Susannah im stillen, in mir den Wunsch danach geweckt zu haben. Den Skiddaw, den Helvellyn, den Scafell – sie alle würde ich besteigen.

Es war merkwürdig, wie sehr ich unter diesen Umständen dazu angeregt wurde, über meinen Vater nachzudenken. Sie hatte mich in sein Land geführt, nicht in ihres. Ich war in sein Leben, sein frühes Leben, hineingezogen worden, nicht in ihres. Warum nahm sie mich nicht nach Schottland mit oder an Orte, die nur sie kannte? Man brauchte mir nichts über meinen Vater zu erzählen. Ich wußte alles über ihn. Ich mußte mich zusammenreißen und die Tränen unterdrücken, nur weil ich daran dachte, wie *nett* er gewesen war. Wenn ich hundertmal gehört hatte, wie glücklich Susannah gewesen war, so hatte ich tausendmal gehört, wie nett mein Vater gewesen war. Es ärgerte mich, nicht weil ich daran zweifelte (ich wußte, daß es stimmte), sondern weil »nett« ein so abgenutztes Wort ist. Ein Wort, das unsere Englischlehrerin bei uns nicht hätte durchgehen lassen. Sie sagte, es sei so beliebig, eigentlich gar kein Adjektiv, und ganz bestimmt nicht eins, das wert sei, gebraucht zu werden. Und sie hatte recht, es sagte nicht viel aus. Meinen Vater »nett« zu nennen, sein Nettsein besonders hervorzuheben, ließ ihn verbindlich und farblos erscheinen, und er war weder das eine noch das andere. Er war klug, liebenswürdig, heiter, gutgelaunt und haßte jede Art von Unstimmigkeit oder Konfrontation – das meinten die Leute meistens, wenn sie ihn als »nett« bezeichneten. Er kam mit jedem gut aus und war überall beliebt. Aber auf dem letzten Stück meiner Fahrt erinnerte ich mich, wobei ich wegen der Tränen, die ich nicht ganz aufhalten konnte, blinzelte, an etwas, das meine Großmutter gesagt hatte. Eines Tages, als ich ungefähr sechs oder sieben und sie zu Besuch war, wie so oft (sie und Charlotte verstanden sich, Gott sei Dank, großartig), nahm sie mich auf ihren Schoß und sagte: »Du hast einen wundervollen Daddy, Catherine.« Ich wand mich herunter, weil ich auf keinem Schoß mehr sitzen wollte, und sagte, glaube ich, ziemlich patzig, daß ich das selber wüßte, und meine Großmutter sagte: »Kümmere dich um ihn, ja? Er ist nicht gern allein. Das ist das einzige, wovor er Angst hat. Er brauchte Susannah mehr als sie ihn, er braucht Charlotte mehr als sie ihn, und eines Tages wird er dich mehr brauchen, als du ihn brauchst.«

Ich war dafür viel zu jung. Das alles klang komisch in meinen Ohren und war mir unangenehm, ohne daß ich wußte, warum. Aber in Erinnerung an diesen kleinen, für meine vernünftige Großmutter so untypischen Ausbruch fragte ich mich, ob sie vielleicht zu sagen versucht hatte, daß mein Vater emotional nicht stark sei und daß die Frauen in seinem Leben es sein mußten. Ich hatte Susannah wegen ihrer Gesundheit immer schwach im Vergleich zu meinem Vater gesehen, beinahe eine Belastung für ihn. Dabei war es meine Großmutter, ihre Mutter, gewesen, die gesagt hatte, er habe sie mehr gebraucht als sie ihn. Sie war offenbar überzeugt gewesen, daß er von ihr abhängig war und nicht umgekehrt. Ich glaube, ich hatte nach und nach, ohne mir dessen bewußt zu sein, verstanden, daß sie, sofern es um Charlotte ging, recht hatte. Als er starb, war eins der ersten Dinge, die meine Mutter sagte: »Gott sei Dank ist er zuerst gegangen.« Es war mir peinlich, es klang so fromm, und ich wünschte, sie hätte es nicht gesagt. Ich bin nie auf den Gedanken gekommen, sie zu fragen, warum sie das gesagt hatte.

Es war eine Erleichterung, endlich im Zug zu sitzen und sich fallenzulassen. Ich las nicht, sondern sah einfach nur aus dem Fenster, konnte allerdings bald, da es dunkel wurde, nur noch mein eigenes Spiegelbild erkennen. Der Rucksack mit der Karte darin lag auf meinen Knien. Ich hätte beides fast auf dem Bahnhof in Carlisle in einen der großen Abfallbehälter geworfen, weil ich der Ansicht war, sie seien jetzt zu nichts mehr zu gebrauchen und nicht wert, um ihrer selbst willen aufbewahrt zu werden, zumindest der Rucksack. Aber in letzter Minute behielt ich sie aus reiner Sentimentalität. Sie konnten, wenn ich zurück war, in einen Schrank wandern. Aber ihre Nummern konnte ich abhaken – 1, 2 und 3, sie alle hatte ich, so gut ich konnte, erledigt. Ob es sich gelohnt hatte, wußte ich nicht genau. Die Person, die sich da im Fenster spiegelte, sah ziemlich aufgelöst und erschöpft aus, als habe sie eine Art Tortur hinter sich, was in gewisser Weise ja auch zutraf. Meine hohen Erwartungen hatten mich dem ausgesetzt. Ich hatte einen Prozeß hinter mir, der ununterbrochen meine Phantasie forderte, und mehr noch, bei dem das, was er mit sich brachte, interpretiert werden mußte. Kein Wunder, daß ich mich ausgelaugt fühlte. Eine Art Wahnsinn hatte mich überfallen, und ich war ihm auf Gedeih und Verderb ausgeliefert und konnte ihn, nachdem er erst einmal begonnen hatte, nicht aufhalten. Ich konnte nur hoffen, daß die übrigen mir hinterlassenen Gegenstände mich weniger beanspruchten und zu befriedigenderen Ergebnissen führten. Offen gesagt waren die Zufriedenheit, die ich für kurze Zeit am Kai von Whitehaven, und die Begeisterung, die ich auf dem Weg zu der Stechpalme beim Melbreak empfunden hatte, verflogen. Mir war nur dieses verhaßte Gefühl geblieben, als sei etwas außer Kontrolle geraten und für mich nicht zu fassen. Ich hatte mir sehr große Mühe gegeben, und auf meiner Rückreise nach London war ich mir nicht sicher, ob ich den Mut haben würde weiterzumachen.

In der letzten Stunde schlief ich und träumte von der Muschel.

Fünftes Kapitel

Zurück aus dem Norden, war es, als fiele ich in einen deprimierenden Zustand der Lustlosigkeit. Nach meiner Trennung von Tony hatte ich eigentlich irgendwohin ins Ausland gehen wollen, dann aber passierten diese beiden schrecklichen Todesfälle, und die Tage und Wochen gingen dahin; und dann war da noch die Schachtel, und ich war nicht weiter gekommen als bis nach Cumbria. Ich stand nicht unter Druck, das war das Problem. Ich hatte keine Verpflichtungen, keine Verantwortung, niemanden, der von mir erwartete, daß ich mich zusammenriß. Ich konnte mich treiben lassen, solange ich wollte. Ich war in einer beneidenswerten Situation, und doch sehnte ich mich danach, in die Pflichten einer Ehefrau oder Mutter eingebunden zu sein. Ich fing an, Susannah dafür verantwortlich zu machen, so ungerecht es auch sein mochte. Hätte sie mich in Ruhe gelassen, wäre ich über den Tod meiner Mutter hinweggekommen und irgendwohin gefahren, um mich zu erholen. Ich brauchte eine richtige Ablenkung, war aber zu erschöpft und über den Inhalt der Schachtel zu verwirrt, um mir eine zu suchen.

Bei meiner Rückkehr war eine Nachricht von Rory auf meinem Anrufbeantworter. Er fragte, wo ich verflixt noch mal sei, und warum ich mich nicht zu dem verabredeten Drink hätte sehen lassen, er sei sauer auf mich. Ich hatte unsere sowieso nur lockere Verabredung vergessen und wußte, daß ich ihn anrufen mußte. Aber ich hatte keine Lust dazu, obgleich er der einzige Verwandte war, mit dem ich überhaupt noch irgendeinen regelmäßigen Kontakt pflegte, und bestimmt der einzige, der mir noch etwas bedeutete. Nur in seiner Gegenwart fühlte ich mich rundum wohl. Als ich etwa sieben war, veränderten sich meine Ferien, und statt sie größtenteils bei uns zu Hause mit den Nichten und Neffen meiner Mutter zu verbringen, fuhr ich zu Rory nach Edinburgh. Ich glaube, es war meine eigene Entscheidung. Meine Eltern waren darüber nicht besonders glücklich, aber anscheinend habe ich darum gebettelt, und sie waren in diesem Punkt ebenso nachgiebig wie in allem anderen auch. Sie meinten allerdings, Rory habe einen schlechten Einfluß auf mich. Er war damals bekannt dafür, daß er dumme, manchmal sogar gefährliche Dinge anstellte, und sie machten sich Sorgen, daß ich ihn nachahmen könnte. Sie hatten recht: Das tat ich. Oder wenn ich ihn nicht eigentlich nachahmte, so ließ ich mich doch von ihm leiten und bewunderte seinen Mut.

Es war nichts Außergewöhnliches, aber damals galt es als ziemlich schlimm. Als wir beide acht waren, nahm er mich einmal mit zum Trampen. Wir fuhren mit dem Bus in die Umgebung von Edinburgh, ich weiß nicht mehr genau, wohin, und dann wanderte Rory mit mir zu einer Hauptstraße, wo die Stadt in Land überging, und wir standen da und versuchten, ein Auto anzuhalten, oder vielmehr ich tat es. Er hatte zu mir gesagt, ich solle ein hübsches Kleid anziehen, das ich nicht ausstehen konnte, ein weißes Ding mit Peter-Pan-Kragen und Schärpe, ein dünner Fetzen mit lauter kleinen blauen Blumen drauf, weil Autos angeblich eher bei einem Mädchen, das so angezogen war, anhalten würden als bei einem Jungen. Kein einziges Auto hielt, während ich, Rorys Anweisungen folgend, verlegen dastand, nur ein Lastwagen. Es war ein riesiger Lastwagen mit gewaltigen Rädern, die uns weit überragten, als er quietschend zum Stehen kam, und die Stufen zum Führerhaus waren so unüberwindlich hoch, daß der Fahrer aussteigen und uns hinaufhelfen mußte. Er fragte, wohin wir wollten und warum wir allein unterwegs waren, und Rory erzählte in aller Ausführlichkeit von kranken Großmüttern, liegengebliebenen Autos, verlorenem Geld und Gott weiß was noch allem. Er sagte, wir seien unterwegs nach London, wo unser Onkel uns erwarte. Ich hatte von alldem nichts gewußt und merkte noch nicht einmal, daß das Ganze gelogen war. Der Lastwagenfahrer setzte uns in seine Fahrerkabine, die uns wie ein Haus vorkam, mit lauter lustigen Dingen, einer Topfpflanze mit einer winzigen Gießkanne daneben, zwei in den Farben des Ranger Football Club bestickten Kissen und einem ganzen Teeservice mit einem feinen Tüllhäubchen auf dem Milchkännchen. Er war ein Riesenkerl und hatte die Ärmel seines Overalls aufgekrempelt, so daß wir seine mit Ananas tätowierten muskulösen Arme sehen konnten, und obwohl er die ganze Zeit mit uns sprach, konnten wir wegen des Motorenlärms kein einziges Wort verstehen.

Schon bald war alles gar nicht mehr so aufregend und wurde sogar ziemlich langweilig. Wir waren erleichtert, als der Fahrer nach etwa einer halben Stunde bei einer Tankstelle hielt. Er sagte, er wolle nach dem Tanken ins Café gehen und eine Tasse Tee trinken und ein Eisandwich essen und ob wir mitkommen wollten. Rory sagte, wir hätten nicht genügend Geld (eine weitere Lüge – er hatte eine Zehn-Pfund-Note bei sich, wollte aber warten, bis der Mann im Café war, anscheinend damit wir uns davonmachen und uns für die Weiterreise ein bequemeres Auto suchen könnten). Der Fahrer lachte und sagte, er würde uns einladen, und hob mich, ohne zu fragen, aus seinem Führerhaus, so daß Rory nichts anderes übrigblieb, als mitzukommen. Wir betraten das Café, und er plazierte uns an einem der roten Resopaltische bei einem beschlagenen Fenster. Dann ging er, um Getränke und Essen zu holen. Wir konnten nicht weg – nicht etwa, daß ich das, im Gegensatz zu Rory, vorgehabt hätte –, weil er uns die ganze Zeit über beobachtete. Wir sahen, wie er bei der Frau hinter der Theke seine Bestellung aufgab, dann kam er zurück und sagte, er müsse seine Frau anrufen und sei in einer Minute zurück. Selbst dann noch ließ er uns nicht aus den Augen, denn das Telefon war am Ende des Raums, und während er telefonierte, stand er mit dem Gesicht zu uns. Wir sahen, wie er sprach, aber bei dem Lärm konnten wir natürlich nicht hören, daß er nicht seine Frau anrief, sondern die Polizei.

Als wir mit dem Essen fertig waren und ihm erzählt hatten, wir hießen Jimmy (wie Rory schon immer hatte heißen wollen) und Valerie (mein Lieblingsname) und seien verwaiste Zwillinge, traf die Polizei ein. Eine halbe Stunde später, nachdem wir unsere richtigen Namen und Adressen angegeben hatten, auch Onkel Hector und Tante Isabella. Hector war außer sich. Der Lastwagenfahrer und die Polizisten amüsierten sich, Hector aber fand die Situation absolut nicht komisch. Er tat an Ort und Stelle im Café etwas sehr Altmodisches, das die Kundschaft, vor allem Lastwagenfahrer, tief beeindruckte. Er schnappte sich Rory, der für sein Alter ziemlich schmächtig war und keinerlei Widerstand leistete, legte ihn übers Knie, zog ihm die Hose herunter und schlug ihm mehrmals kräftig auf sein nacktes Hinterteil. Ich erinnere mich, daß ein Raunen durch das Café ging, weiß aber nicht, ob aus allgemeiner Bewunderung oder allgemeinem Entsetzen. Mich beschäftigte nur, ob ich als nächste so gedemütigt würde. Ich wurde es nicht. Man brachte uns beide nach Hause und schickte uns nach einer weiteren Schimpftirade von Hector und einem Vortrag der strengen Isabella zu Bett. Sie fühlte sich verpflichtet, meine Eltern anzurufen, und ich hörte immer wieder den Satz »Was nicht alles hätte passieren können« und wiederholte Entschuldigungen für Rorys schlechtes Benehmen. Am nächsten Tag wurde ich nach Hause geschickt.

Rory wurde auch mit zunehmendem Alter nicht vernünftiger. Sein Vater nannte ihn »Kommunist«, und es gab große Zweifel an seiner Aufrichtigkeit und Integrität und anderen Tugenden, auf die sich seine Familie etwas einbildete. Seine Eltern hießen beiden Cameron, obwohl sie überhaupt nicht miteinander verwandt waren, außer vielleicht vor Generationen. Sie hielten viel auf ihren Familiennamen und waren ebenso stolz, Camerons zu sein mit allem, was in ihren Augen dazugehörte, wie mein Vater stolz war, ein Musgrave zu sein. Als Rory sechzehn war, hieß es, er »verdiene es nicht, ein Cameron zu sein«. Er hatte sich mehrfach zu ihrem Entsetzen blamiert. Er war intelligent, fiel aber regelmäßig durch Prüfungen; er hatte immer genügend Taschengeld, wurde aber dabei erwischt, wie er im Laden Dinge klaute, die er sich leicht hätte leisten können; er war betrunken, fuhr das Auto seiner Mutter zu Schrott (er war natürlich noch nicht alt genug zum Fahren), färbte sein Haar grün, ließ sich sein linkes Ohr piercen, trug zerrissene Jeans und machte überhaupt alle verrückten Dinge, die Teenager so machen und die seine zutiefst konservativen Eltern als anstößig empfanden. Das Register seiner Missetaten wurde immer länger. Mein Vater pflegte lächelnd den Kopf zu schütteln, wenn er uns Isabellas neueste Nachrichten über Rory berichtete. Er prophezeite, Rory würde vermutlich ein Held werden, wenn er sich erst einmal die Hörner abgestoßen hätte, aber er wurde nie damit fertig, sie sich abzustoßen. Sobald er von seinem edlen schottischen Internat abgegangen war, zu dem ihn sein ehrgeiziger Vater unpassenderweise verdammt hatte, weil er selbst dort gewesen war, schlug er eine leichtkriminelle Laufbahn ein.

Zunächst ging es um Autos. Er hatte ein eigenes Auto, ein Geschenk zu seinem siebzehnten Geburtstag, ein vollkommen ausreichender gebrauchter Volvo, aber er gab sich nicht damit zufrieden. Angestachelt von den jungen Leuten, mit denen er verkehrte und von denen er es lernte (obgleich das keine Entschuldigung war), klaute er Sportwagen, wechselte die Nummernschilder aus, ließ sie umspritzen und verkaufte sie weiter. Er erzählte mir, er habe es eigentlich nur einmal tun wollen, nur für sich selbst, aber dann sei es so leicht gewesen, daß er beschlossen habe, es wieder zu tun, und dann immer wieder, um damit Geld zu machen. Das Geld sei jedoch nicht ausschlaggebend gewesen, und er habe das auch nie von sich behauptet, obgleich sein Vater ihn damals nicht mehr unterstützte und er also irgendwie über die Runden kommen mußte und nicht vorhatte, irgendeine regelmäßige Arbeit anzunehmen. Er liebe die damit verbundene Gefahr, die Aufregung, die Tatsache, daß er seinen Verstand mit dem der Polizei messen könne (»ein ungleicher Kampf«, prahlte er). Aber ihm war noch ein Quentchen Vernunft geblieben, gerade genug, um mit dem ganzen Kram aufzuhören, bevor ihn sein Glück verließ. Ganz plötzlich wandte er sich, diesmal aus eigener Initiative, dem Antiquitätenhandel zu. Dazu mußte er Lokalzeitungen und Todesanzeigen lesen und sich dann an verwitwete alte Damen heranmachen. Er suchte sie auf und fragte sehr höflich, ob er ihnen behilflich sein könne, wenn sie sich von irgendwelchen Möbeln trennen möchten. Er wurde freundlich aufgenommen, sie sahen in ihm keine Bedrohung, weil er noch immer schlank und blond war, mit einem kultivierten Edinburgher Akzent sprach und inzwischen bei diesen Anlässen einen Anzug, ein blütenweißes Hemd und eine alte Krawatte aus der Schulzeit trug. Er kaufte Möbel zu absurd niedrigen Preisen und verkaufte sie zu absurd hohen Preisen. Das war natürlich nicht kriminell, dennoch eine Art Betrug, wenn man es mit den Gepflogenheiten in der Branche verglich. Er kannte immer den tatsächlichen Wert dessen, was er kaufte, und er wußte immer, daß die alten Damen diesen nicht kannten. Er sagte, er mache sie glücklich, indem er ihnen seine Zeit schenke und verständnisvoll zuhöre, wenn sie ihm ihr Leid klagten. Das war aber nur die respektable Fassade eines höchst dubiosen Unternehmens, von dem ich nichts wissen wollte, wie ich ihm, als er darauf anspielte, zu verstehen gab. Wie auch immer, mit Ende Zwanzig geriet er auf die schiefe Bahn und mußte Edinburgh überstürzt verlassen. Seitdem lebte er in London, wenn auch nie lange an ein und demselben Ort.

Rory kam zum Begräbnis meiner Mutter, was nett von ihm war. Charlotte war sich nie sicher gewesen, ob sie ihn eigentlich mochte, und das hatte er immer gespürt und war deshalb vor ihr auf der Hut gewesen. Später, als sie genug über seine kriminelle Energie erfahren hatte, um sich in ihrem Mißtrauen bestätigt zu sehen, billigte sie seine Besuche nur, weil ich so sehr an ihm hing. Dennoch kam er zu ihrem Begräbnis und war lieb und freundlich und versuchte alles, um mich zu trösten. Er sagte, ich solle nicht vergessen, daß er mein bester Freund sei und immer für mich dasein würde. Ich war gerührt. Gerührt, ohne mich allerdings zum Narren halten zu lassen. Rorys Sorge um mich mochte echt sein – nein, sie *war* echt –, aber er war sich selbst der Nächste. Ich wußte, daß er, falls meine Interessen mit den seinen kollidierten, zuerst für sich sorgen würde. Was vermutlich ganz normal ist. Er war eben ein Mann wie alle anderen auch. Aber seit der Beerdigung war er äußerst besorgt und hatte mich oft angerufen, obwohl ich wußte, daß es nicht nur aus bloßem Mitleid geschah. Damit waren auch eigene Interessen verbunden. Nachdem Tony ausgezogen war, hielt Rory sich vermutlich für meinen Mitbewohner. Er hatte nicht wirklich vorgeschlagen, bei mir einzuziehen, aber darauf angespielt. Ich hatte ihm daraufhin sehr vorsichtig meine ablehnende Haltung deutlich gemacht.

Ich könnte mir nie eine Wohnung, ja nicht einmal ein großes Haus mit Rory teilen. Nicht etwa weil er unordentlich ist (das ist er, fürchterlich) oder ein starker Raucher, sondern wegen seines Privatlebens. Er hat, soviel ich weiß, noch nie eine Beziehung gehabt, die länger als ein paar Wochen gedauert hat, und er sagt, das wolle er auch gar nicht anders, das bereite ihm kein Kopfzerbrechen. Er hat trotz der gefährlichen Zeiten einen Mann nach dem anderen und sagt, das sei genau nach seinem Geschmack. Ohne es beurteilen zu wollen, würde es mir wahrscheinlich nicht gefallen. Ich könnte einen ständigen Strom junger Männer, die durch meine Wohnung ziehen, nicht ertragen. Es ginge mir nicht darum, wie diskret Rory wäre, und Diskretion ist nicht gerade seine Stärke, sondern mir wäre die Gegenwart von Fremden zuwider. Mir fällt es schwer genug, meine Privatsphäre mit jemandem, den ich liebe, zu teilen, und schon gar nicht mit denen, die ich nicht einmal kennen würde. Darüber hätte Rory sich eigentlich im klaren sein müssen, wo er doch selbst nicht gerne teilt.

Wir haben ein eigentümliches Verhältnis zueinander. Wir beide sind gern allein und können nur schwer mit dem jeweiligen Liebhaber teilen, wie hingebungsvoll wir ihn auch lieben mögen (nicht daß Rory je viele Anzeichen von Hingabe erkennen ließ). Wir mögen es nicht, wenn unser Zuhause voller Leute ist. Vielleicht das Einzelkindsyndrom? Daß alles immer nur nach unserem Kopf zu gehen hat? Ich bin jedoch überzeugt, daß es genauso viele Einzelkinder gibt, die den entgegengesetzten Weg einschlagen, die nicht allein sein können und ständig Gesellschaft brauchen, um die Jahre der Entbehrung wiedergutzumachen. Jedenfalls lebte Rory wie ich allein, hatte aber im Unterschied zu mir keine Eigentumswohnung. Er behauptete, er könne sich das nicht leisten, ich weiß aber, daß er schon oft das nötige Geld dafür gehabt hat. Er lebte weiterhin in Zimmern, die ihm nicht gehörten, mit Möbeln, die er sich niemals ausgesucht hätte, und war dort, wo er wohnte, nie wirklich zu Hause. Es waren triste Orte. Er lud mich nie dorthin ein, aber einmal spürte ich ihn auf und stand vor seiner Tür, und er mußte mich hereinlassen. Es war eine Parterrewohnung in Kilburn, feucht, dunkel, mit grellroten Wänden. Er hatte überhaupt nichts daran verändert und lachte nur, als ich mich schüttelte. Er sagte, er werde nicht lange hierbleiben, und es stimmte. Ich habe ihn nie wieder besucht. Es war zu deprimierend zu sehen, wie er lebte.

Möglich, daß er, als Tony fort war, aus purer Freundlichkeit auf die Idee kam, bei mir einziehen zu wollen. Vielleicht dachte er, ich würde mich einsam fühlen, immerhin hatte Tony länger als jeder andere Mann mit mir zusammengelebt, weit über ein Jahr. Wenn er das dachte, lag er völlig falsch. Das beste an Tonys Auszug war, daß ich mein Terrain wieder für mich allein hatte. Ich empfand eine riesige Erleichterung, auch wenn ich gleichzeitig Schuldgefühle hatte. Ich schwöre, daß es für mich noch wochenlang danach ein herrliches Gefühl war, allein aufzuwachen – ich wurde wach, streckte mich im Bett aus, merkte, daß ich allein war, und fühlte mich höchst erleichtert. Ich glaube, ich bin nicht dafür geschaffen, mit irgend jemandem zusammenzuleben, außer als Kind mit meinen Eltern. Ich bin zu intolerant, zu reizbar, sehne mich zu sehr nach Stille. Vermutlich hatte ich es so lang (jedenfalls für meine Verhältnisse) mit Tony ausgehalten, weil ich in dem Jahr beruflich viel unterwegs war und er selbst oft bis spät in die Nacht arbeitete und ich ganze Abende ungestört für mich hatte. Erst als ich einmal ein paar Monate ohne Auftrag war, was von Zeit zu Zeit vorkommt, ging alles den Bach runter. Wir liebten uns (glaube ich), aber damals entdeckte ich, daß wir, wenn es darauf ankam, nicht wirklich zueinander paßten. Es war weniger eine Frage der Vorlieben als der Charaktere. Daß Gegensätze sich anziehen, hat durchaus seinen Reiz, aber je länger wir so eng zusammenlebten, desto mehr entfernten wir uns wegen unseres unterschiedlichen Temperaments voneinander.

Es ist seltsam, aber es dauert lange, bis das eigentliche Temperament zutage tritt, das habe ich schon oft festgestellt. Man lernt das Temperament eines anderen erst dann wirklich kennen, wenn man eine Weile mit ihm zusammengelebt hat. Die gegenseitige Anziehung läuft zunächst ganz über Äußerlichkeiten, natürlich – ich meine, normalerweise *sieht* man jemanden, bevor man ihn hört und bevor man ihn kennenlernt. Was ich in Tony sah, war nicht sein wahres Wesen. Seine Gelassenheit war gar nicht so offensichtlich. Ganz im Gegenteil, er wirkte besonders forsch und wach, als läge er die ganze Zeit auf der Lauer, um Dinge zu beobachten und zu analysieren. Und für meinen Geschmack sprach er zu schnell, als daß man ihn für einen gelassenen Menschen mit einer Vorliebe für alles Gemäßigte hätte halten können. Als er bei mir eingezogen war, merkte ich erst nach einer ganzen Weile, wie feierlich und ernst er in allen Dingen war und wie ungewöhnlich geduldig (in meinen Augen). Nichts schien ihn zu ärgern oder aus der Fassung zu bringen. Wenn ich etwas fallen ließ und es zerbrach, fluchte ich entsetzlich; wenn Tony etwas fallen ließ und es zerbrach (obwohl ihm das nur selten passierte, weil er viel zu vorsichtig war), dann hielt er nur einen kurzen Augenblick inne, sah sich an, was er angerichtet hatte, und holte dann Handfeger und Schaufel, um alles aufzufegen. Er blieb nicht nur in banalen Dingen gelassen – bei wichtigen Dingen verhielt er sich genauso. Einmal war ihm aus dem Auto seine Aktentasche mit sehr wichtigen Dokumenten gestohlen worden, die er am nächsten Tag unbedingt brauchte. Hat er etwa geschrien und gebrüllt und getobt? Von wegen. Er wurde nur ein bißchen blaß und schluckte ein paarmal, aber er bekam keinen Wutanfall, wie ich ihn bekommen hätte.

Zu Anfang war Tony für mich wegen seines Temperaments der ideale Partner zum Zusammenleben. Er war ein guter Ausgleich für meine ständige innere Anspannung, und das empfand ich als sehr angenehm. Es war, als sei meine Mutter wieder bei mir. Er konnte mit mir genauso gut umgehen wie Charlotte. Dann aber begann seine gewollte Ausgeglichenheit (es sei denn, sie lag in seiner Natur), mir in einer Weise auf die Nerven zu gehen, wie es ihre nie getan hatte. Ich hätte mir gewünscht, er hätte mich angeschrien, wenn ich mich unmöglich verhielt, er wäre nicht immer so verdammt edelmütig und verständnisvoll gewesen. Auch sexuell wußte ich nicht, ob ich noch immer glücklich mit ihm war. Er war ein guter Liebhaber, wobei ich mit gutem Liebhaber meine, daß er sowohl zärtlich als auch leidenschaftlich war und nicht nur an das eigene Vergnügen, sondern auch an meines dachte – was konnte sich eine Frau mehr wünschen? –, aber er machte mich nicht länger an. Ich redete mir ein, oder versuchte es jedenfalls, es mache mir nichts aus, daß Sex mit wachsender Vertrautheit immer weniger aufregend wurde, aber ich glaubte es nicht wirklich. Ich dachte, es müsse jedesmal, wenn ich ihn sah, noch immer ein Funke überspringen. Wenn ich ihn so liebte, wie ich meinte, wo war dann meine Liebe geblieben? Von da an wuchs mein Befremden über seine Art, seine Gewohnheiten.

Ich sehnte mich danach auszuziehen, obwohl das eigentlich Tonys Part gewesen wäre, wo die Wohnung doch mir gehörte. Ich dachte, er würde es nie tun. Er schien nicht zu begreifen, was geschehen war, daß ich einen Punkt erreicht hatte, wo ich versuchte, außer Haus zu sein, wenn er zu Hause war, und umgekehrt. Er sagte Dinge wie: »Wir scheinen es im Moment nicht lange miteinander auszuhalten«, als würden wir beide diesen Zustand bedauern und als hätte ich ihn nicht bewußt herbeigeführt. Dann erklärte er sich meine sogenannten »Launen« mit dem plötzlichen Tod meines Vaters und der Krankheit meiner Mutter und machte zahllose Zugeständnisse. Ich mußte richtig brutal werden und ihn bitten zu gehen. Es war, als hätte ich auf ihn geschossen. Sein Gesicht wurde blaß und nahm einen ungläubigen Ausdruck an, ohne daß er auch nur ein Wort sagte. Er ging einfach, ohne Einwände, und dafür war ich ihm dankbar.

Die von mir so heiß ersehnte und mit so großer Erleichterung wiedergewonnene Einsamkeit stellte nach der Rückkehr von meiner Spritztour nach Cumbria allerdings eine Gefahr für mich dar. Rorys Stimme auf meinem Anrufbeantworter war mir erstaunlicherweise willkommen, und ich rief ihn, ohne zu überlegen und darüber nachzudenken, ob es eine gute Idee sei, spontan zurück. Ich hatte nicht damit gerechnet, daß er, sobald er meine Stimme hörte, sagte, er komme gleich vorbei, und dann den Hörer auflegte. Ich ärgerte mich furchtbar – alles war so anders gekommen, als ich es mir vorgestellt hatte –, freute mich dann aber doch, als er vor mir stand. Dieses eine Mal war einer besser als keiner, und Rory war besser als jeder andere. »Du siehst ja furchtbar aus«, sagte er und lachte. »Was für wilde Abenteuer hast du denn hinter dir, Cousinchen?« Ich machte ihm einen Kaffee, und da ich nicht drumherum kam und nicht lügen wollte, erzählte ich ihm von der Andenkenschachtel, allerdings nur die nackten Tatsachen. Er war begeistert. Er wollte auf der Stelle die elf Gegenstände sehen, und ich mußte sie alle hervorkramen und noch einmal nebeneinander ausbreiten, bis auf die weggeworfenen Federn natürlich.

»Zum Totlachen«, sagte Rory, und ich wurde böse und sagte, es sei überhaupt nicht zum Lachen. »Sei doch nicht albern«, sagte er, »und ob es das ist, zum Totlachen. Du verlierst den Blick für die Realität. Um Himmels willen, Susannah hinterläßt dir eine Schachtel voller Krimskrams, und sie wird über dreißig Jahre vergessen, und als du sie schließlich öffnest, fängst du an, nach irgendeiner symbolischen Bedeutung zu suchen – das ist doch hirnverbrannt, das weißt du doch selbst. Was ist nur los mit dir, wo ist die nüchterne Realistin geblieben, Catherine? Schmeiß den Kram weg. Wahrscheinlich wußte sie nicht mal, was sie tat, sie war doch so krank.«

»Das wußte sie sehr wohl«, sagte ich. »Sie hat alles mit großer Sorgfalt getan. Du hättest die Verpackung sehen sollen. Jedes Stück war numeriert und an eine bestimmte Stelle gelegt. Alles war genau überlegt.«

Rory zündete sich, ohne um Erlaubnis zu fragen, eine Zigarette an und musterte mich. »Was für ein Elend, Schätzchen«, sagte er. »Ich wußte gar nicht, daß Susannah dir überhaupt etwas bedeutet hat. Ich fand es immer toll, wie du nie eine Tragödie daraus gemacht hast, daß deine *wahre* Mutter gestorben ist, du nie davon gesprochen oder es ausgenutzt hast, nie dieses ganze Ich-Arme-Theater gespielt hast. Wieso ist das jetzt auf einmal anders? Warum kümmerst du dich plötzlich um diese tote Frau? Glaubst du neuerdings wieder an Gott oder was? Hat der Herr mit dir über deine geliebte leibliche Mama gesprochen, die du all die Jahre verleugnet hast?«

»Das ist nicht komisch.«

»Ich weiß. Genau das erstaunt mich ja gerade – du denkst, es ist verdammt ernst, dabei *sollte* es komisch sein. Das Ganze ist lächerlich, du solltest es als Farce ansehen und nicht so ängstlich und trübselig sein.«

»Es sieht aber nicht nach einer Farce aus. Von Toten hinterlassene Dinge haben was Unheimliches.«

»Ja, was *tödlich* Unheimliches, kapiert?« Und er lachte verächtlich.

»Hör auf, Rory.«

»Also gut, verdammte Scheiße.« Dann starrte er mich an. »Ach komm schon, Cath, du fängst doch wohl nicht an zu *heulen*, großer Gott.«

Das tat ich nicht, nicht wirklich, aber beinahe wären mir die Tränen gekommen, wenn ich mich nicht zusammengerissen hätte. Ich ließ es zu, daß Rory mich kurz in den Arm nahm, dann sagte er, wir würden beide etwas Stärkeres als Kaffee brauchen, und sprang auf, um eine Flasche Wein zu öffnen. Als wir beide ein Glas in der Hand hielten und ich mich ein wenig gefangen hatte, ging er herum und nahm die Gegenstände in die Hand, die in der Schachtel gewesen waren. Ich haßte das an ihm. Er muß immer alles anfassen und kann nichts einfach nur ansehen. Er muß immer alle Dinge in die Hand nehmen, sie drehen und wenden, alles, was ihn interessiert, bis ins kleinste untersuchen. Er griff nach der Muschel. »Faß sie nicht an!« fauchte ich, aber er hörte nicht auf mich und hielt sie sich ans Ohr. »Bitte kommen, bitte kommen«, rief er. »Ich bin auf Empfang – da, laut und deutlich – ›Ich komme aus dem Meeeer!‹« Er lachte und nahm sie in beide Hände, wobei er seine Finger mit kritischer Miene über jede Wölbung und jeden Riß gleiten ließ. »Es ist keine so ungewöhnliche Muschel«, sagte er, diesmal in ruhigem Ton. »Sie stammt nicht von einem englischen Strand, aber es gibt sie überall in der Südsee und sogar in der Karibik. Ich hab dort welche gefunden, unheimlich viele auf Anguilla, als ich da war.«

»Susannah ist nie in der Karibik oder in der Südsee gewesen«, sagte ich. »Sie ist überhaupt kaum je im Ausland gewesen. Das hat damals so gut wie niemand gemacht.«

»Woher weißt du das?«

»Das hat mir mein Dad erzählt.«

»Und was war, bevor sie ihn kennengelernt hat?«

»Sie hat ihn früh kennengelernt. Sie hatte keine Zeit, irgendwohin zu reisen.«

»Na gut, vielleicht nicht. Du solltest mal meine Mum fragen. Aber jedenfalls, wenn sie nicht irgendwo war, von wo sie diese Muschel mitgebracht hat, muß es eben jemand anders getan haben. Ein Souvenir, das ist alles. Mehr hat es nicht zu bedeuten, eine schöne Ferienerinnerung, die sie an dich weitergegeben hat.«

»Hängt davon ab, wer sie ihr geschenkt hat.«

»Dann suchst du also wirklich nach irgendwelchen Botschaften? Das ist zu anstrengend für mein armes kleines Hirn«, protestierte er. »Du willst also damit sagen, mein liebes Cousinchen, daß die Muschel dir deswegen hinterlassen wurde, weil Susannah sie von jemandem geschenkt bekommen hat, den du ausfindig machen sollst? Sei nicht albern. Es ist nur eine Muschel. Sie hat ihr gefallen. Sie hoffte, sie würde auch dir gefallen. Ende der Durchsage.«

Ich war mir plötzlich sicher, daß er recht hatte, aber anstatt erleichtert zu sein, war ich enttäuscht. Nichts als eine Muschel. Eine Muschel aus irgendeinem Teil der Welt, in dem sie nie gewesen war, in den zu reisen sie sich aber immer gesehnt hatte. Daß sie sie mir vermachte, war vielleicht ein Zeichen ihrer Sehnsucht, vielleicht hoffte sie ja, ich würde dorthin reisen, wohin sie nie hatte reisen können. Dabei hatte ich das schon getan. Ich war zwar nicht in der Südsee oder in der Karibik gewesen, war aber im Gegensatz zu ihr weit gereist und wollte noch viele andere Länder kennenlernen. Wenn sie wollte, konnte sie mich im Geiste begleiten, und wir würden noch mehr solcher Muscheln finden und sie zu dieser einen mit nach Hause bringen. Ich lächelte beim Gedanken an eine solch sentimentale Idee, und Rory, der meine Selbstironie als wiedergewonnene Heiterkeit mißverstand und sie sich selbst zugute hielt, sagte: »So ist es schon besser, bist ein braves kleines Mädchen.«

Als nächstes griff er nach dem Spiegel. »'n schöner Spiegel«, sagte er. »Queen Anne, glaube ich. Ich gebe dir fünfzig Pfund dafür.«

»Dann muß er mindestens zweihundert wert sein.«

»Frechheit.« Er musterte die Silberarbeit auf dem Griff und sagte: »Ich frage mich, woher sie ihn hatte. Da ist ein Zeichen, das ich auf manchen Silbersachen meiner Mutter gesehen habe – siehst du das gewundene C, das sich um den Efeustamm rankt? Er hat wahrscheinlich unserer Großmutter gehört, es ist wahrscheinlich ein Familienerbstück und gehört mir genauso wie dir.«

»Er wurde mir vermacht, bitte schön.«

»Aber vielleicht hatte Susannah gar kein Recht dazu. Jedenfalls hast du immer abgestritten, daß du eine Cameron bist. Du hast immer damit geprahlt, daß du eine Musgrave bist, ganz wie dein liebster

Dad, ohne eine Spur von Susannah und den Camerons.«

»Schon möglich, trotzdem habe ich Cameron-Gene, ob ich nun will oder nicht.«

»Und du hast ihren Spiegel.«

»Ja und? Du willst doch hoffentlich nicht damit sagen, daß Susannah ihn gestohlen hat?«

»Nein. Aber wenn du ihn nicht haben willst, sollte ich ihn bekommen.«

»Sollte?«

»Ich mach nur Spaß.« Er hatte den Spiegel noch immer in der Hand, als er sich neben mich setzte, und hielt ihn vor sich, so daß unsere beiden Gesichter darin zu sehen waren. »Weißt du noch?« sagte er, ohne den spöttischen Tonfall von vorher, »wie Großmutter geschrien hat, als sie sah, wie ich mich im Schrankspiegel betrachtete, und mein Spiegelbild für Susannah hielt?«

Ich erinnerte mich. Wir waren damals beide bei ihr zu Besuch. Rory war gerade fünf, ich demnach ein wenig jünger. Wir hatten uns verkleidet, Rory als Mädchen und ich als Junge. Er hatte sich ein rosa Kleid mit Rüschen von mir angezogen, das ich nicht ausstehen konnte und das er liebte, und ein rosa Band um den Kopf gebunden, um seine blonden Locken zurückzuhalten. Es war uns trotz größter Anstrengungen nicht gelungen, eine richtige Schleife zu binden, und das Band baumelte auf seinem Rücken. Sein Haar war damals noch ziemlich lang und sehr dicht, und er war begeistert, weil er wirklich wie ein Mädchen aussah. Sein Anblick im Spiegel versetzte meine Großmutter jedoch dermaßen in Schrecken, daß sie beinahe einen Herzanfall bekam, weil sie ihn einen Augenblick lang für ihre verstorbene Tochter hielt. Es war, wie gesagt, offenbar unheimlich, wie sehr er als Kind Susannah ähnelte. Er hatte denselben Teint, dieselbe Gesichtsform, dieselben Augen. Meine Großmutter sagte zu Rory, er solle sich nie wieder als Mädchen verkleiden und ihr einen solchen Schock versetzen. Er richtete sich danach, aber nur insoweit, als er es nie wieder in ihrer Gegenwart tat. In Wahrheit war es jedesmal das erste, was wir taten, wenn wir uns in den folgenden Jahren wiedersahen, uns als das andere Geschlecht zu verkleiden. Wir machten das, bis wir etwa elf Jahre alt waren und ich mich plötzlich überhaupt nicht mehr verkleiden wollte und die Spielverderberin war.

»Ich erinnere mich«, sagte ich, »aber ich bin sicher, daß du jetzt nicht mehr wie Susannah aussiehst, selbst wenn du dich als Frau verkleiden würdest.«

»Soll ich?«

»Nein, sollst du nicht.«

»Du bist so gemein.« Er hielt sich den Spiegel, fasziniert von seinem eigenen Bild, noch näher vors Gesicht. »Ich bin sicher, daß ich noch immer aussehe wie sie.«

»Nein, dein Gesicht ist zu pausbackig.«

»*Pausbackig*? Jetzt übertreibst du aber.« Er starrte sich besorgt an und betastete seine Wangen. »Das sind Knochen«, sagte er, »gute, starke Knochen, kein Fett. Pausbackig, also wirklich – wie du darauf kommst. Ich bin nur auf vorteilhafte Weise etwas fülliger geworden. Und überhaupt, Susannahs Gesicht wurde erst mit ihrer Krankheit schmaler. Ich habe Fotos gesehen. Bis sechs Monate vor ihrem Tod sah ihr Gesicht so aus wie meins jetzt, nämlich hübsch. Das Haar macht den Unterschied aus. Wenn ich eine Perücke hätte, eine von diesen präraphaelitischen Dingern, würde ich noch immer genauso aussehen wie sie.«

»Warum ist dir das eigentlich so wichtig?«

»Nun, sie war schön, das sagen alle.«

»Aber sie ist tot.«

Er legte den Spiegel weg und wandte sich mir zu. »Na also«, sagte er schmunzelnd, »jetzt hast du's begriffen. Ja, sie ist tot. Sie ist seit einunddreißig Jahren tot, Schätzchen, warum machst du dann einen solchen Zirkus um eine alte Schachtel?«

Ich überhörte die Frage. »Warum, denkst du, hat sie wohl einen Spiegel hineingetan?« fragte ich ihn.

»O Gott im Himmel –«

»Bitte, sag schon, Rory. Bitte.«

»In Ordnung. Weil er kostbar ist. Und weil es ein Familienerbstück ist.«

»Nicht weil sie wollte, daß ich mich genau betrachte, so wie sie sich immer betrachtete, und die Ähnlichkeit zwischen uns erkenne, danach suche?«

»Hast du einen Whisky da?«

»Nein.«

»Dann eben noch einen Wein, ich brauche noch einen Schluck Wein. Du bringst mich noch dazu, daß ich mich heillos betrinke. Hör auf damit.«

»Du übertreibst sowieso schon die ganze Zeit, Rory. Du lebst so ungesund – dieses ganze Rauchen und Trinken, und du treibst nie Sport.«

»Ich sehe gesünder aus als du, meine Liebe – *ich* habe keine großen dunklen Ringe unter den Augen, besten Dank.«

»Ich hab nicht gut geschlafen.«

»Das wundert mich nicht. Du machst dich selbst verrückt. Das Problem ist, daß dir jetzt, wo Tony fort ist und du offenbar nicht viel zu tun hast, nichts anderes bleibt, als über diese verflixte Schachtel nachzugrübeln. Und du warst sowieso schon ganz durcheinander. Sie ist zum denkbar ungünstigsten Zeitpunkt aufgetaucht.«

»Ich weiß. Ich fahre bald weg. Das hatte ich sowieso vor, sobald das Haus verkauft ist.«

»Wo fährst du hin?«

»Weiß noch nicht.«

»Mit wem?«

»Mit niemandem, natürlich allein.«

»Ich kann ja mitkommen, wenn du willst. Ich könnte ein bißchen Sonne gebrauchen.«

»Ich habe nicht gesagt, daß ich in die Sonne fahre.«

»Dann komm ich nicht mit.«

»Du bist auch gar nicht eingeladen worden. Warum sollte ich dich dabeihaben wollen?«

»Weil es dir im Augenblick nicht guttut, allein zu sein, und ich dein bester Freund bin.«

»Wie kommst du denn darauf?«

Aber das war er, das ist er. Ich habe noch nie Freundschaften gepflegt. Ich tue nicht genug, um sie am Leben zu erhalten. In der Schule hatte ich viele Freundinnen, stand aber keiner wirklich nah. Ich war nicht eine, die immer nur mit ihrer besten Freundin zusammengluckte. Wenn ich nicht gerade allein war, fühlte ich mich wohler in einer Gruppe. Und nach der Schule habe ich mich nicht bemüht, mit irgend jemandem in Kontakt zu bleiben. Genauso in St. Martin's. Wenn jemand, mit dem ich befreundet war, wieder Kontakt zu mir aufnahm, habe ich immer geantwortet (glaube ich), aber ich habe nie den ersten Schritt getan, und die Leute merken das natürlich und haben irgendwann genug davon. Meine einzigen nahen Freunde wurden irgendwann meine Liebhaber, und wenn die Affären endeten, war daher auch zwangsläufig Schluß mit der engen Freundschaft. Ich glaube zum Beispiel nicht, daß Tony in mir heute noch eine Freundin sehen würde. Und jetzt, wo meine Eltern tot sind (denn sie waren zweifellos nicht nur meine Eltern, sondern auch meine Freunde), bleibt tatsächlich nur noch Rory übrig. Unsere Sticheleien waren ganz wie in alten Zeiten, und ich genoß sie. »Also los, bester Freund«, sagte ich, »ich lade dich zum Essen ein, dann können wir noch ein paar Übereinkommen schließen.«

Ich habe mich immer gefragt, ob mein geringes Interesse an engen Freundschaften daran liegt, daß meine Eltern mir in meiner Kindheit zu nahe waren, und als später in meinem Leben Dinge geschahen, die zwischen uns eine Art Barriere errichteten, hatte ich Rory. Auch wenn ich ihn nicht häufig sah und manchmal nicht einmal wußte, wo ich ihn erreichen konnte, war die Verbindung zwischen uns so stark, daß sie sofort wiederaufgenommen werden konnte. Ich habe mich mit Rory schon immer wohl und völlig entspannt gefühlt. Vielleicht bilde ich es mir ja nur ein, aber ich glaube, ich kenne ihn wie niemand sonst, jedenfalls, soweit ich weiß. Der Rory, den ich kenne, ist nicht der Mensch, den die anderen sehen. Er stellt sich ganz bewußt als jemand dar, der leichtsinnig ist, der sich keinen Deut um die anderen schert, er bekennt sich offen, ja sogar ziemlich auffällig zu seiner Sexualität, und obgleich ich nie verstanden habe, warum, kann ich mir nur allzugut vorstellen, daß er damit auf subtile Weise provozieren will. Er brüskiert die Menschen so lange, bis sie von ihm, von seiner schrillen, tuntenhaften Selbstdarstellung abgestoßen sind, und wenn sie es schließlich sind, bildet er sich ein, daß er sie getestet und für unzulänglich befunden hat und er deshalb nichts mehr mit ihnen zu tun haben will. In gewisser Hinsicht tue ich genau dasselbe – auch ich stelle mich in einer Weise dar, die die Geduld anderer auf die Probe stellt, und bin erst zufrieden, wenn sie sich mit meiner Bissigkeit und Feindseligkeit und mürrischen Art abgefunden haben und trotzdem weiter mit mir zu tun haben wollen. So wie Rory eine Rolle einfach abschütteln kann, kann ich es auch. Aber da war noch etwas anderes, das Tony fast hätte ahnen können. Ich glaube, Rory und ich fühlten uns zueinander hingezogen. Ich glaube, daß wir uns auf der Schwelle zur Pubertät, als wir elf oder zwölf waren, in einer Weise zueinander hingezogen fühlten, die ich fälschlicherweise für Liebe gehalten habe (denn damals war ich mir ganz bestimmt noch nicht darüber im klaren, daß mein Cousin schwul war). Es ist nie etwas vorgefallen. Es führte zu nichts. Aber wenn ich sage, Rory sei mein bester und einziger richtiger Freund und damit alle anderen ausschließe, dann spielt dieser Punkt mit hinein.

Das Beste an Rory ist, daß ich mich nicht in acht zu nehmen brauche, mich überhaupt nicht *bemühen* muß. Er kennt mich schon mein ganzes Leben lang, und ich fühle mich in seiner Gegenwart wohler, als ich mich je mit irgendeinem Liebhaber gefühlt habe, was so einiges besagt (obwohl ich lieber nicht wissen will, was genau). Vertrautheit hat zwischen uns nicht Verachtung entstehen lassen, sondern ein Gefühl der Geborgenheit. Er kennt mich durch und durch, wie ein Bruder, wenn ich einen gehabt hätte. Ich kann unhöflich und schlecht gelaunt und pampig sein, ohne daß er beleidigt ist. Er läßt es zu, wenn ich ihn wieder einmal zurechtzubiegen versuche, und er nimmt es mir nicht übel, außer daß er, wenn ich zuweit gehe, warnend sagt, ich solle nicht seine Mutter spielen. Als ob ich das täte. Meine Gefühle für seine Mutter und seinen Vater ähneln in etwa seinen. Hector ist herrisch, humorlos, abstoßend rassistisch eingestellt und homofeindlich; Isabella ist prüde, kalt und ausgesprochen egozentrisch. Ich würde nie wie einer von beiden sein wollen. Es ist mir ein Rätsel, wie solche Leute einen Rory haben produzieren können (und ihnen ehrlich gesagt auch). An ihrem Sohn ist nichts, was an sie erinnert. Unsere Großmutter beteuerte immer, es müsse irgendwann eine Verwechslung gegeben haben, eigentlich sei er Susannahs Kind – Isabella schien das nicht als Beleidigung zu empfinden. Sie fragte sich ständig laut, wo Rory um alles in der Welt herkomme (und mußte mit der Zeit so manche hübsch häßliche Antwort von ihm einstecken).

»Und wie geht's Tony?« fragte Rory, als wir im Restaurant einen Platz gefunden hatten.

»Du weißt doch genau, daß ich nichts mehr von ihm höre, also halt die Klappe.«

»Armer Anthony.«

»Ach ja? Ich kann mir nicht vorstellen, warum man ihn für ›arm‹ halten sollte.«

»Du warst schrecklich zu ihm, und er hat dich so geliebt.«

»War ich nicht.«

»Und ob du das warst. Gemein und eklig.« Er lachte und verzog das Gesicht, den Mund voll Brot, aber ich wußte, er meinte es ernst. »Der Gute himmelte dich an, und du bist mit ihm Gott weiß wie umgesprungen, und dann hast du ihn fallenlassen. Armer Tony.«

»So war es nicht. Wir haben letztlich nicht zusammengepaßt, das ist alles, und das mußte ich ihm irgendwie beibringen.«

»Eigentlich von Anfang an, würde ich sagen.«

»Damit liegen Sie einfach falsch, Mr. Knackarsch. Sei doch nicht albern. Warum hätte ich mit ihm leben sollen, wenn ich ihn gleich von Anfang an nicht ausstehen konnte? Du machst solche blöden Bemerkungen, ohne nachzudenken, was du da sagst.«

»Ich weiß sehr wohl, was ich sage. Ich will damit sagen, daß du ganz genau wußtest, daß er nicht zu dir paßte, aber du fühltest dich zu ihm hingezogen, weil er wie dein Vater war, und konntest ihm nicht widerstehen.«

»Ich red kein Wort mehr mit dir. Du regst mich auf.«

»Und du amüsierst mich.«

»Das ist doch krank.«

»Sobald man deinen Vater erwähnt, wirst du plötzlich eiskalt und wütend.«

»Das würde jeder bei den albernen Kommentaren, die du von dir gibst.«

»Das war kein alberner Kommentar. Tony sieht aus wie dein Vater. Genauso wie – wie hieß er noch? – Ian Sowieso, und vorher dieser Ausländer. Du interessierst dich nur für Männer, die *aussehen* wie dein Vater, und wenn du dann feststellst, daß sie nicht so sind wie er, wirfst du sie raus.«

»Hab ich dich eigentlich gefragt?«

»Nein.«

»Im übrigen bist du betrunken.«

Plötzlich beugte er sich über den Tisch, griff nach meiner Hand, obgleich ich sie wegzuziehen versuchte, drückte sie ganz fest und schlug einen anderen, peinlich nachdrücklichen, ernsten Ton an. »Ich bin nicht betrunken«, sagte er, »ich mache mir Sorgen um dich. Du ruinierst dein Leben, wie ich meins ruiniert habe. Was willst du tun? Dreißig und irgendwas, Karriere, soweit ich sehen kann, auf Eis gelegt, kein Liebhaber und schon gar kein Ehemann oder süße Kinderchen, eine arme kleine, reiche Waise, die wegen einer lächerlichen Schachtel verrückt wird –«

Ich stand auf, warf etwas Geld auf den Tisch – wir hatten bis dahin nur Brot gegessen – und verließ das Restaurant.

Sechstes Kapitel

Ich war daran gewöhnt, Rory nie wiedersehen zu wollen. Wir hatten immer diese Szenen, bei denen der eine oder die andere von uns davonlief, die eine oder der andere von uns sich überlegen fühlte, weil wir glaubten, irgendeine unbequeme Wahrheit offen ausgesprochen zu haben. Was mich an dem Abend so wütend gemacht hatte, war, daß Rorys Behauptung, wir beide würden unser Leben vergeuden, *nicht* stimmte. Wie konnte er es wagen, mich hinzustellen wie eine traurige Kuh, ohne Hoffnung, wie er selbst? Das war unfair, eine Lüge. Ich war eine professionelle Fotografin, mit Arbeiten, die das bewiesen, und was war er? Nichts. Ein Dealer mit diesem und jenem. Kein Wunder, daß seine Eltern verzweifelten. Ich haßte es, mit ihnen in irgendeiner Weise einer Meinung zu sein, aber bei dem Gedanken, daß Rory weder Karriere machte noch einer anständigen Arbeit nachging, hatte ich keine Wahl. Er hatte, wie ich, eine gute Starthilfe gehabt, es gab keine Entschuldigung.

Als ich am nächsten Morgen aufwachte, schämte ich mich. Immerhin war Rorys Kurzanalyse meiner Situation einigermaßen stichhaltig, auch wenn er sie nicht in allen Einzelheiten richtig sah. Hatte ich mir nicht selbst eingestanden, daß ich deprimiert war, daß ich von meiner Lebensweise, bei der es mir an jeglichem Enthusiasmus für irgend etwas fehlte, genug hatte? Es war die Art, wie er es sagte, die mich so ärgerte, wie er mich und sich über einen Kamm scherte, wo unser beider Fälle doch so unterschiedlich waren. Und das ganze Gerede über meinen Vater und wie sehr ich mich von Männern angezogen fühlte, die ihm ähnlich sahen, war richtig. Ich hatte es selbst bemerkt, auch wenn ich glauben wollte, daß es den Männern nie aufgefallen war. Das ist doch allgemein bekannt, um Himmels willen, geradezu ein Klischee, daß Mädchen ihre Väter lieben möchten, aber ich nahm Rory alles, was er sonst noch gesagt hatte, übel. Vielleicht hatte mich ja an Tony und den anderen die körperliche Ähnlichkeit mit meinem Vater angezogen, aber ich hatte nie auch nur für einen Augenblick den Eindruck, sie seien wirklich wie er, so daß ich nicht desillusioniert zu sein brauchte. Ich wußte zum Beispiel von dem Moment an, in dem ich Tony begegnete, daß er ganz anders war als mein Vater. Tony war ein sehr ernster, sehr seriöser Mensch, während in dem freundlichen Gesicht meines Vaters meistens ein Lächeln stand. Und Tony sprach nicht viel, während mein Vater sehr gern redete – für ihn wäre es die Hölle gewesen, in einem Eisenbahnwagen mit jemandem zu sitzen, der nicht mit ihm spräche. Tony war jemand, der sich in ein Buch vergraben hätte und nicht gestört werden wollte.

Es tat weh, daß Rory nicht erkannt hatte, wie sehr ich Tony geliebt zu haben glaubte, und daß er auf den Gedanken kam, meine Beziehungen mit seinen seichten Bettgeschichten zu vergleichen. Rory schien noch nie irgend jemanden geliebt zu haben. Das hatte nichts damit zu tun, daß er homosexuell war. Es hatte damit zu tun, daß er Rory war – egoistisch, nur widerwillig bereit, sich überhaupt auf irgend etwas oder irgend jemanden festzulegen, gierig, etwas zu bekommen, und wenn es an ihm war zu geben, gab er wenig oder gar nichts. Aber ich wußte, daß ich mich irrte, wie ich es oft getan hatte, wenn ich behauptete, es gäbe keine Entschuldigung dafür. Es gab eine Entschuldigung, oder zumindest gab es mildernde Umstände, die sein Verhalten erklären konnten. Seine Eltern waren nur in rein materieller Hinsicht gute Eltern gewesen, sie kümmerten sich vorbildlich um sein körperliches Wohl, um seine Kleidung und Ernährung und Wohnung und einen hohen Bildungsstandard. Aber gefühlsmäßig enttäuschten sie ihn. Rory sagt, er habe immer gewußt, daß er schwul sei (obwohl ich ihm das nicht ganz abnehme), und als er siebzehn war, hat er es ihnen gesagt. Das war mutig, besonders bei Eltern wie den seinen. Sie waren nicht nur entsetzt, sie weigerten sich auch standhaft zu glauben, daß er wußte, wovon er sprach. Er habe anrüchige Bücher gelesen, anrüchige Filme gesehen, mit falschen Leuten verkehrt. Mit einer herrlich widersprüchlichen Feststellung erklärten sie ihm gleichzeitig, er irre sich und würde da herauswachsen und solle nie wieder zu ihnen kommen und solchen Unsinn reden. Was er nie wieder tat.

Ich war damals Rorys Fürsprecherin und seinetwegen empört über meinen Onkel und meine Tante, aber allmählich mußte ich mir eingestehen, daß Rorys Labilität nicht nur ihrer Ablehnung seiner sexuellen Veranlagung angelastet werden konnte. Sie ließen ihn leiden, indem sie sich weigerten, ihm zuzugestehen, daß er fühlte, wie er fühlte, und versuchten, ihn in die von ihnen gewünschte Form zu pressen, aber er hatte sich nicht geändert. Alles, was er von Jugend an tat, sah nach Trotz aus: »Seht mich an, wie böse ich sein kann.« Das war kindisch und blieb kindisch, als er schon längst erwachsen war. Er sagte, seine Eltern würden ihn nicht lieben und hätten ihn nie geliebt (obwohl ich nie dachte, daß letzteres stimmte), und schien entschlossen, sich von niemand anderem lieben zu lassen. Es machte ihn nicht glücklich, obgleich er von Natur aus heiter und lebenslustig war. Hinter all dem Geplapper, und gar nicht so weit dahinter, verbarg sich eine Sehnsucht nach etwas Sinnvollerem. Etwa so stellte ich es mir vor.

Jedenfalls war ich nie lange böse auf ihn. Auch an jenem Tag rief ich ihn an und landete auf seinem Anrufbeantworter. Ich hinterließ eine knappe Nachricht, daß er mir unwahrscheinlich auf den Wecker gehe, aber wenn er mich begleiten wolle, wo immer ich hinfuhr – nicht daß ich wüßte, wohin das sein würde –, so könne er das tun, vorausgesetzt er komme nicht mit noch mehr solchem Blödsinn, noch mehr von seinem fragwürdigen Psychogeschwätz daher. Sobald ich das getan hatte, fühlte ich mich besser. Mit einer Sache hatte er recht gehabt. Unabhängig zu sein war dieses eine Mal nicht das beste für mich. Außerdem hatte Rory es geschafft, daß ich jetzt etwas rationaler mit Susannahs Schachtel umging. Ich fühlte mich nicht mehr so herausgefordert und war bereit, wenn mir am Ende nichts anderes übrigbliebe zu akzeptieren, daß ihr Inhalt vielleicht völlig unbedeutend sein könnte.

Aber nicht ohne einen weiteren Versuch, das Gegenteil zu beweisen. Ich hatte das dringende Bedürfnis wegzufahren, und ich mußte mich rasch entscheiden, wohin, und zwar ohne daß mich im Augenblick irgendein Job dabei unterstützte. Es war schon November, es wurde langsam kalt, die Tage wurden kürzer, also war es sinnvoll, Rory nachzugeben und irgendwohin in die Sonne zu reisen. Sonne, grelle Sonne, ist nichts für meine Art zu fotografieren, aber andererseits würde ich ja nicht mein Reiseziel danach auswählen. Ich dachte an Afrika – Malawi oder vielleicht Mosambik –, aber der Gedanke an all die Impfungen, die nötig waren, und die vorbeugenden Maßnahmen gegen Malaria brachten mich davon ab. Während mir noch immer die verschiedensten Möglichkeiten durch den Kopf schwirrten, ging ich ans Packen. Es spielte keine große Rolle, wohin ich reiste, ich nahm fast immer dieselben Sachen mit, plus/minus ein oder zwei Jacken. Ich packte oft, bevor ich wußte, wohin ich reisen würde, manchmal als Antrieb für mich selbst – nun sei gepackt, ich müsse los, Schluß mit dem ewigen Hin und Her. Ich ging also in mein Schlafzimmer und fing an, leichte Hosen und Shorts und verschiedene dünne Baumwollhemden und einen Pullover und so weiter auszuwählen, sie zusammenzurollen und in eine Tasche zu stopfen, eine dieser Taschen, die man als Handgepäck mit ins Flugzeug nehmen kann. Als ich Sachen aus der Schublade zog, fiel mein Blick auf das Adreßbuch, das ich, nachdem Rory alles angesehen hatte, dorthin zurückgelegt hatte.

Bisher hatte ich es noch gar nicht eingehend studiert, und Rory hatte es kaum beachtet. Als ich es jetzt wieder in die Hand nahm, fiel mir auf, was ich bisher noch nicht bemerkt hatte, wie abgenutzt es war. Das Muster, das Pfauenfedermuster auf dem Einband, war zum Teil ganz verblichen, als hätte das Büchlein oft in der Sonne gelegen. Sie muß es überallhin mitgenommen haben. Das verwirrte mich von neuem. Susannah konnte gar nicht viel unterwegs gewesen sein, aber vielleicht hatte mein Vater nicht gewußt, daß es ihr sehr wohl gelungen war zu reisen, bevor sie ihn kennengelernt hatte, und auch nicht, wohin. Was war mit ihren frühen Studienjahren? Sie war ihm erst in ihrem letzten Jahr an der Universität begegnet. Ich ging mit dem Finger das Alphabet durch und sah, daß verschiedene Buchstaben ganz offensichtlich fehlten. Das L, das P, das Q und das R waren herausgerissen. Ich schaute zunächst diese Seiten an. Da gab es keine Eintragungen. Warum also die Buchstaben abreißen? Ich spürte jenen Ärger in mir wieder aufsteigen, den ich schon früher empfunden hatte, eine Art Erregung, weil ich vielleicht viel Lärm um nichts machte, aber ich konnte nicht wissen, ob es *wirklich* nichts war, ob Dinge wie herausgerissene Buchstaben *wirklich* bedeutungslos waren. Das Buch war alt. Papier kann brüchig werden. Kleine Buchstaben können bei einem solchen Alphabet sehr leicht abknicken und einreißen und sich lösen.

Ich versuchte, mich zusammenzureißen und aufzuhören, nach irgendwelchen Zeichen zu suchen, und schlug die Seite mit E auf. Natürlich keine Namen, wie ich schon vorher festgestellt hatte, aber da gab es auch sonst nichts Geheimnisvolles. Die eingetragenen Edinburgher Adressen waren mir bekannt. Eine war die von Rorys Eltern, eine die von meiner Großmutter, eine von irgendwelchen verwandten Camerons, und ich erinnere mich, daß wir sie sogar besuchten, ohne daß mir ihre Namen einfielen. Sie hatte also auch private Adressen hineingeschrieben und nicht nur Hotels, wie ich zunächst gemeint hatte. Unter W stand die alte Heimatanschrift meines Vaters, demnach war dieses Büchlein schon in Gebrauch, als sie ihn kennenlernte. Außerdem ein Hotel in Wien, eine Stadt, in der ich noch nicht gewesen war. Unter V war ein Hotel in Venedig notiert, das ich kannte. Hat sie gedacht, ich würde in den kommenden dreißig Jahren in ihrem Kielwasser zu all diesen Orten schippern? Sicherlich nicht. Dieses Adreßbuch schien nur zu dokumentieren, welche Orte sie aufgesucht hatte. Die Orte, nicht die Menschen waren wichtig. Es war ein Tagebuch über Orte, der Erinnerung in Form von Orten. Wie merkwürdig. Versuchte sie, mir einmal mehr zu zeigen, daß sie im Gegensatz zu allem, was man mir erzählt haben mochte, nicht schon immer invalide gewesen war, daß sie einst Energie und Kraft gehabt hatte und viel herumgekommen war? Fürchtete sie, ich könnte eine Vorstellung von ihr haben, die ganz falsch war?

Weit war sie allerdings nicht herumgekommen. Beim Durchblättern sah ich, daß sie nicht außerhalb Europas gewesen war. Abgesehen von einem Ortsnamen, den ich nicht kannte – Bequia. Es klang nach Mittlerem Osten oder vielleicht nach Afrika, aber ich hatte nie davon gehört. Ein Hotel war nicht darüber notiert. Die Eintragung lautete einfach: *The Cabin, Friendship Bay*. Ich glaubte nicht, daß ein Hotel den Namen »Holzhaus« tragen würde. *Cabin* klang nicht europäisch. Es klang amerikanisch oder kanadisch, aber soviel ich wußte, hatte sie den Atlantik nie überquert. Ich holte meinen alten Atlas hervor, den mir mein Vater vor Jahren gekauft hatte, und suchte Bequia in dem ausführlichen Register. Es war nicht aufgeführt. Kein Bequia. Es gab ein Beqa in Jordanien und ein Beqoa in Israel, aber kein Bequia. Inzwischen neugierig geworden und in der Hoffnung, daß es sich nicht um eine obskure Stadt auf dem Balkan handelte, rief ich in meinem Reisebüro an. Für die Dame am Telefon war Bequia kein Problem. »Es gehört zu den

Grenadinen«, sagte sie. »Bequia«, das sie *Beck-wee* aussprach, »ist eine wundervolle kleine Insel, eine der schönsten in der Karibik.«

Das war unmöglich. Susannah war nie in der Karibik gewesen. Ich wußte das ganz genau. Aber tat ich das? Bei meinem absoluten Mangel an Interesse für ihre Geschichte hatte ich meine Großmutter oder meine Tante nie über ihr früheres Leben ausgefragt. Sie hatten mir davon erzählen wollen, aber ich hatte nicht zugehört. Obwohl ich mir ganz sicher war, daß ich es behalten hätte, wenn man mir von einer Reise in die Karibik in ihrer Jugend erzählt hätte. Sie hatte gar kein Geld gehabt, wie also konnte sie so weit gereist sein, vor allem in den fünfziger Jahren? All die europäischen Städte in ihrem Adreßbuch, und das waren gar nicht so viele, mußte sie per Anhalter mit Freundinnen besucht haben. Ich hatte davon gehört, und mir war aufs Butterbrot geschmiert worden, daß Susannah für *ihre* Ferien als Kellnerin arbeiten mußte, während ich verwöhnt würde. Es war eins von Tante Isabellas Lieblingsthemen – Rory und ich hätten nie wie sie und Susannah, um ins Ausland reisen zu können, wie verrückt schuften müssen. Wie wahr! Aber Isabella hatte nie eine Reise in die Karibik erwähnt, und ich war überzeugt, daß das eine viel zu wichtige Sache gewesen wäre, als daß sie es nicht erwähnt hätte. Ich war plötzlich ganz aufgeregt, weil es hier endlich ein echtes Rätsel zu lösen galt. Vergiß die Möwenfedern und den Rucksack – das hier ergibt sicher mehr, dieser kleine Eintrag in einem abgenutzten Adreßbuch.

Aber dann mahnte ich mich selbst zur Vorsicht. Dieses Adreßbuch war alt. Die Bequia-Adresse war vor etwa fünfunddreißig Jahren oder mehr eingetragen worden. Die Fährte (ich dachte unweigerlich in solchen Schulmädchenbegriffen) war kalt, wenn es überhaupt eine gab. Sollte ich zu dieser Insel reisen, wäre es nicht gut zu erwarten, daß ich überhaupt irgend etwas fände. Die Adresse konnte als Vorwand dienen, dorthin zu reisen, das war aber auch alles. Nun, damit war ich schon zufrieden. Ich wollte in die Sonne und war noch nie in der Karibik – ehrlich gesagt, hatte ich eine ziemlich armselige Vorstellung von ordinären, auffälligen Badeorten und viel Calypsosingerei im Kopf. Ich brauchte Rory nicht einmal zu erzählen, warum ich Bequia ins Auge gefaßt hatte. Ich konnte sagen, die Frau im Reisebüro habe mir dazu geraten, ihm wäre es sowieso egal.

Die Grenadinen standen wirklich im Atlas. Ich war überrascht und froh, als ich sah, daß sie so tief im Süden, beinahe direkt vor der Küste von Venezuela und nicht in der Nähe von Jamaika oder Barbados lagen (über die ich so gut wie nichts wußte, woher jedoch meine Vorstellungen von der Karibik stammten). Ich lief gleich los, und auf dem Weg zum Reisebüro kaufte ich mir einen Reiseführer. Darin hieß es, daß Bequia nur sieben Meilen lang, somit aber die größte Insel der Grenadinen sei. Sie habe stille Lagunen, schöne Riffe und lange, beinahe menschenleere Strände. Ein Großteil der Bevölkerung sei schottischer Abstammung (bedeutete dies, daß Susannah dort jemanden gekannt hatte?). Es gäbe einen Ort, Port Elizabeth, in einer Bucht, die als sicherer Ankerplatz bekannt sei. Diese Bucht habe im 17. Jahrhundert als Hafen für Piraten gedient, unter ihnen für Captain Kidd. Rory würde begeistert sein.

Er war es. Er kam an jenem Abend wieder vorbei, die Unstimmigkeit vom Vorabend war vergessen, und wir waren beide ganz high bei dem Gedanken, zu den Westindischen Inseln zu jetten (»Sag nicht Karibische Inseln«, bat Rory). Es war nicht ganz so einfach zu organisieren gewesen, wie ich gehofft hatte, und das war ärgerlich – ich wäre am liebsten auf der Stelle losgeflogen, ohne Verzögerung. Wir mußten zwei volle Tage warten, bis wir ein Flugzeug nach Barbados und von dort ein kleineres nach Bequia bekamen. Ich schlug Rory vor, sich in Heathrow zu treffen, und er zog voller Vorfreude los, um zu packen, mit der strikten Anweisung, nur ein Stück Handgepäck mitzunehmen. Ich kannte Rory. Anders als für mich waren Ferien für ihn mit Kleidern verbunden, Unmengen von Klamotten, und das würde einen richtigen Koffer bedeuten, der aufgegeben werden mußte und uns bei jeder Ankunft schrecklich aufhalten würde. Als er gegangen war, rief ich Isabella an. Das erschien mir nur logisch. Mein Vater war tot, und er hatte möglicherweise sowieso nicht gewußt, wo Susannah gewesen war, bevor er sie kennenlernte, und meine Großmutter auch, die es sicherlich gewußt hätte. Daher blieb nur ihre Schwester Isabella übrig. Es war einen Versuch wert.

Immer wenn ich meine Tante oder sogar wenn sie mich anrief, hatte ich ein ungutes Gefühl. Beides kam selten vor und gewöhnlich nur, wenn eine von uns beiden irgendwelche besonderen Neuigkeiten hatte. Entweder das, oder es ging um Glückwünsche zu Neujahr oder zum Geburtstag. Isabella nahm beides sehr genau. Sie rief mich immer am 1. Januar und am 12. Juni, meinem Geburtstag, an. Ich dankte ihr, und wir plauderten ein paar Minuten, bevor wir auflegten. Das letzte Mal rief ich sie an, um ihr zu sagen, daß Charlotte gestorben sei. Sie stand meiner Mutter nicht nah und hatte sich immer darüber geärgert, daß ich behauptete, *sie* sei meine Mutter, und wann immer sie von ihr sprach, nannte sie sie »deine Stiefmutter«, doch trotzdem glaubte ich, es ihr ebenso wie Charlottes Familie mitteilen zu müssen. Sie reagierte erstaunlich mitfühlend und sagte, ich sei jederzeit in Edinburgh willkommen und könne bei ihr wohnen. »Betrachte unser Haus von nun an als dein Zuhause«, bat sie eindringlich und klang so, als meine sie es ehrlich, obgleich sie gewußt haben mußte, daß ich sie nie auf die Probe stellen würde. Sie kam nicht zum Begräbnis, aber ich hatte ihr auch gesagt, das sei nicht nötig. Zahllose Angehörige aus Charlottes Familie waren gekommen, und sie wäre von ihnen überschwemmt worden, und ich hätte mich für sie verantwortlich gefühlt. Selbst Rory sah zwischen all den Fraser-Vettern und -Cousinen verloren aus, aber daß er da war, bedeutete mir am meisten. Ich hatte den Kontakt zu der Fraser-Sippe, die ich früher über alles geliebt hatte, fast völlig verloren, so daß ich kaum wußte, was ich mit ihnen reden sollte. Glücklicherweise wurde mein Schweigen der Trauer zugeschrieben, und die war echt.

Ich rief also Isabella an und erzählte ihr, ich wolle sie nur wissen lassen, daß ich für zwei oder drei Wochen oder vielleicht ein wenig länger verreisen würde. Sie freute sich und sagte, das würde mir guttun, ich hätte eine schlimme Zeit hinter mir, und sie habe sich überlegt, wie ich mich wohl davon erholen würde. Sie fragte, wohin die Reise gehe, irgendwohin, wo es sonnig und schön sei, hoffentlich, und als ich sagte nach Bequia, reagierte sie nicht und zeigte nur ein vages Interesse, ohne offenbar auf irgendeine Weise dieses ungewöhnliche Reiseziel mit der toten Susannah in

Verbindung zu bringen. Ich ließ sie ein wenig reden, daß ich an eine gute Sonnencreme denken solle, und dann erwähnte ich, ich hätte ein altes Adreßbuch von Susannah gefunden, in dem ein Holzhaus in Bequia aufgeführt sei. Sie schwieg einen Augenblick und sagte dann: »Ach, wirklich? Wo ist das genau? In Amerika? Sie hatte mal einen Ferienjob in Amerika, das weiß ich noch.« Ich sagte, nein, Bequia sei eine Insel, eine von den Grenadinen, und beschrieb sie ihr, so wie der Reiseführer sie beschrieb, das über den sicheren Hafen und so weiter. Es entstand eine zweite, längere Pause, die ich entweder als Verwirrung oder als angestrengtes Nachdenken interpretierte. »Tante Isabella?« soufflierte ich. »Ist Susannah dorthin gefahren, kannst du dich daran erinnern?« »Alles, was ich weiß«, sagte Isabella, »ist, daß sie in ihrem ersten Jahr an der Universität segeln ging. Ich wußte nie, mit wem – irgendeine wohlhabende Person, die sie mitgenommen hat, irgendeine Clique, die sie eingeladen hat. Aber ich dachte, sie hätten Schottland umsegelt. Ich kann nicht glauben, daß sie so weit gesegelt sind, nie im Leben.« Ich versuchte, ruhig und überhaupt nicht aufgeregt zu klingen, und fuhr fort: »Aber sie hätte dir davon doch hinterher erzählt, nicht wahr? Wäre sie nicht voll davon gewesen, wenn sie so etwas Gewagtes getan hätte?« Ein Seufzer klang durchs Telefon. »Sie hätte es meiner Mutter erzählt, wir waren zu der Zeit keine engen Freundinnen.« Das war die berühmte Fehde zwischen den Schwestern, die meine Großmutter angedeutet hatte, und ich beschloß, daß es nicht diplomatisch wäre, darauf einzugehen. Und nun, da ich so ermutigt worden war zu glauben, daß Susannah möglicherweise nach Bequia gesegelt war – jedenfalls redete ich mir das ein –, hatte der Anruf bei

Isabella seinen Zweck erfüllt. Als nächstes sprachen wir über Rory. Sie benutzte immer unsere Telefongespräche, worum es darin auch gehen mochte, um zu fragen, was ihr Sohn mache. Er rief sie so gut wie nie an, und sie wußte kaum je, wo sie ihn erreichen konnte (nicht, daß sie das getan hätte). Ich sagte, es gehe ihm gut und er komme mit mir, ich würde ihn einladen. Ihr gefiel die Idee – denn dieses eine Mal würde sie ihn sicher in meiner Gesellschaft wissen und nicht in der dekadenten Clique, mit der er ihrer Meinung nach seine Zeit verbrachte.

Als wir uns frühmorgens in Heathrow trafen, erzählte ich Rory nicht, daß ich seine Mutter angerufen hatte. Es hatte keinen Sinn, unseren Trip mit einer Mißstimmung zu beginnen, und jede Erwähnung seiner Eltern machte ihn unweigerlich wütend und gereizt. Er war in Hochform und sah in seinen brandneuen weißen Chinos und einem schwarzen T-Shirt sehr elegant aus, ganz Dressman, wie ich natürlich gleich spöttisch bemerkte, und hatte sich an die Anweisung gehalten, nur Handgepäck mitzunehmen. Er war schon immer ein wunderbarer Reisebegleiter gewesen, entspannt und genau wie ich ganz versessen darauf, andere Leute zu beobachten. Ich wußte, wir sahen aus wie ein Paar, nicht von Nachteil für eine Frau. Es verhindert Ärger mit zudringlichen Männern und hält Leute beiderlei Geschlechts davon ab, einen zu belästigen, nur weil man allein ist. Ich hätte Rory bei vielen meiner Touren gebrauchen können, und es gefiel mir, wenn man ihn für meinen Liebhaber hielt. Niemand konnte wissen, daß wir verwandt sind. Wir waren als Paar so überzeugend, daß wir uns manchmal, sofern das in seriöseren Häusern nötig war, als Ehepaar eintrugen, und wenn wir zusammen reisten, häufig ein Zimmer, ja sogar ein Bett miteinander teilten. Ich teile nicht gern ein Bett mit jemandem, aber wenn es sein muß, dann mit Rory. Er schläft ruhig, kein Husten und Herumwälzen oder Schnarchen.

Ich hatte ihm an dem Abend, als er vorbeikam, ganz unmißverständlich zu verstehen gegeben, daß er sich würde benehmen müssen. Zweimal hatte er sich bei vorangegangenen gemeinsamen Ausflügen, bei denen ich nicht für ihn bezahlte und keinen Einfluß auf ihn hatte, haarsträubend benommen, und das hatte ich nicht vergessen. Einmal blieb mir nichts anderes übrig, als ihn gegen Kaution aus dem Gefängnis frei zu bekommen – und das andere Mal ihn aus einem Krankenhaus abzuholen, wo ein tiefer Schnitt über seinem Auge hatte genäht werden müssen. Die Angst, die ich bei jenem zweiten Mal ausstand, hatte mir gereicht, und ich schwor, nie wieder irgendwo mit ihm hinzufahren, und bis jetzt hatte ich mich auch daran gehalten. Ich hatte ihm klargemacht, daß ich ihm, wenn er meine Warnung nicht ernst nähme, den Laufpaß geben und sein Rückflugticket annullieren lassen würde. Er hatte gesagt, er wisse nicht, was der ganze Wirbel solle – er sei, als wir das letzte Mal zusammen reisten, jung und dumm gewesen, und jetzt sei er alt … na ja, älter und sehr, sehr weise. Er sei nur scharf auf Sonne und Abenteuer und das Vergnügen meiner wundervollen Gesellschaft und werde sich weder betrinken noch sich auf irgendwelche Bettgeschichten einlassen. Er sagte, er habe Sex, genau wie ich, aufgegeben. Ich sagte, ich hätte ihn nicht aufgegeben, was das für eine lächerliche Idee sei. »Nun«, strahlte er, »dann laß uns doch einfach sagen, wir beide ruhen uns nur ein bißchen aus, Schätzchen.«

Wir flogen Club Class, ein furchtbarer Luxus. Rory war entzückt. »Oh«, murmelte er, als wir in die Lounge der Club Class gingen und er mit einem Drink in der Hand in einen tiefen Sessel sank, »ich habe mir immer gewünscht, ein reicher kleiner Junge zu sein und all den Pöbel hinter mir zu lassen.« Ich lachte, mußte aber daran denken, wie sehr es meinen Eltern mißfallen hätte. Sie waren wohlhabend, flogen aber nie Club Class oder stiegen in teuren Hotels ab. Sie fanden, ganz anders als Rory, keinen Geschmack an Luxus, und bis jetzt war es bei mir nicht anders gewesen. Tatsächlich bildete ich mir etwas darauf ein, immer auf die billigste Art zu reisen, und obwohl ich mir etwas Bequemeres hätte leisten können, hatte ich viele lange Strecken, in der Economy eingeklemmt, über mich ergehen lassen. Ich hatte nie reich *aussehen* wollen, und meine Eltern waren froh darüber, in dem Glauben, vermute ich, daß ich ihrem Beispiel folgte und ihre Maßstäbe zumindest hierbei einhielt. Doch jetzt wollte ich mit alldem nichts mehr zu tun haben. Ich hatte beschlossen, es sei alberner Selbstbetrug, wenn ich das Geld habe, komfortabel zu fliegen, auch wenn ich Rory, der darin eingeschlossen war, damit verwöhnte. Ich hätte ihn in der Economy fliegen lassen sollen. Es ärgerte mich ein bißchen, daß er tat, als stünde ihm die Club Class zu, und in keiner Weise beschämt zu sein schien ob meiner ungeheuren Großzügigkeit.

»Warum sagst du nicht, daß dies alles viel zu nett von mir ist?« fragte ich ihn halb im Spaß, als wir an Bord des Flugzeugs gingen und zu unseren feudalen Sitzplätzen gebracht wurden.

»Du kannst gar nicht zu nett sein«, sagte er grinsend, »ich verdiene nur das Beste.«

»Treib's nicht zu weit, Rory«, sagte ich.

»Ach, komm«, sagte er, »sei nicht kleinlich, du weißt, ich weiß, daß du jetzt Geld wie Heu hast.«

»Und was dem einen recht ist, ist dem anderen billig, stimmt's?«

»Findest du nicht? Ich meine, wenn du knausern und sparen würdest – «

»Dann hättest du auf der Economy bestanden?«

»Nein, aber – «

»Aber was?«

»Aber dann wäre ich ganz klein und dankbar. Ich würde auf die Knie fallen« – und er fiel an Ort und Stelle auf die Knie, und ich konnte sehen, daß die anderen Passagiere dachten, er mache mir etwas so schrecklich Romantisches wie einen Heiratsantrag – »und den Saum deiner Jeans küssen und dir mein härenes Gewand zeigen und Brot und Wein verweigern, und – «

»Oh, hör auf, du Idiot«, sagte ich und gab ihm einen nicht allzu sanften Klaps.

Er ist gut im Nehmen. Ich nicht. Ich nehme von niemandem gern. Ich gebe lieber, wenn auch nicht aus irgendwelchen edlen Motiven. Es geht eindeutig um Kontrolle; wenn ich gebe, kontrolliere ich; wenn ich nehme, werde ich kontrolliert. Wenn jemand mir etwas umsonst anbietet, bin ich gleich mißtrauisch. Rory nie. Je mehr die Leute ihm geben wollten, desto glücklicher hat es ihn gemacht zu nehmen, und ihre Motive waren ihm gänzlich einerlei. Noch hat er sich je Gedanken darüber gemacht, ihnen etwas zurückzugeben. »Man bekommt nichts geschenkt« ist eine Redensart, die Rory unbegreiflich ist. Natürlich gibt es Dinge umsonst, das hat er sein ganzes Leben ausgenutzt und sich bisher nie verpflichtet gefühlt, etwas zurückzuzahlen. Er war berüchtigt dafür, Gastfreundschaft nie zu erwidern, und wenn ich ihn wegen seines schäbigen Verhaltens angriff, verteidigte er sich, daß er ein so charmanter Gast sei, der bei jedem Abendessen, zu dem man ihn einlud, wunderbar singe. Was für ein Selbstbewußtsein!

Rory schlief den größten Teil des Flugs über den Atlantik, obwohl wir tagsüber flogen – im Gegensatz zu mir. Ich saß da, mit Susannahs rotem Hut auf den Knien, und dachte über sie nach. Ich hatte den Hut nicht aufgesetzt, ihn nur in der Hand gehalten. Rory hatte es natürlich bemerkt, aber nichts gesagt. Er hätte darauf hinweisen können, daß er weder für diese Art Reise geeignet sei noch zu dem paßte, was ich anhatte (Jeans und einen Pullover). Aber er tat es nicht, weil er vielleicht dachte, jede Anspielung würde eine weitere endlose, langweilige Grübelei über die Schachtel auslösen, und ich war ihm dankbar dafür. Der Hut fühlte sich beruhigend an. Der samtene Stoff war weich, und ich drehte ihn hin und her und begann, mir vorzustellen, wie Susannah damit aussah. Sie hatte ihn bestimmt nicht getragen, als sie, wie ich inzwischen fest entschlossen war zu glauben, zu den Westindischen Inseln segelte. Es war ein Hut für die Stadt, ein Siebziger-Jahre-Hut, den sie, ich war sicher, mit einem langen Folklorerock und einer Menge Perlenschnüre getragen hatte. Und doch hatte ich mich entschieden, ihn jetzt mitzunehmen. Ich hatte es nicht vorgehabt. Bevor ich aufbrach, hatte ich mich in meinem Wohnzimmer bei einer letzten Kontrolle, ob alle Fenster geschlossen waren, umgesehen, und er hatte meinen Blick auf sich gezogen, wie er so reizvoll auf dem Glaskopf drapiert war, und ich hatte ihn mir in einem plötzlichen Impuls geschnappt.

Ich fragte mich, mit wem sie zusammen war, als sie, auf welchem Weg auch immer, nach Bequia reiste. Mit einem Mann? Mit mehreren Männern und Frauen? Ich versuchte, an die Menschen außerhalb der Familie zu denken, an ihre Freundinnen und Freunde, von denen ich gehört hatte. Da gab es eine Gillian, die in Edinburgh nebenan wohnte. Meine Großmutter hatte sie erwähnt, als sie darauf bestand, mir Fotos von Susannah und Isabella als kleinen Mädchen zu zeigen. »Ich frage mich, was aus Gillian geworden ist«, sagte meine Großmutter, was nahezulegen schien, daß die Freundschaft nicht überdauert hatte. Dann war da noch Lorna. Sie hatte mit Susannah zusammen studiert und war, als diese meinen Vater heiratete, mit Isabella ihre Brautjungfer gewesen. Lorna, das wußte ich, war bis zum Ende eine enge Freundin geblieben. Ich war ihr, als ich sechs war, bei meiner Großmutter begegnet und hatte mich, als sie mich auf ihrem Schoß hielt und sich in Erinnerungen an diese tote Frau erging, die angeblich meine Mutter gewesen sein sollte, nicht wohl gefühlt. Ich denke, sie mußte enttäuscht gewesen sein über mein gänzlich fehlendes Interesse, doch sie schickte mir weiterhin, bis ich achtzehn war, Geschenke zum Geburtstag und zu Weihnachten. Lorna lebte sicherlich noch. Ihre Adresse hatte ich nicht, obwohl ich wußte, daß sie nach Australien ausgewandert war, aber ich könnte sie sicher aufspüren. Lorna wußte bestimmt über diesen Bequia-Trip Bescheid. Vielleicht war sie sogar dabei, wenngleich ich sie, meinem vagen kindlichen Eindruck nach, zu zart in Erinnerung habe, um auf solch eine wilde, abendteuerliche Reise über den Atlantik zu gehen.

Es muß ein Mann oder müssen Männer daran beteiligt gewesen sein. Ich vermutete, eine Frauencrew würde in den fünfziger Jahren nicht so weit gesegelt sein. Und wer hatte das Geld, um eine solche Reise zu finanzieren? Es mußte jemanden mit Geld gegeben haben, und ich hielt es für wahrscheinlicher, daß es ein Mann war. Ein Mann mit einem reichen Daddy, der ihm seine Yacht lieh. Ich wußte allerdings, daß Susannah segeln konnte. Sie hatte es als Kind bei ihrem Onkel gelernt, der sie, meine Großmutter und Isabella auf einen Segeltörn rund um die Schottischen Inseln mitgenommen hatte. Meine Großmutter erzählte, sie und Isabella hätten es gehaßt, aber Susannah hätte es herrlich gefunden und sei wieder gegangen. Vielleicht hatte sie bei einigen reichen Studenten zur Crew gehört. Oder vielleicht auch nicht. Vielleicht war es ein Freund oder sogar ein Liebhaber, jemand, den sie vor meinem Vater kannte, und sie mußte nichts zu den Unkosten beitragen. Aber hätte Isabella es nicht hinterher erfahren, auch wenn sie zu jener Zeit nicht gerade die besten schwesterlichen Freundinnen waren? Oder hatte meine Tante etwas verheimlicht?

Mir begann der Kopf weh zu tun vor lauter Anstrengung, mir ein vernünftiges Szenario zurechtzulegen, und ich beneidete Rory, der selig an meiner Seite schlief. Ich ermahnte mich selbst, daß Susannah vielleicht nie auf Bequia gewesen war. Eine Adresse in einem Buch war längst kein Beweis. Es gab keinen festen Anhaltspunkt dafür, daß Susannah dort gewesen war, wohin ich gerade flog, und ich hatte mir das, seitdem ich die Reise gebucht hatte, wieder und wieder gesagt, aber plötzlich, auf halbem Wege über den Atlantik, begann ich ihr vorzuwerfen, daß sie mich zum Narren hielt. Warum hatte sie mich nicht in Ruhe lassen oder sich nicht klarer ausdrücken können? Was wäre schon dabei gewesen, wenn in dem Adreßbuch ein kleiner Zettel gesteckt hätte – »Liebe Catherine« (nein, da hätte »Liebe Hope« gestanden), »ich habe dieses kleine Buch aufgehoben, weil dies alles Orte sind, wo ich Ferien verbracht habe, und vielleicht wirst du sie eines Tages aufsuchen und an mich denken. Bequia, eine der Westindischen Inseln, gefiel mir am besten. Es war so aufregend, dorthin zu segeln, ja, zu segeln, mit …« Warum diese Heimlichtuerei? Ich war drauf und dran, Rory aufzuwecken und anzuschreien, konnte mich aber gerade noch zurückhalten. Doch der alte Ärger, den ich über die Andenkenschachtel empfunden hatte, kam wieder hoch, und ich war so aufgeregt, daß ich eine Weile in den engen Gängen des Flugzeugs auf und ab laufen mußte. Eine Stewardeß erkundigte sich, ob alles o. k. sei, und ich kehrte beschämt auf meinen Platz zurück.

Ich setzte den roten Hut auf und nahm die von der Fluggesellschaft zur Verfügung gestellte dunkle Augenbinde und versuchte, mich in den Schlaf zu lullen. Ich mußte in der Gegenwart leben. Es war der einzige Weg, aber es war fast unmöglich, meinen ständigen Wunsch zu kontrollieren, mir die Zukunft auszumalen oder über die Vergangenheit nachzugrübeln, ohne je in der Gegenwart zu leben. Tony hatte sich immer darüber beklagt. Er fand es so ermüdend, wie ich endlos vorherzusehen suchte, was geschehen würde, oder darüber phantasierte, was bereits geschehen sein mochte – er sagte, meine Phantasie ginge mit mir durch. Aber die Gegenwart war mir nie real erschienen. Sie taugte zu nichts, war langweilig. Was aufregend war, lag für mich im Unbekannten, in der Zukunft, wo alles möglich war. Susannah wußte das. Die Zukunft war da, wo sie hatte sein wollen, zusammen mit mir. Mein Kopf fühlte sich ganz heiß an, und ich spürte den Schweiß auf meiner Stirn, aber ich konnte den roten Hut einfach nicht absetzen. Seine weiche Rundung bedeckte mein Haar, wie sie ihres bedeckt hatte, und das Material berührte meinen Kopf sanft, wie es ihren sanft berührt hatte. Kleine Botschaften der Erinnerung wehten durch den Stoff zu mir. Meine Augen waren hinter der Binde fest geschlossen, ich begann, Susannah in diesem Hut vor mir zu sehen, lächelnd, mit erhobenen Händen, und langsam begann ich, die meinen zu heben, aber nur, um sie gleich wieder fallen zu lassen, weil Rory mir ins Ohr flüsterte: »Machst du Yoga, oder was?«

Ich nahm den verdammten Hut ab und knautsche ihn zu einem Ball zusammen und stopfte ihn in die Tasche am Sitz vor mir. Dort konnte er bleiben, ich wollte ihn nicht mehr. Rory, der inzwischen hellwach war, sagte: »Ruhig, ruhig«, und ich sagte zu ihm, er solle den Mund halten. »Er stand dir gut«, sagte er, »du solltest Hüte tragen.« Ich erzählte ihm, daß ich Hüte immer gehaßt hätte, daß ich sie noch jetzt haßte und sie immer hassen würde. »Na, dann lebe wohl, roter Hut«, sagte er leichthin, drückte aber liebevoll meine Hand, weil er wußte, wie sehr ich mich immer in Haßgefühle hineinsteigerte – dies haßte und jenes haßte –, wenn ich besonders unglücklich und durcheinander war. Wir aßen noch eine Mahlzeit, tranken noch einen Wein, und danach schlief ich zu meinem eigenen Erstaunen bis kurz vor der Landung auf Barbados. Die nächsten vier Stunden waren die Hölle. Die LIAT-Maschine, die uns nach Bequia bringen sollte, fiel wegen eines Motorschadens aus, und wir mußte in dem heißen und überfüllten Flughafen warten, bis eine andere eingesetzt werden konnte. Schließlich flogen wir in einer kleinen Chartermaschine, in die nur sechs Personen inklusive des Piloten hineinpaßten, und glücklicherweise hatten wir nur Handgepäck, denn der winzige Laderaum und die übrigen drei Sitze waren mit Frachtgut belegt, das zur Insel transportiert werden sollte. Der Lärm war schrecklich, ich bekam Platzangst. Wir schienen sehr langsam und auch nicht sehr hoch über der offenen See zu fliegen, wobei wir gelegentlich Land unter uns hatten, Inseln, die eher Flecken aus Fels glichen, umgeben von Ringen aus weißem Schaum. Ich sah hinunter und versuchte, mir eine Yacht vorzustellen, die durch das blaugrüne Wasser glitt, und wünschte mir, ich hätte mich erkundigt, ob wir diese letzte Strecke der Reise eigentlich nicht auch hätten segeln können, anstatt zu fliegen. Und dann gestikulierte der Pilot und schrie etwas über das Motorengeräusch hinweg, und wir sahen vor uns Bequia und eine unwahrscheinlich kurze Landebahn. »Jetzt geht's los!« schrie er, und ich schloß die Augen.

Siebtes Kapitel

Es war der ruhigste Flughafen, den ich je erlebt hatte. Eine Frau in Uniform hatte Dienst, und das war alles. Sie kontrollierte unsere Pässe und winkte uns weiter durch das vollkommen leere Gebäude, übrigens ein ziemlich großes Gebäude, kein Schuppen, sondern erst vor kurzem aus modernen Materialien errichtet. Draußen gab es weder Taxis oder Busse noch irgendeinen Hinweis darauf, wie wir von hier aus wohin auch immer auf der Insel (wohin aber wollten wir?) kommen konnten. Wir sahen eine schmale Straße, die auf einen Hügel über dem Meer führte, aber nichts und niemand befuhr sie, und es gab kein Schild, das einem verriet, wohin sie ging. »Herrlich«, sagte Rory und setzte sich mit dem Rükken gegen die Wand und hielt sein Gesicht in die Sonne. Typisch. Er wartete zufrieden darauf, daß ich die Sache in die Hand nahm. Und das tat ich. Ich hatte im Gebäude ein Telefon gesehen und ging zurück, um die Beamtin zu fragen, ob ich es benutzen könne. Sie sagte ja. Ich sah nach, ob wie gewöhnlich irgendwelche Visitenkarten von Taxiunternehmen oder Hotels daneben an die Wand geheftet waren, aber es gab keine. Es hätte auch nicht viel genutzt, wenn es welche gegeben hätte, denn das Telefon war, wie ich feststellte, kaputt. Ich ging zurück zu der Frau und sagte es ihr, und sie bestätigte es. Ich fragte sie, ob sie wisse, wie wir weiterbefördert werden könnten, und sie sagte: »Wohin wollen Sie?« »In die Stadt«, sagte ich. »Hier gibt's keine Stadt«, sagte sie.

Aber es gab ein Dorf, ein blühendes Dorf, das sich, wie wir schließlich entdeckten, die ganze Bucht von Port Elizabeth entlangzog. Wir gingen zu Fuß. Es dauerte über eine Stunde, wenn nicht gar zwei, aber es war ein schöner Spaziergang über die Bergkette der Insel mit herrlichen Ausblicken auf die Bucht. Die Straße war gut und auf den ersten paar Meilen, bis auf einige andere, die ebenfalls zu Fuß unterwegs waren, leer. Den ganzen Weg über hatte man den Eindruck, als spaziere man durch einen Garten mit leuchtendbunten Blumen, die sich in Kaskaden die Böschung herab auf die Straße ergossen, und zu unserer Rechten sahen wir, wie die Hügelkette mit ihren grünen Terrassen allmählich in einen langen, gewundenen Strand überging. Vom höchsten Punkt der Straße aus konnten wir auf beiden Seiten das Meer sehen, auf der einen ruhig und blau, auf der anderen gekräuselt und dunkelgrün. Rory klagte etwas über seine schwere Tasche und seine wunden Füße, aber selbst er staunte über die Pracht, die uns umgab, und das Fehlen jeglicher von Menschenhand errichteter Scheußlichkeiten. Wir kamen an nur wenigen Häusern vorbei, und die, an denen wir vorüberkamen, waren niedrig und weiß gestrichen und halb verdeckt von allen möglichen Kletterpflanzen.

Auf halber Strecke wurde die Straße mit einemmal noch besser und breiter und schlängelte sich elegant bis nach Port Elizabeth hinunter. Es gab nur eine einzige Straße an der Küste entlang, und das Meer reichte bis an die Planken. Die Häuser waren in leuchtendbunten Farben gestrichen und mit Gelb, Rot und

Grün verziert, alle bunt durcheinandergewürfelt, wobei die Farbigkeit nur von einem dunklen Damm unterbrochen wurde. An dem langen, in die Bucht ragenden Pier ankerte ein riesiges Schiff, und das Meer dahinter wimmelte nur so von lauter kleinen Booten. Die Bucht war eindeutig ein Yachthafen, deren Arme ihn ganz und gar einschlossen, so daß das Wasser völlig ruhig war. Wir hatten keine Ahnung, wohin wir gehen sollten, aber auf der Strandpromenade gab es ein paar Cafés, und wir betraten eins und fragten nach einem *bed and breakfast*-Quartier und wurden ganz ans Ende der Straße geschickt, zu einem kleinen, grüngestrichenen Haus aus Holz mit weißen Fensterläden und Dachzinnen in auffallendem Purpurrot.

Dort wohnten wir einen Monat lang, in einem Zimmer mit Blick auf den Hafen. Wir teilten uns ein großes Holzbett, so breit, daß wir Kissen in die Mitte stopfen konnten und sie nicht einmal berührten, und mehr gab es nicht. Keinen Stuhl, keinen Schrank, nichts, was wir sonst hätten miteinander teilen können. Aber wir hatten unser eigenes winziges Bad mit einer Dusche, die unregelmäßig kaltes Wasser ausspie, und einem Waschbecken. Wir waren also gut dran. Es war genau das richtige für uns. Wir hielten uns kaum darin auf, außer ein paar Stunden in der Nacht. Das ganze Leben spielte sich im Freien ab, sobald wir aufwachten und nebenan, mit Blick auf die Boote, frühstückten, oft am selben Tisch mit irgendwelchen Yachtbesitzern. Sie kamen aus aller Herren Länder und legten mit ihren Dingis nur an, um Vorräte einzukaufen, sich einen Drink zu genehmigen und dann wieder in See zu stechen. Hatten Susannah und ihre Freunde das auch getan? Ich überlegte mir, daß der Ort sich wohl kaum verändert haben konnte und daß das, was ich sah, dasselbe war, was sie gesehen hatte, und daß sie vielleicht genau dort gesessen hatte, wo ich jetzt saß. Ich hoffte nur, daß sie sich ebenso wohl und gut und entspannt fühlte, wie ich es schon bald tat.

Aber selbst wenn sie hierhergesegelt war, waren im Adreßbuch ein Holzhaus und eine andere Bucht genannt, das heißt, sie war nach ihrer Ankunft nicht an Bord des Bootes geblieben. War sie krank? Wie hatte sie sich mit ihrer Herzschwäche nur auf eine solche Reise begeben können? Was hatte meine Großmutter dazu gesagt? Aber vielleicht ging es ja gerade darum, sich selbst zu beweisen, daß sie das konnte und ihre Kränklichkeit aus Kindertagen überwunden hatte? Unter den Erinnerungsstücken, die meine Großmutter für mich aufbewahrt hatte und die ich mir immer ansehen sollte, waren etliche Urkunden, die ein gewisses sportliches Können verrieten. Offenbar war sie, auch wenn sie keine Kampf- oder Mannschaftssportarten betrieb (ich weiß noch, wie froh ich war, daß sie kein Hockey gespielt hatte, das ich liebte und in dem ich gut war), in allem, was keinen übermäßigen körperlichen Einsatz erforderte, gut gewesen. Sie schwamm, spielte Golf, konnte gut reiten. Sie wollte anscheinend die Meinung der Mediziner Lügen strafen und ihre Mutter ängstigen, was ihr eine Zeitlang auch gelungen war. Bedeutete Bequia, daß sie zu der Zeit gesundheitlich in Hochform war? Vielleicht fühlte sie sich ja in diesem herrlichen Klima so kräftig, daß sie geblieben war, vielleicht waren die anderen weitergesegelt, und sie war hiergeblieben, in diesem Holzhaus. Allein? Das konnte ich mir nicht vorstellen. Und auch nicht für lange. Sie hätte niemals ein Jahr an der Universität ausgesetzt, wann immer sie also hierhergekommen war, sie hatte nur drei, höchstens vier Monate Zeit gehabt.

Ich hatte mir geschworen, nicht ständig mit meinen Gedanken bei Susannah zu sein, sondern ihr nur dafür dankbar zu sein, mich hierhergelockt zu haben. Es war genau das, was ich brauchte. Rory und ich verbrachten unsere Zeit damit, zu anderen Stränden zu wandern – oder vielmehr zu schlendern – oder in kleinen Wassertaxis dorthin zu fahren. An manchen gab es Strandbars, in denen jeden Tag Fische, der morgendliche Fang, gebraten wurden, und wir saßen stundenlang da und aßen und tranken, dann legten wir uns in den Sand und schliefen. In der ersten Woche machte ich nicht einmal Fotos, obwohl ich mich nie von meiner Kamera trennte. Gegen Ende der zweiten Woche mietete ich ein Auto oder vielmehr einen kleinen Lastwagen, der hinten offen war, und wir bereisten den Rest der Insel, soweit die Straßen dies zuließen, und das war nicht sehr weit. Es gab nur wenige Asphaltstraßen, und sie endeten schon bald. Wo sie endeten und wir auf Sandwegen weiterfuhren, bis diese unbefahrbar wurden, war Bequia am geheimnisvollsten. Genau am anderen, unserer Unterkunft gegenüberliegenden Ende der Insel ging der Weg in einen von großen Bäumen beschatteten Strand über, wo ein Fischer eine Art Hospital für Schildkröten eingerichtet hatte. Er nahm sich der kleinen Schildkröten, sobald sie geschlüpft waren, an und kümmerte sich um sie, bis sie groß genug waren, um für sich selbst zu sorgen, und brachte sie dann zum Meer zurück. Wir unterhielten uns mit ihm, und er ließ mich fotografieren, und ich machte ein paar ungewöhnliche Aufnahmen, von denen ich wußte, daß sie ausgezeichnet werden würden.

Dort, auf der dem Atlantik zugewandten Seite der Insel, verbrachten wir den ganzen Tag, und Rory war ebenso zufrieden wie ich und ungewöhnlich still. Er machte mich auf etwas aufmerksam, das mir selbst schon aufgefallen war – wie sehr die Szenerie vor uns an bestimmte Gegenden in Schottland erinnerte. Gegenden auf den Arran Islands oder auf Skye, wo wir als Kinder unsere Ferien verbracht hatten, sahen genauso aus. Wir kannten beide die Bäume vor uns nicht, aber wir wußten, daß es keine Palmen und auch nicht Bäume waren, wie man sie mit den Westindischen Inseln in Verbindung brachte. Sie sahen eher aus wie Fichten. Das Gras war hier lang und struppig, es wuchs in dichten Büscheln zwischen den Felsvorsprüngen, und obgleich hinter uns keine Berge waren, stieg das Land nach Norden hin ganz allmählich an und wirkte zerklüftet. Die Brandung entlang der Landzunge war ziemlich stark, und wir beobachteten, wie die Wellen sich an den Felsen brachen, und wir mußten unwillkürlich an Schiffbrüche denken. Wir pflegten Schiffbrüchige zu spielen, wie alle Kinder, wenn sie die Gelegenheit dazu haben und in der richtigen Umgebung sind, nur wollten wir bei unserem Spiel nicht gerettet werden – unser Spiel endete nie mit »Schiff ahoi!«. Uns interessierte der Überlebenspart, eine Schutzhütte zu bauen und etwas Eßbares zu finden.

Wir kehrten immer wieder an diesen Ort zurück, zu dem wir uns wegen seiner Abgeschiedenheit und der seltsamen Vertrautheit hingezogen fühlten. »Hier könnte ich ein guter Mensch werden«, sagte Rory irgendwann, und obwohl ich lachte, weil ich wußte, daß alles »Gutsein« nicht von Dauer war und er sich, auf die Probe gestellt, furchtbar langweilen würde, wußte ich, was er damit sagen wollte. Rorys Problem ist die Versuchung. Er erliegt ihr sehr leicht, und hier gäbe es nichts, was ihn in Versuchung führen oder provozieren könnte, zumindest solange nicht, bis er allem den Rücken kehren und sich zwangsläufig auf die Suche nach dem, was ihm fehlte, machen würde. Er sprach nie davon, daß er nach London zurück wollte, und auch ich nicht, aber ich dachte daran. Ich dachte an meine Schildkrötenfotos und daran, daß ich sie entwickeln und Abzüge davon machen und sie an eine Zeitschrift verkaufen würde. Ich hatte das Gefühl, daß ich stolz auf sie sein würde, und spürte, daß ich sie gern gedruckt sehen wollte. Es war lange her, daß ich irgend etwas Vergleichbares empfunden hatte, und die Freude über mein Interesse an meiner Arbeit wärmte mich genauso wie die Sonne. Ich wünschte mir, Rory hätte auch etwas, das ihn aufmunterte. Wenn er zurückkehrte, würde er alles wie gehabt vorfinden, ohne irgend etwas, das ihn glücklich machen könnte. Ich wollte aber nicht die besorgte Mutter spielen, obgleich es sich nur allzu sehr anbot.

Ich hatte das Gefühl, als müßte, wenn überhaupt irgendwo auf der Insel, dann hier das Holzhaus stehen, das Susannah genannt hatte, aber nichts dergleichen war zu sehen. Ich fragte den Fischer, und er zeigte auf eine abseits vom Strand gelegene Holzhütte und erwähnte noch ein paar weitere ganz in der Nähe, von denen aber keines »*cabin*« genannt werde oder, soweit er wisse, je so genannt worden sei. Ich erkundigte mich überall, in Cafés und Bars und auf Wassertaxis, aber obwohl manche verschiedene Holzhäuser kannten, war niemandem eine mit Namen *The Cabin* ein Begriff, die als Hotel oder ähnliches diente. Ich fragte immer nur, wenn Rory außer Hörweite war, da ich das seltsame Bedürfnis hatte, die Dinge für mich zu behalten, und als er eines Tages losgezogen war, um Brot und Obst für uns einzukaufen, gelang es mir, unsere Wirtin beiseite zu nehmen, um sie darüber auszufragen, wo ich wohl nach einem Holzhaus suchen könnte, das es vor dreißig oder vierzig Jahren gegeben habe und in dem man habe wohnen können. Zuerst sagte sie, sie habe nicht die geringste Ahnung, sie selbst sei erst vor zehn Jahren aus St. Vincent hierhergekommen, dann aber gab sie mir den ersten brauchbaren Tip. Da gäbe es eine Frau namens Gracie Monroe, eine ältere Schottin, die am nördlichen Ende der Insel lebe, und das schon sehr lange. Vielleicht wisse sie ja etwas über dieses Holzhaus, und wenn nicht sie, dann wohl kein anderer. Ich fragte nach der Telefonnummer dieser Frau, nein, sie habe kein Telefon, und was ihre Adresse betreffe, so laute sie ganz einfach »*Miss Gracie's*«. Ich würde sie leicht finden, ich müsse nur der Straße zum nördlichen Ende der Insel folgen, dann würde ich ihr Haus sehen, das einzige Haus dort, es stehe ganz allein.

Ich mache eigentlich nicht gern Besuche, ohne mich vorher anzumelden, genauso wie ich auch nicht gern welchen bekomme, aber ich hatte keine Wahl. In den Tagen trennten Rory und ich uns häufig, und jeder ging ein paar Stunden seiner Wege (weiß der Teufel, wo er sich herumtrieb – ich fragte nicht danach), das war also nicht das Problem, ganz im Gegenteil, ich hätte ihn um ein Haar gefragt, ob er mich nicht begleiten wolle. Er liebte es, überraschend bei jemandem aufzutauchen, und wäre in seinem Element und mir eine Hilfe gewesen. Dann aber überlegte ich, daß ich vermutlich eher mit einer älteren Frau in ein Gespräch kommen würde, wenn ich allein wäre – Frauen unter sich. Ich machte mich also allein auf den Weg und folgte der Straße, wie man mir gesagt hatte, immer weiter, bis sie zu einem Pfad wurde und dann plötzlich vor einem Tor endete. Das Tor war nicht sehr stabil und eigentlich kaum ein Hindernis, aber als ich aus dem Auto stieg, stürzte mir ein wütend bellender Hund entgegen. Meine Wirtin hatte nichts von einem bissigen Hund gesagt. Sie hatte gesagt, Miss Gracie freue sich über jeden Besuch, sie sei von Gicht geplagt und liebe Gesellschaft, da sie sich kaum noch bewegen könne. Ich stand am Tor und wartete. Der Hund hörte auf zu bellen, legte seine Pfoten aufs Gatter und wedelte mit dem Schwanz. Ich traute mich aber nicht, an ihm vorbeizugehen, und blieb dort stehen, weil ich nicht wußte, was ich tun sollte. Schließlich, nach einigen Minuten, in denen der Hund und ich uns praktisch Auge in Auge gegenübergestanden hatten, sah ich eine junge Schwarze langsam den Weg herunterkommen, der vom Tor zu einem in einiger Entfernung stehenden, ganz von Blumen umrankten Haus führte. Sie trug ein rotes Kleid in der Farbe des rechts und links von ihr blühenden Hibiskus, und sang vor sich hin.

Sie streichelte den Hund und öffnete wortlos das Tor. »Sie Miss Gracie besuchen?« fragte sie dann lächelnd und forderte mich mit einer Handbewegung auf, ihr zu folgen. Ich sagte, ja, das sei meine Absicht, und ob es recht sei, einfach so zu kommen, ohne eingeladen zu sein. »Sie immer froh über Besuch«, sagte die Frau. »Sie jetzt allein, sie nicht mehr weit laufen, sie schlechte Augen, sie nicht mehr viel lesen.« Wir gingen langsam auf das Haus zu, meine Begleiterin fing wieder an zu singen und wiegte sich beim Gehen in den Hüften. Ich bemühte mich, langsam zu gehen, damit ich nicht vor ihr herlief. Der Hund rannte um uns herum, und ich sah, wie ein zweiter, kleinerer Hund ihm aus dem Haus entgegengesprungen kam. Ich versuchte, ein Gespräch anzufangen, aber der Gesang brach nicht ab, so daß ich es sein ließ. Nach einer leichten Biegung näherten wir uns dem Haus, jetzt aus einem anderen Blickwinkel als vorher vom Tor aus, und kamen zu einer Terrasse, die auf den dem Atlantik zugewandten Teil der Insel hinausging. Oben waren mehrere breite, niedrige Steinstufen, an deren Rändern Unmengen purpurroter Blumen wuchsen. Der Garten schien keineswegs vernachlässigt, sondern war in seiner Üppigkeit gerade noch gebändigt, als wolle die Natur jeden Augenblick explodieren und die Treppe und das Haus und die Wege zurückerobern und wieder sein wie einst, bevor der Mensch Hand an sie gelegt hatte.

Auf der Terrasse stand ein weißer Korbsessel, in dem eine alte Frau saß, die Füße auf einem breiten, gepolsterten Schemel.

»Das ist Miss Gracie«, sagte die junge Frau und rief dann mit lauter Stimme: »Miss Gracie! Besuch von Lady aus England für Sie! Gerade gekommen Sie besuchen!«

Ich hatte nicht gesagt, daß ich aus England käme, aber das war vermutlich nicht schwer zu erraten. Miss Gracies Augen waren, als wir näher kamen, geschlossen gewesen, nun aber öffnete sie sie, und sie lächelte und sagte, was mich ziemlich verwirrte: »Na endlich, na endlich. Setzen Sie sich, hier, neben mich, sonst verstehe ich kein Wort.« Sie hatte einen deutlich schottischen, ja Edinburgher Akzent, mit dem so typischen *pan-loaf*-Klang (was vornehm oder kultiviert bedeutet, von *pan-loaf*, einer feineren Sorte Brot). Ich nahm also, wie gewünscht, auf einem Hocker ihr zur Linken Platz und sagte »Guten Tag« und nannte ihr meinen Namen und erzählte ihr, meine Familie mütterlicherseits stamme aus Edinburgh und heiße Cameron. (Es war das erste Mal überhaupt, daß ich von Susannah als meiner Mutter sprach, und selbst dann noch wehrte ich mich gegen die Worte.)

»Es ist eine Weile her, daß ich in Edinburgh war«, sagte sie, »aber ich habe es in guter Erinnerung, o ja, ich bin dort geboren und aufgewachsen.«

Das Atmen schien ihr schwerzufallen, und ich fragte mich, ob ihr überhaupt nach Sprechen zumute sei und ich sie nicht mit meinen Fragen ermüden würde, sie schien aber ganz erpicht darauf zu reden, und ihre Augen strahlten, so schwach sie, wie das Dienstmädchen gesagt hatte, auch waren, dennoch intelligent und neugierig.

Sie beobachtete mich genau, musterte mich in aller Ruhe, registrierte meine Kameratasche (obwohl sie nicht wissen konnte, was in meinem gewöhnlichen Segeltuchbeutel war) und ließ mehrmals ihren Blick über meine Hände gleiten. Hielt sie nach einem Ring, einem Ehering, Ausschau? Sie fragte, ob mir Bequia gefalle, und ich geriet ins Schwärmen, und das Mädchen brachte eine Karaffe mit Limonade, und sie forderte mich auf, ein Glas davon zu trinken. »Sie müssen hier viel trinken«, sagte sie, »in der Hitze, wissen Sie, aber nichts von dem harten Zeug«, und lachte. Wir tranken beide, dann stellte sie mir die üblichen höflichen Fragen – ob ich allein hier sei, ob ich lange bleiben wolle, wo ich wohne –, und ich wartete, bis sie geendet hatte, bevor ich selbst welche stellte. Ich fragte sie zunächst, wie es sie nach Bequia verschlagen habe, und sie seufzte und sagte, das sei eine lange Geschichte, sie habe nicht die Kraft, sie in allen Einzelheiten zu erzählen, aber sie sei hierhergekommen, um zu heiraten, und der Mann, mit dem sie verlobt gewesen sei und dessentwegen sie gekommen war, sei noch vor ihrer Heirat gestorben. Sie sei vor Kummer und Schreck sehr krank geworden, und dann, als sie wieder einigermaßen bei Kräften gewesen sei, um den Heimweg anzutreten, habe sie der Mut verlassen. »Es gab nichts, was mich nach Hause zurückzog«, sagte sie. »Ich hatte dort keine Verwandten mehr. Ich dachte, ich könnte doch genausogut in der Sonne, in Douglas' Nähe bleiben, jedenfalls für eine Weile.« Die »Weile« habe sich immer weiter in die Länge gezogen, und sie sei nie wieder zurückgekehrt, nicht einmal auf Besuch. »Ich konnte es mir leisten zu bleiben, sonst wäre es wahrscheinlich anders gekommen«, sagte sie. »Douglas hatte für mich vorgesorgt, bevor er starb. Er ging keine Risiken ein. Und die Leute hier waren unglaublich freundlich, sie hielten zu mir.« Sie habe eine kleine Schule gegründet – sie sei Lehrerin, Douglas Pfarrer gewesen –, um eine Aufgabe zu haben und mit Kindern in Kontakt zu sein, da sie nie eigene haben sollte und sie so gern habe. »Und da bin ich noch immer«, sagte sie lächelnd.

Sie hatte lange gesprochen, mit vielen Pausen, wiederholt nippte sie an der Limonade, und ich dachte, sie würde sich ausruhen, ja sogar ein wenig schlafen müssen, aber sobald sie geendet hatte, sagte sie: »Jetzt erzählen Sie mir von sich, ich möchte alles über Sie erfahren.« Ich wußte jedoch nicht, wo ich anfangen sollte. Ich hatte mir im Kopf zurechtgelegt, was ich sagen, wie ich zu Susannah und dem Adreßbuch überleiten wollte, aber sobald ich mit meiner Geschichte begann, geriet ich ins Stocken, und alle Wortgewandtheit war verflogen. Ich begann von neuem, merkte aber, daß ich die Geschichte allzu sehr vereinfachte und alle Verwicklungen nötig sein würden, damit man sie nachvollziehen konnte. Auf einmal brach es aus mir heraus: »Meine Mutter starb, als ich sechs Monate alt war« – genau das, womit ich nicht hatte anfangen wollen, wie naheliegend es auch als Anfang gewesen sein mochte. Mir klang es viel zu sehr wie ein Schrei nach Mitleid, und ich haßte den Gedanken, daß es so wirken könnte. Aber Gracie strich mir gleich über den Arm, und ihr Gesicht legte sich aus Sorge um mich noch mehr in Falten. »Oh, armes Mädchen, armes Mädchen«, sagte sie, und ich wußte nicht, ob sie mich meinte, heute, oder meine tote Mutter, damals. »War es Krebs?« fragte sie, und ich erzählte ihr von Susannahs Herzschwäche und davon, was meines Wissens geschehen war. Und weil Gracie mir so aufmerksam zuhörte, kam ich gleich auf die Geschichte mit der Andenkenschachtel zu sprechen, verschwieg ihr allerdings meine Ablehnung und deutete an, sie sei bis vor kurzem unauffindbar gewesen. Gracie war gefesselt, ihre Wangen röteten sich, und ich hatte Angst, sie womöglich zu sehr aufzuregen. Ihr Mund brachte erstaunte »Ohs« und »Ahs« hervor, und ihre Augen wurden, als ich auf das Adreßbuch zu sprechen kam, noch größer. Ich hatte es mitgebracht und reichte es ihr, sie schüttelte aber den Kopf und sagte, sie könne nicht mehr lesen, nicht einmal mit Brille. Ich sagte, es gebe auch nicht viel zu lesen, nur der Name *The Cabin* sowie *Friendship Bay, Bequia.*

Gracies Gesicht entspannte sich, wurde beinahe ausdruckslos, als ich sie fragte, ob diese spärliche Adresse ihr irgend etwas sage. Sie schien sich von mir entfernt zu haben, und ich wußte nicht, was ich tun sollte, um sie wieder zurückzuholen, und ob ich es überhaupt versuchen sollte. Ich zögerte und erzählte dann, was ich mir vorstellte: Daß Susannah nach Bequia gekommen war und daß sie Ende der fünfziger Jahre hierhergesegelt und dann länger geblieben war. An diesem Punkt schlug Gracie ihre Augen wieder auf und runzelte die Stirn und sagte, das komme ihr irgendwie bekannt vor, sie wisse aber nicht, warum. Sie hielt sich einen Moment lang den Kopf, als lausche sie, schüttelte ihn dann und seufzte. »Es ist schon so lange her«, murmelte sie. »Viele junge Leute kamen in ihren Booten – es ist ein großartiger Ort für Boote –, aber hier oben bekamen wir sie nie zu sehen. Hier waren nur wir, und der Deutsche mit seiner Hütte.« Ich wagte nicht, sie zu fragen, ob mit »wir« nur sie und ein Mädchen gemeint waren, statt dessen schwieg ich und überließ sie ihren Erinnerungen, wie wichtig sie auch immer waren. »Es war ein Deutscher, wer aber war vor ihm in der Hütte? Arme Weiße, eine ganze Familie, Leute von hier, aber die Bequianer blicken auf sie herab, sie verkehren nicht miteinander, das haben sie nie getan, die schwarzen Bequianer und die armen Weißen ... Der Deutsche ging fort. Wann?« (Ich hatte nicht gefragt, wann, mich interessierte der Deutsche nicht.) »Oh, ich weiß es nicht mehr. Dann war da noch ein Soldat, ja, richtig, nachdem der Krieg in Europa vorbei war. Ich kannte ihn. Er stellte sich vor, er war ein Gentleman, aber ich weiß seinen Namen nicht mehr. Er hatte ein Boot, der Soldat. Er heiratete ein bequianisches Mädchen, wie hieß sie noch, ach, diese Namen ... Sie hatte ein Baby –«

Gracie redete immer weiter, mit leiser, monotoner, aber vollkommen klarer Stimme. Ich versuchte, in dem, was sie sagte, etwas zu finden, das mit Susannah zu tun haben könnte, aber es schien nichts zu geben. Sie hatte nie von Susannah oder irgendeinem Holzhaus gehört. Es war alles hoffnungslos. Ich saß da und fühlte mich benommen und elend und schämte mich irgendwie, überhaupt hierhergekommen zu sein und diese liebe alte Frau belästigt zu haben, versuchte aber, auch weiterhin aufmerksam zu bleiben. Sie beschrieb noch immer den Soldaten und seine Frau und die Kinder, als ich zum erstenmal das Wort »*cabin*«, »Holzhaus«, hörte. »Die Hütte brannte ab«, sagte sie und gab nun erstaunlich lebendige Einzelheiten über das Feuer wieder, »und dann hat er ein richtiges Holzhaus gebaut, selbst gebaut.« (Dabei hatte sie, als ich sie fragte, gesagt, sie hätte nie von irgendeinem Holzhaus hier oben gehört. Hatte ich sie auf das Wort gebracht?) »Er hatte sein Geld verloren, und sie mußten ja von irgend etwas leben, daher nahmen sie in dem schönen neuen Haus Gäste auf … Nicht viele … Es war ein weiter Weg für die Besucher. Sie blieben unten im Hafen … Es brachte nicht viel ein … Aber sie sorgten gut für sie in ihrem Haus, die Betten waren sauber, und das Essen war gut … Und dann gingen sie nach England … Sie sagten, sie würden zurückkommen, zu Besuch, was sie aber nie taten … Zu weit, es war zu weit … Jahrelang schickten sie mir zu Weihnachten Grüße, immerhin.« Ich wagte zu fragen: »Und ihr Holzhaus?« »Holzhaus?« sagte Gracie. »Ihr Haus? Oh, ihr Haus brannte ab, genauso wie die Hütte … Ein Feuer brach aus, niemand wußte, warum … Der Brand wurde zu spät entdeckt … Mein Haus ist aus Stein –«

Sie hörte auf zu sprechen, und diesmal schlief sie wirklich ein, tief genug, um zu schnarchen. Sollte ich gehen? Ich wollte mich aber nicht so einfach davonstehlen, ohne ihr zu danken und mich von ihr zu verabschieden. Ich stand auf und stieg ganz leise die Stufen der Terrasse hinunter, wobei ich meine Sandalen auszog, um nur ja kein Geräusch zu machen. Der Garten, in den ich in der vergangenen Stunde geschaut hatte, war, wie ich nun feststellte, weniger ein Garten als vielmehr ein umzäuntes Stück eines offenen Hangs, wobei es kaum einen Unterschied gab zwischen dem, was innerhalb und außerhalb des Zaunes wuchs. Ich erkannte wildwachsende Bananen und andere Früchte, Früchte, die in etwa so aussahen wie Ananas, aber kleiner waren. Eine leichte Brise wehte nicht vom Meer her, sondern zum Meer hin und nahm den Duft von irgendwelchen Kräutern mit sich. Als ich bis an das äußerste Ende von Gracies Grundstück gegangen war, fast bis dorthin, wo der Hang zum Meer abfiel, bot sich mir ein wundervoller Ausblick bis hin zu dem verschwommenen blauen Umriß einer anderen Insel in der Ferne. Ich stand da, wie gebannt, außerstande, meine Kamera hervorzuholen, obgleich das Bild förmlich danach schrie – das blendende Meer, der gewaltige Himmel und dieser Fingerabdruck einer anderen Insel. Statt dessen versuchte ich, was vor mir lag in irgendeinem verborgenen Winkel meines Gedächtnisses zu speichern, indem ich genau, ganz genau hinsah und alles nicht etwa auf einem Film, sondern in mir selbst festhielt, damit ich es nach meiner Rückkehr in das graue, trübe London jederzeit hervorholen konnte. Und wie immer fragte ich mich beinahe automatisch, ob Susannah wohl dasselbe getan hatte. Hatte sie schwach und krank und ängstlich auf ihrem Bett gelegen und all das zu ihrem Trost wieder heraufbeschworen? Vielleicht. Vielleicht auch nicht. Es war im Grunde unwichtig. Wichtig war nur, daß ich das hier gesehen hatte, ich würde es wie einen Schatz in mir bewahren.

Ich ging zurück zur Terrasse, entschlossen, das Mädchen zu suchen und sie zu bitten, Gracie in meinem Namen zu danken. Gracie war jedoch wach und winkte, obgleich sie mich erst gesehen haben konnte, als ich die Stufen hinaufstieg. Ich schlüpfte wieder in meine Sandalen und sagte, wie wunderschön ich ihren Garten fände und wie herrlich der Ausblick auf das Meer sei und wie sehr ich sie beneide. Ich meinte es als Kompliment, ohne darüber nachzudenken, wie sie das Wort »beneiden« auffassen könnte, merkte aber, daß ich etwas Falsches gesagt hatte. »Ach, ich bin nicht zu beneiden«, sagte Gracie, mit einemmal traurig. »Sie brauchen mich nicht zu beneiden, nein, nicht mich. Sie haben Ihr ganzes Leben noch vor sich. Sie sind zu beneiden.« Zu meiner Bestürzung sah ich, wie ihr Tränen aus den Augen liefen, die sie sich mit dem Ärmel abtupfte. »O bitte«, sagte ich, »nicht weinen, Gracie. Es tut mir so leid, ich wollte nicht ...« Ich wußte allerdings nicht, was ich nicht hätte tun oder sagen sollen, und mir blieb nichts anderes übrig, als besorgt ihre Hand zu halten. Die wenigen Tränen waren jedoch bald getrocknet, und mir wurde die Hand gedrückt – für mich ein Zeichen, daß mir, was ich auch immer gesagt haben mochte, vergeben worden war –, und nach einer Weile hielt ich den Augenblick für gekommen, ihr »adieu« zu sagen und mich bei ihr zu bedanken, daß sie mir zugehört hatte. Sie ging nicht darauf ein, sondern sagte: »Ihre Mutter ist gestorben?« Ich sagte, ja, vor langer Zeit. »Weinen Sie um sie?« fragte sie. Ich sagte nein, ich hätte sie nicht gekannt und meine Stiefmutter geliebt, und für mich hätte es nie einen Grund gegeben zu weinen. »Sie weinen nicht um Ihre Mutter?« wiederholte Gracie, scheinbar ungläubig. Ich sagte noch einmal entschlossen, nein.

Ich dachte, sie hätte vielleicht die kleine Geschichte, die ich ihr erzählt hatte, bestimmt aber alles über die Schachtel und ihren Inhalt vergessen, aber dann sagte sie: »Ich frage mich, was Ihre Mutter wohl mit ihrer Schachtel sagen wollte. Wahrscheinlich war es der Schmerz zu wissen, daß sie Sie verlassen mußte. Ich beobachtete meinen Douglas, und er wußte, er würde mich verlassen, und der Schmerz war furchtbar. Er konnte es nicht ertragen, mit mir darüber zu sprechen, aber das brauchte er auch nicht, ich sah es ihm an.« Ihr Gesicht bekam einen leidvollen Ausdruck, und ich schwieg, aus Verlegenheit, aber auch aus Respekt vor dem, was sie mit festgeschlossenen Augen und angespanntem Körper zu sagen versuchte. »Es ist schrecklich, mit ansehen zu müssen, wie jemand, den du liebst, stirbt«, sagte sie. »Schrecklich, schrecklich … Er hielt meine Hand so fest … Er konnte nicht in Frieden gehen, er fand keinen Trost im ewigen Frieden … Er wollte unbedingt leben, konnte sich nicht damit abfinden, daß es Gottes Wille sei.« Wieder liefen Tränen über ihre faltige Haut, und ich zog ein Taschentuch hervor und drückte es ihr in die Hand. Sie schien es aber nicht benutzen, sondern den Tränen ihren Lauf lassen zu wollen. »Es tut mir leid«, sagte ich, »ich wollte keine traurigen Erinnerungen wekken.« Da öffnete sie die Augen und lächelte, ja, lachte sogar kurz auf. »Oh, Sie haben sie nicht geweckt«, sagte sie, »sie sind immer bei mir. Ich bin eine dumme alte Närrin, ich habe sie gern. Auf diese Weise bleibt Douglas für mich lebendig, wissen Sie, indem ich an ihn denke, denke ich an die schönen und die schlechten Tage. Ich weine, aber das ist immer noch besser, als nichts zu fühlen, so bleibt er hier, bei mir.«

Ich machte mich kurz darauf, ein wenig benommen und verstört, auf den Weg. Das Mädchen war mit einer zweiten jungen Frau aus dem Haus gekommen, und beide halfen Gracie beim Aufstehen, und halb ging sie und halb ließ sie sich ins Haus tragen. Im Stehen wirkte sie, trotz ihrer gebeugten Haltung, größer, als ich vermutet hatte, und ich sah, daß sie einst eine große, kräftige Frau gewesen sein mußte. Ich wußte nicht, wie alt sie war, hielt sie aber für weit über achtzig. Wie viele Jahre war Douglas demnach für sie lebendig geblieben? Fünfzig? Sechzig? Ich hatte vergessen, sie zu fragen, wann sie nach Bequia gekommen und wie alt sie damals gewesen war. Der Gedanke, mit welcher Entschiedenheit sie die Erinnerung an einen vor so langer Zeit gestorbenen Mann lebendig erhielt, war entsetzlich, und als ich zum Auto zurückging, wurde mir klar, welches Glück ich gehabt hatte, daß mein Vater dies nicht getan hatte. Er hatte Charlotte gefunden, vielleicht *zugelassen*, daß er sie fand, und die Erinnerung an Susannah war nicht auf die gleiche Weise lebendig geblieben, wie Gracie es mit ihrem Douglas tat, indem sie sich an ihn klammerte, weil sie nichts anderes hatte und niemals etwas anderes haben würde. Die Toten müssen sterben, man muß sie gehen lassen, dessen war ich mir sicher, obwohl ich meine Eltern auch nicht hatte gehen lassen. Ich dachte noch immer täglich an sie, viele Male. Nur Susannah, an die ich keine bewußten Erinnerungen hatte, überließ ich getrost dem Tod. Jetzt aber wollte sie unbedingt zurückkehren, meinen Kopf mit Bildern von sich füllen, die ich nie gehabt hatte und auch nicht hatte haben wollen, und ich war in Gefahr, jeden Augenblick denselben Schmerz zu empfinden, den Gracie nach wie vor für Douglas empfand und den ich nie für Susannah empfunden hatte.

Während ich langsam die kurze Strecke nach Port Elizabeth zurückfuhr, mußte ich an diesen anderen Schmerz denken, über den Gracie gesprochen hatte, nicht etwa über den Verlust selbst, sondern über das Zusammensein mit einem Menschen, der weiß, daß er sterben wird und sich damit nicht abfinden kann, weil er jemanden hat, für den er lebt und den zu verlassen er nicht ertragen kann. Mich. Susannah konnte es nicht ertragen, mich zu verlassen. Ich versuchte, mir die Situation vorzustellen, die Gracie heraufbeschworen hatte – ich in meinem Bettchen, Susannah, die meine Hand hält, wild entschlossen, *für mich* am Leben zu bleiben. Eine Qual. Und ich selbst, ein Baby, merke es nicht und kann sie nicht trösten, wie Gracie Douglas zu trösten versucht hat. Mein Vater hatte einmal gesagt, Susannah habe niemals, mit keinem einzigen Wort, zugegeben zu wissen, daß sie womöglich sterben mußte. Ihre Andenkenschachtel sei das einzige Eingeständnis gewesen, und selbst dann noch habe sie nicht wirklich verraten, wofür sie sie vorbereitete – für die Zukunft, meine Zukunft, »für alle Fälle«, aber nicht unbedingt für eine Zukunft nach ihrem Tod. Das Spiel hieß Verstellung, und mein Vater hatte es mitgespielt, wobei er genau so, wie sie es sich gewünscht hatte, den Gedanken verdrängte, daß sie womöglich würde sterben müssen. Was hatte es in ihr ausgelöst, es zu wissen und dennoch zu verdrängen? Ich fragte mich, ob sie sich, wenn sie eine Krankheit gehabt hätte, deren Verlauf vorhersehbar gewesen wäre (wie etwa Krebs, bei dem das Ende innerhalb von soundsovielen Monaten prognostiziert werden kann), anders verhalten oder auch diese Prognose verdrängt hätte? Ich konnte das nicht wissen, und trotzdem ließen mich diese Fragen nicht los.

Wieder einmal war ich dabei, meine Meinung über das eigentliche Motiv für die Andenkenschachtel zu ändern. Vielleicht war sie ja eine Art Versicherungspolice: Wenn ich mich darauf vorbereite, mein Kind zu verlassen, werde ich es nie verlassen müssen. Deshalb gab es keine schriftliche Erläuterung zum Inhalt, und deshalb wirkte er so willkürlich. Die Gegenstände waren, wenn auch noch so sorgfältig eingewickelt, numeriert und verpackt, willkürlich, ja, in Panik zusammengestellt worden. Sie klammerte sich an konkrete Gegenstände wie Sandsäcke gegen eine zum Himmel schreiende Hysterie. Dies war keine Schatzsuche, am Ende gab es gar keinen Schatz zu entdecken, es war eine Anhäufung von Abwehrmechanismen, ein Bollwerk gegen den Schrecken. Und ich zerstörte es jetzt, riß es nieder, legte das große dahinter verborgene Loch frei und fiel selbst hinein. Ich ließ die tote Frau von mir Besitz ergreifen. Sie war mitten in ihrer Angst sehr klug gewesen. Sie tauchte auf, um mir zu sagen, daß ich zur Hälfte ihr gehörte, um mir zu zeigen, daß sie, wenn sie schon nicht selbst leben konnte, wenigstens in mir weiterleben würde. Wie sehr ich auch versuchte, es zu leugnen, mein genetisches Erbe war ihres. Vielleicht sah ich nicht aus wie sie, vielleicht verhielt ich mich nicht wie sie, zweifellos gab es aber Gene in mir, die ihre waren. Es war eine Frage von Zellen. Sie war in mir, irgendwo, und sie hatte gewußt, daß es so sein würde. Ich war es, die sich bis vor kurzem dagegen gesträubt hatte, dies zuzugeben. Ich machte mir etwas vor, und das schon seit über dreißig Jahren.

Ich war erschüttert und ging, nachdem ich das Auto abgestellt hatte, an den Planken entlang, weil ich Rory noch nicht sehen wollte. Ich wünschte, ich wüßte etwas über Genetik, aus wie vielen Zellen oder Buchstaben, oder wie immer es heißen mochte, das DNA-Alphabet bestand. Ich hatte keine Ahnung. Aber ich erinnerte mich noch vage, im Biologieunterricht gelernt zu haben, daß Frauen mehr genetische Informationen in sich tragen als Männer. Susannah hatte mir also mehr vermacht als mein Vater, wie sehr mein Äußeres auch dagegen sprechen mochte. Ich wußte außerdem oder glaubte zu wissen, daß Charaktere nicht vererbt werden, so sehr manche Familien auch daran glauben und einen Sprößling für das genaue Ebenbild eines Elternteils halten. Wir waren damals in der Schule alle erstaunt, deshalb erinnere ich mich noch daran, und gewissermaßen erleichtert. Erleichtert auch, als unser Lehrer, dem wir endlich einmal aufmerksam zuhörten, uns versicherte, die Umwelt wirke auf die Gene *ein*, und deshalb könnten diese sich nicht einfach durchsetzen. Ich hätte mir gewünscht, nur von den Genen meines Vaters bestimmt zu sein, und haßte den Gedanken an jenes andere Erbteil, weil es nicht von Charlotte stammen konnte.

Worin war ich also wie Susannah? Oder: Wie hatte sie genetisch auf den Plan, den sie gemeinsam mit meinem Vater von mir entworfen hatte, eingewirkt? Oder vielmehr: Inwieweit wirkte sie noch immer darauf ein? Spielte das eine Rolle? Ich hatte es nie herausfinden wollen. Hätte ich allerdings selbst ein Kind gehabt, wäre es mir wichtig gewesen. Susannah wäre dann über mich an ihn oder sie weitergegeben worden, und ich hätte vermutlich wissen wollen, was ich da weitergab. Nicht daß es mir irgend jemand hätte sagen können, außer es handelte sich um eine bestimmte Krankheit oder Behinderung. Einen Herzfehler. Ich wußte, ich hatte keinen. In meiner Kindheit war ich deswegen auf geradezu neurotische Weise immer wieder untersucht worden, was ich, obgleich ich damals nicht verstand, worum es eigentlich ging, mit der toten Susannah in Verbindung brachte. Jedesmal, wenn der Arzt mich für vollkommen gesund erklärte, verriet das Gesicht meines Vaters große Erleichterung, und ich hörte, wie er sich dafür entschuldigte, daß er mich schon wieder hatte untersuchen lassen, woraufhin der Arzt ihn mit Äußerungen wie »Unter solchen Umständen« und »Ich verstehe, bei dem, was ihre Mutter ...« beruhigte. Auch meine Großmutter sah mich ständig ängstlich an – wurde ich schnell müde? War ich sehr blaß? Geriet ich leicht außer Atem? Hatte ich einen blauen Rand um die Nasenlöcher?... Nein, nichts von alldem. Dieser Teil meines genetischen Erbes war in Ordnung und hatte nichts mit Susannah zu tun.

In den nächsten Tagen war ich launisch und schwierig, und ich begann, meine Abreise zu planen. »Wir können hier nicht ewig bleiben«, fuhr ich Rory an. »Warum eigentlich nicht?« sagte er. Ich sagte ihm, ich sei kein Goldesel, und er habe übertriebene Vorstellungen von meinem angeblichen Reichtum. Er konterte, auf Bequia würden wir viel, viel billiger leben als in London, und er könne hier vermutlich Arbeit finden und sich allein durchbringen. Ich lächelte spöttisch, als ich das Wort »Arbeit« aus seinem Mund hörte. Er wisse doch gar nicht, was das bedeute. Was wolle er denn tun? Teller waschen, kellnern? Er sagte, er wolle gern das eine oder das andere oder auch beides machen, wenn er sich auf diese Weise seinen Unterhalt selbst verdienen könne. Ich sagte, dann solle er es tun, ich würde aber wetten, daß er ganz bald eine Arbeitserlaubnis brauchen würde. Schließlich flog er dann doch mit zurück, schwor allerdings, jetzt, da sein Leben einen Sinn habe, allein wiederzukommen, für immer. Den letzten Tag verbrachten wir an unserem Lieblingsstrand, und um ihm eine Freude zu bereiten und mein Gereiztsein wiedergutzumachen, fotografierte ich ihn. Er liebt es, fotografiert zu werden, und beklagt sich immer, daß ich mich nicht für Porträts interessieren würde – »Ich wäre ein so wunderbares Motiv.« Er warf sich auf einem Felsen am Hang nicht weit von Gracies Haus in Pose und ahnte nicht, daß ich ihn an den Rand rückte, um mehr vom Hintergrund – den Bäumen, dem weiten Ozean und dem besagten fernen, verschwommenen Umriß einer Insel – einzufangen als von ihm. Es sollte ein Andenken an den Ort sein, an dem Susannah vielleicht gewesen war.

Erst als ich auf den Auslöser gedrückt hatte, fiel mir auf, daß er mit seinem Haar, das in dem einen Monat, wo wir dort waren, lang und vom Meerwasser ganz lockig geworden war, aus der Distanz, die ich gewählt hatte – nur Kopf und Schultern im Bild –, aussah wie sie.

Achtes Kapitel

Die Fotos der Schildkröten waren so gut, wie ich erwartet hatte, und ich hatte keine Probleme, sie unterzubringen. Sie brachten mir sofort neue Aufträge ein, und auf einmal hatte ich viel zu tun, und es machte mir Spaß, viel zu tun zu haben. Ich hing nicht mehr in meiner Wohnung herum oder lag auf meinem Sofa und starrte sinnlos auf die Muschel (neben der jetzt übrigens eine zweite, fast identische lag, die ich von Bequia mitgebracht hatte), und ich hatte auch keine Zeit, über Reisen nachzudenken, noch hatte ich Zeit für Rory, der wieder einmal wie so oft aus meinem Leben verschwunden war. Nach diesem Schema verlief unsere Beziehung – Phasen der Nähe und dann wieder Perioden, in denen wir uns nicht einmal anriefen, und wenn Rory gelegentlich umzog, hatte ich seine Telefonnummer nicht.

Aber seine Mutter rief mich kurz vor Weihnachten an. Vordergründig um zu fragen, ob mir meine Reise gefallen habe, aber in ihrer normalerweise wehleidigen Stimme lag eine solch unterdrückte Erregung, daß ich vermutete, es müsse noch einen anderen Grund für ihren Anruf geben. Den gab es. Hector hatte einen Brief vom Premierminister bekommen, in dem stand, dieser sei »geneigt«, ihn für seine Verdienste in der Industrie und als Anerkennung seiner Arbeit für Kriegsversehrte in den Ritterstand zu erheben, falls er

»geneigt« sei, ihn anzunehmen. Hector war sogar äußerst geneigt, ihn entgegenzunehmen, und Isabella war entzückt. Sie sagte mir zweimal, diese Nachricht sei absolut vertraulich, ich dürfe sie keinem Menschen erzählen, und sie war ziemlich verletzt, als ich mir leichtsinnigerweise laut Gedanken darüber machte, wer sich wohl dafür interessieren sollte. Sie sagte, sie habe Rory unter der letzten Telefonnummer, die er ihr gegeben hatte, angerufen, aber es habe sich nur ein Anrufbeantworter gemeldet, und die Stimme darauf habe nicht wie seine geklungen. Sie habe ihm erzählen wollen, welche Ehre seinem Vater zuteil werden sollte, und daß sie hoffe, er werde zu diesem Anlaß erscheinen und sie zu gegebener Zeit in den Palast begleiten.

Ich bezweifelte, daß er das tun würde, sagte es jedoch nicht, aber ich fand es erstaunlich, daß Isabella diese Einladung überhaupt auf ihn ausweitete. Ich hätte gedacht, sie und Hector hätten ihren auf Abwege geratenen Sohn hundert Meilen von dieser Verleihung fernhalten wollen, damit er ihnen keine Schande bereite. Jedenfalls wußte ich nicht, wo Rory war, und hatte auch nur die Telefonnummer, die sie hatte, daher konnte ich ihr nicht weiterhelfen. Aber Isabella war noch nicht fertig. Sie und Hector würden nach London kommen und wollten mich im Savoy, wo sie immer abstiegen, zum Essen einladen. Es sollte eine private Feier werden, und sie wünschten sich, daß Rory und ich dabei wären und »ein einziges Mal Familiensinn bewiesen«. Das war ja allerhand! Dabei hatten sie nie viel Familiensinn gezeigt. Aber als sie mich dann auch noch aufforderte, sie zu gegebener Zeit zum Palast zu begleiten, und ich sofort ablehnte, kam ich mir so gemein vor, daß ich die Einladung zum Essen annahm und versprach zu versuchen, Rory aufzuspüren. »Du wirst dich hübsch anziehen, Catherine, nicht wahr?« sagte Isabella. »Ich weiß, was du und Rory davon haltet, euch nett anzuziehen, aber Hector zu Ehren tut ihr es doch, ja? Keine Jeans und Pullover!«

Es war wirklich eine Unverschämtheit, einer Einunddreißigjährigen vorzuschreiben, wie sie sich anziehen soll, aber ich ließ es ihr durchgehen. Tatsächlich nahm ich mir vor, sie zu schockieren, indem ich mich richtig herausputzte und zu unserer Verabredung in umwerfender Pracht, in Glanz und Glamour, erschien. Das einzige Problem war, daß ich dafür keine Kleider besaß. In meinem Schrank gab es absolut nichts Elegantes oder Glamouröses. Jetzt brauchte auch ich Rory – er würde wissen, was ich kaufen und wie ich aussehen sollte –, aber genau wie es seiner Mutter ergangen war, meldete sich, als ich unter der Nummer anrief, nur eine fremde Stimme. Ich würde also allein damit fertig werden müssen. Ich weiß nicht mehr, wie ich auf die Halskette kam, die ich in der Andenkenschachtel gefunden hatte, aber plötzlich fiel sie mir ein. Ich hatte mir vorgenommen, sie nie zu tragen, denn sie schrie förmlich nach einem schönen Kleid und allem, was dazugehört, aber jetzt wurde mir klar, daß sie als Richtlinie dienen konnte. Ich holte sie hervor und sah sie mir genau an. Der Stein war ein Smaragd, also war Grün die naheliegende Farbe. Susannah hatte sie damals zu einem grünen Kleid getragen. In den Alben waren zwei Fotos, auf denen sie sie trug, eins von ihrem Hochzeitstag, eins von einer späteren Feier. Auf dem Hochzeitsfoto glitzerte das Grün über dem Halsausschnitt des elfenbeinfarbenen Satinkleides und paßte zu den Efeuranken in ihrem

Brautstrauß, auf dem anderen hatte ihr Kleid einen etwas dunkleren smaragdgrünen Farbton, und der Stein stach nicht so hervor. Vielleicht sollte ich mich für Weiß entscheiden oder für einen cremefarbenen Ton oder sogar für Perlgrau ...

Zuerst dachte ich, es müßte ein Kleid sein, und zwar eins mit einem großen Ausschnitt, damit die Halskette betont wurde. Der eigentliche Sinn eines solch exquisiten Schmuckstücks lag ja darin, daß es auffiel, und deshalb mußte es auf dem nackten Hals getragen werden, mit viel Platz rundrum, damit der Anhänger, in den der Smaragd gefaßt war, genau oberhalb des Dekolletés lag. Susannahs Kleider hatten jeweils tiefe und weite Ausschnitte gehabt, die die Halskette perfekt zur Geltung brachten. Ich hatte kein solches Kleid. Ich hatte auch nie solch ein Kleid haben wollen. Jedes Kleidungsstück, das ich besaß, hatte entweder einen hohen Kragen oder einen dezenten V-Ausschnitt. Der Gedanke loszuziehen, um ein Kleid zu suchen und zu kaufen, das zwar der Halskette schmeichelte, in dem ich mich aber nicht wohl fühlte, gefiel mir nicht. Ich würde jedoch etwas finden müssen, und so machte ich mich nicht gerade fröhlich auf den Weg. Ich hasse es, Kleider zu kaufen. Ich kaufe gern Sachen für meine Wohnung, Einrichtungsgegenstände und Möbel und Haushaltsgeräte, aber keine Kleider. Charlotte liebte es einzukaufen. Sie konnte ganze Tage damit zubringen, durch Geschäfte zu rennen, ohne etwas Bestimmtes zu suchen, obwohl niemand auf die Idee gekommen wäre, daß sie Wert auf ihre Kleidung legen könnte (sie hatte überhaupt keinen Geschmack und sah immer ziemlich bieder aus). Aber ich konnte und wollte das nicht. Ich kaufte meine Sachen in Kettenläden, immer in Eile, und wenn mir etwas gefiel, kaufte ich es gleich dreifach, damit ich mich eine Zeitlang nicht mehr darum zu kümmern brauchte. Das bedeutete, daß ich in puncto Mode eine blutige Laiin war. Rory dagegen war ein Experte und warf zu gern mit lässiger Selbstverständlichkeit mit irgendwelchen Designernamen um sich. Wenn er von irgendeinem Kleidungsstück, das er gerade gekauft hatte, schwärmte, eine teure Anschaffung wegen des Namens, weil er oder sie »so wundervoll zuschneidet«, konnte ich ihn zur Raserei bringen, wenn ich sagte, es sähe für mich, ehrlich gesagt, aus wie von Marks & Spencer.

Ich hatte keine Idee, wohin ich gehen sollte. Zwei Tage lang lief ich durch Harrods, fingerte an Kleidern, an Tausenden, an Millionen von scheußlichen »Damenkleidern« herum, um am Ende mit leeren Händen wieder zu gehen. In der Abteilung für Abendkleider fühlte ich mich völlig fehl am Platz – der dicke Teppich, die leicht parfümierte Luft, die Ständer mit beängstigend ähnlichen Kleidern, die Verkäuferinnen mit starrem Lächeln, die Spiegel (in denen ich mich selbst sehen konnte, ausgelatscht und verlottert).

Dabei fiel mir ein, wie ich damals als Teenager in Oxford mit meiner Mutter Einkäufe machte – man stelle sich vor, Charlotte in ihren Faltenröcken und ihren Boxy Jacketts, derart aus der Mode, daß sie schon wieder einen Modetrend darstellten, und ich in Jeans und weitem, sackartigem Sweatshirt, laut protestierend, ich brauchte kein Kleid oder, wie sie sich ausdrückte, »einen hübschen Rock und ein kleines Oberteil« für irgendeine Hochzeit, zu der wir gehen mußten. Charlotte schleppte mich zu einem mit Blütenzweigen übersäten Kleidungsstück – die meisten ihrer eigenen Sachen waren voll von Zweigen oder Punkten oder einem Gewirr schrecklicher Muster –, und ich starrte es zornig an oder warf ihr meinen höchst gekonnten skeptischen Blick zu. Ich sollte unbedingt etwas anprobieren und ging in die Umkleidekabine, wo ich mit Absicht alles, was man mir reichte, sabotierte – ich schob es über meiner Taille hoch und rief »Zu kurz« oder verklemmte den Reißverschluß und sagte »Zu eng«. Und ich ertappte mich dabei, daß ich jetzt bei meinem Gang durch die Geschäfte lächelte, weil ich an das irritierte und besorgte Gesicht meiner Mutter und an mein eigenes albernes Auftreten denken mußte.

Es ist ein Wunder, daß die Verkäuferinnen bei Harrods mich nicht für eine Art Terroristin hielten, so wie ich dort mit vermutlich ziemlich finsterer Miene herumschlich und die Kleider, an denen ich mit lächerlichem Widerwillen herumfingerte, zornig betrachtete. Ich schnitt bewußt Grimassen, um meine Abscheu zum Ausdruck zu bringen, eine Einfrau-Pantomime ohne Zuschauer, außer ihnen. Beim Verlassen der Abteilung mußte ich plötzlich, als ich in den Lift stieg, wie verrückt lachen, da ich mich erinnerte, wie ich als Elfjährige Charlotte anfauchte, ich wolle, wenn ich groß sei, Stadtstreicherin werden und immer dieselben alten Kleider tragen und mich nicht um irgendwelche Hochzeiten kümmern müssen.

In Knightsbridge gab ich auf, ging zur Bond Street und schaute mir die Boutiquen an, so einschüchternd sie auch waren. Es war sinnlos. Ich war nicht in der richtigen Verfassung, hatte nicht die richtige Einstellung. Und als ich dann an einem kleinen Laden am oberen Ende der New Bond Street vorbeikam, sah ich im Fenster einen weißen Hosenanzug. Er war sehr schlicht, beinahe streng, aber das Material sah weich aus. Die Hosenbeine waren weit, und das Jackett war lang, mit zwei Knöpfen auf der Brust zu schließen und mit einem weiten Halsausschnitt. Bei meiner zwanghaften Suche nach einem Kleid wie dem von Susannah hatte ich diese Alternative übersehen, und doch war die Stadt voll von diesem zwanglosen Chic.

Was für eine Freude, die richtigen Kleider zu finden! Als ich die Hose und das Jackett anzog, fühlte ich mich sofort wunderbar, und ich kaufte den Anzug sage und schreibe innerhalb von fünf Minuten, ohne mich im mindesten darum zu kümmern, daß er soviel kostete wie mein ganzes Kleiderbudget der vergangenen zwei Jahre. Gott sei Dank war ich das Problem los. Aber als ich zu Hause war und in dem Anzug und mit der Halskette vor meinem langen Spiegel stand, bemerkte ich, daß ich es nicht los war. Hose und Jacke – in Ordnung. Die Halskette dazu – hervorragend. Aber die Haare? Katastrophal. Ich war ewig nicht beim Friseur gewesen. Sie sahen entsetzlich aus. Ich hatte sie einfach nur ein wenig abgeschnitten, wenn der Pony zu lang wurde, und alles übrige mit einem Gummiband hinten zusammengebunden. So ging das nicht. Ich habe dichtes, festes Haar – es gibt nichts daran auszusetzen, es glänzt, und die Farbe ist schön, ein tiefes Dunkelbraun –, aber zu dem weißen Anzug und der Kette paßte es überhaupt nicht. Meine Frisur, oder vielmehr der Mangel an einer Frisur, war eine Beleidigung für das Outfit. Ich nahm den silbernen Handspiegel und betrachtete mich von nahem. Make-up fehlte auch. Ich benutzte keins. Gut und schön in Jeans und T-Shirt, aber in den neuen, eleganten Kleidern schienen sich meine Gesichtszüge aufzulösen. Ich wurde zunehmend schlecht gelaunt, weil ich nun, nachdem die Tortur des Kleiderkaufs überstanden war, würde zum Friseur gehen und mich wegen des verdammten Make-ups beraten lassen müssen. All das nur, um meiner Tante und meinem Onkel zu gefallen, die ich nicht einmal mochte – was hatte ich mir da eingebrockt?

Mehr als ich erwartet hatte. Als ich mich auf den Weg zum Savoy machte, wußte ich, daß die Halskette Macht über mich gewonnen und mich verwandelt hatte, die Halskette und alles andere. Ich spürte mich selbst nicht mehr. Ich war eine Fremde, die ein Taxi herbeiwinkte, und ich sah in den Augen des Taxifahrers eine Art bewundernde Anerkennung, die mir normalerweise nicht entgegengebracht wurde. Ich war auf einmal eine kultivierte Frau, die auch als solche behandelt wurde. Ich bewegte mich anders. Meine neuen Kleider waren angenehm und bequem und gaben mir, statt wie eine phantasievolle Verkleidung meine Unvollkommenheiten zu verbergen, ein wunderbares Vertrauen in meine eigene Attraktivität. Es war überwältigend, und ich hatte beinahe Ehrfurcht vor diesem Wesen, in das ich mich verwandelt hatte. Die Kette an meinem Hals fühlte sich schwer und kalt an. Ich empfand intensiv ihr Gewicht, obgleich sie sich in meinen Händen nicht schwer angefühlt hatte. Der Anhänger mit seinem schimmernden Smaragd schien sich an meine Haut zu schmiegen, und ich konnte nicht anders, als ständig an ihm herumzuspielen. Ich hob ihn an, ließ ihn zurückfallen und war jedesmal erstaunt, wenn ich ihn auf meiner Haut spürte. Ich fragte mich, wie lange Fingerabdrücke erhalten bleiben. Waren die von Susannah noch immer darauf, wenn auch sie damit herumgespielt hatte, wie ich es tat?

Mein Haar war nach französischer Manier kunstvoll straff aus dem Gesicht gezogen, es gab keinen Pony mehr, meine Stirn war zum erstenmal in meinem Leben frei. Ich hatte immer einen langen, dichten Pony gehabt, um mich dahinter zu verstecken, und fühlte mich jetzt wie nackt. Durch das Make-up (nur Augen-Make-up) war mir mein Gesicht fremd. Meine ohnehin schon merkwürdigen Augen wirkten unter der jetzt freien Stirn größer und meine Nase schmaler. Ich spürte, daß mein altes Gesicht sich aufgelöst hatte, und mochte, bevor ich aufbrach, kaum in den Spiegel schauen, ohne mir das Selbst zurückzuwünschen, das ich kannte. Mir wurde bewußt, daß ich überhaupt nicht zu diesem Selbst zurückkehren mußte, wenn ich es nicht wollte. Ich konnte jeden Tag so aussehen. Viele Frauen taten und tun das. Sie scheuen weder Zeit noch Mühe und geben natürlich Geld dafür aus, und sie sehen schön aus, und die Welt behandelt sie entsprechend. Susannah hatte so ausgesehen. Als ich, kurz bevor meine Großmutter starb, anfing, nur noch Jeans etc. zu tragen, hatte sie traurig zu mir gesagt – und es war die Traurigkeit, die weh tat, nicht das, was sie sagte: »Deine Mutter zog sich immer hübsch an, immer. Von klein auf liebte sie Kleider, sie wußte, wie man es macht – und du versuchst es nicht einmal, sieh dich doch nur an!« Ich wußte, es hatte, als mein Vater Charlotte heiratete, Stimmen gegeben, die behaupteten, er sei nach seiner ersten Frau auf der Suche nach einem anderen Typ Frau gewesen. Charlotte sah trotz all ihrer Bemühungen nie elegant aus. Sie sah gemütlich aus. Sie sah so aus, wie ich es als Kind gern hatte.

Und während mein Taxi sich den Weg zum Strand hinunterkämpfte, dachte ich darüber nach, daß Charlotte nie dafür gebaut war – im Gegensatz zu mir. Sie hätte, auch wenn sie gut angezogen war, nie so aussehen können wie Susannah. Sie war klein und pummelig und ihr freundliches Gesicht rund und nichtssagend. Aber ich hatte, zwar auch nicht wie Susannah, dennoch eine bessere Chance als Charlotte, elegant auszusehen, wenn ich wollte, und an diesem Abend hatte ich es gewollt. Ich war groß, ich war schlank, ich hatte ausgeprägte Gesichtszüge (schöne Wangenknochen und eine gerade Nase). Es lohnte sich, daß ich mich herausputzte, wie ich es gerade unter Beweis gestellt hatte. Aber was für eine Frau mußte Susannah gewesen sein, daß sie sogar in einem Morgenrock gepflegt aussah? Ich war ganz sicher, wir hätten uns oft und heftig darüber gestritten, wie ich mich anzog, während Charlotte und ich dies nie oder nur selten taten, höchstens bei Anlässen, wo sie sich verpflichtet fühlte, milde gegen meinen immer schlampigeren Aufzug zu protestieren. Susannah hätte mich, ihre Tochter, wahrscheinlich am liebsten in ihr Ebenbild verwandelt, in eine Frau, die mit Selbstverständlichkeit die von ihr hinterlassene Halskette trug. Und doch hatte sie, indem sie mir dieses Schmuckstück aufgezwungen hatte, etwas unter Beweis gestellt. Ich konnte sehr wohl an meinem Äußeren Gefallen finden.

Meine Tante und mein Onkel waren höchst erstaunt. Sie saßen, als ich kam, an einem Tisch am Fenster mit Aussicht auf den Fluß, und es war ein langer Weg bis zu ihnen. Ich sah sie mit jenem ausdruckslosen Blick, den man auffälligen Fremden zuwirft, in meine Richtung starren und hatte dann die Genugtuung, sie buchstäblich aufschrecken und sich miteinander beraten zu sehen – war *das* Catherine? Hector stand ungeschickt auf und umarmte mich herzlicher als sonst, und Isabella küßte mich auf die Wange, anstatt rechts davon einen flüchtigen Kuß in die Luft zu schicken. Hector brüllte, ich sähe blendend aus, und rief nach Champagner (wenn auch, um auf seinen eigenen Erfolg statt auf meine Schönheit anzustoßen). Sobald ich mich gesetzt hatte, sah ich Isabellas Augen die Halskette fixieren. Ich berührte sie provozierend, während ich die Menükarte studierte.

»Deine Mutter machte das«, sagte Isabella mißbilligend, »spielte ewig damit herum. Ich hab das nie getan.«

»Du hast sie getragen?« fragte ich erstaunt.

»Natürlich. Sie gehörte nicht immer ihr. Sie gehörte unserer Mutter. Wir trugen sie beide, wenn wir Gelegenheit dazu hatten. Susannah häufiger als ich. Sie trug sie so oft, daß sie vermutlich dachte, sie gehöre ihr, aber das stimmt nicht. Ein bißchen unfair, aber was soll's.« Sie schniefte, lächelte ein bißchen zu fröhlich und begann, flüsternd über Hectors Ritterstand zu sprechen und mir zu erzählen, wann es bekanntgegeben würde und daß ich nicht vergessen solle, an dem Tag die *Times* zu kaufen. Ich aß meinen geräucherten Lachs und meine Seezunge und trank den Champagner, bevor ich zum Chablis überging, und versuchte die ganze Zeit, mit diesen meinen Verwandten warm zu werden. Sie waren, seit ich sie zum letztenmal gesehen hatte, drastisch gealtert, besonders Isabella, und ich fand, ich sollte eigentlich ein wenig Sympathie für ihre grauen Häupter, ihre zerfurchten Gesichter und ihre leicht geschrumpfte Gestalt aufbringen, aber es gelang mir nicht. Sie irritierten mich, wie sie es immer getan hatten. Ich hatte, abgesehen von den Genen, nichts mit Isabella gemein. Ich lächelte höflich, als sie so weiterplapperte, und dieser Gedanke kam mir plötzlich noch unheimlicher vor als die Erkenntnis, daß ich Susannahs Gene besaß. Ich konnte Isabella sehen und hören und beurteilen. Wo berührten wir uns genetisch? Ich brannte darauf, das zu erfahren. Ich wünschte mir, daß jemand unsere DNA-Codes las und da und da und da sagte. Sie ist die Schwester deiner Mutter, und da und da und da ist sie du, bist du sie.

Ich fühlte mich wie eh und je Hector näher. Zumindest war er Rory gegenüber nicht gleichgültig gewesen, wie Isabella es so oft zu sein schien. Er hatte ein wenig körperlichen Kontakt zu ihm, wenn auch nur in negativer Form, indem er ihn am Arm festhielt, um ihn zu schütteln, oder ihm das Haar aus den Augen strich, weil es ihn ärgerte, seinen Sohn so zerzaust und wild zu sehen. Isabella hatte nicht einmal diese minimale Verbindung zu Rory. Sie schien tatsächlich immer, wenn er als Kind in ihre Nähe kam und es aussah, als wolle er *sie* berühren, wegzugehen. Sie wich vor seiner triefenden Nase zurück und sagte nur, er solle sie putzen, anstatt es, wie die meisten Mütter kleiner Kinder, selbst zu tun, und wenn er schmutzige Hände hatte und nach ihrer Hand griff, trat sie buchstäblich einen Schritt zurück. Sie schien ihn immer abstoßend zu finden, dabei war er ein so anziehendes Kind, das andere gern in den Arm nahmen, ein süßer, blonder, blauäugiger Junge, der wie ein kleiner Cherub aussah. Ihr Verhalten war immer irritierend gewesen: Den einzigen Hinweis dafür erhielt ich, als meine Großmutter mir einmal erzählte, Isabella sei nie darüber hinweggekommen, daß sie kein Mädchen bekommen habe. Rory selbst glaubte, als er alt genug war und merkte, welche Wirkung er auf seine Mutter auszuüben schien, daß er von Geburt an dazu verurteilt gewesen sei, nicht von ihr geliebt zu werden, und daß es keine Rolle spielte, wie er war.

Darüber hatte ich nie mit meiner Tante reden können. In Wahrheit konnte ich nie über irgend etwas mit ihr reden. Ich fragte mich manchmal sogar, ob meine Feindseligkeit gegenüber der Vorstellung, daß Susannah meine Mutter sei, nicht zum Teil von meiner Abneigung gegen ihre Schwester herrührte. Und doch wußte ich, sie konnten einander nicht ähnlich gewesen sein. Im Gegenteil, nach allem, was mir erzählt worden war und was ich mir zusammengereimt hatte, waren sie ganz gegensätzliche Charaktere. Isabella beneidete ihre Schwester um all das, was sie nicht war, und meine Geburt war offenbar der entscheidende Hieb gewesen. Susannah besaß alles, was sie sich wünschte – aber sie starb. Sie hatte nicht das Leben. Ich habe mich oft gefragt, ob meine Tante sich dadurch schließlich als Siegerin fühlte und ob ihre Eifersucht, als es zu spät war, verflogen war, aber sogar darüber konnte ich jetzt nicht mit ihr reden. Ich würde es nie erfahren. Ich würde nie die Wahrheit über Susannah von ihrer Schwester erfahren, weil diese versuchte, sie so selten wie möglich zu erwähnen. Ich selbst mußte ihren Namen erwähnen, und das war immer noch schwierig. Aber als das Geplauder während des Essens sich nur immer weiter um Wohltätigkeitsorganisationen und das Wetter und den Kauf eines neuen Autos und andere Banalitäten drehte, ärgerte ich mich allmählich, daß ich das mitmachte, und als Hector am Ende des Hauptgerichts, nachdem wir den Pudding abgelehnt hatten und auf den Kaffee warteten, telefonieren ging, konnte ich meine Ungeduld nicht länger bremsen.

Ganz nebenbei sagte ich plötzlich: »Warum mochtest du deine Schwester nicht? Warum hast du dich nicht mit Susannah verstanden?«

»Also wirklich, Catherine!« protestierte Isabella, als ob ich sie beschimpft hätte. Sie wurde ganz rot und sah sich um, als fürchte sie, irgend jemand könnte mich gehört haben.

»Was denn?« sagte ich. »Das ist doch eine vernünftige Frage, oder etwa nicht?«

»Wir sind bei einem Festessen«, sagte sie. »Das ist jetzt nicht angebracht.«

»Wann wäre es denn angebracht?«

»Nicht hier, nicht in der Öffentlichkeit. Also wirklich, du verdirbst Hectors Feier. Du bist sonst so vernünftig, du bist immer so vernünftig mit dem Tod deiner Mutter umgegangen.«

»Vernünftig?«

Isabella sah noch immer verängstigt und verärgert aus und lehnte sich jetzt über den Tisch und zischte leise: »Sie ist gestorben, und du hast dich nie darum gekümmert. Du wußtest, daß es ein Segen war, dich nicht an sie zu erinnern. Du nahmst deine Zuflucht zu Charlotte, und damit basta. Vernünftig. Warum all das jetzt wieder aufrühren?«

»Was ist daran auszusetzen?« sagte ich, entschlossen fortzufahren, jetzt, wo ich einmal damit angefangen hatte. »Warum wirfst du mir vor, daß ich mich endlich für Susannah interessiere?«

»Es ist nicht gut.«

»Woher weißt du das? Woher weißt du, daß es nicht gut für mich wäre? Warum freust du dich nicht, daß ich erfahren möchte, was ich früher nicht erfahren wollte? Meine Großmutter hätte sich gefreut.«

»Sie ist tot.«

»Das ist ja das Problem: Alle, die mir etwas erzählen könnten, sind tot, außer dir.«

»Das hat keinen Sinn. Du würdest dich nur aufregen.«

»Ich rege mich überhaupt nicht auf, ich will nur

mehr erfahren. Ich bin einunddreißig, Isabella. Überleg mal: Ich bin in ihrem Alter, in dem Alter, in dem sie starb. Ich habe gerade die Schachtel geöffnet, die sie mir hinterlassen hat – ich nehme an, du weißt davon –, vor ein paar Monaten. Denkst du nicht, daß es sinnvoll, ja *vernünftig* ist, daß ich dir Fragen über meine Mutter stelle, so sehr ich mich auch mein ganzes Leben gegen sie gewehrt habe?«

In diesem Augenblick kam Hector zurück, und der Kaffee wurde gebracht. Das war wirklich ein Glück. Ich war viel zu aggressiv gewesen, und auf diese Weise war nichts aus Isabella herauszuholen. Aber als ich den Kaffee trank und die banale Unterhaltung mit Hector weiterging, merkte ich, daß meine Tante nicht so wütend war, wie ich zuerst gemeint hatte. Sie schien durch die Erwähnung der Schachtel vielleicht eher getroffen als zornig zu sein, und zweimal fragte Hector sie, ob sie müde sei, und mußte beruhigt werden, daß sie es nicht oder jedenfalls nicht übermäßig sei. Wir gingen zusammen in die Toilette, und als ich von der Toilette kam, saß sie in dem leeren Waschraum ganz still vor dem Spiegel und betrachtete sich. Ich fragte sie wie Hector, ob es ihr nicht gutgehe. »Du hast mir Kummer bereitet«, sagte sie, »du hast den Abend verdorben.« Ich sagte, es tue mir leid, das sei nicht meine Absicht gewesen. »Ich rede nicht gern von Susannah«, sagte sie. »Ich hab es nie gern getan. Es war eine Verschwendung, eine große Verschwendung.«

»Was? Ihr Tod?«

»Oh, ihr Tod, natürlich, aber was dem vorausging.« Sie seufzte und schloß die Augen vor ihrem eigenen Anblick. Plötzlich sah sie noch älter und zerbrechlicher aus. »Sie mochte mich nie. Sie war meine große

Schwester, wollte aber nie etwas mit mir zu tun haben. Ich wollte sie, aber sie wollte mich nicht. So einfach war das.«

Ich sagte nichts. Ehrlich gesagt, fiel es mir schwer zu glauben, meine Tante hätte irgend jemandem nahe sein wollen, außer vielleicht ihrem Hund. Sie schien sogar niemals besonders scharf auf den alten Hector gewesen zu sein, obgleich er ihr treu ergeben war. Aber da saß sie nun und legte ein für ihre Verhältnisse äußerst intimes Geständnis ab. Sie stand auf, wandte sich vom Spiegel ab und ließ ihre Handtasche zuschnappen. »Aber als sie starb«, wagte ich fortzufahren, während wir zur Tür gingen, »hast du da anders empfunden? Hat sich da etwas geändert, tat es dir leid ...?«

»Mir leid tun?« sagte Isabella. »Nein, es tat mir *nicht* leid. Ihr hätte es leid tun müssen, wie sie mich behandelt hat, was sie getan hat, daß sie sich nie so verhalten hat, wie eine Schwester sich verhalten sollte.« Sie stieß die Tür auf und war wieder ganz die alte. Ich versuchte zu sagen, ich hätte nicht gemeint, ob es ihr leid tue, wie eifersüchtig sie gewesen sei, sondern hätte gerade fragen wollen, ob sie bedauere, daß die Dinge nicht anders zwischen ihnen gewesen seien, aber dazu war keine Gelegenheit mehr. Sie war nicht bereit, mir weiter zuzuhören. Wir kehrten an unseren Tisch zurück, wo Hector wartete, und von dort gingen wir hastig zur Tür und trennten uns. Ich ließ sie im Hotel zurück, suchte mir ein Taxi und war den ganzen Heimweg über noch völlig durcheinander. Ich hatte das Gefühl, mir sei eine Art Anklageschrift gegen Susannah ausgehändigt worden, der erste Angriff auf sie, den ich je zu hören bekommen hatte. Sie war keine gute Schwester gewesen, obwohl das noch kein Anhaltspunkt dafür war, was genau sie falsch gemacht hatte, aber Isabella war so viele Jahre danach noch immer voller Wut. Ich dachte über ihre offensichtlich hohen Erwartungen an ein schwesterliches Verhältnis nach. Ohne eine eigene Schwester konnte ich kaum verstehen, was sie erlebt oder erwartet hatte. Aber als ich mir die Worte meiner Tante und die Art, wie sie sie gesagt hatte, durch den Kopf gehen ließ, merkte ich, daß ich Susannah verteidigen wollte, ohne zu wissen, warum. Warum sollte sie eine Schwester wie Isabella geliebt und ihr nahegestanden haben?

In Isabellas Kopf waren irgendwo Unmengen von Erinnerungen, die mir bei meinem verzweifelten Versuch helfen könnten zu verstehen, was ihre tote Schwester mit mir vorhatte, aber sie hatte den Schlüssel zu ihnen weggeworfen. Entweder das, oder sie hielt absichtlich die in ihr auftauchenden Erinnerungen, die sie nicht mit mir teilen wollte, zurück. Ich zog mein Festgewand aus, ging zu Bett und lag stundenlang wach und dachte wieder einmal darüber nach, wie das Gedächtnis funktioniert, nur diesmal ging es darum, wie selektiv und dennoch zufällig das System der Erinnerung in meinem eigenen Fall arbeitete. Ich fühlte mich immer von regelmäßig wiederkehrenden Erinnerungen an etwas, das absolut banal zu sein schien, belästigt. Gerade Erinnerungen ohne offensichtliche Bedeutung machten mir zu schaffen. Ich mußte immer an eine bestimmte Ecke in Edinburgh denken. Blitzartig fiel mir eine Mauer, die Seite eines Hauses, der Anblick einer kopfsteingepflasterten Straße ein. Ich war sicher, daß ich an solch einer Ecke nie irgend etwas erlebt hatte, und obgleich ich niemanden zu genau dieser Stelle hätte führen können, war sie mir vertraut. Es war lächerlich, wie oft ich diese

Mauer, das Kopfsteinpflaster, die völlige Leere dieser harmlosen Kulisse vor mir sah. Warum war sie abgespeichert worden? Und wenn mein Gedächtnis solch eine alberne Kulisse gespeichert hatte, was lag da sonst noch? Gab es irgendwo in mir Erinnerungen an meine ersten sechs Monate, an Susannah? Es hieß also, diese ermüdende Suche nach verlorenen Erinnerungen wiederaufzunehmen und die ganze Zeit nicht zu wissen, ob ich sie einfach nicht wieder wekken konnte oder ob sie gar nicht vorhanden waren. Das nicht zu wissen machte mich verrückt.

Um mich zu beruhigen, fing ich an, meine ersten richtigen Erinnerungen heraufzuholen. Ich hatte immer geglaubt, meine erste konkrete Erinnerung sei, wie ich meine Puppe auf dem Gartenweg fallen ließ und schrie, als ich sah, daß ihr Porzellankopf kaputt gegangen war. Charlotte hatte gerade meinen Vater geheiratet, demnach war ich etwa zwei Jahre alt. Sie selbst erinnerte sich immer an diesen Vorfall, weil es der erste Tag war, an dem sie allein die volle Verantwortung für mich trug – meine Großmutter war am Tag zuvor nach Hause gefahren, nachdem sie mich ihrer Obhut übergeben hatte. Charlotte war nervös, daher hielt sie dieses kleine Mißgeschick für ein böses Omen, aber offensichtlich war ich leicht zu beruhigen gewesen, die Puppe wurde zur Reparatur geschickt und eine andere als Ersatz akzeptiert. Alle sagen, daß man mit zwei Jahren zu jung sei, um zu wissen, ob es eine *wahre* Erinnerung ist, und daß es wahrscheinlicher sei, daß das Erinnerte auf der Erzählung Erwachsener beruhe, aber ich glaube, daß ich mich selbst daran erinnere. Meine nächste frühe Erinnerung ist dagegen viel lebendiger und schließt Isabella mit ein. Ich war fünf. Es war an einem Sommertag im Garten unseres Hauses in Oxford. Rory und Isabella waren bei uns zu Besuch. Ich besaß ein Teeservice aus Plastik und stellte es auf die Pflastersteine hinter dem Haus (die später durch alte Ziegelsteine ersetzt wurden, aber ich sehe diese Platten aus York-Stein noch deutlich vor mir). Rory und ich saßen dort im Schneidersitz auf dem warmen Stein, und ich goß ihm »Tee« aus der kleinen roten Plastikteekanne mit weißem Deckel und einem kleinen roten Knopf darauf ein, in Tassen, die so klein und wackelig waren, daß sie leicht umkippten und kaum Flüssigkeit faßten. Charlotte war irgendwo im Haus und machte Mittagessen, und mein Vater und Isabella saßen in einiger Entfernung von uns in ihren Stühlen, altmodischen Liegestühlen, und nahmen einen Drink. Ich kann das blendende Licht, die Hitze und das Geräusch des Wassers beim Eingießen heraufbeschwören und sogar den klitzekleinen Plastikgriff des Teekännchens fühlen, das für mich mit meiner pummeligen Hand einer Fünfjährigen so schwer festzuhalten war. Die Szene ist profan, aber ihre Wirklichkeit außergewöhnlich – ich kann jederzeit, wann immer ich will, *in* ihr sein.

Ich rief diese Erinnerung in jener Nacht wieder wach, und wie immer genoß ich sie. Am Ende sagte Isabella wie gewöhnlich: »Das genaue Abbild der Mutter, es ist so unfair.« Und mein Vater sagte: »Sie ist kein Abbild.« Jedesmal, wenn diese Erinnerung mir blitzartig durch den Kopf schoß, ohne daß sie von mir geweckt worden war, mißfiel mir Isabellas Bemerkung, hingegen gefiel mir die Rüge meines Vaters, oder was ich für eine Rüge hielt. Es freute mich, daß er sie berichtigt hatte. Ich hörte ihn gern sagen, ich sei ich selbst und nicht das Abbild einer anderen, vor allem nicht das einer Toten. Doch in dieser Nacht ertappte ich mich dabei, daß ich nach dem, was Isabella Stunden zuvor gesagt hatte, die vertraute Erinnerung anhielt und überprüfte. Irgend etwas stimmte nicht, irgend etwas widersprach sich. Ich fing noch einmal ganz von vorn an ... Steine ... Hitze ... Teekanne ... Stimmen ... Ich kam ins Schwitzen, weil ich so intensiv versuchte, eine Bedeutung herauszubekommen, an die ich nie gedacht hatte. »Das Abbild der Mutter ...« Aber was bedeutete das? Hatte Isabella gesagt »das Abbild *ihrer* Mutter« oder »das Abbild der Mutter«? Ich habe immer gedacht, sie hätte »*ihrer* Mutter« gemeint, aber ich habe mich nie erinnert, daß sie »ihrer« gesagt hatte. Hatte sie es gesagt? Wieder und wieder ging ich es durch. Nein, sie hatte nicht »ihrer« gesagt. Sie hatte gesagt: »Das Abbild der Mutter, es ist so unfair.« Ich geriet in Panik, als ich das begriff, die ganze Erinnerung geriet ins Rutschen und außer Kontrolle, Rorys Gesicht wurde verdeckt, das Licht gedämpft, die Hitze ließ nach ... Und dennoch, was spielte das um Himmels willen für eine Rolle?

Mir war erzählt worden, daß Isabella mich, als Susannah starb, adoptieren wollte. Sie hatte nicht nur gedacht, daß mein Vater dankbar sein würde, sondern daß es ihr Recht sei, Anspruch auf mich zu erheben. Mein Vater, nicht etwa meine Großmutter oder Isabella selbst, erzählte mir das, als ich erwachsen war, einigermaßen entrüstet, aber auch amüsiert. Mein Vater sagte, sie habe beträchtlichen Druck auf ihn ausgeübt, indem sie darauf hinwies, daß ein alleinstehender Mann bei seiner Art zu leben nicht in der Lage sei, ein kleines Mädchen »aufzuziehen« (wie sie sich ausdrückte). Als er ihr Angebot, das mehr nach einer Forderung klang, vehement zurückgewiesen hatte, habe er ihr erklärt, daß ihre Mutter, meine Großmutter, gesagt hätte, sie wäre mehr als glücklich, mich während der Woche, wenn er arbeite, bei sich zu haben, und daß er sie am Wochenende ablösen werde. Er könne sich ein Kindermädchen leisten, und die würde die eigentliche Pflege übernehmen. Aber Isabella sei gleich zum Angriff übergegangen und habe gesagt, daß er die Kräfte ihrer Mutter überstrapaziere und daß diese mit zweiundsiebzig den Anforderungen, die ein Baby und später ein Kleinkind an sie stellen würden, nicht gewachsen sei, selbst wenn ein Kindermädchen da sei. Die Verantwortung würde bei ihr liegen, und mein Vater nutze sie nur aus und verlange zuviel von ihr. Ihre Gesundheit würde leiden und ihr Leben verkürzt werden. Es habe einen schrecklichen Streit gegeben, der nur beigelegt werden konnte, weil meine Großmutter herausbekam, was Isabella gesagt hatte, und ihr mehr oder weniger deutlich zu verstehen gab, sie solle sich um ihre eigenen Angelegenheiten kümmern. Dann sei bekanntlich nach sehr kurzer Zeit Charlotte erschienen, und damit sei das Problem gelöst gewesen.

Isabella hat immer angedeutet, daß mein Vater Charlotte nur geheiratet habe, damit ich eine Mutter hatte. Sie deutete mir das an, als ich ungefähr dreizehn und bei ihr zu Besuch war, und ich war nicht nur aus Angst, es könnte wahr sein, schockiert, sondern auch darüber, daß sie so gemein sein konnte, dies zu behaupten. Ich wußte, daß meine Eltern sich liebten: Daran gab es keinen Zweifel. Aber Isabella konnte das nicht ertragen – warum, wo sie doch Hector hatte? –, und was noch schlimmer war, sie konnte meine Liebe zu Charlotte nicht ertragen. Sie beobachtete sie ständig, wo sie nur konnte, und all das nur, weil sie glaubte, wenn Charlotte nicht auf der Bildfläche erschienen wäre, hätte sie mich, wie sie es sich gewünscht hatte, zu sich nehmen können. Sie hatte es jedenfalls beinahe geschafft, bevor Charlotte uns alle rettete. Die Kindermädchen kamen und gingen, drei innerhalb der ersten neun Monate, und Isabella eilte herbei, um bei jedem Wechsel die Lücke auszufüllen. Meine Großmutter war erleichtert und wußte die Ruhe zu schätzen, bis jemand Neues gefunden war. Isabella nahm mich jeden Tag mit zu sich nach Haus und streichelte mich und spielte mit mir (und tat vermutlich so, als sei ich ihr Kind). Rory hat natürlich darunter gelitten, doch da er noch ein Baby war, nur vier Monate älter als ich, vielleicht nicht zu sehr. Meinem Vater, der damals sehr viel arbeitete, blieb nichts anderes übrig, als es zu dulden, bis er ein neues Kindermädchen gefunden hatte, und wenn er eines hatte, war es nur vernünftig, Isabella zu erlauben, mich erst allmählich zu übergeben. Dieses »allmählich« wurde jedesmal in die Länge gezogen und führte zu Schwierigkeiten mit dem neuen Kindermädchen, und die ganze Geschichte war problembeladen. Ich vermute, daß er Charlotte heiratete, war nicht die einzige Erleichterung für ihn, sondern auch, daß er kurz darauf Edinburgh verlassen konnte. Isabella verzieh ihm nie. Sobald wir alle in Oxford waren, hatte sie mich verloren. Geblieben war ihr nur Rory, und sie benutzte ihn, um mich, als ich älter wurde, zurückzuholen. Ich liebte ihn, nicht sie, und das wußte sie.

Ich habe natürlich keine Erinnerung an all diese Spannungen, und wenn doch, so habe ich nicht den Wunsch, sie wiederaufleben zu lassen. Der Verlust der Erinnerung oder wenn sich eine Zeitspanne nicht in das Gedächtnis eingeprägt hat, kann auch ein Segen sein. Doch nachdem ich all das in jener Nacht durchdacht hatte, bevor ich in einen unruhigen Schlaf fiel, wachte ich am nächsten Morgen auf und war überzeugt, daß meine Auswahl an Dingen, die ich aus den Tiefen meines Gedächtnisses zurückgewinnen konnte, größer war, als ich geahnt hatte. Ich war immer wieder überrascht, wie entschlossen ich war, durch den Inhalt der Andenkenschachtel nicht etwa Dinge über Susannah herauszufinden, sondern über mich selbst. Ihre Geschenke wirkten, ob von ihr beabsichtigt oder nicht, wie ein Auslöser.

Und es gab noch einige.

Neuntes Kapitel

Ende Januar mußte ich nach Cornwall reisen, um das Cottage meiner Eltern zu räumen. Ich war seit dem Tod meines Vaters erst einmal dort gewesen, um Sachen für Charlotte zu holen, und seit ihrem Tod kein einziges Mal. Das Cottage hatte mir nie viel bedeutet, obgleich es sehr hübsch war. Es gab nur drei übereinanderliegende Räume in dem schmalen Gebäude, auf dessen Rückseite man von einer hölzernen Plattform aus einen herrlichen Blick auf die Mündung des Fowey hatte. Hierher war mein Vater gekommen, um zu segeln, und hier hatte er, wenn auch vergeblich, versucht, aus mir eine Seglerin zu machen. Ich brauchte nur den Fuß auf ein Boot zu setzen, und schon wurde mir übel. Er war natürlich ein großartiger Segler, und dasselbe galt, wie mir erzählt wurde, auch für Susannah – Gene auf beiden Seiten, die mich eigentlich zur Wasserratte hätten machen sollen, aber offenbar nicht zu mir durchgedrungen waren.

Es gab ein einziges gutes Foto von meinem Vater und Susannah auf einem Segelboot. Die meisten Fotos aus den ersten gemeinsamen Jahren waren, im Gegensatz zu den Aufnahmen, auf denen Susannah allein zu sehen war, klein und unscharf. Jemand hatte diese Schnappschüsse mit einer billigen Brownie-Kamera gemacht. Aber dieses eine Foto, eindeutig von einem Profi, hatte, solange ich zurückdenken kann, eingerahmt im Arbeitszimmer meines Vaters gehangen. Es war etwa dreißig mal vierzig Zentimeter groß, schwarzweiß, Hochglanz. Jede Einzelheit war deutlich erkennbar, die einzelnen Stränge des an Deck ihres Bootes aufgerollten Taus, der Glanz der metallenen Armaturen, die Maserung der Holzplanken – alles unglaublich scharf. Es war für eine Seglerzeitschrift aufgenommen worden, für die mein Vater einen Artikel über die Umrüstung von motorbetriebenen Fischerbooten geschrieben hatte. Er stand im Vordergrund und strahlte direkt in die Kamera, während Susannah im Hintergrund saß, mit dem Rücken am Mast, mit hochgezogenen Beinen, die Ellenbogen auf die Knie gestützt, den Kopf zwischen den Händen und mit sehr ernster Miene. Die ganze Zeit über, auch als das Foto gemacht wurde, hatte sie Herzbeschwerden gehabt und war oft atemlos und erschöpft gewesen. Sie habe, erzählte meine Großmutter, den Tatsachen partout nicht ins Auge sehen wollen, sondern sie einfach geleugnet. Sie sei eine Kämpferin gewesen. Sie habe das Leben nach ihren Vorstellungen leben wollen. Sie habe irgendwann ganz normal sein wollen.

Sie hätte mich nicht bekommen, nie auch nur an ein Baby denken dürfen. Das hatte ich in meiner Kindheit immer wieder gehört und mich über die Andeutung geärgert, ich sei gewissermaßen die Ursache für ihren Tod gewesen. Dabei war das gar nicht so abwegig. Natürlich hätte sie mich nie bekommen dürfen. Sie war dafür nicht gesund genug. Die Schwangerschaft und dann eine sich qualvoll in die Länge ziehende Geburt (Isabella hatte sie mir einmal in allen Einzelheiten geschildert, bis ich das Zimmer verließ) hatten sie geschwächt, als ihre Kräfte, oder besser gesagt, ihr Herz, ohnehin nachließen. Sie hatte mich sogar gegen jeden Rat drei Monate gestillt. Sie mußte den Verstand verloren haben. Was dachte sie sich dabei, ihr Leben oder zumindest ihre Gesundheit aufs Spiel zu setzen, um ein Kind zu bekommen? Es konnte nicht daran gelegen haben, daß mein Vater sie dazu überredet hatte. Das hätte er nie getan. Ich bin sicher, er hätte jedes Risiko vermeiden wollen.

Er selbst ging nie Risiken ein. Aber vielleicht war Susannah ja, bevor er in ihr Leben trat, mit jemandem zusammen gewesen, der sie ermutigte, leichtsinnig zu sein. In die Karibik zu reisen, wie sie es getan hatte, dorthin zu segeln, war, wie ich inzwischen erkannt hatte, unglaublich leichtsinnig. Mein Vater wäre nie auf den Gedanken gekommen. Schottlands Küste und seine Inseln zu umsegeln war etwa sein Limit, und später dann die Scilly Isles. Er segelte nicht einmal ins Mittelmeer, ganz zu schweigen von der Karibik. Aber jemand anders tat es, und Susannah hatte die Chance genutzt, weil ihr der Gedanke an ein sowieso schon waghalsiges, in ihrem Fall aber um so waghalsigeres Abenteuer gefiel. Ich begann darin eine stählerne Sehne zu sehen, die sie durchzog, und fragte mich, ob sie wohl den Menschen in ihrer Umgebung Furcht eingeflößt hatte. Es war seltsam, sie sich von dieser Seite vorzustellen. Ich dachte immer wieder darüber nach und fragte mich, wem sie wohl am meisten angst gemacht hatte. Nicht ihrer Mutter. Meine Großmutter konnte ich mir nicht ängstlich vorstellen. Aber meinem Vater? Durchaus möglich. Ich selbst hatte ihn mehrfach mit meinen Wutausbrüchen erschreckt, und er hatte alles versucht, um mich zu besänftigen. Vielleicht ja auch Isabella. Ich weiß nicht, was mich darauf brachte, wo ich doch meine Tante immer als bedrohlich empfunden hatte. Ich glaube, eine Bemerkung meines Vaters, der ich vorher nie irgendeine Bedeutung beigemessen hatte, und zwar etwa in dem Sinne, daß Isabella, als er sie kennenlernte, neben Susannah so schüchtern gewirkt habe und daß er sich nicht habe vorstellen können, die beiden seien Schwestern. »Sie hat sich natürlich seitdem verändert«, hatte er hinzugesetzt und gelacht.

Jedenfalls bin ich mir sicher, daß Susannah selbst den Entschluß faßte, ein Kind zu bekommen, es sei denn, ihre Schwangerschaft war ein Unfall. Möglich, alles möglich, außerdem waren Abtreibungen damals gegen das Gesetz (glaube ich). Vielleicht kam für sie aber auch, falls es ein Unfall und ich ein Fehler gewesen sein sollte, eine Abtreibung nicht in Frage, selbst wenn sie möglich gewesen wäre. Wer weiß? Wen interessiert das schon? (Aber eben das wurde für mich immer irritierender – ich wollte Antworten auf Fragen, die ich nie gestellt hatte und die nun niemand mehr beantworten konnte.)

Wie auch immer die Geschichte meiner Entstehung gewesen sein mochte, ich wurde sehnlichst herbeigewünscht. Die Fotos der schwangeren Susannah zeigen eine freudestrahlende Frau und die, auf denen sie mich im Arm hält, eine an religiöse Verzückung grenzende Intensität. Sie sieht aus, als bete sie mich an. Auf ihrem Gesicht nicht die geringste Spur von Angst, kein Zeichen von Verzweiflung, daß sie mich möglicherweise mutterlos zurücklassen müßte, dabei war nach sechs kurzen Monaten alles anders. Das Leben, ihr Leben, hing nur noch an einem seidenen Faden, so daß sie ihre Andenkenschachtel zusammenstellte. Es war so frustrierend, nicht zu wissen, was genau geschehen war. Ich hatte keine Ahnung, war ganz durcheinander und wünschte mir, ich hätte einen Arzt zum Freund, der mir etwas über Susannahs Herzkrankheit erzählen konnte. Ich könnte mir ihre Sterbeurkunde besorgen und nachsehen, was darauf steht, aber bisher habe ich das noch nicht getan. Einmal hatte ich mich allerdings danach erkundigt, wo sie begraben liegt. Es war eine der ganz wenigen direkten Fragen nach ihr, die ich je gestellt habe, und zwar als Teenager, als mich alles Makabre interessierte. Die Antwort war, sie sei überhaupt nicht begraben worden. Sie sei verbrannt und ihre Asche in den Firth of Forth gestreut worden.

Mein Vater hatte sich angeblich gewünscht, daß seine Asche von der Plattform unseres Cottage über der Mündung des Fowey verstreut wird. Charlotte und ich wollten gemeinsam dorthin pilgern, aber dann wurde sie krank, und ich mußte auf ihren Wunsch allein fahren. Ich haßte die Aufgabe. Wahrscheinlich hatte ich deswegen eine Abneigung gegen das Cottage entwikkelt, oder zumindest hatte das stark dazu beigetragen. Ich hätte es lieber gehabt, wenn seine Asche im Garten in Oxford geblieben wäre, aber Charlotte sträubte sich dagegen, er habe genau wie Susannah eins werden wollen mit dem Meer. Ich versuchte, nicht zu diskutieren, es lohnte sich nicht. Aber jetzt dorthin zu gehen, um das Cottage zu räumen, versetzte mich natürlich in die schreckliche Zeit zwischen den beiden Todesfällen zurück, und ich konnte nicht schnell genug wieder wegfahren. Glücklicherweise mußte nicht viel geräumt werden. Das Cottage war nicht wie das Haus in Oxford. Mein Vater hatte kein zweites Zuhause gewollt, sondern nur einen Ort zum Übernachten, wenn er nicht gerade auf seinem Boot war, so daß es nur das notwendigste Mobiliar gab und darunter nichts von großem Wert. Ich brauchte lediglich ein paar Stunden, um die Kleider und Bücher und ein, zwei persönliche Dinge auszusortieren, wie etwa das vor dem Fenster postierte Teleskop, das ich ihm einst gekauft hatte. Die neuen Besitzer waren hocherfreut, daß ich ihnen alles andere überließ.

Ich kehrte dem Ganzen ohne Bedauern den Rükken und fuhr über Devon nach Dorset, wo ich den Auftrag hatte, für ein Magazin ein paar Kirchen zu fotografieren. Ich mache gern Aufnahmen von winterlichen Landschaften, wenn alles so karg aussieht, aber voller unerwarteter Details ist, wie ich sie liebe. Der Winter kommt meinem Stil am nächsten, und ich bin dann immer ganz selbstsicher. Ich war in der Zeit ohnehin ziemlich selbstsicher, denn ich war froh, regelmäßig zu arbeiten und eine Zeitlang nicht über Susannahs Schachtel nachdenken zu müssen. Ich hatte zwar noch nicht mit ihr abgeschlossen, aber wenigstens aufgehört (jedenfalls redete ich mir das ein), mich von meiner Unfähigkeit, die Bedeutung ihres Inhalts zu begreifen, verfolgen und deprimieren zu lassen. Sie würde mein Leben nicht beherrschen. Wann immer ich nach Hause kam, war ich überrascht, die Muschel auf dem Regal im Badezimmer liegen, den Rucksack an einem Haken hinter der Küchentür hängen zu sehen und die Halskette in meinem Schubfach zu finden – all diese kleinen Susannah-Stücke. Es war, als hätte man den diskretesten Gast bei sich, dessen Anwesenheit jedoch trotzdem überall spürbar war.

Ich übernachtete in kleinen Hotels oder *bed and breakfast*-Pensionen, in denen es zu jener Jahreszeit nur wenige Gäste gab. Nicht selten hatte ich ganze Speisesäle für mich allein, und jedesmal galt mir die volle Aufmerksamkeit des jeweiligen Inhabers oder

Vermieters. Ihre Neugier richtete sich ausschließlich auf meine Ausrüstung – meine Kameras und das ganze Drum und Dran faszinierten sie und gaben mir einen besonderen Status, auch wenn sie nicht wirklich wußten, was es war. Immer wieder wurde mir beim Beladen des Autos Hilfe angeboten, mit der Bemerkung, die Taschen und Kisten seien für eine junge Frau viel zu schwer. »Sie ruinieren sonst nur Ihre gebärfreudigen Organe«, scherzte ein Hotelbesitzer, unverschämterweise wie ich fand, aber er bestand strahlend darauf, mir zu helfen, obgleich ich ihm zu verstehen gab, daß ich keine Hilfe brauchte. Ich lächelte höflich und verkniff mir die spitze Bemerkung, diese Organe würden ohnehin nie gebraucht werden. Eine Antwort, die natürlich unweigerlich Verlegenheit hervorgerufen hätte. Ich kann keine Kinder bekommen, sage ich mit Vorliebe. Das stimmt nicht ganz: Es ist *unwahrscheinlich*, daß ich je ein Kind empfangen werde, und ich nehme an, daß ich dazu nicht fähig bin.

Es ist eine lange und traurige Geschichte, denke ich, die sich jedoch in wenigen Worten erklären läßt und für mich nie ein Anlaß zur Traurigkeit gewesen ist. Mit achtzehn wurde ich schwanger, aus reiner Unvorsichtigkeit. Ich gebe nicht dem Jungen die Schuld, sondern nur mir. Jedenfalls wollte ich nicht, daß meine Eltern von dieser dummen Geschichte erfuhren. Ich wollte ihnen das Leid, das meine Unvernunft ihnen zufügen würde, ersparen. Ich hatte also, ohne ihnen davon zu erzählen, eine Abtreibung, was damals, 1982, nicht sehr schwierig war. Ich hatte Geld und Freundinnen, die alle notwendigen Schritte kannten.

Die Abtreibung verlief vollkommen reibungslos, jedenfalls dachte ich das, doch dann bekam ich hinterher eine Art Infektion, wieder aus eigener Unvorsichtigkeit (jedenfalls wäre mir nie in den Sinn gekommen, daß ich womöglich nicht selbst schuld daran gewesen sein könnte). Ich erlebte ein paar schreckliche Tage im Krankenhaus – zum Glück verbrachten meine Eltern gerade einen ihrer seltenen Urlaube im Ausland – und erfuhr danach, daß meine Eileiter in Mitleidenschaft gezogen waren. Damals machte mir das nichts aus. Solange ich keine Schmerzen hatte, machte es mir nichts aus. Der Arzt, der mir die Nachricht eröffnete und angenommen hatte, daß sie mich erschüttern würde, sagte, es könne mir später einmal sehr viel ausmachen, »wenn Sie sich Kinder wünschen«. Eine Befruchtung, sagte er, würde schwierig sein. Ich müßte meine Eileiter wieder durchgängig machen lassen, und einer der beiden würde höchstwahrscheinlich endgültig verklebt sein. Ihn schien es eher zu brüskieren als zu erleichtern, wie gelassen ich diese Information hinnahm.

Ich habe mir noch nie ein Kind gewünscht. Das läßt sich so schwer erklären, daß ich es gar nicht erst versuche. Die meisten Männer, mit denen ich eine Affäre hatte, brauchten gar nicht die ganze Wahrheit zu erfahren. Sage einem Mann, er müsse sich um Verhütung keine Gedanken zu machen, weil man sich selbst darum kümmere, und er ist hocherfreut und glaubt, du nimmst die Pille. Ein paarmal aber, zweimal, um genau zu sein, mußte ich es allerdings erklären. Wenn aus einer Affäre mehr geworden ist, wenn es ganz danach aussieht, als könne sie länger dauern, ja wenn sogar von Heirat die Rede ist, dann ist es Zeit zu beichten. Und es kam mir tatsächlich jedesmal wie eine Beichte vor, etwas, wovor mir wegen möglicher Reaktionen graute. Und natürlich löste es eine heftige Reaktion aus – ungefähr gleich viel Besorgnis und Betroffenheit. Männer wünschen sich Kinder, jedenfalls die beiden, die ich geliebt habe, mehr als ihnen bis dahin bewußt war. Als sie akzeptieren mußten, daß die Chancen, falls sie mit mir zusammenblieben, sehr gering waren, entdeckten sie, wie sehr Kinder zu ihrem Lebensplan gehörten, wie wenig sie darüber auch bis zu dem Zeitpunkt nachgedacht haben mochten. Wenn die ganze Tragweite dessen, was ich ihnen gesagt hatte, in ihr Bewußtsein gedrungen war, reagierten sie mit unverhohlener Bestürzung. Ihre angebliche Liebe zu mir begann zu schwinden, vor allem wenn ich sagte, ich wolle meine Eileiter nicht behandeln lassen oder sonst etwas in der Art.

Ihre Reaktion erschütterte mich. Ich schien für sie nicht länger eine richtige Frau zu sein, sobald ich ihnen eröffnet hatte, daß ich ihnen nicht die »Frucht ihrer Lenden« schenken könne – oh, was für eine wunderbar biblische Ausdrucksweise, aber wenn ich auf diese Dinge zu sprechen kam, verfiel ich in diese blumige Sprache. Tony würde sagen, ich sei schrecklich ungerecht. Er schwor immer, seine Liebe zu mir habe nichts mit irgendwelchen Kindern zu tun, die wir haben oder auch nicht haben könnten, und daß es an unserer gemeinsamen Zukunft nichts ändere. Und natürlich bemerkte er, typisch Tony, daraufhin, daß noch nichts *bewiesen* sei. Ich bedrängte ihn aber und bestand darauf, daß er diese Frage ehrlich beantwortete: Falls sich herausstellen sollte, daß ich wirklich unfruchtbar sei, würde er dann noch immer Kinder haben wollen? Er sagte, ja, das habe aber nichts damit zu tun, wie die Dinge lagen. Er wolle mich, das sei genug. Es war aber nicht genug. Er log, das wußte ich. Er war ein absoluter Familienmensch, schließlich kam er aus einer Familie, die genauso groß war und so eng zusammenhielt wie Charlottes. Von diesem Moment an, als ich ihm vom Zustand meiner verflixten Eileiter erzählte, und daß ich mich weigerte, mich behandeln zu lassen, ging alles zwischen uns den Bach runter. Er glaubte fest daran, mich dazu bewegen zu können, das, was ich erfahren hatte, überprüfen zu lassen.

Ich war erstaunt, wie oft ich während meiner Arbeit auf dieser Reise an Tony denken mußte. Etwas Ähnliches war Jahre zuvor bei einem anderen Mann passiert, als ich auch ihm davon erzählt hatte, aber nach unserer Trennung hatte ich kaum noch an ihn gedacht. Ich vergaß ihn und konnte nicht glauben, daß ich so viel für ihn empfunden haben mußte und ihm so etwas Privates anvertraute. Tony hatte ich allerdings nicht vergessen. Ich dachte oft an ihn und wünschte mir, wir wären wenigstens noch Freunde. Er sagte ganz ruhig, »bloß Freunde« zu sein würde eine Farce aus dem machen, was zwischen uns gewesen sei und noch immer sein könnte, wenn ich nicht so stur und dumm gewesen wäre. Die Trennung sei für ihn schmerzlich gewesen, und er habe nie verstanden, warum ich Schluß gemacht hätte, und die einzige Art und Weise, wie er damit umgehen könne, sei, mich nie wiederzusehen, ich solle ihm also nicht mit »Freunde sein« kommen. Ich sagte ihm, er solle nicht so melodramatisch sein, das würde nicht zu ihm passen und sähe ihm gar nicht ähnlich, es sei weder vernünftig noch zivilisiert, worauf er sagte, so fühle er nun einmal, ich könne seine Gefühle nennen, wie ich wolle. Alles habe seine Grenzen, sagte er, auch seine Toleranz.

In gewisser Weise bewunderte ich seine Haltung. Ich mag entschlossene Menschen, und das war Tony schon immer gewesen. Er besaß noch viele andere Qualitäten, die ich an ihm bewunderte und an die ich während meiner langen Autofahrten dachte. Tony hatte Prinzipien, ohne selbstgerecht oder dogmatisch zu sein. Er liebte seine Arbeit – er ist Anwalt in einer Praxis, die sich vor allem mit der Verteidigung von Sozialfällen befaßt – und sah darin eine sinnvolle Aufgabe, was ich natürlich von mir nicht sagen konnte. Ich arbeitete nur, weil ich es gern tat. Mir ging es weniger um einen Sinn als vielmehr um Spaß und Vergnügen, und das zu meiner eigenen Befriedigung – ich habe nie auch nur eine Sekunde lang geglaubt, daß meine Fotos irgendeinen Sinn haben könnten. Wir stritten uns oft über das, was Tony meine Ziellosigkeit nannte, darüber, daß ich kein Ziel hatte, sondern offenbar eine komplette Hedonistin war. Es ärgerte ihn, daß ich, wie er behauptete, meine Talente nicht besser nutzte. Er meinte, ich würde mit meiner Vorliebe für Landschaftsaufnahmen den Weg des geringsten Widerstandes gehen. Fotos, so argumentierte er, sollten mehr sein als nur schön. Sie sollten eine moralische Aussage haben. Ich spottete dann immer über ihn und sagte, seine hohen Ansprüche seien unerträglich, dabei gefielen mir seine Versuche, mich dazu zu bewegen, daß ich meine Maßstäbe höher schrauben und mehr über mein Tun nachdenken sollte. Er beharrte darauf, daß in der Ich-tu-nur-das-was-mir-gefällt-Catherine eine zweite Person stecke, eine, die nur allzu gern mehr aus sich machen würde. Er sagte, ich täte nur so, als sei ich oberflächlich, und würde etwas brauchen, das mich wie ein Anker daran hinderte, mich treiben zu lassen.

Ich überlegte immer häufiger, was Tony wohl mit Susannahs Schachtel angefangen hätte. Er hätte nicht, wie Rory, über sie gespottet, hätte nicht gesagt, ihr Inhalt sei bedeutungslos, lauter Plunder. Er hätte das Gegenteil getan und mich wahrscheinlich mit seinen Theorien und der Intensität, mit der er sich darauf konzentrierte, auf die Palme gebracht. Er liebte Rätsel. Er hatte es gern, wenn die Dinge kompliziert waren, und selbst wenn sie es nicht waren, machte er sie aus Gewohnheit dazu. Es hat mich immer fast verrückt gemacht, wenn er etwas Klares und Einfaches bewußt in einen Alptraum von möglichen verborgenen Bedeutungen verwandelte. Aber abgesehen davon, daß ihn die Frage nach dem Inhalt nicht losließe, würde er es für das Beste an der Schachtel halten, daß sie mich endlich zwang, über Susannah nachzudenken. Er war (wie ich finde, viel zu sehr) davon fasziniert gewesen, daß meine »richtige« Mutter starb, als ich sechs Monate alt war. Er sagte, ich sei zwangsläufig sehr stark dadurch geprägt, und wollte nichts davon hören, daß ich nicht im geringsten dadurch geprägt worden sei und daß Charlotte meine Mutter und die verstorbene Susannah überhaupt nicht vorhanden war.

Er hatte Charlotte natürlich kennengelernt. Wir lebten über ein Jahr zusammen, es war also ganz selbstverständlich, daß er meine Eltern, die eine so wichtige Rolle in meinem Leben spielten, kennenlernte. Wir verbrachten etliche Wochenenden bei ihnen in Oxford, bevor mein Vater starb, und es waren geglückte Besuche. Charlotte mochte Tony und verstand sich besser mit ihm als mein Vater. Ihr lag seine ernste Art eher, während mein Vater sich ein wenig von ihm einschüchtern ließ und vielleicht höchst erstaunt war, daß ich mich davon angezogen fühlte (obgleich er es nie aussprach). Charlotte fand, er habe

»feine Manieren« und sei »ein guter Zuhörer« – nicht gerade die schmeichelhaftesten Komplimente, da ihr aber Umgangsformen und aufmerksames Zuhören viel bedeuteten, auch nicht unwichtig. Tony dagegen hielt Charlotte für geistlos. Er sagte, sie sei sehr lieb, aber langweilig und hätte nie, niemals im Leben meine Mutter sein können. Selbst wenn er nicht gewußt hätte, daß sie es nicht war, hätte er es mit Sicherheit erraten, behauptete er. Ich war verärgert und sagte ihm, er solle nicht albern sein, die Welt sei voller Töchter, die ihren Müttern weder in ihrem Aussehen noch in ihrem Charakter auch nur im geringsten ähnelten, und leierte eine ganze Liste mit allen herunter, die wir beide kannten. Er gab jedoch nicht nach. Irgendwo könne man in jeder Tochter, wenn man sie gut genug kenne, wenigstens eine Spur der Mutter wiedererkennen. Ich widersprach ihm und fragte ihn dann, worauf er eigentlich hinauswolle. Er sagte, bei mir bedeute es, daß es ein *Missing link* gebe und immer geben würde und daß es für sein Verständnis so vieler Dinge, die er an mir nicht verstehe, außerordentlich wichtig sei.

Er sah gern Fotos von Susannah an, musterte dann mein Gesicht und verglich uns miteinander. Ich besaß damals keine Fotoalben, er entdeckte aber die Aufnahme im Arbeitszimmer meines Vaters, die mit Susannah im Hintergrund auf dem Boot, und damit fing es an. Er fand dann noch ein paar andere im Haus in Oxford (Charlotte hatte immer darauf bestanden, sie ganz selbstverständlich mit allen anderen Familienfotos zu zeigen). Niemandem, der Susannah gekannt hatte, war je irgendeine Ähnlichkeit zwischen ihr und mir aufgefallen, Tony aber fand eine nach genauer Untersuchung. Das einzige, was er entdeckte, waren die identisch geformten Ohren, wobei er feierlich auf unsere wohlgeformten, runden Ohrläppchen hinwies, während mein Vater überhaupt keine Ohrläppchen besitze. Es war unbedeutend, aber er tat so, als sei es bedeutend. Ohrläppchen, um Himmels willen. Er mußte jedoch zugeben, daß ich sonst überhaupt nicht wie Susannah aussah. Unglücklicherweise sagte er dies im Beisein meines Vaters und fragte ihn dann, ob er glaube, daß ich ihr dennoch, abgesehen vom bloßen Äußeren, ähneln würde. Meinem Vater mißfiel das. Er erwiderte, für seine Verhältnisse ziemlich kurz angebunden, er habe keine Ahnung. Er sagte, Susannah sei vor vielen Jahren gestorben, und er könne sich heute nicht mehr gut genug an sie erinnern, um irgendwelche Vergleiche zwischen ihr und mir anzustellen.

Tony glaubte ihm nicht. Er sagte, mein Vater werde bestimmt ständig an seine verstorbene Frau erinnert, und es sei nur natürlich, in einer Tochter nach der Mutter zu suchen. Ich verteidigte meinen Vater leidenschaftlich und wies ihn darauf hin, daß ich Susannah nicht nur überhaupt nicht ähnlich sähe, sondern auch nicht bei ihr aufgewachsen sei und daher auch nicht automatisch ihre Eigenheiten angenommen hätte, dafür aber unweigerlich viele von Charlotte, warum sollte er also an sie erinnert werden? Ich erinnerte ihn daran, daß Susannah einen schottischen Akzent gehabt hätte und ich nicht, mein Vater könne sie also genausowenig in mir hören. In meinem Fall habe sich die Umwelt gegenüber dem Erbgut durchgesetzt. Aber Tony wollte das nicht akzeptieren. Ich wußte, er hätte sich bestätigt gefühlt, wenn er miterlebt hätte, wie sehr mich die Andenkenschachtel durcheinanderbrachte. Was sei meine Angst denn anderes als eine verspätete Suche nach meiner »richtigen« Mutter? Und warum, hätte Tony gefragt, wolle ich sie gerade *jetzt*, an diesem Punkt meines Lebens, ausfindig machen, wo meine andere Mutter mich gerade verlassen habe? In seinen Augen wäre alles ganz deutlich und in sich schlüssig gewesen. Dies zu wissen und dabei Tonys so irritierend klare Stimme zu hören und dann noch zu formulieren – wenn auch nur für mich selbst –, was bei meiner Beschäftigung mit der Schachtel herauskommen sollte, war schwierig. Ich war nicht etwa auf der Suche nach meiner »richtigen« Mutter, das lehnte ich absolut ab, sondern nach mir selbst, das stimmte. Das hätte ihm gefallen. Ich war froh, es nicht aussprechen zu müssen, denn ich wäre bestimmt über meine eigenen Worte gestolpert, sondern malte mir lieber das Gespräch aus, das ich womöglich mit ihm geführt hätte. In meinem Kopf konnte ich immer wieder versuchen, in Worte zu fassen, was ich meinte. Ich hatte irgendwie den Eindruck – und das wurde mir ganz allmählich bewußt –, daß in mir ein Kontakt unterbrochen war. Wodurch? Ich wußte es nicht. Mir kam ein unschönes Gleichnis in den Sinn: Ich war wie ein Stecker, der nach einer Dose suchte, und solange ich sie nicht fand, konnte der Strom nicht fließen. Das hätte Tony *bestimmt* gefallen.

Was hatte ich auf jener Hochebene in Whitehaven, neben der Stechpalme oberhalb vom Melbreak, was im Flugzeug, als ich den roten Hut aufsetzte, gefühlt? Daß der Stromkreis geschlossen war? Nichts so Prosaisches. Was dann? Einen Schauder, eine Erregung, eine Art Schwindelgefühl, als würde ich durchgeschüttelt und auf den Kopf gestellt. Bei all diesen Gelegenheiten hatte ich gezittert, mich ein paar Sekunden lang wie körperlos gefühlt, und wenn der Aufruhr im Innern abgeklungen war, blieb ein Gefühl der Enttäuschung zurück, als ob mir eine tiefe Wahrheit über mich selbst entgangen sei. Ich hätte Tony nie davon erzählt, aber ich hatte den Eindruck, daß ich es Rory seltsamerweise vielleicht erzählt hätte. Er hatte für meine Rastlosigkeit und mein Gefühl, keinen Kontakt zum Leben zu haben, immer Verständnis gehabt. Tony hatte nie gewußt, wovon ich sprach. Tony fühlte sich nie rastlos oder ohne Kontakt, er wartete nie auf etwas, das ihn vom Warten erlöste. Und er hatte kein *Missing link.* Er wußte genau, wer er war und woher er kam. Er hatte mich unbedingt nicht nur seinen Eltern (sein Vater war Anwalt, seine Mutter Lehrerin), sondern auch seinem Bruder und seinen beiden Schwestern, ja sogar verschiedenen Tanten und Onkeln vorstellen wollen – er kam, wie Charlotte, aus einer dieser Familienclans und war stolz darauf. Solche Familien wirken auf mich selbstgefällig. Ich konnte es kaum erwarten, Tonys Clan zu entkommen, was ihn verletzte. Er warf mir vor, ich sei reserviert und hätte erst gar nicht versucht, mich einzufügen. Richtig, das hatte ich auch nicht. Warum sollte ich versuchen, mich in eine Gruppe einzufügen, die mir fremd war?

Tonys Mutter hatte mich nie gemocht. Sie würde das natürlich abstreiten, aber ich glaube, daß sie sich von mir schon ein Bild gemacht hatte, bevor sie mich kennenlernte. Sie hatte die Frau gemocht, mit der Tony fünf Jahre lang zusammen gewesen war, bevor er mich traf, die mit ihm zur Schule gegangen war und deren Familie in derselben Grafschaft wohnte. Diese Frau war in den Augen seiner Mutter ideal gewesen, eine Lehrerin wie sie, und zwar Grundschullehrerin in einer dortigen Schule. Dann tauchte ich auf und verdarb alles, einschließlich einer bürgerlichen Hochzeit, die man sich schon für ihn ausgemalt hatte. Aber ich gab mir solche Mühe. Ich wollte Tonys Mutter auf keinen Fall kennenlernen, aber er hing so sehr an ihr, daß ich nicht darum herumkam. Ich zog mich für diesen Anlaß sogar schön an. Ich zog Jeans und Pullover aus und ein Kleid an, ein einfaches, schlichtes, cremefarbenes Sommerkleid. Ich wollte so unschuldig und so wenig bedrohlich aussehen wie nur möglich. Ich dachte, ich sollte versuchen, gesetzt auszusehen. Seine Mutter gab sich, glaube ich, auch alle Mühe und war fest entschlossen, mich lächelnd und freundlich zu empfangen, aber ich sah den Zweifel in ihren Augen. Später fand ich heraus, daß Sarah, das Mädchen vor mir, Susannah ähnlich gewesen war – schlank, blond, sehr hübsch –, und da stand ich nun, so groß wie Tony, und trotz meines cremefarbenen Kleides und meiner ordentlichen Frisur alles andere als gesetzt. Sie brachte es nicht fertig, mir zu sagen, wie schön es sei, mich kennenzulernen. Statt dessen sagte sie, sie habe schon viel von mir gehört, was für mich, in meiner paranoiden Verfassung, so klang, als habe sie Dinge erfahren, die ihr mißfielen. Ich war keine nette, zuverlässige, achtbare Lehrerin wie Sarah, sondern eine Freelance-Fotografin, was nach Boheme und Unbeständigkeit klang. Außerdem kannte ich Tony nicht von der Schule her, und meine Familie hatte nicht schon von jeher mit seiner verkehrt, und unsere Mütter hatten sich nicht bei Elternabenden getroffen. Ich kam nicht aus den Kreisen, in denen Mrs. Crowther verkehrte. Sie war möglicherweise ebenso nervös wie ich, ließ es sich aber nicht anmerken. »Wie haben Tony und Sie sich kennengelernt?« war ihre erste direkte Frage, und als ich sagte, in einem Flugzeug, er habe mich irgendwo über dem Kanal auf dem Rückflug von Paris angesprochen, wußte ich, daß ich das Falsche gesagt hatte. Es war wahr, aber falsch. Ihr Tony sprach *niemals* einfach so Leute an. Er war ein Gentleman, der so etwas Vulgäres nicht tun würde. Natürlich sagte sie nichts dergleichen, aber sie hörte auf zu lächeln, zog ihre Augenbrauen hoch und war sichtlich pikiert. »Nicht wirklich angesprochen, Mum«, sagte Tony vorsichtig. »Wir saßen nebeneinander und kamen ins Gespräch. Wie von selbst.« Hätte ich es dabei belassen, wäre womöglich alles in Ordnung gewesen, aber das tat ich nicht, ich mischte mich ein und sagte: »*Natürlich* hast du mich angesprochen, du hast sogar ganz aus Versehen meine Tasche umgestoßen, um einen Vorwand zu haben, alles einzusammeln und mit mir zu sprechen.«

O Gott. Der Ton war angestimmt, ich hatte ihn angestimmt. Mein wahres, ungeschicktes, stacheliges Selbst trat trotz all meiner Schwüre, liebenswürdig und sanft zu sein, zutage. Wer konnte es Mrs. Crowther verübeln, daß sie glaubte, ihr geliebter Sohn sei von einem unhöflichen, ungehobelten Flittchen verführt worden? Ich versuchte verzweifelt, diesen unglückseligen Beginn wiedergutzumachen, aber ohne Erfolg. Ich fügte mich nicht ein. Hätte ich bei diesem ersten Mal nur mit den Eltern zu tun gehabt, hätte ich vielleicht einiges wettmachen können, aber es waren noch viele andere Verwandte gekommen, alle waren zum sonntäglichen Mittagessen eingeladen, um mich kennenzulernen. Mein einziger geringfügiger Erfolg bestand darin, daß ich mit Tonys Nichten und Neffen im Garten Fußball spielte – ich war erleichtert, im Freien zu sein, und sprang trotz meines engen Kleides wild herum, und ich glaube, die Kinder mochten mich, ich *glaube* es jedenfalls. Am späteren Nachmittag regnete es, und wir spielten Scrabble, und ich war recht gut und überraschte Mrs. Crowther mit einem größeren Wortschatz, als sie mir vermutlich zugetraut hatte. Sie stellte mein *shandrydan* in Frage, und als ich sagte, das sei eine alte, wackelige Kutsche mit Verdeck, und der Begriff sei mir in der Bildunterschrift zu einem Foto begegnet, zog sie ihre Augenbrauen hoch und griff nach dem Lexikon. Während sie nachschlug, herrschte allgemeines betretenes Schweigen, und obgleich sie sagte: »Kluges Mädchen, Sie haben recht«, hatte ich den Eindruck, überhaupt nicht klug gewesen zu sein, sondern eine Angeberin.

Als wir aufbrachen, war ich erschöpft und deprimiert. Ich konnte mir nicht vorstellen, wie der ruhige Tony aus einer solchen Familie stammen konnte, in der alle so herzlich und laut, so fidel und extrovertiert waren. Ich besuchte sie nie gern, und der Umgang wurde auch nie einfacher. Ich schickte Mrs. Crowther nach diesem ersten Mal Blumen und schrieb und dankte ihr nach jedem weiteren Besuch, tat damit aber nur das, was Charlotte mir riet. Ich hatte einfach keinen Draht zu Tonys Mutter, und er konnte nie begreifen, warum.

Als ich nach Hampshire fuhr, mußte ich daran denken, wie erleichtert ich gewesen war, nachdem Tony und ich uns getrennt hatten und ich mir klargemacht hatte, daß ich die Crowthers nie wiederzusehen brauchte. Ich vermute, daß es ihnen mit mir ähnlich erging. Ich blieb nicht lange in Hampshire, nur einen Tag und eine Nacht, weil ich vermutete, daß die Fotos nicht so gelungen waren wie die, die ich in Dorset aufgenommen hatte. Ich war nicht selbstsicher genug, als ich die Aufnahmen machte, ich fragte mich sogar ein wenig überspannt, ob es wohl daran liege, daß ich mich nicht gern in Tonys Gegend aufhielt. Er hatte immer gesagt, er wolle in ein paar Jahren London verlassen und dorthin zurückziehen, wo seine Eltern lebten, jedenfalls aber in die Gegend. Ich war darüber entsetzt gewesen. Lange bevor wir Gründe hatten, uns zu trennen, hatte ich ein Warnsignal vernommen: Laß es nicht ernst werden, denn du könntest nie die Frau eines Rechtsanwalts auf dem Lande sein. Diese Art von etabliertem, sicherem, behaglichem Leben hätte mich verrückt gemacht. Ich muß immer in Bewegung, in ständiger Bewegung sein.

Als ich schließlich an einem kalten Nachmittag, an dem es aus einem verhangenen Himmel über der kargen Landschaft jeden Augenblick zu schneien drohte, nach London zurückfuhr, fragte ich mich, ob das eigentlich stimmte. Wollte ich wirklich noch immer ständig in Bewegung sein? Ich war doch sicher mehr an mein Zuhause, meine Wohnung, gebunden als ein Nomade? Und sobald ich ein Haus gefunden hätte, würde diese Bindung noch enger werden. Dann schoß mir ein neuer, flüchtiger Gedanke zur Andenkenschachtel durch den Kopf: Sie spiegelte keineswegs eine auf das häusliche Leben fixierte Frau wider. Nicht gerade eine verblüffend originelle Beobachtung, die mich aber einen Augenblick darüber nachdenken ließ, was für eine Tochter sich Susannah wohl gewünscht hätte. Ich ahnte, daß sie etwas anderes von einer Tochter erwartet hätte als Charlotte, daß sie mich nicht in derselben Weise erzogen hätte. Ich hätte den Gedanken niemals vorher zugelassen, daß Charlotte womöglich keine perfekte Mutter gewesen sein könnte – sie war so freundlich und liebevoll, so ausschließlich auf mein Wohl bedacht, immer bereit, mir vor allem anderen den Vorrang zu geben und mir alles zu verzeihen. Es hatte für mich nie eine bedingungslosere Liebe gegeben als die, die sie mir entgegengebracht hatte. Ich hatte das Gefühl, sie irgendwie zu verraten, als mir der Gedanke kam, daß Susannah mich womöglich anders behandelt und es für mich vielleicht besser gewesen wäre. War Charlotte wirklich das, was ich gebraucht hatte, wie hingebungsvoll sie auch gewesen war?

Mein Vater war nicht immer dieser Meinung gewesen. Manchmal hatte er sie kritisiert, sie sei »zu nachsichtig« mit mir (womit er geschickt das so unerfreuliche, aber weit zutreffendere Wort »verwöhnen« umging). Ich hörte, wie er sagte: »Sie muß lernen, nicht immer nur an sich zu denken«, und: »Sie muß lernen, sich zu beherrschen.« Er warf Charlotte auch vor, mit anzusehen, wie ich von einer Sache zur anderen flatterte, ohne daß sie in irgendeiner Form auf Kontinuität oder Stabilität insistierte, und sagte zu ihr, das sei schlecht für mich. Diese Wendung – »schlecht für sie« – war in meiner Kindheit ziemlich oft zu hören, und zwar nicht nur aus dem Mund meines Vaters. Meine Großmutter benutzte sie ebenfalls häufig. Sie versuchte auch, Charlotte klarzumachen, daß ich eine festere Hand brauchte: »Catherine sollte das, was sie anfängt, auch einmal zu Ende bringen«, sagte sie. Soweit ich mich erinnere, gab Charlotte keinem von beiden je eine Antwort. Sie stritt sich nicht mit ihnen und sagte ihnen auch nicht – was sie sehr wohl hätte tun können –, wenn sie nicht damit einverstanden seien, wie sie mit mir umginge, dann sollten sie doch selbst mit mir fertig werden, aber ich hatte immer den Eindruck, daß sie nicht mit ihnen einer Meinung war. Sie bestand nie darauf, daß ich etwas fortsetzte, von dem ich sagte, es langweile mich. Daß ich gelangweilt war, reichte aus. Sie gab mir immer etwas noch Interessanteres zu tun und wurde nie wütend. »Du läßt diesem Kind alles durchgehen«, sagte meine Großmutter. »Sie wird, wenn du nicht strenger bist, außer Kontrolle geraten, sie wird denken, daß sie nie etwas zu Ende bringen muß.«

Geriet ich je außer Kontrolle? Nicht, solange meine Großmutter noch lebte, vielleicht war ich später eine Zeitlang auf dem besten Wege dahin. Ich flog aus einem lächerlich nichtigen Anlaß von der Schule. Ich hatte lediglich Farbe auf eine Wand gesprayt. Es stimmt, die Wand war gerade frisch gekalkt worden, und es stimmt auch, das, was ich daraufsprayte, war vulgär und vielleicht auch ein bißchen grausam, aber damals sah ich nichts Schlimmes darin: Ich hielt es für komisch, und die Karikatur, die ich hinter das Geschriebene malte, fand ich gar nicht so untalentiert. Unsere Sportlehrerin hieß Miss Henn und unser Lehrer für Naturwissenschaften Mr. E. G. Gannon. Wir konnten beide nicht ausstehen. Miss Henn war eine Tyrannin, die Mädchen ohne jegliches sportliche Talent dazu zwang, von einem hohen Bock Salto rückwärts zu machen, und sie regelmäßig zum Weinen brachte, was ihr zu gefallen schien. Ich gehörte nie zu ihren Opfern, aber ich konnte ihre gemeine Art nicht ausstehen. Und Mr. E. G. Gannon – so schrieb er seinen Namen immer, mit Initialen – war auf andere Weise ein Tyrann. Er machte sich mit Vorliebe über Schüler lustig, indem er sie durch scharfe, sarkastische Bemerkungen demütigte, und wir alle fürchteten uns vor seinem Unterricht. Nun, es war allgemein bekannt, daß Miss Henn und Mr. E. G. Gannon zusammen ausgingen – sie waren im Botanischen Garten gesehen worden, wie sie Händchen hielten (was uns

Dreizehnjährige natürlich durch die Bank anwiderte, denn er war dick und sie häßlich). Ich sprayte auf die frisch gekalkte Wand *HENN LAYS E. G. G.* und malte eine Karikatur der beiden, mit Miss Henn, die auf Mr. Gannon lag. Sie hatte sehr buschiges, rotes, widerborstiges Haar und ein riesiges, ausladendes Hinterteil, weshalb sie leicht zu karikieren war, und er war glatzköpfig und trug eine gewaltige Hornbrille und einen herabhängenden Schnurrbart, weshalb man ihn leicht identifizieren konnte. Ein Fremder hätte womöglich nicht erkannt, daß meine grobe Zeichnung diese beiden Lehrer darstellte, aber für die gesamte Schule bestand daran nicht der geringste Zweifel.

Als die Schulleiterin mich fragte, *warum* ich das getan hätte, zuckte ich, soweit ich mich erinnere, die Schultern und wußte keine Antwort, was mein kleines Vergehen vermutlich nur noch verwerflicher erscheinen ließ. »Aus Spaß«, sagte ich und steigerte damit noch weiter ihre Wut. Sie sagte, sie wolle diesen »Spaß« erklärt haben, da sie in meiner Aktion nichts Spaßiges erkennen könne. Ich hätte eine frisch gestrichene Wand ruiniert und müßte auf jeden Fall einen neuen Anstrich bezahlen und hätte zwei unschuldige Lehrer zutiefst verletzt. »*Die* verletzen *uns* doch andauernd«, stieß ich hervor. Aber die Schulleiterin wollte keine Rechtfertigung von mir hören. Sie wollte, daß ich mich in aller Form bei den beiden Lehrern entschuldigte, dann würde sie eventuell in Erwägung ziehen, mich auf der Schule zu behalten. Ich weigerte mich. Meine Eltern waren zwar wütend, aber ich stellte mich ihnen so überzeugend als Streiterin für die Benachteiligten dar, daß sie nicht so zornig auf mich waren, wie sie es vielleicht hätten sein sollen. Mein Vater sagte eher gelangweilt, unflätige Ausdrücke auf eine Wand zu schreiben sei keine Art, seinen Protest zum Ausdruck zu bringen, ärgerte sich jedoch dermaßen über die Schule, weil man mich hinausgeworfen hatte, daß er sich nicht weiter darüber äußerte.

Es war also, wie gesagt, ziemlich nichtig. Ich kam ohne größere Probleme in einer anderen Schule unter und benahm mich ordentlich. Aber gleich nach dem Abitur ging ich nach London und wohnte eine Weile in einem besetzten Haus (nicht lange), nahm Drogen (nicht viele) – ich denke, dieses ganz normale verspätete Teenagerverhalten fällt unter den Begriff »außer Kontrolle geraten«. (Und natürlich auch, daß ich schwanger wurde, was jedoch niemand zu Hause erfuhr.) Diese ganze Periode war jedenfalls von kurzer Dauer, und ich war auch nicht wilder als viele meiner Altersgenossen, und im Gegensatz zu den meisten von ihnen brach ich nie den Kontakt zu meinen Eltern ab. Sie wußten immer, wo ich gerade war, allerdings nicht genau, wie es dort jeweils aussah – die Adresse, die ich ihnen gab, klang ganz normal, und nie im Leben hätten sie sich darunter eine heruntergekommene, mit Brettern vernagelte Souterrainwohnung vorgestellt. Ich stritt weder mit meinem Vater oder meiner Mutter, noch machte ich sie mir zum Feind, und selbst damals ließ ich keine Woche vergehen, ohne sie anzurufen. Das nenne ich unter den Umständen ein erstaunlich beispielhaftes Verhalten.

Aber es stimmt: Obwohl ich bestreite, daß ich je *außer* Kontrolle geraten war, hatte ich den Eindruck, daß niemand *über* mich Kontrolle besaß, ich selbst am allerwenigsten. Das machte mir angst. Ich erinnere mich daran, daß ich mich als gefährlich empfand, so als wäre mir alles zuzutrauen und ich nicht in der Lage, mich zu bremsen, selbst wenn ich es wollte. Mein bisheriges Leben war dank meiner Eltern glatt und ordentlich, sicher und behütet und vorhersehbar verlaufen. Ich hatte, außer in banalen Dingen, nie für mich selbst sorgen müssen, und plötzlich gehörte ich zu einer Gruppe von Gleichaltrigen, die sich keinen Deut um mich kümmerten und nicht für sich selbst sorgen konnten, geschweige denn für mich. Die meiste Zeit waren sie nicht einmal an mir interessiert, während ich doch daran gewöhnt war, im Mittelpunkt eines sehr intensiven und liebevollen Interesses zu stehen. Dieser Mangel an Zuwendung hatte eine eigenartige Wirkung auf mich. Zunächst begeisterte es mich, es war ein aufregendes Gefühl, aber dann fing ich an, die eben ergatterte Freiheit zu fürchten, und mußte gleichzeitig so tun, als sei dem nicht so. Diese Verstellung kostete mich viel Kraft, und sie veränderte mich. Ich hatte in der Vergangenheit immer gesagt, was ich dachte, doch jetzt mußte ich mich zurückhalten, um nicht zu sagen, daß ich unsere Art zu leben verabscheute und die meisten Leute, mit denen ich umging, verachtete. Ich war in dem besetzten Haus nur wegen einer Schulfreundin gelandet, deren Bruder dort wohnte. Wir hatten ihn an einem Samstag kurz nach meinem Abitur besucht, und ich bin mir sicher, daß er in mir eine potentielle Geldquelle sah – wahrscheinlich hatte seine Schwester ihn darüber aufgeklärt, daß ich viel Taschengeld bekam und in den Ferien nie arbeiten mußte. Aber ich war nicht auf den Kopf gefallen, ich begriff schon bald nach meinem Einzug, daß ich ausgenutzt wurde. Wir teilten alles miteinander, nur war ich diejenige, und manchmal die einzige, die irgend etwas hatte, das man teilen konnte.

Zunächst war ich ziemlich stolz darauf. Ich besaß Geld, ohne etwas dafür getan zu haben. Ich hatte Glück, deshalb war es nur fair, wenn ich die, die weniger Glück hatten, unterstützte. Ich stand dazu, ich glaubte, eigenhändig ein Unrecht wieder geradezurücken. Und natürlich machte ich mich dadurch beliebt – wie großzügig ich doch war, wie liberal. Aber schon bald erwachten in mir die ersten Zweifel. Ich erinnere mich, wie ich auf einer schmutzigen Matratze lag und fast nichts sehen konnte, weil der Strom abgestellt und die letzte Kerze aufgebraucht war, mit Kopfschmerzen von der stickigen Luft und vom Lärm der Heavy-Metal-Musik in voller Lautstärke aus dem Raum über uns, den eine ganze Band einschließlich Schäferhund besetzt hatte. Es war wie in einem Gefängnis, und dabei wußte ich, daß ich mich selbst dort hineinmanövriert hatte und daß ich herauskommen *konnte.* Es war nur eine Frage des Willens, den ich zum erstenmal in meinem Leben nicht aufbrachte – wahrscheinlich wegen der Drogen (dabei ging ich, verglichen mit den anderen, vorsichtig damit um, nahm nie Heroin oder LSD, eigentlich nur Cannabis). Aber es ging mir nicht gut, und auch das war ein solcher Schock für mein ganzes Selbst, daß es mir noch schwerer fiel zu gehen. In den zwei Monaten fühlte ich mich die meiste Zeit schrecklich – ich weiß noch genau, wie furchtbar es war, mich von der ekligen Matratze aufrichten zu wollen, es aber nicht zu schaffen, und daß ich vor lauter Benommenheit und Schwäche wieder zurücksank. »Armes Baby«, sagte der Junge, mit dem ich damals zusammen war, nicht gerade freundlich, »armes kleines Baby, so ganz allein ohne die *Mummy.*« Ich glaube, ich weinte, nicht nur wegen der Demütigung.

Abgesehen davon, daß ich mich krank fühlte und beschlossen hatte, so zu tun, als gefalle es mir dort, waren es die schönen Tage, weshalb ich dablieb. Die strahlenden, sonnigen Sommertage, wenn wir im Garten waren (natürlich vollkommen verwildert, aber immerhin ein Garten, und um so reizvoller, als das Gras dicht und die Bäume nicht beschnitten und schwer von Früchten waren) und endlich einmal jemand richtiges Essen eingekauft hatte und es über offenem Feuer kochte, und wir saßen alle im Kreis drum herum, und jemand spielte Gitarre, und alle sangen. Rührend. Dann waren da noch andere schöne Tage, an denen wir ausgingen, zu einem Festival, und alles schien herrlich frei und leicht und lustig. Ein Leben in einem gemütlichen Vorstadthaus wie in dem meiner Eltern konnte ich mir damals absolut nicht vorstellen – das hier war viel besser, das entsprach meinen Vorstellungen. Meine Ängste waren verflogen, und ich machte mir nicht mehr so viele Sorgen darüber, daß ich mich fremd und kompliziert fühlte und es vor den anderen verbergen mußte, weil sie es nicht verstehen würden. Wie sollten sie auch, wo ich es doch selbst nicht verstand? An diesen glücklicheren Tagen dachte ich manchmal, ich könnte mich dazu erziehen, Schmutz und Unordnung und die fehlende Privatsphäre zu ertragen, und alles würde sich zum Guten wenden. Aber es gelang mir nicht. Ich wurde schwanger, hatte die Abtreibung, überlebte die Infektion und kehrte, aus meiner Trägheit aufgescheucht, nach Hause zurück. Meine Mutter freute sich, mich zu sehen. Sie hatte nicht die geringste Ahnung, wie ich gelebt hatte oder was geschehen war. Sie sagte nur, ich sei sehr blaß und dünn und müsse aufgepäppelt werden. Zu meiner Erleichterung stellte sie keine Fragen. Ich denke, sie scheute sich davor. Charlotte war im Grunde eine ängstliche Person, die fest daran glaubte, alles sei gut.

Hätte Susannah auch so gehandelt? Hätte sie über meine Blässe, meinen abgemagerten Körper hinwegsehen können? Hätte sie erkannt, wie nah ich einer Katastrophe gewesen war und wie sehr ich einen anderen Trost brauchte als gutes Essen und Ruhe? Charlotte machte es alles in allem sehr gut, sie war einfach nur da, bereit, mich wieder aufzunehmen und wieder zu Kräften kommen zu lassen. Warum annehmen, daß Susannah es noch besser gemacht hätte? Warum annehmen, sie hätte gut daran getan, es noch besser zu machen? Ich weiß aus der zeitlichen Distanz heraus auch nicht, was ich genau mit »besser« meine. Reden. Vermutlich meine ich damit, daß man mit Charlotte nicht wirklich reden konnte. Ich wollte sie immer vor den weniger schönen Seiten meines Lebens bewahren. Hätte ich Susannah davor bewahren wollen? Welcher Unterschied wäre es gewesen, daß sie meine leibliche Mutter war, daß *sie ich war*, wie Charlotte es nie sein konnte? Die liebevolle, arglose Charlotte, die ich mit Leichtigkeit in die Tasche steckte, mag in einer Weise gefährlich für mich gewesen sein, wie ich es nie vermutet hätte. Ich verwirrte sie durch meine glühende Liebe zu ihr und dann wieder durch mein unberechenbares Verhalten, das sich von ihrem eigenen so sehr unterschied. Sie verteidigte mich, wenn mich niemand sonst verteidigte.

Ich fragte mich, wohin das alles führen sollte. In die Richtung, wie Tony sie sich immer gewünscht hatte, in die Richtung, die einzuschlagen ich mich immer geweigert hatte. Als allmählich hinter dem Bild, das ich mir von Susannah gemacht hatte, mit Hilfe der Schachtel eine andere Person zutage trat, irrte ich gewaltig, wenn ich meinte, ein Problem lösen zu können, das ich noch nicht einmal beschreiben konnte.

Zehntes Kapitel

Es war wie eine Wallfahrt, eine Art Abbitte, daß ich gleich nach meiner Tour in den Westen nach Oxford fuhr. Ich hatte gedacht, ich würde nie wieder dorthin zurückkehren. Gott weiß, warum ich glaubte, Abbitte leisten zu müssen, aber es hatte mit den ersten zaghaften Zweifeln an Charlotte zu tun. Ich fühlte mich schäbig und beschmutzt, und so fuhr ich am Tag ihres sechzigsten Geburtstags noch einmal nach Oxford und legte ein paar Rosen auf ihr Grab.

Charlotte hatte, anders als mein Vater, nicht verbrannt werden wollen. Sie hatte Zeit, über diese Dinge nachzudenken, und hatte darauf bestanden. Ganz gleich wie wenig umweltfreundlich das sein mochte, sie sagte, sie wolle beerdigt werden. Ihre Familie hätte sie gern nach Edinburgh zurückbringen und im Grab ihrer Eltern beisetzen lassen, aber ihr langes Sterben hatte es ihr wiederum möglich gemacht, auch darüber nachzudenken. Sie wollte in Oxford begraben werden, wo sie die glücklichen Jahre ihrer Ehe verbracht hatte und ein treues Mitglied vieler, mit der dortigen Kirche verbundener Organisationen gewesen war. Wegen des Grabsteins überließ sie mir alle Entscheidungen, sie sagte mir nur, daß sie sich einen wünschte. Mein Vater hatte ins Meer gestreut werden wollen, aber sie wollte ordentlich gebettet und gepflegt sein, ganz so, wie sie selbst gewesen war.

Ich hatte einen Engel ausgesucht, was sonst? Vielleicht allzu viktorianisch, aber schließlich hatte Charlotte etwas Viktorianisches an sich gehabt, da ihre Tugenden mehr zu jener Epoche gehörten. Und sie hatte eine Vorliebe für leicht verspielte Dinge, ein Geschmack, der meinem Vater ein Greuel war und dem daher selten nachgegeben wurde. Der Engel war aus weißem Marmor, eine lebensgroße Figur mit sittsam über der Brust gekreuzten Armen. Auf den Sockel der Statue hatte ich die Worte »Im Andenken an CHARLOTTE, geliebte Mutter von Catherine« eingravieren lassen und dann ihre Daten, und daß sie die Frau meines Vaters gewesen ist. Als sie beerdigt wurde, beim Begräbnis selbst, gab es für die Familie natürlich noch nichts zu sehen, und ich bezweifle, daß irgend jemand, als der Engel erst einmal aufgestellt war, ihn in Augenschein genommen hat. Sie alle lebten zu weit entfernt, es war unwahrscheinlich. Daher hatte niemand, soviel ich wußte, die Inschrift gelesen und Anstoß an ihr genommen. Für jemanden wie Isabella zum Beispiel war es eine in Stein gehauene Lüge, aber sie würde es niemals sehen und sich darüber aufregen. Ich war froh, daß ich diese Worte hatte eingravieren lassen – »geliebte Mutter …«. Die Welt sollte erfahren, daß manche Mütter durch den Akt der Geburt zu Müttern werden und andere durch ihre Hingabe und überwältigende Liebe zu einem Kind. Charlotte hatte immer gesagt, daß meine Mutter zu sein, meine Mutter zu werden, der Abschnitt in ihrem Leben gewesen sei, in dem sie die größte Erfüllung gefunden habe. Alles, was ich getan hatte, war, meine Bewunderung hierfür zum Ausdruck zu bringen und mich erkenntlich zu zeigen.

Es ist wahr, wenn man sagt, es sei tröstlich und wichtig, ein Grab zu haben, das man besuchen kann, so lächerlich der Gedanke auch sein mag. Mir lief kein kalter Schauer den Rücken hinunter, wenn ich mir Charlottes verwesenden Körper unter dem Gras vorstellte. Im Gegenteil, es beruhigte mich zu wissen, daß das, was von ihr übrig war, dort lag, vollkommen tot. Ich saß eine kleine Weile auf einer Bank ihrem Grab gegenüber und fragte mich, was ich wohl gefühlt hätte, wenn Susannah begraben worden wäre und ich ihr Grab besuchen müßte. Wäre ich jetzt dorthin gegangen und hätte dagesessen und über sie nachgedacht? Es hätte mir vielleicht ein Gefühl von Realität gegeben. Aber es hätte auch eine andere, eine schädliche Wirkung auf mich haben können. Als ich dort an Charlottes Grab saß, dachte ich wieder an ihr Sterben, an den Schmerz und die Verzweiflung, und es war schrecklich, mich daran zu erinnern, selbst wenn ich mir sagen konnte, daß es vorbei war. Wenn ich an Susannahs Grab gesessen hätte, wäre ich zwar nicht gezwungen gewesen, mich an ihr Sterben zu erinnern, da es nichts gab, woran ich mich erinnerte und womit ich mich hätte quälen können, aber ich wäre gezwungen gewesen, mir *vorzustellen*, wie es gewesen sein mochte. Ich hatte erst kürzlich, nachdem ich die Schachtel geöffnet hatte, damit angefangen, in merkwürdigen Gedankenblitzen, aber ich hatte sie schnell wieder erstickt. Mir lief es bei dem Gedanken, im Augenblick des Todes bei ihr gewesen zu sein, kalt den Rücken herunter. Bei Charlotte war ich dabeigewesen, aber das war etwas anderes. Wir hatten voneinander Abschied genommen, ich wußte, was geschehen würde. Aber bei Susannah war ich ein Baby gewesen. Sie hätte mich nicht auf dem Arm gehabt, hatte meine Großmutter gesagt, aber ich hätte in einem Gitterbettchen neben ihrem Bett gelegen. Man hatte sie tot aufgefunden, mit ihrer Hand, die sie durch die Gitterstäbe meines Bettchens gesteckt hatte, in meiner, meine winzige, warme Hand umklammerte im Schlaf ihre toten Finger, mit ihrem an die Seite meines Bettchens gepreßten Gesicht, um mir nahe zu sein, während mein Atem die Strähnen ihres Haars leise flattern ließ … Es war schrecklich für mich, an diese Szene zu denken, und daher hatte ich es immer vermieden.

Aber jetzt tat ich es. Ich dachte an Susannah, die versuchte, mir nahe zu sein, sich verzweifelt an mich klammerte, an mich, die ich gar nichts davon wahrnahm. Mir war nichts geschehen, ich wußte nicht, daß sie starb. Mir wurde erzählt, ich hätte nicht einmal geweint, als meine Hand aus ihrer gelöst wurde. Ich hatte mit Sicherheit keinen Schock erlitten. In das Baby-Buch, das Susannah geführt hatte (eines dieser niedlichen, kleinen Bändchen mit einem nackten Baby auf dem Einband, das »Meine Daten« kräht), hatte meine Großmutter am zweiten Tag nach Susannahs Tod »der erste Zahn« geschrieben. Sie versuchte, diese sentimentalen Eintragungen fortzusetzen: Und so war mein erster Zahn bei all ihrem Kummer wichtig genug, eingetragen zu werden. Also bekam ich einen Zahn, während Susannah starb – dieses Nebeneinander wirkte grotesk auf mich. Besagtes Büchlein wurde zu gegebener Zeit an Charlotte weitergereicht, und sie hat nichts Absurdes darin gesehen. Für sie war es so etwas wie ein heiliges Buch. Ich war beinahe zwei, als sie anfing, selbst etwas hineinzuschreiben, aber von da an tat sie es unermüdlich. Sie hatte meinen ersten verständlichen Satz in Rot mit einer Zeile voller Ausrufezeichen notiert – »Will Lade, Mama!« Das »Mama« war unterstrichen. Vielleicht hatte ich das Wort davor noch nie gesagt, oder nur zu meiner Großmutter? Ich konnte mich kaum daran erinnern, meine Großmutter *Granny* genannt zu haben, also hatte ich vermutlich »Mama« zu ihr gesagt. Aber kennen Babys das Wort denn nur, weil ihre Mutter es ihnen vorsagt, imitieren sie nur, was man ihnen zu sagen beibringt? Diese geheimnisvolle Mutterschaft. Jedenfalls sagte ich schließlich einige Wochen nach der Übergabe das magische Wort zu Charlotte, und sie war begeistert. Sie liebte das Wort »Mutter« in all seinen Variationen, *Ma, Mama, Mum, Mummy,* einfach alle. Und doch weiß ich, daß ich es nicht so häufig benutzte wie andere Kinder. Als ich erst einmal ihren Namen aussprechen konnte, nannte ich sie gern Charlotte, ich nehme an, mir gefiel der Klang, und ich war stolz, es sagen zu können. Oder vielleicht ahmte ich auch meinen Vater nach und wollte sie so nennen, wie er sie nannte. Trotzdem spürte ich, daß Charlotte *Mummy* lieber war. Sie lächelte jedesmal ganz verzückt, wenn ich über den Spielplatz auf sie zurannte und *»Mummee – Mummee!«* schrie. Wenn ich mich in ihre ausgebreiteten Arme geworfen hatte und sie mich fest an sich drückte, sagte sie: »*Mummy* hat dich erwischt, *Mummy* hat dich erwischt«, und ich hörte die Freude in ihrer Stimme. Doch sie hinderte mich nie daran, sie bei ihrem Vornamen zu nennen. Sie überließ es allein mir.

Susannah hatte ich nie irgendwie genannt, das stand fest. Was hatte sie von mir bekommen? Glucksen, nehme ich an, und Lächeln. Ich stellte mir ihr über mein Bettchen gebeugtes, blasses, ausgezehrtes Gesicht vor, mit dunklen Ringen unter den Augen, und ich hörte ihre flachen Atemzüge, und, was noch schlimmer war, ich spürte den Schweiß an ihren feuchten Fingern, als sie meine hielten ... Es war ein Bild, das ich nie wieder hatte aufleben lassen wollen, und Charlottes Grab war an sich nicht der geeignete Ort, und doch hörte ich, als ich von der Bank aufstand und mich auf den Rückweg machte, nicht die Vögel in den Bäumen über mir oder das Knirschen des Kieses unter meinen Füßen, sondern das Knarren des Bettchens, wenn ich mich bewegte, und mein Wimmern im Schlaf. Ich sah das Zimmer, das ich nie gesehen hatte, vor mir, mit den zugezogenen Gardinen, das gedämpfte Licht und diese arme Frau, die ihrem Baby nicht von der Seite wich und starb ... Kitschig? Natürlich. Ich lachte über mich, als ich aus dem Kirchhof stolperte, aber ich ließ die Tränen, die in meine Augen getreten waren, ungehindert über mein Gesicht laufen. Mir war nur allzu klar, warum ich jetzt von Gefühl überwältigt wurde, aber wie dies mit meinen früheren Ansichten über mich selbst zusammenhing, konnte ich nicht verstehen. Ich spürte nur, daß es einen Zusammenhang gab. Ich war dabei, etwas Wichtigem auf die Spur zu kommen, und wußte, daß es ein Fehler gewesen war, die Beschäftigung mit der Andenkenschachtel abzubrechen.

Und doch hatte mich der Abstand, den ich mir dadurch gegönnt hatte, daß ich wieder arbeitete und Freude daran hatte, ein wenig objektiver werden lassen. Zurück in meiner Wohnung, stellte ich fest, daß nicht mehr viel vom Inhalt der Schachtel übrig war, um sich darauf zu konzentrieren. Viele der Gegenstände waren abgehakt – die Federn waren ins Meer geworfen, der rote Hut war im Flugzeug geblieben, der Rucksack und die Landkarte benutzt worden. Und die Muschel? Sie lag noch immer da, barg aber kein Geheimnis mehr, nachdem ich an Stränden voll solcher Muscheln entlanggegangen war. Ich hatte die Halskette mit großem Effekt getragen und mich in dem Spiegel betrachtet und war einer Anschrift in dem Adreßbuch nachgegangen. Die Summe all dessen war nicht zu verachten, aber es hatte keine großen Enthüllungen gegeben, noch war ich zu irgendeiner sinnvollen Schlußfolgerung gekommen. Alles, was noch übriggeblieben war, waren die Dinge, die ich am wenigsten für interessant gehalten hatte – der Tuschkasten, das unfertige Bild, die aus einem Buch oder Katalog herausgeschnittenen Drucke.

Sie lagen noch in der Schachtel. Ich nahm das Bild und den Tuschkasten heraus und legte sie auf mein Bett. Sie waren genausowenig anregend, wie ich sie in Erinnerung hatte. Trugen sie deshalb beinahe die letzten Nummern, 9 und 10? Oder vielleicht, weil es die wichtigsten Gegenstände waren? Wieder ein Ratespiel. Ich nahm das Bild und lehnte es gegen die Wand, betrachtete es zuerst aus der Entfernung und untersuchte es dann von nahem. Es war tatsächlich so wenig aufregend, wie ich zuerst gedacht hatte. Es zeigte eine weite Moorlandschaft, auf der so etwas wie Heide wuchs, und dahinter einen Hügel mit einem gerade noch sichtbaren Cottage aus Stein auf halber Höhe. Die Moorlandschaft im Vordergrund war sorgfältig ausgeführt, obwohl die Heide nur grob angedeutet war, aber der Hügel war lediglich mit Bleistift skizziert, und das galt auch für das Gebäude. Mir war es ein Rätsel, was um alles in der Welt Susannahs Phantasie so angeregt haben mochte, daß sie dieses Bild malen wollte – denn ich war überzeugt, daß diese halbfertige Arbeit von ihr stammte. Es war nicht signiert, aber der ganze Stil erinnerte an das berühmte Wiesenaquarell. Es gab nichts besonders Aufregendes daran, nichts, das irgend jemanden veranlaßt hätte, es sich fertig ausgeführt zu wünschen. Es konnte praktisch überall auf den Britischen Inseln sein, auf jeder der Hochebenen in England, Schottland oder Wales. Es gab keine typischen Merkmale, um es irgendwo lokalisieren zu können. Selbst die Heide sprach nicht eindeutig für Schottland – es gab auch anderswo viel Heide. Warum war mir dieses Aquarell um alles in der Welt hinterlassen worden?

Völlig verwirrt, aber zumindest ruhig, wandte ich mich dem Tuschkasten zu. Es war ein ganz gewöhnlicher Windsor & Newton-Tuschkasten mit den üblichen Farbblöckchen, im ganzen zwölf, sechs zu beiden Seiten des Fachs für den Pinsel, und da lag der Pinsel, dessen Borsten (gute Qualität) von Farbe gesäubert waren. Die roten Farben waren kaum gebraucht. Ich berührte sie. Ich legte meinen Finger darauf und rieb über die noch immer glänzende Oberfläche. Sie fühlten sich hart und massiv an. Die Braun-, Grün- und Gelbtöne waren verbraucht, wie auch das Schwarz und das Violett, entsprechend der auf dem Bild verwendeten Farben. Aber auch nicht allzu sehr. Sie war mit der Farbe sparsam umgegangen. Das Bild hatte Susannah auf einen echten Künstlerkarton gemalt. Ich drehte ihn um und sah auf der Rückseite den Stempel eines Ladens für Künstlerbedarf in Edinburgh. Wahrscheinlich handelte es sich um eine schottische Landschaft, die sie vielleicht gemalt hatte, als sie noch zu Hause wohnte, noch bevor sie meinem Vater begegnete. Im Umkreis des Hauses meiner Großmutter gab es Moore – ich selbst bin als Kind von ihr dorthin mitgenommen worden, zusammen mit Rory, und habe sie erzählen hören, daß sie ihre eigenen Kinder auch dorthin mitgenommen hatte.

Also: ein unfertiges, nicht besonders gut ausgeführtes Aquarell einer undefinierbaren Landschaft, vermutlich in Schottland. Zweifellos war sein unfertiger Zustand das eigentlich Bedeutsame an ihm. Zufrieden mit mir, so besonnen und vernünftig zu sein, kam ich zu dem Schluß, etwas Unausgeführtes müsse ausgeführt werden. Es war mir also in der Hoffnung vermacht worden, daß ich es vollenden sollte. Dafür mußte ich aber die Landschaft lokalisieren und hinfahren und meine kleine Staffelei aufstellen und anfangen zu malen. Ich fühlte mich inzwischen wie ein Meisterdetektiv und sonnte mich in meiner eigenen Klugheit. Aber ich würde dieser plötzlichen Eingebung nicht folgen. Ich hatte genug davon, für nichts und wieder nichts loszurasen, so amüsant das auch sein mochte. Statt dessen füllte ich ein Marmeladenglas mit Wasser, nahm das Bild mit in die Küche, und nachdem ich den Pinsel in das Wasser getaucht hatte, begann ich, die grüne Farbe auszuprobieren. Ich trug etwas davon auf und sah gleich, daß es das falsche Grün war und, verstärkt durch seine Frische, nicht zur ursprünglichen Farbe paßte. Ich spielte mit den beiden verfügbaren Grüns, mischte sie im Deckel und gab ein wenig Braun und ein wenig Gelb und einen Tupfer Schwarz hinzu und versuchte es noch einmal. Besser. Noch nicht der richtige Ton, aber besser.

Merkwürdig, daß sie mit dem Vordergrund begonnen hatte. Niemand tut das. Das erste, was uns im Kunstunterricht beigebracht wurde, war, oben zu beginnen und sich nach unten vorzuarbeiten. Sie hätte mit dem Himmel beginnen müssen, der grau sein sollte. Jede andere Farbe würde falsch aussehen. Ein blasses, dunstiges Grau, sehr schwierig zu erreichen. Ich strich mit meinem gereinigten Pinsel über das

Weiß und dann über das Schwarz und trug es auf das Bild auf. Zu dunkel. Mehr Weiß war nötig. Ich legte den Pinsel weg und starrte wieder auf das Bild, das nun meine eigene laienhafte Handschrift trug. Zunächst einmal konnte ich es gar nicht wirklich verderben, da es wenig Talent verriet. Und doch hatte ich das Gefühl, genau das zu tun: Es zu verderben, indem ich entweihte, was auch immer an Wert sich dahinter verbergen mochte. Ich lehnte das, weshalb sie es mir hinterlassen haben könnte, ab: Mich zu ermutigen, diesen Ort aufzusuchen, um das Bild so getreu, wie ich nur konnte, zu vollenden. Aber ich mußte *dort* sein, wo sie gewesen war. Alles andere wäre Betrug.

Noch immer sträubte ich mich gegen die verrückte Idee, in Schottland herumzuirren und nach einem ähnlichen Stück Heidelandschaft zu suchen – großer Gott, ich hätte die Qual der Wahl. Doch dann nahm das Schicksal die Sache in die Hand. Mir wurde vom Scottish Tourist Board angeboten, Fotos zu machen, und zwar nicht etwa für eine knalligbunte Broschüre, sondern für ein speziell in Auftrag gegebenes Buch mit dem ungefähren Titel *Hidden Scotland*. Ich sollte Plätze jenseits der üblichen Touristenziele ausfindig machen und versuchen, »echte Wildnis« einzufangen und die Bilder so dramatisch wie möglich zu gestalten. Man hätte am liebsten Fay Godwin dafür gewonnen, aber diese machte ihre eigenen Bücher und hatte ihre eigenen Projekte, und ich fühlte mich geschmeichelt, auf der Liste gleich nach ihr zu kommen, deren Arbeiten ich so sehr bewunderte. Sollte ich je gut genug sein, meine eigene Ausstellung zu haben, wäre ich glücklich, wenn sie es mit ihrem phantastischen Projekt *Presences of Nature* aufnehmen könnte.

Tony sagte immer, wie erstaunt er sei, daß ich gar keine Ambitionen hätte (eine Ausstellung zu haben, meinte er). Er behauptete, daß ich nach außen hin wie ein ehrgeiziger Typ wirkte – eigenwillig, sogar aggressiv im Verhalten. Er konnte nicht verstehen, warum ich meine Energie nicht dazu benutzte, eine Anzahl meiner Arbeiten für eine öffentliche Ausstellung zusammenzustellen, wodurch mein Ansehen steigen würde, ganz zu schweigen von meinem Marktwert. Er fand, ich würde mein Talent in kommerziellen Jobs vergeuden, die es nicht wert seien. In Wahrheit nehme ich nur Aufträge an, die mir zusagen, und wie er wußte, ist Geld für mich Nebensache. Es war in meinen Augen ganz in Ordnung, für kommerzielle Unternehmen zu arbeiten.

Ich habe tatsächlich in dem Sinne, wie Tony es von mir erwartete, keine Ambitionen. Ich habe es ihm nie gesagt, aber mein einziges Ziel ist, weiterhin das zu tun, was mir Spaß macht, und allmählich mit mir selbst zufrieden zu sein. Das ist das schwerste: mit sich selbst zufrieden zu sein. Ich verfehle immer haarscharf nicht etwa die Perfektion – ich glaube, Perfektion gibt es nicht, man sollte sie gar nicht erwarten –, sondern das, was ich hatte einfangen wollen. Manchmal ist es nur ein Schatten, eine dunkle Stelle, dort, wo mehr Licht hätte sein sollen, oder ein etwas verfehlter Blickwinkel – etwas Technisches. Technik ist wichtig, und meine ist nicht auf dem höchsten Niveau. Ich kenne zwar alle technischen Einzelheiten – ich gehöre nicht zu den Fotografen, die nicht von Grund auf gelernt haben, mit einer Kamera umzugehen –, aber ich bin zu ungeduldig, um von meinem Wissen zu profitieren. Ich neige dazu, zu hastig zu sein, meinem Auge zu schnell zu folgen. Dadurch fängt man

Stimmung und Atmosphäre ein, schadet aber dem Resultat. Eines Tages, sage ich mir immer, werde ich mir Zeit nehmen und noch mehr Mühe geben, und dann werde ich zufrieden sein. Aber ich tue es nie.

Auch bei dem Job für den Scottish Tourist Board würde ich es nicht tun, aber ich war zuversichtlich, daß ich meine Auftraggeber, wenn auch nicht mich selbst, zufriedenstellen würde, und das reichte. Ich hatte vor, rund um Edinburgh zu beginnen und dort meinen Standort zu haben. Daher war es ein logischer nächster Schritt, Isabella und Hector zu fragen, ob ich bei ihnen wohnen könnte. Isabella war genauso erstaunt, als sie meine Bitte hörte, wie ich, als ich sie äußerte. Ich hatte ihr Haus lange Zeit nicht betreten, was meine Tante mir sehr übel nahm. Als Rory von zu Hause fortgegangen war, hatte es seine Anziehungskraft für mich verloren. Ich besuchte meine Tante und meinen Onkel, solange er in den Schulferien nach Hause kam, doch waren sie vorüber, war auch das vorbei. Rory verließ die Schule mit siebzehn – er weigerte sich, sie noch länger zu besuchen –, und danach kam er manchmal zu uns nach Oxford. Dann war meine Großmutter gestorben, und so gab es nichts, was mich nach Edinburgh zurückzog. Vermutlich verletzte das Isabella und erschien ihr wie eine bewußte Beleidigung und eine Parteinahme für Rory, aber ich sah es nicht so. Ich konnte einfach nicht glauben, daß sie sich meinen Besuch wünschte, wo wir doch in Wirklichkeit nie gut miteinander ausgekommen waren und sie sich dessen sicher ebenso bewußt war wie ich. Gelegentlich ein Telefongespräch und die obligatorischen Weihnachts- und Geburtstagskarten, vielleicht mit einem kleinen Brief darin – das war meiner Meinung nach genug.

Nachdem sie sich von ihrer Überraschung erholt hatte, schien sie sich zu freuen, und als ich nach einer langen, anstrengenden Fahrt ankam, begrüßte sie mich so herzlich, wie ich es ihr nie zugetraut hätte. Ich hatte fast vergessen, wie sehr ich ihr Haus in der Heriot Row mochte, wie elegant es mir immer vorgekommen war, verglichen mit unserem Haus in Oxford mit seiner Edwardianischen Strenge, mitten in großen vorstädtischen Gärten. Ein Stadthaus wie das von Isabella und Hector im Herzen von Edinburgh war aufregend und ganz anders. Ich liebte die Geräusche auf dem Kopfsteinpflaster und die altmodischen Straßenlaternen und den freundlichen Anblick einer Terrasse, im Gegensatz zu Häusern wie unserem, die so hochmütig weit voneinander entfernt standen. Isabella brachte mich ganz oben im Haus in Rorys altem Zimmer unter, das auf die Straße hinausging, und ich war überrascht, es beinahe genauso vorzufinden wie damals, als ich es gewöhnlich mit ihm teilte. Die Etagenbetten waren verschwunden und durch ein Messingbett ersetzt worden, aber sonst war nichts angerührt worden. Alles, was Rory gehörte, war noch da, es hingen sogar ein paar Kleider im Schrank. An der Wand seine Poster von Jimi Hendrix und Bob Marley und anderen Musikern, für die er als Teenager geschwärmt hatte, und seine Modemagazinsammlung lag vergilbt auf einem Regal. Auf der Kommode standen Fotos von Schauspielern – er verehrte Richard Burton, worüber ich mich immer wunderte –, und daneben etwas, das wie eine Geldkassette aussah, worin, wie ich wußte, Make-up war. Ich versuchte, sie zu öffnen, aber sie war verschlossen. Ich fand es eigenartig, daß Isabella dieses Zimmer unverändert gelassen und nicht ausgeräumt hatte. Es war wie das Zimmer eines

Toten, wie ein Schrein, und ich fragte mich unwillkürlich, ob es bedeutete, daß Rorys Eltern mit ihm abgeschlossen hatten. Oder vielleicht war es auch nur ein Zeichen von Nachlässigkeit. Leute, die in großen Häusern leben, können nachlässig werden, sie können sich den Luxus leisten, Räume unberührt zu lassen und sie nicht zu betreten. Meinen Eltern ging es in Oxford genauso. Ich kann mich nicht erinnern, daß einer von ihnen im Jahr einmal ins Obergeschoß gegangen wäre, nachdem die Vettern und Cousinen nicht mehr zu Besuch kamen. Von Zeit zu Zeit schickte Charlotte ihre Putzfrau nach oben, damit sie nach dem Rechten sah, und das war alles. Jetzt stellte ich fest, daß Isabella anscheinend dasselbe tat – nirgends lag Staub, kein muffiger Geruch. Die Fenster wurden offensichtlich regelmäßig geöffnet und das Bett gelüftet. Es war für mich frisch bezogen, und auf dem Nachttisch standen Blumen.

Ich vermißte die Etagenbetten. Gott, wie hat Rory sie geliebt. Er schlief im oberen, ich im unteren. Die Etagenbetten wären aus Platzgründen überhaupt nicht erforderlich gewesen – das Zimmer war allemal groß genug, um drei, na ja, sagen wir zwei einzelne Betten aufzustellen –, aber Rory hatte darum gebettelt, und diesmal wurde ihm nicht gesagt, er solle doch vernünftig sein. Er wollte sie, weil er dann das Gefühl hatte, auf See zu sein. Zuerst wollte er unbedingt eine Hängematte, aber als es hieß, das sei wirklich albern (ohne Begründung), wechselte er zu Etagenbetten. Nachdem er aufgehört hatte, so zu tun, als sei er ein Matrose auf hoher See, fand er Gefallen an der Vorstellung zu schweben. Er lag oben im Bett und redete sich ein, er hinge in der Luft und niemand könne ihn berühren. Ich lag darunter und fühlte mich immer wie lebendig begraben, gefangen, und hatte Angst, er könnte durch den Boden seines Bettes fallen und auf mir landen und mich zerquetschen. In der Nacht bekam ich vor lauter Angst keine Luft mehr, und oft legte ich mich lieber auf den Fußboden und schlief dort, statt mich weiter zu fürchten, womöglich zu ersticken. Rory bot mir einmal an, mich im oberen Bett schlafen zu lassen, aber als ich die Leiter hinaufkletterte, wußte ich, daß es nicht klappen würde. Allein das Gefühl, so hoch oben zu sein, was ihm gefiel, machte mir panische Angst. Ich war lieber nah am Boden. So war er immer oben und ich war unten und tat immer so, als ob ich nur zufällig herausgefallen sei.

Und doch vermißte ich die Etagenbetten trotz dieser wenig glücklichen Erinnerungen. Das neue Bett war sehr bequem, aber ich schlief nicht gut in der ersten Nacht, weil ich an Rory dachte. Ich lag da in seinem alten Zimmer und ließ mir, ungeachtet seiner Verbitterung, seinen Vorwurf, er sei von seinen Eltern nie geliebt worden, genauer als sonst durch den Kopf gehen. Nie geliebt worden? Nie richtig gestreichelt worden, wie ich, aber hieß das, er wurde »nie geliebt«? Das war bei Menschen wie Isabella und Hector, Menschen, die keine Gefühle zeigen konnten, schwer zu beurteilen. Wer konnte sagen, daß ihre kalte Fassade einen Mangel an Liebe bedeutete? Ihr Ärger über ihn, den ich oft genug miterlebt hatte, war leicht zu rechtfertigen, doch was war zuerst da, sein eigenes schlechtes Benehmen oder das Gefühl der Ablehnung, das dieses seiner Ansicht nach ausgelöst hatte?

Aber was ich noch lebhaft in Erinnerung hatte, war Rorys Eröffnung, daß er schwul sei, und das unverhohlene Entsetzen seiner Eltern über diese Nachricht. Er hatte darauf bestanden, daß ich dabei war, wenn er es ihnen sagte, sonst würde er nicht den Mut dazu aufbringen. Ich sagte zu ihm, ich hielte es nicht für gut, wenn ich als Zeugin dabei sei, dadurch würde es für Isabella und Hector nur noch schwieriger, es zu akzeptieren. Meine Anwesenheit würde sie in Verlegenheit bringen. Es sei etwas, das Rory allein tun müsse, aber er sagte, er könne und wolle das nicht. »Warum sagst du es ihnen nicht?« sagte er doch tatsächlich und schien sich vorzustellen, daß ich dem zustimmen könnte. Er behauptete, er habe x-mal versucht, es ihnen zu sagen, aber sie hätten nichts hören wollen und immer absichtlich mißverstanden, worauf er anspielte, oder einfach das Zimmer verlassen, wenn er davon anfangen wollte. »Von dir würden sie es annehmen«, hatte er sich verteidigt. Warum er das glaubte, weiß ich nicht. Ich war selbst erst siebzehn, noch dazu ein Mädchen – sie würden ganz im Gegenteil denken, ich wüßte nicht, wovon ich redete, und selbst wenn es mir gelang, sie zu überzeugen, wären sie schockiert, daß ich Bescheid wußte. Es war ein unmöglicher Vorschlag, und das sagte ich auch. Aber Rory war so verzweifelt, daß ich versprach, dabeizusein. Ich verstand sein brennendes Bedürfnis nicht, ihnen das mitzuteilen, aber er sagte, es mache ihn verrückt, es sei etwas, das er offen aussprechen und hinter sich bringen müsse, dann erst wisse er, wo er stehe. Einerseits wünschte er sich, glaube ich, aus dem Haus geworfen zu werden, eine Laß-dich-hier-nie-wieder-blicken-Situation, und andererseits wollte er hören, sie hätten es schon immer gewußt, und es spiele keine Rolle. Auf jeden Fall wollte er einen dramatischen Showdown und war entschlossen, ihn herbeizuführen.

Sobald die Ferien begonnen hatten, fuhr ich für zwei Wochen nach Edinburgh. Rory hatte nur gerade seinen Namen auf die meisten der Prüfungsblätter geschrieben – seine Eltern wußten nichts davon – und hoffte lediglich, in Mathematik durch die Abschlußprüfung zu kommen. Mathe lag ihm. Er hatte sich nicht darauf vorbereiten müssen, er glaubte, daß er genug wußte, um sie zu bestehen. Auf jeden Fall war er bester Laune, das Wetter herrlich, und wir hatten eine schöne Zeit. Seine Eltern hatten ein Cottage an der Küste nahe Berwick-upon-Tweed gemietet, und wir fuhren in der zweiten Woche alle zusammen dorthin. Rory und ich schliefen den ganzen Vormittag und gingen am Nachmittag irgendwohin, um zu rauchen. Es war noch immer wundervoll sonniges Wetter, und wir lagen nah am Meer im Gras und redeten lauter Unsinn, was wir in den Ferien – oder, was Rorys anging, jetzt, wo er die Schule verlassen habe, wie er sagte – unternehmen würden. Ich wollte am Samstag abreisen, und er beschloß, daß seine Offenbarung (so pompös nannte er die Bekanntgabe der Neuigkeit) am Freitag nach dem Abendessen erfolgen sollte. Wir wollten in ein etwa fünf Meilen entferntes Restaurant, ein für seine Meeresfrüchte berühmtes Lokal, essen gehen, und Rory meinte, das sei der beste Zeitpunkt, »wenn sie sich vollgestopft haben und Dad beim Whisky ist«.

Ich rührte den Hummer kaum an, so nervös war ich – weit mehr als Rory. Er war an jenem Abend ganz bezaubernd und sein Benehmen tadellos. Er war außerordentlich fürsorglich, half seiner Mutter aus dem Mantel, zog ihren Stuhl zurück, bevor der Ober es tun konnte, forderte seinen Vater auf, uns von seinem letzten Geschäft zu erzählen (wobei wir sonst unhöflich gähnten), und war überhaupt ein Sohn, auf den jeder hätte stolz sein können. Noch dazu sah er denkbar gut aus, mit dem sorgfältig glattgebürsteten blonden Haar, dem anständig zugeknöpften Hemd und der ordentlich gebundenen Schulkrawatte (die er haßte und nie, niemals, außerhalb der Schule trug). Er hatte sogar einen Anzug angezogen, obwohl seine Mutter gesagt hatte, das brauche er nicht, und er sonst immer bestochen werden mußte, damit er ihn anzog. Ich sah, daß die Leute ihm bewundernde Blikke zuwarfen, und ich sah, daß Isabella es sah und sich darüber freute. Wir gaben das Bild einer netten Familie ab, genau wie sie es sich gewünscht hatte. Und doch war sie weit davon entfernt, darauf reinzufallen, und ich bemerkte einen gewissen Argwohn in ihren Augen, wenn sie den Ich-kann-kein-Wässerchen-trüben-Rory betrachtete. Hector dagegen war es voll und ganz, er dachte zweifellos, Rory habe endlich seine Verirrungen erkannt, oder die Disziplin in der Schule hätte dieses Wunder bewirkt, Isabella aber nicht. Sie wartete ab, genau wie ich.

Gegen zehn Uhr waren wir wieder im Cottage. »Du mußt morgen früh raus, Catherine«, sagte Hector. »Du solltest längst im Bett sein.« Ich sagte, ja, das sollte ich, nur zu gern bereit, diese kleine Ermunterung zu nutzen und zu kneifen. Aber Rory schaltete sich ein und sagte, wir sollten doch noch einen Abschiedsdrink nehmen, bevor wir zu Bett gingen. Er holte Hectors geliebten Malt hervor und schenkte uns allen ein Glas ein. Selbst Isabella trank gelegentlich Whisky und hatte nichts dagegen einzuwenden. Ich sah, daß sie bemerkte, was ich bemerkte: Rorys Hand zitterte ein klein wenig, wenn auch nicht so sehr, daß er den Whisky verschüttete. Er war aufgeregt, ließ seine Finger knacken und ging pfeifend in dem kleinen Zimmer hin und her, wobei er seinen Drink auf dem Tisch stehenließ. Plötzlich griff er danach, trank ihn in einem Zug und sagte: »Ich habe euch etwas zu eröffnen.« Hector und Isabella lächelten beide. Ich nehme an, Hector dachte, er würde sagen, daß er beschlossen habe, nun doch weiter zur Schule zu gehen und Abitur zu machen, und Isabella dachte, er würde sagen, daß er beschlossen habe, den langweiligen Ferienjob in einem Altersheim, den sie ihm besorgt hatte, anzunehmen. Was Rory dann tatsächlich sagte, ließ das Lächeln ganz schnell aus ihren Gesichtern verschwinden. »Ich möchte, daß ihr wißt«, sagte er, »daß ich schwul bin. Ich-bin-schwul. Ein Homosexueller. Daran gibt es keinen Zweifel, ich hab es immer gewußt – «

»Sei nicht so ekelhaft!« sagte Isabella, stand dann ohne ein weiteres Wort auf und verließ das Zimmer. »Mum!« rief Rory ihr nach, aber sie war schon hinaus- und die Treppe hinauf- und in ihr Schlafzimmer gegangen. Hector saß wie betäubt da, dann seufzte er und stellte sein Glas ab und bedeckte sein Gesicht mit beiden Händen. »Dad?« sagte Rory. »O mein *Gott*«, sagte Hector mit erstickter Stimme, »mein *Gott*, warum mußtest du …« Rory sah mich an. Er hatte ein komisches, verzerrtes Grinsen im Gesicht, als wolle er sagen: »Hab ich dir's nicht gesagt?«

»Onkel Hector«, sagte ich, »das ist nichts Schreckliches.«

Er ließ seine Hände sinken und sah mich so böse an, daß ich zusammenzuckte. »Halt dich da raus«, sagte er. »Ich weiß nicht, was du hier noch verloren hast, um dir das anzuhören.« Sein dickes Gesicht war furchtbar rot, und ich dachte, er würde womöglich jeden Moment einen Wutanfall bekommen (wenn ich über Schlaganfälle Bescheid gewußt hätte, wäre ich sicher gewesen, daß er kurz davor stand).

»Sie ist meine Zeugin«, sagte Rory. Er war dagegen schneeweiß im Gesicht, ein kleiner Muskel bewegte sich an seiner linken Schläfe, und seine Augen waren so zugekniffen, daß sie kaum mehr zu sehen waren.

»Zeugin?« sagte Hector ungläubig. »Was meinst du um Himmels willen mit *Zeugin*?«

»Sie ist eine Zeugin für das, was ich euch erzählt habe«, sagte Rory. »So könnt ihr, du und Mum, nicht behaupten, ich hätte es nie gesagt. Ich habe euch erzählt, daß ich schwul bin. Das wär's. Jetzt weißt du's. Ich hab immer wieder versucht, es euch zu sagen, und ihr habt nie –«

»Halt den Mund!« brüllte Hector. »Hör sofort auf. Mir reicht's. Weiß der Himmel, weshalb du darum so ein Theater machen mußt. Weiß der Himmel, warum du so verdammt stolz darauf bist, ein Schwuler zu sein.«

Rory lachte. Er schüttelte den Kopf und lachte. Ich dachte, sein Vater würde jetzt auf ihn losgehen, aber als ich Hector ängstlich anschaute, sah ich, daß er verwundert bemerkt hatte, was auch mir aufgefallen war – daß Rory zwar zu lachen schien, ein schrecklich falsch klingendes Lachen, aber den Tränen nahe war. Ich ging zu ihm und legte meinen Arm um ihn, und er legte seinen um mich, und wir standen da wie zwei große Kinder im Wald, bevor sie sich schlafen legten.

»O Gott«, sagte Hector und sank auf seinen Stuhl zurück. Seine ganze Wut war verflogen. Er seufzte und schloß die Augen und sagte schließlich: »Wir gehen lieber alle ins Bett, es hat keinen Sinn. Morgen sieht alles anders aus.«

»Dann werde ich immer noch schwul sein«, sagte Rory.

Hector antwortete nicht, schlurfte einfach davon und sah aus wie ein alter, geschlagener Mann. Und nun mußte er noch Isabella gegenübertreten.

Am nächsten Morgen war ich sehr früh auf. Ein Minicar sollte mich um sieben Uhr zum Bahnhof bringen, aber ich war bereits um sechs fertig und hoffte, abreisen zu können, ohne daß jemand wach würde, um mir ein Post mortem zu ersparen. Aber Isabella kam, kurz bevor das Taxi eintraf, herunter. Sie machte sich wortlos einen Tee, und als ich mich dafür bedanken wollte, daß ich bei ihr sein durfte, unterbrach sie mich und sagte: »Ich hoffe, du bist diskret, Catherine. Es ist nicht nötig, Rorys Albernheiten weiterzuerzählen.« Es war so verlockend, dem zuzustimmen, besonders weil ich hören konnte, wie das Taxi die Straße heraufkam, und ich gleich weg gewesen wäre. Aber ich schaffte es zu sagen, daß Rory nicht albern sei und daß es schwer für ihn gewesen sei, die Wahrheit zu sagen, und sogar, daß ich ihn dafür bewunderte. »Ihn bewundern?« sagte Isabella mit vor Abscheu verzerrtem Gesicht. »An dem, was er zu sein glaubt, gibt es nichts zu bewundern, junge Dame.«

War es danach verwunderlich, daß ich keine Zeit mehr hatte für meine liebe Tante? Ich eilte zurück zu Charlotte und erzählte ihr alles, und sie sagte: »Armer Rory.« Ich liebte sie mehr denn je. Aber als ich es meinem Vater erzählte, sagte er: »Arme Isabella und armer Hector«, und ich war außer mir und fragte ihn, wie er sich unterstehen könne, Mitleid mit Eltern zu haben, die so grausam und brutal seien. Mein Vater sagte, das stimme nicht, er finde ihre Reaktion nicht grausam und ihr Verhalten nicht brutal. »Und wenn ich zu dir und Charlotte käme und sagte, ich sei lesbisch, würdet ihr dann auch das Zimmer verlassen oder mich anbrüllen und mir sagen, ich solle nicht albern sein und all das?« Ich schrie ihn an. Mein Vater gab nicht nach und sagte, nein, er würde bestürzt sein und schockiert, und er würde eine Weile brauchen, sich damit abzufinden, er würde mich nicht gleich umarmen und, wie wundervoll, ich bin stolz auf dich, sagen. Ich war so böse auf ihn und drauf und dran, mich in einen schönen Wutanfall hineinzusteigern, aber er fuhr fort, daß keine Eltern ihrem Kind ein Leben wünschen, in dem es, weil es zu einer Minderheit gehöre und dadurch isoliert sei, es noch schwerer hätte, glücklich zu werden, als es ohnehin schon sei. Ich sagte, dann müsse die Gesellschaft sich ändern, nicht die Minderheit, aber er sagte, ich verstünde nicht, worum es gehe: Eltern wünschten sich, daß ihre Kinder *unbeschwert* durchs Leben kommen und daß nicht etwas, was für sie unverständlich sei, zwischen ihnen stehe. Wir stritten uns die halbe Nacht, aber mein Vater gab nicht nach. Er blieb dabei, Hector und Isabella seien zu geschockt gewesen und würden wieder normal reagieren, sobald sie den Schock überwunden hätten und einsähen, daß ihr Sohn ihnen ja schließlich nicht gestanden habe, er sei ein Mörder.

Aber er irrte sich: Dazu ist es nie gekommen. Ich lag in dem Zimmer, das Rory seit Jahren nicht mehr benutzt hatte. Es hatte keine *Annäherung* gegeben, weder damals noch später. Seine Eltern hatten nicht zu ihm gesagt, er solle sich bei ihnen nie wieder blicken lassen oder etwas ähnlich Melodramatisches, sondern es war, genauso wie er es befürchtet hatte, als hätten sie gar nicht gehört, was er ihnen gesagt hatte. Er erzählte mir später, daß den ganzen Tag über, nachdem ich weg war, keiner etwas gesagt habe. Sie aßen getrennt, sie gingen spazieren – jeder für sich –, sie saßen schweigend da und lasen, und dann gingen sie zu Bett. Er packte eine Tasche und brach mitten in der Nacht auf, lief die zehn Meilen bis zum Bahnhof, nahm dort den ersten Zug zurück nach Edinburgh, ging nach Hause und nahm alles Geld, das er finden konnte, an sich. Ich habe vergessen, um wieviel es sich handelte, aber es war eine beträchtliche Summe, und er ging damit für einen Monat nach Griechenland und hinterließ eine Nachricht, in der er sie davon unterrichtete. Da fing das an, was Hector als »Unverfrorenheit« bezeichnete. Danach sah er sie kaum wieder, außer bei der Beerdigung unserer Großmutter, als er zu jedermanns Erstaunen buchstäblich am Grab erschien. Er stand durch uns, meine Eltern und mich, mit ihnen in Verbindung, und meistens ging es dabei um Geld. Er behielt seine älteren Verwandten väterlicherseits stets im Auge, denn er wußte, daß Hector ihnen nie sagen würde, er sei schwul, und daß er daher nicht in ihrem Testament übergangen werden würde – und er behielt recht. Auf die Todesanzeige eines Cameron aus der richtigen Familie hin pflegte Rory uns anzurufen, damit wir etwas über das Testament in Erfahrung bringen sollten. Sobald er wußte, wer die Anwälte waren, erschien er sofort auf der Bildfläche und forderte seinen Anteil ein. Wieder und wieder wurde er gerade noch rechtzeitig vor der Armut bewahrt.

Seit Jahren behauptete Rory nun, es berühre ihn nicht mehr, mit seinen Eltern gebrochen zu haben. Er sagte, er empfinde nichts mehr für sie. Die elterliche Bindung, vor allem der Mythos der mütterlichen Bindung, bedeute ihm nichts. Für ihn seien Hector und Isabella seltsame Fremde, mit denen er zufällig blutsmäßig verbunden sei. Er sagte, er interessiere sich nicht mehr für sie, als ich mich für Susannah interessieren würde, und wie ich bestreite er, irgend etwas von einem von ihnen in sich zu haben. Er sei eine Laune der Natur, genetisch unabhängig. Wir seien uns darin einig, sagte er, daß wir jegliche Bindung an unsere leiblichen Mütter leugneten. Ich sträubte mich und protestierte, sein Fall liege ganz anders, weil Isabella ihn aufgezogen habe wie Charlotte mich, und das erzeuge eine andere und genauso enge Bindung, aber davon wollte er nichts hören. Isabella, sagte er, wolle keine Bindung. Sie habe im Gegenteil alles darangesetzt, sich ihn vom Leibe zu halten, und sein Bedürfnis nach Nähe bekämpft. Gegenüber Hector habe er nicht so bittere Gefühle – er sei ein Mann, von ihm könne man nicht viel erwarten. Isabella habe ihn in sich getragen und zur Welt gebracht und ernährt, und er fände es schrecklich, daß sie keine Liebe für ihn empfunden habe, lange bevor er sie auf die Probe stellte. Mütter, sagte Rory, sollten ihre Kinder lieben, und strafte damit seine Ablehnung jeglicher Mutterliebe Lügen. Nur das sei wichtig für ein Kind.

Endlich schlief ich ein, war aber noch immer beunruhigt, daß Rory vielleicht doch recht hatte, und beschloß, in Ruhe mit Isabella zu reden, wenn sie es zuließ. Ich war schließlich nicht nur hier, um etwas über Susannah herauszufinden.

Elftes Kapitel

Isabella hatte am Abend zuvor verändert gewirkt, aber ich erinnerte mich, daß ich, seit ich erwachsen war, nicht mehr bei ihr zu Hause gewesen war. Vielleicht war sie ja schon immer gastfreundlich gewesen, und ich hatte es nur nie gewürdigt. Sie setzte mir ein köstliches Abendessen vor, das sie eigenhändig, mit großer Kochkunst zubereitet hatte, und war ganz reizend. Solange ich zurückdenken konnte, hatte ich nie auch nur eine Spur von Charme an ihr entdeckt, aber an jenem Abend sprühte sie vor Charme, und zum erstenmal erkannte ich Rory in ihr. Sie war an dem Tag auf einer Versammlung gewesen, die mit ihrer ehrenamtlichen Arbeit für alte Menschen zu tun hatte, und erzählte Hector und mir mit erstaunlicher Begeisterung, was die übrigen Mitglieder gesagt hatten, wobei sie deren unterschiedliche Akzente und Betonungen imitierte, bis wir schallend lachen mußten. Ich hatte nicht gewußt, daß sie andere hervorragend nachahmen konnte – genau wie Rory. Sie hatte genau denselben Hang zu geistreichem Spott wie er, und ich traute meinen Ohren nicht. Noch während ich ihr zuhörte, schoß es mir durch den Kopf, daß Rory das gewußt, daß er diese andere Seite seiner Mutter gekannt haben mußte.

Beim Frühstück war von ihrem Charme nichts mehr übriggeblieben. Isabella war wieder die kurz angebundene, energische Frau, wie ich sie kannte. Sie fragte nicht, ob ich gut geschlafen habe, und zeigte sich auch sonst nicht im geringsten interessiert, sondern sagte nur, sie habe einen langen Tag vor sich, ich müsse selbst für mich sorgen, denn sie habe keine Zeit, ständig hinter mir herzurennen. Ich sagte, sie brauche sich selbstverständlich keine Gedanken um mich zu machen, ich wolle nur einen Kaffee trinken und würde dann losfahren. Wir verabredeten uns für den Abend, und sie bestimmte kurzerhand, ich solle mit ihr zusammen essen. »Hector ißt heute abend außer Haus«, sagte sie. »Wir machen's uns gemütlich und decken nicht groß auf.« Ich sagte, ich würde mich darauf freuen. Ich machte mir einen Kaffee – als ich den unteren Teil der Espressomaschine fallen ließ, sprang sie gereizt zur Seite und sagte, ich solle besser aufpassen (was ich nicht verstand, denn er war aus Metall und nicht beschädigt) – und beobachtete sie, wie sie sich zum Gehen zurechtmachte. Sie leerte den Inhalt ihrer beängstigend voluminösen schwarzen Handtasche auf den Küchentisch, und als sie sie zu ihrer Zufriedenheit wieder eingeräumt hatte und den Autoschlüssel bereithielt, musterte sie mich plötzlich aufmerksam und sagte: »Erinnerst du dich noch an die Tanzstunden?« Ich sagte, natürlich täte ich das, ich hätte sie geliebt. »Ich habe noch immer die Kilts«, sagte sie, »deinen roten und seinen grünen. Ich habe sie erst neulich wiederentdeckt. Ich hab sie aufbewahrt für … na ja, ich hab sie aufbewahrt, für alle Fälle.« Sie knöpfte ihre Jacke zu, ließ ihre Handtasche zuschnappen und sagte, sie mache sich jetzt auf den Weg. Aber sie stand noch immer da und sah mich an, und ich begann mich zu fragen, ob sie auf ihre Bemerkung über die Kilts noch eine andere Antwort von mir erwartet hatte, aber was hätte ich schon antworten können? Ich hatte gesagt, daß ich mich an die Tanzstunden erinnerte und daß ich sie geliebt hatte – was hätte ich sonst noch sagen sollen? »Das waren noch Zeiten«, sagte sie schließlich und, indem sie sich umdrehte und zur Tür ging: »Was für eine Verschwendung.«

Verschwendung? Meinte sie die Kosten für die Stunden? Bestimmt nicht. Sie fanden in einer staubigen Gemeindehalle ohne irgendeine besondere Einrichtung statt, und die Lehrerin war eine Frau mittleren Alters, keine professionelle Tanzlehrerin. Sie brachte uns ausschließlich *Highland dancing* bei – Reels, Strathspey, Schwerttänze und dergleichen mehr. Wir waren an die zwanzig und trugen alle Kilts und weiche schwarze Schuhe, sogenannte *pumps.* Ich nahm an diesem Kursus nur in den langen Sommerferien teil, wenn ich Rory besuchte, als wir zwischen fünf und zehn waren, und mir wurde eingeschärft, wie privilegiert ich sei, für einen so begrenzten Zeitraum mitmachen zu dürfen. Es sei eine Ausnahme – gewöhnlich erwarte Miss Wallace eine regelmäßige wöchentliche Teilnahme das ganze Jahr über. Ich freute mich dazuzugehören, und es fiel mir nicht schwer, dankbar zu sein und mich, wie man mir aufgetragen hatte, »höflich« bei Miss Wallace zu bedanken. Die Stunden waren unglaublich lebendig und laut und ein Riesenspaß, und unsere Lehrerin wirbelte mit einer für ihr Alter (nicht, daß ich es gekannt hätte) erstaunlichen Leidenschaft herum. In diese Zeit fiel das alljährliche Schautanzen, und Rory und ich wurden drei oder vier Jahre lang jedesmal dazu ausgewählt, einen der Tänze vorzuführen. Wir fanden es toll, im Mittelpunkt der Aufmerksamkeit zu stehen, vor allem Rory, und bildeten, glaube ich, ein attraktives Paar, Rory blond und ich dunkel. Isabella machte uns gern zurecht, steckte uns nicht nur in die Kilts, sondern auch in weiße Hemden mit Rüschen auf der Brust und an den Ärmeln, und mir fiel auf, wie stolz sie auf uns war, wenn sie uns, jeden an einer Hand, auf die Tanzfläche führte. Rory benahm sich bei diesen Anlässen immer vorbildlich, wuchs förmlich über sich selbst hinaus, denn endlich konnte er etwas tun, das ihm Spaß machte, und zugleich seiner Mutter gefallen, was nur selten vorkam. Er war außerdem ein sehr viel besserer Tänzer als ich. Ihm bei einem *Highland*-Wurf zuzusehen, war schon etwas Besonderes. Er war sehr schnell und gewandt, und seine Füße schossen doppelt so schnell wie meine von einer Position in die andere, die Zehen so gestreckt, wie meine es nie sein würden, und den Kopf aufrecht, während ich dazu neigte, meinen hängen zu lassen. Wäre es um irgendeine andere Art des Tanzes, zum Beispiel Ballett, gegangen, hätte seine Mutter angesichts seiner Begeisterung vermutlich ein leises Unbehagen verspürt, da es aber um *Highland dancing* ging, schien sie keinerlei Bedenken zu haben – *Highland dancing* war männlich.

Hatte sie sich daran erinnert, nicht an so etwas Banales wie die Kosten, sondern wie stolz sie auf Rorys Talent war? Und meinte sie mit »Verschwendung«, daß, wie aus all seinen anderen Talenten, auch aus diesem nichts geworden war? Ich war mir keineswegs sicher, aber ich sah plötzlich eine Möglichkeit, daß dieses Thema, das sie selbst angeschnitten hatte, mir als Aufhänger dienen konnte. Ich würde sie noch am selben Abend, wenn ich mit ihr allein war, zur Rede stellen, indem ich sie mit ihrer eigenen Bemerkung über die »Verschwendung« konfrontierte. Während ich durch den Edinburgher Verkehr fuhr, legte ich mir genau zurecht, was ich zu ihr sagen wollte, aber dann mußte ich mich so sehr konzentrieren, daß ich es vergaß. Das Problem war, daß ich nicht wußte, wohin ich fahren sollte. Ich hatte Isabella nur erzählt, ich hätte einen Auftrag für den Tourist Board und sei auf der Suche nach einer nicht allzu weit entfernten, einsamen Moorlandschaft, und sie hatte mich auf die Lammermuir Hills hingewiesen: »Moor, so weit das Auge reicht.« Ich war der Straße gefolgt, die sie mir genannt hatte, aber dann fuhr ich ab einem bestimmten Punkt auf gut Glück weiter und bog in einen kleineren Weg ein, um zu finden, was ich zu finden hoffte. Ich war zwar nicht so naiv, mir einzubilden, ich würde einen Abhang entdecken, der genau Susannahs Bild entsprach, glaubte aber, daß eine gewisse Aussicht bestand, etwas Entsprechendes zu finden, da diese Szenerie der Inbegriff von gar nichts war. Bedauerlicherweise regnete es jedoch, dieser für Schottlang so typische, leichte Sprühregen, der alles in eine ganz feine Gaze hüllt, wie Schleier, die sich über die Hügel legen. Er fiel lautlos auf das Autodach und gegen die Fensterscheiben, teilte nur leise, Meile für Meile, seine nicht enden wollenden feuchten Liebkosungen aus. Ich hatte die Scheibenwischer bereits voll laufen und mußte dennoch langsam fahren und starrte konzentriert nach vorn. Ich konnte kaum etwas sehen und schon gar nicht erkennen, welche Abzweigung am vielversprechendsten war. Bald hatte ich keine Ahnung mehr, wo ich war. Isabella hatte mir erzählt, ich hätte als Kind mit Hector und Rory und auch mit meiner Großmutter in dieser Gegend Picknicks gemacht, ich hatte aber keine Erinnerung mehr an die Landschaft, obgleich ich mich noch an die Picknicks zu erinnern meinte. Was bei der schlechten

Sicht ohnehin keine Rolle spielte, denn mir wäre nichts aufgefallen, das irgendwelche tief vergrabenen Erinnerungen daran, schon einmal hier gewesen zu sein, in mir geweckt hätte.

Wenigstens dieses eine Mal würde sich dieses eine verrückte Abenteuer dadurch rechtfertigen lassen, daß ich Fotos machte, aber unter diesen Bedingungen konnte ich nicht einmal die machen. *Hidden Scotland*, wahrhaftig – alles würde verborgen bleiben. Aber als ich mich auf dem kleinen Weg, auf den ich geraten war, noch eine halbe Stunde weitergetastet hatte, begann der Himmel sich zu lichten, und der Regen fiel nur noch von Zeit zu Zeit. Ich versuchte, mich zu orientieren, und erkannte, daß ich tatsächlich inmitten einer Moorlandschaft war. Natürlich kein Heidekraut, dafür war es die falsche Jahreszeit. Auf beiden Seiten des schmalen Weges waren noch immer Reste von Schnee zu sehen, der in Streifen auf der Erde lag, und die Bäche waren voll geschmolzenem Eis, aber dennoch war es Frühling. Ich hielt Ausschau nach einem Pfad wie die, nach denen wir zu suchen pflegten, wenn Hector uns zum Picknick mitnahm. An Fahrten mit meiner Großmutter erinnerte ich mich nicht mehr, statt dessen aber an Ausflüge mit Hector, bei denen ich jedoch, wie ich meine, schon älter war. Er wählte mit Vorliebe Wege, die so wenig benutzt waren, daß nur unsere scharfen jungen Augen sie erspähten, und dann fuhren wir sie langsam holpernd entlang, bis wir anhalten mußten, weil wir keinen Weg mehr vor uns sahen. Gewöhnlich gab es einen Fluß, einen Bach, und Rory und ich durften darin herumwaten, während der ungewohnt nachsichtige Hector auf einem mitgebrachten Klappstuhl saß und hinter einer Zeitung einnickte. Oft stahlen wir uns, nachdem wir uns vergewissert hatten, daß er eingeschlafen war, einfach davon, und wenn er dann aufwachte und in Panik geriet, weil wir verschwunden waren, hörten wir sein Gebrüll, und wir ließen uns, um ihn noch mehr leiden zu lassen, Zeit, darauf zu antworten. Nachdem er uns zu Hause abliefert hatte, beklagte er sich bei Isabella über unser schlechtes Benehmen und sagte, er würde uns nie wieder mitnehmen.

Mein Kopf war voll von all diesen Nebensächlichkeiten statt von Gedanken an Susannah, während ich nach einem Weg Ausschau hielt und schließlich auch einen fand. Ich wählte ihn, weil ich zwar kein Cottage, dafür aber ein paar große Steine wie die auf ihrem Bild entdeckt hatte und die Moorlandschaft dahinter langsam anstieg wie der Hügel auf dem Bild. Das mußte genügen. Es war eine ebenso nichtssagende Ansicht, wie Susannah sie sich ausgesucht hatte und wie ich sie nicht ähnlicher finden konnte. Erleichtert, daß mich niemand sah, parkte ich das Auto und holte die Tasche mit den Farben und dem Bild heraus. Dann füllte ich ein Glas mit Wasser aus dem Bach, stellte einen kleinen Campinghocker auf, den ich im Kofferraum verstaut hatte, und begann unsicher zu malen. Ich schaute mehr in die Gegend, als daß ich malte. Alles war so karg, so farblos. Es gab nichts, was den Blick auf sich ziehen und das Auge erfreuen konnte. Es war beinahe ein Ereignis, wenn ein Vogel, ein einziger Vogel, träge, fast ohne mit den Flügeln zu schlagen, über den Himmel flog. Wenn er verschwand, war alles wieder leer und still. Ich konnte keine Schafe sehen, aber ein rauhes, kehliges Husten war zu hören, das, wie ich wußte, von einem alten Mutterschaf stammte. Während ich dort hockte, begann ich, trotz meiner warmen Kleidung schon bald zu frieren, und ich wünschte, ich hätte eine Thermosflasche mit Kaffee mitgenommen. Ungeduldig tauchte ich meinen Pinsel wieder ins Wasser und mischte einen Grauton, um mit dem Himmel zu beginnen.

Das richtige Grau war nach wie vor schwer zu mischen, auch wenn der Himmel sich freundlicherweise – ganz wie eine Vorlage – über mir wölbte. Je länger ich hinaufstarrte, desto heikler erschien mir das Grau, desto blasser, weicher, eher weiß als grau. Die Pappe wurde immer feuchter, je häufiger ich sie übermalte – all das für einen öden grauen Himmel. Ich wußte, daß ich jeden Augenblick so wütend über meine verzweifelten Versuche werden würde, daß ich das verflixte Bild zerriß, und wandte mich lieber den Grün- und Brauntönen des Abhangs, der Moorlandschaft, zu. Das war einfacher. Ich traf Susannahs Grün ziemlich genau, wenn man bedenkt, daß ihre Farbe alt war und meine noch frisch, und es machte Spaß, Braun und gelegentlich einen winzigen Fleck Dunkelgelb zu tupfen. Das Gras enthielt alle nur erdenklichen Farbtöne und Schattierungen, die erst mit der Zeit, je länger ich hinsah, hervortraten, und ich hatte Freude daran, dünne purpurrote Striche und weiße Punkte hinzuzufügen. Ich brauchte lange, um die Wirkung zu erzielen, die ich mir vorstellte – und nicht die, die Susannah gewollt hätte –, war aber mit dem Ergebnis zufrieden, weil ich das Gefühl hatte, ihr Bild verbessert zu haben. Es begann, interessanter auszusehen, weniger fade zu wirken. Blieben nur noch das Cottage, diese kleine Kate, und die Steine. Ich zögerte. Ohne eine Kate vor mir, die ich hätte abmalen können, wußte ich nicht, ob ich eine erfinden konnte, daher beschloß ich, sie zu übermalen, ihren Umriß auszulöschen. Ich fühlte mich unwohl dabei, aber es war schnell getan, denn Susannah hatte sie nur skizziert, und ich brauchte nur die Bleistiftzeichnung und einen kleinen Versuch von Farbabstufungen zu überpinseln. Aber die Steine behielt ich bei, da um mich herum echte Steine verstreut lagen, die als Modelle dienen konnten. Ich wurde immer kühner, was ein Fehler war, und malte die Umrisse zu kräftig, so daß sie, anstatt wie vorher mit dem Abhang zu verschmelzen, auf meinem Bild unschön hervortraten.

Aber es war geschafft, es war fertig. Kritisch betrachtete ich mein künstlerisches Machwerk. Gar nicht so schlecht. Ein schönes, kleines Aquarell, kein Schokoladenbildchen, sondern es besaß jetzt, was man einen »gewissen Charme« nennt, das heißt, es war gefällig, nett und vielleicht sogar noch eine Spur besser, es vermittelte vielleicht sogar wirklich einen Eindruck von dem Ort. Ich fand, es gab die Trostlosigkeit dieser Hügel wieder, die Leere und Einsamkeit, und zugleich den Mangel an Erhabenheit oder Dramatik. Ich lehnte es zum Trocknen gegen den Hocker und machte einen kleinen Spaziergang. Ich wollte mir, bevor ich ins Auto stieg, eigentlich nur kurz die Beine vertreten, ging aber immer weiter, obwohl der Boden sumpfig war und meine Schuhe schon bald ganz durchnäßt, und merkte plötzlich, wie ich den Hügel, den ich die ganze Zeit über zu malen versucht hatte, hinaufstieg. Es gab keinen Punkt, an dem ich das Gefühl hatte, oben angekommen zu sein, keine eigentliche Spitze, sondern nur eine lange, flache Hochebene. Heideland, so weit das Auge reichte, meilenweit, wie es schien. Als ich jedoch kehrtmachte, sah ich mit Staunen in der Ferne das Meer, die Nordsee, wie ich annahm, vor der Küste von Cockburns, wohin wir manchmal mit Hector gefahren waren. Wäre Susannah doch bis hier heraufgekommen, wieviel interessanter wäre es gewesen, diesen Blick zu malen. Wenn sie überhaupt in diese Gegend gekommen war. Wenn es nicht überhaupt ein total verrückter Gedanke von mir war zu glauben, sie sei ausgerechnet hier gewesen.

Ich ging langsam zurück und verstaute meine Sachen im Auto. Ich hatte, während ich malte, kein einziges Mal an Susannah gedacht – ich hatte sie fast vergessen. Wenn es der Sinn dieser Übung sein sollte, mit ihr dadurch in einen Dialog zu treten, daß ich ein von ihr begonnenes Bild zu Ende malte, dann war das ganz und gar gescheitert. Es war mir nicht einmal mehr unheimlich vorgekommen, dort fortzufahren, wo sie aufgehört hatte. Amüsiert setzte ich vorsichtig das Auto auf dem Weg zurück. Als ich später durch Edinburghs Vororte zurückfuhr, wurde meine Laune immer schlechter, hinzu kam eine Portion des üblichen Unmuts. Was um Himmels willen hatte sie sich dabei gedacht, als sie mir dieses unheilvolle Bild hinterließ? Denn das war es jetzt in meinen Augen, nicht langweilig, sondern unheilvoll. Angenommen, man hätte mir die Schachtel gegeben, als ich noch jünger war, was hätte es dann in mir ausgelöst? Auch den Wunsch, diese Spur zu verfolgen und die Szenerie des Bildes ausfindig zu machen? Damals gab es für mich nur Schwarz oder Weiß. Ich hätte meinen Vater gezwungen, mir zu helfen, den Ort zu suchen, wenn er ihn nicht schon kannte, oder meine Großmutter bestürmt, die ihn ganz bestimmt gekannt haben würde. Und einmal dort, wo auch immer, wäre ich über seine Nichtigkeit verzweifelt gewesen und außer mir, weil ich mir seine Bedeutung nicht hätte erklären können. Susannah hätte das bedenken sollen. Sie hätte es nicht mir überlassen dürfen, nach irgendwelchen Bedeutungen zu suchen und mir darüber den Kopf zu zerbrechen. Wenn ich tatsächlich, wie Rory behauptete, alles viel zu ernst nahm, wer hatte dann schuld?

Als ich, erschöpft und entmutigt, in das Haus meiner Tante zurückkehrte, legte ich das Bild auf den Küchentisch und machte mir einen Kaffee. Ich war erleichtert, daß sie noch nicht wieder zu Hause war, und genoß die Ruhe und daß ich nichts erklären mußte. Aber sie kam, bevor ich meinen Kaffee ausgetrunken hatte, und fand mich zusammengesunken, mit verlorenem Blick, am Tisch sitzen. Sie eilte geschäftig hin und her, ergriff wie üblich von allem Besitz, rückte die Stühle millimeterweise hin und her, griff nach dem Wasserkessel, setzte ihn wieder ab und machte soviel Krach, wie es ihr gefiel. Mir blieb keine Zeit, das Bild zu verstecken. Sobald sie sich ihren Tee aufgegossen hatte, setzte sie sich an den Tisch und zog das Bild zu sich her. Ich machte den halbherzigen Versuch, sie davon abzuhalten, aber sie hielt es bereits fest in Händen, es war zu spät. »Hast du das gemacht?« sagte sie. »Ich dachte, du würdest fotografieren, nicht malen.« Ich wußte nicht, was ich sagen sollte. »Na ja«, sagte ich und verstummte. Eines konnte Isabella, sie konnte problemlos ganz allein eine Unterhaltung weiterführen. »Ganz hübsch«, sagte sie und hielt es mit ausgestrecktem Arm vor sich hin. »Ich wußte nicht, daß du wie deine Mutter eine künstlerische Ader hast. Sie hat gemalt, du weißt. Nicht daß ich sie je für eine gute Malerin gehalten habe, aber ich muß zugeben, andere haben das getan.« Und schon erzählte sie die ganze Das-Bild-wurde-in-der-Sommerausstellung-der-Royal-Academy-gezeigt-Geschichte. Sie schien es zu genießen, diese Geschichte zu erzählen, und ohne weitere

Fragen verschwand sie, um sich umzuziehen. Wie viele Frauen ihrer Art empfand sie direkte Fragen als aufdringlich, sowohl zu fragen wie auch gefragt zu werden, worüber ich ganz glücklich war. Falls sie neugierig war, hätte sie es als Gesichtsverlust empfunden, sich das anmerken zu lassen – Neugier zu zeigen gehörte sich nicht. Sie war eine ganze Weile weg, jedenfalls lange genug für mich, um unsere Tassen zu spülen und abzutrocknen und das Bild in meine Tasche zu stecken. Als sie zurückkam, hatte ich nicht damit gerechnet, daß sie noch einmal darauf zu sprechen kommen würde. Aber sie tat es. »Oh«, sagte sie mit einem Blick auf den leeren Tisch, »wo ist das Bild? Es erinnert mich an irgendeinen Ort, ich würde es mir gern noch einmal ansehen.«

Ich konnte sie nicht davon abhalten. Als ich auf die Tasche zeigte, zog sie das Bild heraus und musterte es. Dann ging sie damit, ohne ein Wort zu sagen, aus der Küche und kam mit einem gerahmten Foto in der Hand zurück. »Schau mal«, sagte sie. Ich schaute es an. Es war eine alte Fotografie. Ich erkannte in der Mitte eine junge Frau, an die sich sowohl rechts wie links ein kleines Mädchen schmiegte, meine Großmutter, hinter ihr ein Mann, vermutlich mein Großvater, der vor meiner Geburt gestorben war. Sie saßen auf Felsen an einem Abhang, und im Hintergrund war gerade noch eine kleine Kate zu erkennen. »Jock hat es aufgenommen«, sagte Isabella, »das ist sein Haus, wir waren rausgefahren, um ihn zu besuchen. Also, wenn auf dem Bild diese Kate wäre, meinst du nicht auch, daß das genau der Ort ist, den du gemalt hast?« Ich zuckte die Schultern und sagte, das sei schon möglich, aber es gäbe unzählige andere, ähnliche Orte, und Isabella fragte mich, wo ich das Bild gemalt hätte, und ich versuchte, es ihr zu beschreiben. »Dann warst du gar nicht so weit entfernt«, sagte sie. »Jocks Kate stand südlich von Gifford. Wir haben ihn oft besucht. Er war der Vetter deiner Großmutter – sie hatte ihn sehr gern. Er war Wildhüter. Wir waren oft dort draußen, blieben den Tag über bei ihm. Wir brachten unser eigenes Essen mit, und er machte Tee. Es war eine wunderbare Zeit. Sieh mal, da bin ich, und da ist deine Mutter.« Sie verglich das Foto noch einmal mit dem Bild und sagte dann: »Vielleicht ist es gar nicht so ähnlich. Aber deine Mutter hat einmal versucht, Jocks Kate zu malen, um ihm eine Freude zu machen. Sie wollte es ihm schenken. Sie machte viel Wirbel darum. Sie hatte die Farben gerade zum Geburtstag bekommen und machte sich damit wichtig. Es endete mit einem Desaster.«

Es klang wie eine Einladung, genauer nachzufragen, daher wagte ich es. Isabella sagte, ich solle ins Wohnzimmer gehen, wo ein Kaminfeuer brenne, und »es mir gemütlich machen«, während sie etwas von ihrer selbstgekochten Suppe aufwärmen und ein paar Brötchen aufbacken und alles hereinbringen würde. Mir kam die Gemütlichkeit bedrohlich vor. Aber das Zimmer war auf eine altmodisch spießige Weise anziehend, die Sessel waren tief, und das Feuer loderte und wärmte mich in so mancher Hinsicht. Ich war ganz froh, dort zu sitzen und auf meine Tante zu warten, ohne mich vor der Vertrautheit zu fürchten, die offenbar gewollt war. Mir ging plötzlich auf, daß sie womöglich genauso gern mit mir sprechen wollte wie ich mit ihr. Sie kam mit einem Tablett mit Essen herein, und ich sprang auf, um es ihr abzunehmen, und es gab ein geschäftiges Hin und Her, bis wir uns schließlich mit unserer Suppe niederließen. »Hast du heute schon etwas gegessen, Catherine?« fragte sie. Ich schüttelte den Kopf, und sie sagte mißbilligend: »Du mußt doch essen. Du bist zu dünn, viel zu dünn. Also, erzähl mir, was du heute so gemacht hast.«

Ich hatte Isabella gegenüber bereits bei unserem Dinner im Savoy die Andenkenschachtel erwähnt, aber sie hatte mir nicht gesagt, ob sie davon gewußt hatte. Ich fragte sie jetzt, bevor ich auf das Bild zu sprechen kam, und sie sagte, ihre Mutter habe ihr davon erzählt und sie habe gedacht: »Typisch Susannah.« Ich wußte nicht, was genau sie damit meinte, ging aber nicht näher darauf ein. Ich sagte, das halbfertige Bild sei darin gewesen, mit dem Tuschkasten, ohne eine Erklärung, erwähnte aber nicht, was sonst noch darin gewesen war. Sie wußte bereits von dem Adreßbuch, daher sagte ich, es sei auch dabei gewesen, ohne die anderen Dinge aufzuzählen. Irgendwie ertrug ich es nicht, Isabella mehr als nötig einzuweihen, und ich hatte den Eindruck, die offensichtliche Irritation über das exzentrische Verhalten ihrer Schwester würde dann nur noch zunehmen. Ich haßte es, sie offen um Hilfe zu bitten, und bemühte mich, dies zu vermeiden, aber in Wirklichkeit war ich bereits dabei und hätte es schon viel früher tun sollen. Isabella war schließlich die einzige noch lebende Person, die Susannah gekannt hatte, und würde wenigstens bei einigen Dingen aus der Schachtel Licht in das Dunkel bringen können. Aber ich schämte mich, meine eigene Ratlosigkeit preisgeben zu müssen und zu offenbaren, wie sehr ich mich um die Deutung meines seltsamen Erbes bemühte – ich wollte nicht, daß sie davon erfuhr.

Ihr Gesichtsausdruck hatte sich, während ich redete, verändert. Die Gereiztheit war einem Ausdruck von Schuld gewichen. Behutsam setzte sie ihre Suppentasse ab und sagte, während sie nicht mich anblickte, sondern in das Feuer sah, sie sei froh, daß ich mich wegen des Bildes an sie gewandt hätte (obwohl ich nichts dergleichen getan hatte; es war alles reiner Zufall), denn sie wisse darüber Bescheid. Und sie wiederholte in ihrer selbstzufriedenen Art, ob sie nicht sofort, als sie das Bild gesehen habe, den Ort wiedererkannt habe, und sei sie nicht gegangen und habe das Foto geholt und habe sie nicht recht gehabt? Sie ließ einen leisen Seufzer der Befriedigung hören. Jetzt aber, wo sie wisse, daß es Susannahs Originalbild sei, könne sie mir noch viel mehr erzählen. Sie sagte, sie habe angenommen, daß es wegen des Vorfalls bei seiner Entstehung vernichtet worden sei, und sie könne im Grunde kaum glauben, daß es all die Zeit, mehr als fünfundvierzig Jahre, überlebt habe. Susannah habe es auf einem jener Ausflüge zu malen begonnen, bei denen sie Vetter Jock besucht hätten, an einem jener Tage, an denen sie und Susannah und ihre Eltern zu seinem abgelegenen kleinen Bauernhof in der Heide gefahren seien und den Nachmittag bei ihm verbracht hätten. Ihre Schwester habe, wie gesagt, zum erstenmal ihre Farben benutzt, die sie in der Woche zuvor zu ihrem fünfzehnten Geburtstag geschenkt bekommen hatte. Susannah habe sich auf einen kleinen Klappstuhl gesetzt und verkündet, sie wolle von dort aus Jocks Haus malen, und ihr Vater habe gesagt, sie sei zu weit entfernt, und außerdem sei der Blick auf das Haus von der anderen Seite viel interessanter, von wo aus man vielleicht noch einen Schimmer des Meers sehen könne. Aber nein, Susannah habe nicht auf ihn gehört – »Sie war immer so eigensinnig«, sagte Isabella – und sei dort sitzen geblieben, wo sie war, während die anderen zur Kate hinaufgegangen und von Jock begrüßt worden seien.

»Ich weiß nicht, wieviel Zeit vergangen war«, fuhr Isabella fort, »vielleicht eine Stunde. Es war kein schöner Tag, die Sonne schien nicht mehr, der Himmel hatte sich bezogen, nachdem wir von zu Hause losgefahren waren, und für September war es eine Spur zu kalt. Es muß September gewesen sein, denn Susannahs Geburtstag war Ende August, ja, September, ich glaube in der ersten Woche. Aber es war ziemlich kühl dort oben, und Jock hatte Feuer gemacht und goß Tee auf, und Mutter hatte *scones* mitgebracht, und wir saßen da und plauderten und tranken Tee, und dann bat meine Mutter mich, zu Susannah zu gehen, denn sie würde bestimmt frieren, und ihr zu sagen, sie solle kommen und sich aufwärmen, sie habe lange genug gemalt.« Isabella hielt inne und strich über die Armlehne des Sessels, als würde sie eine Katze streicheln. »Sie waren ständig um ihre Gesundheit besorgt. Wenn ich eine Erkältung hatte, hieß es: ›Nimm ein Aspirin und geh mit einer Wärmflasche ins Bett‹, hatte *sie* aber eine, wurde großer Wirbel darum gemacht. Sie war zerbrechlich, so hieß es jedenfalls. Ich konnte das natürlich nicht so sehen. Ich konnte an ihr nichts Zerbrechliches erkennen. Auf mich wirkte sie robust.«

Sie sei losgegangen, um ihre Schwester ins Haus zu holen, und habe sie, mit dem Pinsel in der Hand auf dem Boden liegend, gefunden und geglaubt, sie sei tot. Sie habe nach ihrem Vater gerufen und sei atemlos zur Kate zurückgerannt, und alle seien aus dem Haus gestürzt, den Hügel hinunter zu der zusammengebrochenen Susannah. Danach sei man von »einer Panik in die nächste« gefallen, ohne Aussicht auf einen Krankenwagen – Jock hatte kein Telefon, und das nächste Haus war Meilen entfernt –, und immer in der schreckliche Angst, daß es dem Mädchen schaden könnte, wenn man sie hochhob. »Vater und Jock legten sie auf den Rücksitz und hüllten sie in eine Decke. Ich kauerte eingekeilt zwischen Rücksitz und Vordersitz, und Mutter zwängte sich neben Susannah und hielt ihren Kopf, und Vater saß am Steuer, Jock neben sich, der ihm den Weg zum Krankenhaus zeigte. Ich dachte, sie sei tot. Ihre Lippen waren bläulich, auch um die Nase herum, ich konnte sie nicht atmen hören. Ich weiß nicht, zu welchem Krankenhaus wir rasten. Ich blieb im Auto. Mutter sagte: ›Bleib hier und rühr dich nicht vom Fleck‹, und das tat ich auch. Ich weiß noch, daß im Handschuhfach Süßigkeiten lagen, und ich aß sie und hatte dann Angst, man würde mit mir schimpfen, weil ich das ganze Päckchen aufgegessen hatte. Es war Weingummi. Ich dachte noch immer, sie sei tot, konnte mir aber nicht vorstellen, woran sie gestorben war.« Sie hielt inne und hatte plötzlich wieder einen Ausdruck von Schuld im Gesicht, und ich fragte mich, ob sie sich wohl erinnerte, daß sie gehofft hatte, ihre Schwester, von der sie sich nicht geliebt fühlte, sei tatsächlich gestorben, daß dies aber selbst heute noch ein zu ungeheuerliches Eingeständnis mir gegenüber gewesen wäre. »Ja«, sagte sie, »Vater kam schließlich aus dem Krankenhaus und sagte, Susannah werde es bald wieder gutgehen, sie würden sie aber eine Weile dort behalten und Mutter wolle die Nacht über bei ihr bleiben. Wir brachten Jock nach Hause und fuhren dann selbst heim. Ich weiß noch, es war fast dunkel, und Vater konnte kaum etwas sehen, als er die Sachen zusammensuchte, die wir überall verstreut liegengelassen hatten, Susannahs

Klappstuhl und die Staffelei und ihre Farben. Ich nehme an, er packte das Bild mit den übrigen Sachen ein. Wir fuhren nach Hause, und ich ging ins Bett, und als ich aufwachte, hörte ich ihn telefonieren und dachte: Sie ist in der Nacht gestorben. Das war sie aber nicht, sie hatte sich erholt, und wir fuhren los und holten sie und Mutter ab. Und dann mußten sie mir von ihrem Herzen erzählen.«

Es war für mich an der Zeit, mir endlich erklären zu lassen, was tatsächlich mit ihrem Herzen nicht in Ordnung war, etwas, das ich noch nie gefragt hatte. Ich überwand mich und fragte Isabella, und sie versuchte ihr Bestes, mir die medizinischen Einzelheiten genauso wiederzugeben, wie sie ihr erklärt worden waren.

Susannah war offenbar mit einem angeborenen Herzfehler zur Welt gekommen, der bis zu ihrem Kollaps, als sie mit ihrer Familie Jock besuchte, nicht entdeckt worden war. Sie litt unter einer sogenannten Kardiomyopathie – Isabella buchstabierte mir das Wort –, die normalerweise als Herzrhythmusstörung auftritt, aber ohne Elektrokardiogramm, das man bei Susannah natürlich nie gemacht hatte, seien die Symptome, außer akuter Atemlosigkeit, etwaigen Schmerzen in der Brust und Ohnmachtsanfällen, nicht leicht zu erkennen. Es stimmte, daß Susannah sehr schnell außer Atem war, was jedoch darauf zurückgeführt wurde, daß sie als Kind immer so leicht erregbar war und sich ständig überanstrengte und bis an ihre Grenzen ging. Sie war bis zu jenem Tag bei Jock nie ohnmächtig geworden, und wenn sie Schmerzen in der Brust hatte, so klagte sie nie darüber. Als man dann ein EKG bei ihr gemacht und eine Herzschwäche festgestellt hatte, sagte man zu ihr, sie müsse sehr gut auf sich aufpassen, aber damals waren die Medikamente und Herzschrittmacher, mit denen man ihren Herzrhythmus heutzutage hätte stabilisieren können, noch nicht auf dem Markt. »Mutter hätte sie am liebsten gleich in Watte gepackt«, sagte Isabella, »aber sie wollte nichts davon wissen und sagte, sie habe nicht vor, wie eine Invalidin zu leben. Man gab ihr das einzige damals verfügbare Medikament zur Regulierung ihres Herzrhythmus, und obgleich es nicht annähernd so wirksam war wie die Mittel, die nur wenige Jahre später entwickelt wurden, zeigte es doch eine gewisse Wirkung. Sie lebte ganz normal weiter und schien damit zurechtzukommen. Doch sobald sie von zu Hause weg war und zu studieren anfing, begann sie, Risiken einzugehen.«

»Sie sagte, sie wolle nicht immer an ihr Herz denken müssen und werde das auch nicht tun«, fuhr Isabella fort. »Und sie schien mir auch so kräftig zu sein. Ich habe sie nie wieder zusammenbrechen sehen, aber ich weiß von Mutter und von deinem Vater, daß es doch ab und zu vorkam. Sie tat einfach so, als würde es ihr gutgehen, und machte alles, was die anderen auch machten, und noch mehr, nur um es ihnen zu beweisen. Sie hätte nie zu segeln anfangen dürfen. Mutter war überzeugt, daß sie sich dadurch geschwächt hat – sie war jedesmal, wenn Susannah segeln ging oder etwas ähnliches, verrückt vor Angst. Und dann hat Susannah beschlossen, dich zu bekommen, ein Baby … ein Spiel mit dem Tod.«

Isabella genoß die letzten Worte. Sie schaute mich jetzt direkt an, und ich fühlte mich des Muttermordes angeklagt, und all die alten Schuldgefühle kamen wieder in mir hoch. »Ich kann nichts dafür«, sagte ich, wie ein Kind, und sie sagte, natürlich nicht, das habe sie damit auch nicht gemeint. Ich war so bestürzt über all das, was sie mir erzählt hatte, versuchte aber instinktiv, meine Verzweiflung zu verbergen, weil ich meiner Tante nicht zeigen wollte, wie betroffen es mich gemacht hatte, hören zu müssen, daß meine Mutter so tapfer gewesen war. Isabella sagte, wir brauchten nach »alldem« einen Drink, und holte einen Whisky. Sie goß jeder von uns einen winzigen Tropfen in ein großes, geschliffenes Kristallglas und schien sich einzubilden, zwischen uns sei eine enge Beziehung entstanden, wohingegen ich mich noch weiter von ihr entfernt und noch unwohler fühlte als am Tag vorher bei meiner Ankunft. Ihre Abneigung ihrer toten Schwester gegenüber stieß mich ab, sie schien alles, was sie mir über sie erzählte, zu vergiften. Warum hatte sie Susannah dermaßen gehaßt? Die meisten Frauen hätten für eine Schwester, die unter einer zu ihren Lebzeiten unheilbaren Herzkrankheit litt, sicherlich Mitleid empfunden. Warum dann diese Feindseligkeit? Warum machte sie den Eindruck, als habe man ihr unrecht getan? Ich aber würde es nicht schaffen, alldem zusammen mit Isabella auf den Grund zu gehen. Ich war mir sicher, daß es ein solches Maß an Geduld und Geschick erforderte, das verwickelte Durcheinander ihrer Beziehung zu entwirren, das ich nicht aufbringen konnte. Ein weiteres Rätsel, das Susannah für mich gewiß hätte lösen können, wenn sie noch am Leben gewesen wäre, wenn wir so wie jetzt »gemütlich«, in vertrautem Gespräch zwischen Mutter und Tochter, vor einem Feuer zusammengesessen hätten … Wie auf ein Stichwort sagte Isabella: »Es ist so schön, dich hier zu haben, Catherine. Als wärst du meine eigene Tochter.«

Ich setzte vorsichtig mein Glas ab. Die ganze Geschichte mit dem Bild, das mir, so wie es aussah, als pathetisches Eingeständnis einer bis dahin nicht erkannten bedrohlichen Krankheit vermacht worden war, war unwichtig. Etwas anderes sollte ich versuchen, zu ergründen und zu begreifen. »Du hast einen Sohn, Tante Isabella«, sagte ich. »Das ist genauso gut wie eine Tochter.« Sie zog die Brauen hoch und sagte, Söhne seien nicht dasselbe, ganz gleich, wie sie geartet seien (das sagte sie mit Nachdruck), sie könnten einem nie so nahe stehen, nicht wie von Frau zu Frau, mit allem, was dazugehöre. Ich wußte nicht genau, was ihr das bedeutete, mir bedeutete es nichts Besonderes. »Ich spreche lieber mit Rory als mit irgendeiner Freundin«, wagte ich zu sagen. »Er ist mir lieber als jede Frau.« Ich sah sofort, wie dies interpretiert wurde, und setzte hastig hinzu, ich meinte, Rory sei an allem interessiert und stünde mir so nahe, daß es zwischen uns nie irgendwelche Barrieren gegeben habe. »Ist er glücklich?« unterbrach mich Isabella, als ich gerade eine weitere Lobeshymne auf ihn anstimmen wollte. »Glaubst du, daß er mit dem Leben, das er führt, glücklich ist, wo er von seiner Familie weggelaufen ist, ihr soviel Ärger und Kummer bereitet hat? Hat es ihn glücklich gemacht zu tun, was er wollte, nur an sich zu denken, egoistisch wie eh und je?« Sie sprach abgehackt, und es war deutlich, daß sie starke Emotionen unterdrückte, vor allem Wut, nahm ich an. Ich sollte es eigentlich wissen, ich sollte es erkennen und durchschauen und Sympathie empfinden können für jemanden, der wie ich unter dieser Emotion zu leiden hat. Ich hatte mich immer gegen diese schreckliche Vorstellung gesträubt, in dieser Hinsicht wie Isabella zu sein, obwohl es in all den Jahren viele Beweise dafür gegeben hatte. Ich konnte nie verstehen, worüber meine Tante hätte wütend sein sollen, aber schließlich hatte ich bis zum Tod meiner Eltern gar keinen Anlaß gehabt. Wir neigten nun einmal zu plötzlichen, grundlosen Wutanfällen, die in keinem Verhältnis zu dem standen, was sie ausgelöst hatte. Es machte mich traurig, mich selbst so zu erleben, wie andere mich wahrscheinlich erlebten, mit ansehen zu müssen, wie Isabella verzweifelt versuchte, ihren Zorn in Schach zu halten – und scheiterte.

Es hatte keinen Sinn, sie weiter aufzuregen, deshalb sagte ich, nein, ich glaubte nicht, daß Rory glücklich sei (und sie lächelte kurz, aus Genugtuung, wie ich vermutete), würde ihr aber nicht recht darin geben, daß er nur an sich denke oder mutwillig von ihr und Hector weggelaufen sei. »Ach?« sagte sie scharf und richtete sich kerzengerade auf. »Und was hat er dann deiner Meinung nach getan? Mir fällt dafür kein anderes Wort ein. Er ist weggelaufen. Er hat Geld gestohlen und ist dann weggelaufen. Und in all den Jahren, *all* den vielen Jahren, haben wir ihn genau zweimal gesehen. Zweimal. Bei Beerdigungen. Er hat nur angerufen, wenn er etwas wollte. Er hat sich nicht benommen und benimmt sich noch immer nicht wie ein Sohn, dem die ganze Aufmerksamkeit seiner Eltern galt. So. Soviel zu Ihrem Rory, Miss.«

Ihr Zorn wirkte weniger bedrohlich (dabei fühlte ich mich aber lächerlicherweise dennoch bedroht) als vielmehr hinderlich. Man kann nicht vernünftig mit jemandem reden, der vor Wut fast außer sich ist, wahrscheinlich sollte ich lieber eine Weile warten und dann ganz, ganz behutsam vorgehen. Solange sie derart erregt war, konnte ich nichts von dem sagen, was ich eigentlich hatte sagen wollen – ich würde sie nur noch aggressiver machen und nichts damit erreichen.

Ich deutete schließlich vorsichtig an, daß Rory sich vielleicht in ihren Augen nicht wie ein Sohn verhalten habe, daß man ihm aber vielleicht verzeihen könne, weil er das Gefühl hätte, sie habe ihn als Mutter im Stich gelassen, als er sie am meisten brauchte. Ich formulierte es so, als hätte ich meine Zweifel, auch wenn das gar nicht stimmte, aber selbst mein vorsichtiger Ton vermochte sie kaum zu beschwichtigen.

»Im Stich gelassen?« sagte sie. »*Er* hat uns im Stich gelassen, das vergißt du, du vergißt, wie er sich benommen hat – er hat uns *immer* im Stich gelassen, so daß wir uns seinetwegen schämen mußten.«

»Er kann doch nichts dafür, daß er schwul ist«, murmelte ich.

Sie zuckte bei dem Wort »schwul« zusammen, schüttelte aber den Kopf und sagte heftig: »Das hat nichts miteinander zu tun, sein ständiges schlechtes Benehmen, nichts damit, daß er angeblich –«

»Glaubst du ihm nicht? Glaubst du nicht, daß er schwul ist?«

»Ich weiß nichts darüber und will auch nichts darüber wissen. Mir geht es –«

»Tante Isabella«, sagte ich, »*darum* geht es. Deswegen hat Rory sich so verhalten, deswegen war er so unglücklich. Er konnte nicht er selbst sein, und es wurde immer schlimmer für ihn, vor euch verheimlichen zu müssen, wie er ist, und –«

»Ach, um Himmels willen! Dabei geht es doch nur um *Sex*, dieses ganze *Getue*, um nichts anderes. Warum in aller Welt muß er es überall herumposaunen, als würde es irgendeinen Unterschied machen –«

»Aber es *macht* einen Unterschied, es geht nicht nur um Sex, es geht um sein ganzes Leben, es beeinflußt doch alles, es ist das, was er *ist.*«

»Unsinn! Du denkst, du weißt alles, und das tust du nicht. Wir haben Rory all unsere Zeit und Aufmerksamkeit geschenkt, und er – «

»Aber was ist mit Liebe?«

»Liebe? Liebe? Was weißt du schon davon, mein Fräulein? Du bist frech, du gehst zu weit, genau wie deine Mutter – du denkst, du weißt alles und jedes, und das tust du nicht. Hast du Kinder? Nein. Dann sei vorsichtig mit dem, was du sagst.«

»Aber ich bin ein Kind gewesen«, sagte ich. »Ich weiß, wie es ist, wenn man sich *wirklich* geliebt fühlt. Charlotte hat mich in einer Weise geliebt, in der sich Rory nie von dir geliebt gefühlt hat, selbst wenn er sich geirrt haben sollte. Und darauf kommt es doch an, wie er sich gefühlt hat, oder?«

»Gefühle!« spottete Isabella. »Er wurde genauso geliebt wie jedes andere Kind auch.«

»Wenn du meinst.«

»Das meine ich.«

»Aber du bist aus dem Zimmer gegangen an jenem Abend, als er dir und Hector erzählte, daß er – «

»Ach, wir wollen doch nicht schon wieder davon anfangen, oder?« Sie stand auf, zog ihren Pullover herunter und sagte schroff: »Zeit ins Bett zu gehen, denke ich, Catherine. Ich weiß nicht, was in dich gefahren ist, aber du scheinst unseren Abend zu deiner Zufriedenheit verdorben zu haben. Du scheinst ein Talent zu besitzen, alles zu verderben. Ich will mich nicht streiten, aber ich glaube, ich habe jetzt genug, und wenn wir uns morgen in Freundschaft trennen wollen, gehe ich jetzt lieber ins Bett. Mach das Licht aus, bevor du das Zimmer verläßt. Danke. Gute Nacht.«

Und damit ging sie, jedenfalls dachte ich das. Ich saß leicht benommen da und versuchte, mich daran zu erinnern, wann genau ich alles kaputt gemacht hatte, da hörte ich plötzlich, wie die Tür noch einmal aufging und Isabella sagte: »Du machst zuviel Wirbel um diese alberne Schachtel. Susannah war nicht ganz bei Verstand, das ist alles.« Ich stand auf und drehte mich um, aber sie war nicht ganz hereingekommen. Sie stand im Schatten hinter der offenen Tür. »Meinst du, sie war verrückt?« sagte ich. Ich haßte es, ihr nicht gegenübertreten, ihr nicht direkt in die Augen sehen zu können. »Überhaupt nicht, überhaupt nicht«, lautete die Antwort, »nicht verrückt, sondern nur nicht ganz bei Verstand, wie Mutter sagte. Diese Schachtel war nichts Gutes. Mutter fand, sie hätte vernichtet werden sollen, das ist alles. Susannah wußte nicht, was sie tat. Ich meine nur, daß du daran denken solltest.« Die Tür schloß sich. Ich setzte mich wieder, noch immer ganz benommen. »Susannah wußte nicht, was sie tat …« Stimmte das? Und warum war Isabella immer so verbittert und voller Ressentiments, wenn sie von ihrer Schwester sprach, auch jetzt noch, nach so vielen Jahren, wo der Tod doch alle Erinnerungen an irgendwelche belanglosen Feindseligkeiten ausgelöscht haben müßte. Aber war das, was auch immer geschehen sein mochte, wirklich belanglos? Es war dumm, solche Familiengeheimnisse nicht aufzudecken.

Ich hörte, wie Hector nach Hause kam, und wünschte mir, ich wäre schon ins Bett gegangen. Ich hoffte inständig, er würde nicht in das Zimmer schauen, in dem ich noch immer saß, und machte rasch beide Lampen aus, damit er denken sollte, es sei leer, aber es war schon zu spät.

»Ah, Catherine«, sagte er, »du genießt wohl noch das Feuer, wie? Sieht gemütlich aus. Wo ist Isabella? Schon im Bett? Das Alter, ja, das verdammte Alter …«

Er quasselte immer weiter und setzte sich zu meiner Bestürzung mit einem Glas Whisky in der Hand neben mich ans Feuer. »Ein Schlummertrunk«, sagte er, indem er ihn hin und her schwenkte. »Willst du auch einen?« Ich sagte, nein, danke, ich hätte schon einen getrunken. »Das tut gut«, sagte er, »schenkt einem süße Träume.« Ich lächelte höflich. »Aber du bist noch jung«, brummte er, »du brauchst kein Mittel zum Einschlafen, oder?« Ich sagte, das stimme. »Nicht wie deine Mutter«, sagte er. »Sie litt an Schlaflosigkeit, schon als sie noch klein war. Hat meine Bella fast verrückt gemacht. Bella schläft gern, hat sie schon immer getan.«

Ich fühlte, wie langsam mein Interesse erwachte. »Waren sie sehr verschieden, Susannah und Isabella?« sagte ich.

»O ja, mein Gott, wie Tag und Nacht, die beiden, haben sich nie verstanden, haben ihre Mutter ganz krank gemacht mit ihrem ewigen Gezanke und noch schlimmer.«

»Schlimmer?«

»Pausenloses Geschrei manchmal, und Susannah durfte sich doch nicht aufregen: Schlecht für sie.«

»Weshalb haben sie geschrien, worum ging es denn?«

»Um Jungs manchmal, das übliche, Eifersucht und so.«

»Hatten sie dieselben Freunde?«

»Weiß nicht. Einen, wegen einem hatten sie Krach.«

»Wer war das?«

»Vor meiner Zeit. Hab's nur von Bella gehört, als sie mich mit nach Hause nahm, um mich ihrer Mutter vorzustellen. Sagte, ihre Schwester sei da, und ich solle nicht mit ihr sprechen, weil *sie* auch nicht mit ihr spräche. Sie hatten furchtbaren Streit und sprachen nicht mehr miteinander.« Er lachte. »Lächerlich, was?«

»War es das?« fragte ich. »Ich meine, daß Isabella ihr nie wirklich verziehen hat, obwohl sie schon so lange tot ist?«

»Nein, nein, nein«, sagte Hector, »natürlich hat sie ihr vergeben, natürlich hat sie das. Sie haben sich einfach nicht verstanden. Und dann war da noch das Baby.«

»Was für ein Baby?«

»Hab genug gesagt«, sagte Hector, »ab ins Bett«, und er erhob sich mühsam aus dem Sessel. »Schon genug Wasser den Bach runtergeflossen.«

Ich hätte ihn beinahe in den Sessel zurückgestoßen. »Onkel Hector«, sagte ich, »welches Baby? Was für ein Baby? Wessen? Ich will es wissen.«

»Bella mag nicht darüber sprechen.«

»Sie ist nicht hier. Ich verspreche dir, daß sie nie erfahren wird, was du mir erzählt hast. Welches Baby?«

»Bellas. Plötzlicher Kindstod. Schreckliche Geschichte.«

»Bella hatte noch ein Baby? Vor Rory?« Er nickte, und ich merkte, daß ich noch mehr aus ihm herausbekommen würde, wenn ich ihm einfach nur Fragen stellte, auf die er mit einem Kopfnicken oder Kopfschütteln antworten konnte. »War es ein Mädchen?« Er nickte. »War sie sehr klein?« Er nickte. »Ein paar Monate alt?« Er schüttelte den Kopf. »Wochen?« Er nickte. Dann aber reichte es nicht mehr aus, bloß mit dem Kopf zu nicken oder den Kopf zu schütteln. »Was hat Susannah damit zu tun?« Er seufzte und rieb sich mit beiden Händen über sein rotes, altes Gesicht, während er sagte: »Sie kümmerte sich um das Baby.

Hatte kein eigenes, weißt du. Bella hatte Mitleid mit ihr. Sie ließ sie den Nachmittag über mit dem Baby allein, damit sie Mutter spielen konnte. Kam zurück ... War nicht ihre Schuld, natürlich. Der Arzt sagte, so was kann passieren, passiert eben. Alle beide schrien und weinten wie verrückte Frauen ... wahnsinnig, alle beide, krank, alle beide. Bella beschuldigte Susannah, sagte, sie werde sie umbringen, Susannah sagte, sie würde sich selbst umbringen ... Mein Gott, es war schrecklich, schrecklich. Ich dachte, keine der beiden würde je darüber hinwegkommen.«

»Warum hat mir nie jemand davon *erzählt*!« schrie ich, und er sprang auf und sah verzweifelt aus, und dann lauschte er an der Tür, aus Angst, Isabella könnte auftauchen und er müßte ihr Rede und Antwort stehen. »All diese Geheimnisse!« jammerte ich. »Sie vergiften alles. Das hätte man mir schon viel früher erzählen müssen.«

»Tut nicht gut, das zu wissen«, sagte Hector erschöpft und wiederholte wie einen Refrain: »Schon genug Wasser den Bach runtergeflossen. Ins Bett jetzt, Catherine, genug geredet.«

Ich lag beinahe die ganze Nacht wach. Nichts von alldem in der Andenkenschachtel, o nein. Es war bestimmt das traumatischste Ereignis in Susannahs Leben, aber sie hatte mir ihre Version nicht mitteilen wollen. Ich versuchte, diese Zurückhaltung als etwas Positives zu sehen – sie schonte mich, sie wollte mir, mir und sich selbst, nur schöne Dinge in Erinnerung rufen –, aber es gelang mir nicht. Ich hätte mir gewünscht, daß in ihrer Schachtel etwas gewesen wäre, das mir ihre Trauer um den Tod der kleinen Tochter ihrer Schwester gezeigt hätte. Wie durch keinen der Gegenstände, die sie mir vermacht hatte, wäre sie für mich real geworden. Und mit einemmal in diesen frühen Morgenstunden erschien mir Isabella nicht mehr kalt und schroff und lieblos. Ich fragte mich, ob Rory das alles wohl wußte – natürlich wußte er das nicht. Warum nicht? Warum hatten seine Eltern ihm nichts davon erzählt? Warum und wie hatten seine Eltern dieses tragische Geheimnis vor ihm verborgen gehalten? Weil es zu schmerzlich war, um es mitzuteilen?

Vollkommen durcheinander schlief ich ein.

Zwölftes Kapitel

Ich hatte meinen Reisewecker auf fünf Uhr morgens gestellt, da ich das Haus verlassen wollte, ohne meine Tante und meinen Onkel noch einmal sehen zu müssen. Hector hatte Isabella sicherlich nichts von seinem Geständnis erzählt – er würde schreckliche Angst haben, sie könnte hinter seine Indiskretion kommen –, und ich selbst traute mir nicht zu, daß ich das, was ich jetzt wußte, würde verbergen können. In meinem Gesicht würde all der Kummer und das Mitleid mit ihr geschrieben stehen, und sie würde Verdacht schöpfen. Eines Tages, an irgendeinem Abend am Kaminfeuer, würde ich versuchen, sie dazu zu bringen, mir selbst zu erzählen, was Hector mir erzählt hatte. Wenn ich den Mut dazu aufbrachte. Ich merkte, wie wichtig Mut ist, wieviel Mut dazu gehört, sich an schreckliche Dinge zu erinnern und sie zu beschreiben. Wie konnte ich den Erwachsenen in meiner Familie vorwerfen, diesen Mut nicht aufzubringen, wenn ich selbst schon bezweifelte, den nötigen Mut zu haben? »Schon genug Wasser den Bach runtergeflossen«, hatte Hector gemurmelt, und es war so verlockend, dem zuzustimmen und es dabei bewenden zu lassen.

Ich ließ Susannahs Bild auf dem Küchentisch liegen, zusammen mit einer Notiz, daß ich es nicht mehr wolle und daß Isabella es vernichten könne, wenn es ihr genauso gehe (was bestimmt nicht der Fall war). Und ich schrieb Rorys neueste Telefonnummer dazu, die auf meinem Anrufbeantworter war, kurz bevor ich London verließ. Dann fuhr ich schnell aus Edinburgh hinaus in Richtung Autobahn, die, von Glasgow kommend, über Abington durch die Pentland Hills führte. Zuerst war ich noch wie betäubt und ließ mir wieder und wieder durch den Kopf gehen, was Hector mir gesagt hatte und was das für mein Verständnis von Susannah bedeuten würde, aber die Straße war eng und kurvenreich und zwang mich, einen klaren Kopf zu behalten und mich zu konzentrieren. Sobald ich auf der Autobahn war, wurde ich müde, und ich wußte, daß ich niemals den ganzen Weg nach Hause würde fahren können, ohne in Abständen anzuhalten. Ich hatte nichts gegessen und getrunken, weil ich nicht riskieren wollte, meine Tante und meinen Onkel auch nur durch das leiseste Geräusch zu wecken, und fühlte mich leicht benommen. Ich beschloß, in Carlisle anzuhalten und zu frühstücken. Dabei erinnerte ich mich, wie sehr ich es bedauert hatte, daß ich mir damals, als ich den Mietwagen abholte, um nach Whitehaven zu fahren, nicht die Zeit genommen hatte, die Kathedrale und das Schloß anzusehen. Mein Vater war von Carlisle sehr angetan gewesen und hatte mir die beiden historischen Gebäude beschrieben.

Ich fand einen großen Parkplatz direkt unterhalb der alten westlichen Stadtmauer, wo ich das Auto mit meiner wertvollen Fotoausrüstung im Kofferraum unbesorgt stehenlassen konnte (obgleich ich meine Pentax 42 mitnahm, weil ich stets eine Kamera bei mir habe). Als ich in dem kleinen Fach herumsuchte, in dem ich immer Kleingeld für die Parkuhr aufbewahrte, berührte ich mit meiner Hand Susannahs

Adreßbuch – Gott weiß, wie es dorthin gekommen war: Ich konnte mich nicht mehr erinnern, was ich nach Bequia damit gemacht hatte. Aber es schien wieder einmal ein geradezu gewaltiger Wink zu sein, eine echte Hand-des-Schicksals-Geschichte zu sein, und ich mußte es, ob ich wollte oder nicht, in meine Tasche stecken. Ich wußte genau, daß darin eine Adresse in Carlisle und auch eine in Whitehaven stand, und nahm mir vor, mich, nachdem ich mir irgendwo einen Stadtplan gekauft hatte, in ein Café zu setzen und sie aus Spaß darauf zu suchen. Es war vermutlich ein Hotel, vielleicht eins, in dem Susannah auf ihrem Weg nach Whitehaven übernachtet hatte, als sie ihre zukünftige Schwiegermutter besuchte.

Das Fremdenverkehrsbüro war in dem schönen alten Rathaus untergebracht, das terracottafarben gestrichen war und beinahe italienisch aussah, und dort bekam ich auch einen Stadtplan. Dann lief ich eine Weile auf dem Platz davor herum und dachte, wie überraschend attraktiv diese großzügige Fußgängerzone mit ihren Sandsteinplatten und den großen Kübeln voller Frühlingsblumen war. Am Ende einer Straße konnte ich die Kathedrale sehen, und als ich beschloß, auf einem kleinen Umweg durch eine Gasse zu ihr zu gelangen, kam ich unter Arkaden mit ein paar Läden zu einem Café und ging hinein. Der Kaffee war köstlich und auch die *scones*, und ich war ausgesprochen zufrieden, dort zu sitzen, als Fremde in einer Stadt, die ich nicht kannte. Diese merkwürdige Spannung, aus Anonymität und Beziehungslosigkeit, kannte ich von meinen vielen beruflichen Reisen, wenn ich in einer Stadt etwas aß und trank, die für mich völlig neu war. Manchen Leuten macht das angst, aber ich liebe es. Ich sehe plötzlich die Welt mit anderen Augen, und einige meiner besten Arbeiten sind dadurch entstanden, daß ich in neue Umgebungen, vor allem in Städte und Großstädte, eintauchte.

Kein Mensch hatte Interesse an mir, und wenn doch, so zeigte man es nicht. Es war, als sei ich heimlich hier, als sei ich auf der Flucht, und das war ich ja auch, vor Isabella, vor dem Job, den ich übernommen hatte, vor dem Bild. Es war dumm, daß ich nicht an der Küste weiter in die Highlands gefahren war, aber ich wollte einfach nur schnell nach Hause, und ich gab oft solch irrationalen Launen nach. Vielleicht würde ich dieses *Hidden Scotland*-Projekt überhaupt fallenlassen, vielleicht Schottland ganz aufgeben. Ich hatte noch nicht endgültig zugesagt, den Auftrag zu übernehmen, nur angedeutet, ich sei interessiert. Nachdenklich trank ich meinen Kaffee und nahm das Adreßbuch aus meiner Tasche. Niemand wußte, was ich mir da ansah. Es konnte mein eigenes Adreßbuch sein, und ich konnte in dem auf dem Tisch vor mir ausgebreiteten Stadtplan das Haus einer alten Verwandten oder den Standort eines öffentlichen Gebäudes oder Amtes suchen. Es würde niemanden neugierig machen, und das war irgendwie aufregend. Als ich die Seiten mit dem Buchstaben C aufschlug, klopfte mein Herz ein wenig schneller. Dort standen zwei Adressen in Carlisle und eine in Calais. Das Crown & Mitre war einfach zu finden – ich war vor wenigen Minuten daran vorbeigegangen, ein großes Hotel mit Blick auf das Rathaus. Die andere hieß Glebe House, Ashburner Close. Ich fand Ashburner Close ohne weiteres auf dem Stadtplan, zwischen Ashley Street und Ashness Drive. Es schien nicht allzu weit entfernt zu sein. Ich beschloß also, dorthin zu gehen. Der Weg war leicht zu finden, und es würde mir guttun, eine willkommene Bewegung vor der fünfstündigen mühsamen Fahrt zurück nach London. Es war erst kurz nach neun. Ich hatte viel Zeit.

Ich schlenderte die Scotch Street hinunter, die mich zu einer Brücke über den River Eden und dann den steilen Hügel hinauf und am College of Art vorbeiführte, wo mein Vater einen Grundkurs besucht hatte, bevor er sich entschied, lieber Architekt werden zu wollen, und dann in Edinburgh weiterstudierte. Als ich über die Brücke ging, sah ich, daß der Fluß die Ufer fast überschwemmt hatte und in vielen Schleifen dahineilte und abgebrochene Zweige mit sich trug. Nach Norden erstreckte sich ein Park, und der Weg, auf dem ich oben auf dem Hügel entlangging, war von Bäumen beschattet, so daß ich, obgleich ich noch in der Stadt war, das Gefühl hatte, auf dem Lande zu sein. Mein Vater, dachte ich, hätte sich auch hier statt in Oxford niederlassen können, und ich fragte mich, ob er je daran gedacht hatte. Der Ashburner Close war eine Seitenstraße der Tarraby Lane, die ich nach etwa einer Meile erreichte. Es überraschte mich, daß es keine asphaltierte Straße, sondern mehr ein Kiesweg war, in dessen Mitte zwischen den beiden Fahrspuren Gras wuchs. Es gab nur ein Haus in dieser Sackgasse, und das war Glebe House, dessen Name auf ein weißes Viktorianisches Tor gemalt war.

Kurz nachdem ich den Fluß überquert hatte, fing es an zu regnen, und da ich weder Regenschirm noch Regenmantel bei mir hatte, war ich, als ich das Haus fand, völlig durchnäßt. Der Regen fiel sanft (Charlotte pflegte so etwas einen »Gut-für-den-Teint-Regen« zu nennen) und leise, so daß ich, erst als ich vor dem Tor stand, merkte, wie – im wahrsten Sinn des Wortes – aufgelöst ich war. Glebe House war ein ansehnliches Haus, und seine Bewohner betrachteten fremde Besucher, die wie aus dem Wasser gezogen aussahen, ganz sicher argwöhnisch. Es war kein großes Herrenhaus, aber auf seine Weise imposant, eine Art Jane Austen-Haus, zweistöckig, mit einer vorgesetzten, weißgestrichenen Fassade und einem hübschen überdachten Vorbau beim Eingang, zu beiden Seiten Töpfe mit blauen und weißen Hyazinthen auf Borden. Die Pforte war versteckt in einer dichten Hecke aus Stechpalmen, die den ganzen Garten zu umgeben schien und so hoch war, daß sie einen großen Teil des Hauses verbarg, es sei denn, man blickte wie ich durch den Spalt bei der Pforte. Ich zögerte, die Pforte zu öffnen und hinauf zum Eingang zu gehen. Mein Haar klebte an meinem Kopf, meine Schuhe quietschten, und mein Pullover war so naß, daß er eng an meinem Körper lag. Ich wußte, daß ich fürchterlich aussah, und das würde meine absurde Geschichte von einer toten Mutter und einem alten Adreßbuch nicht gerade glaubhafter machen.

Aber als ich noch dort stand und mich zu zwingen versuchte, durch das Tor zu gehen (denn ich bin kein Mensch, der, wie Rory, einfach vor dem Tor von irgend jemandem auftaucht, ich habe nicht den Mut dazu), öffnete sich die Haustür, die ich durch die Glastür des Vorbaus erkennen konnte. Ein Mann kam heraus, zog sich irgendwelche Schuhe an, trat dann hinaus in den Regen und spannte einen großen blauen Regenschirm, wie ihn Golfspieler haben, auf, der, als er den Pfad herunterkam, sein Gesicht verdeckte. Er war groß, so groß wie mein Vater, und ich hatte, bevor der Regenschirm sein weißes Haar verbarg, Zeit gehabt zu sehen, daß er schon etwas älter war. Aus irgendeinem Grund hatte ich gemeint, daß eine Frau allein in diesem Haus wohnte, und ich war so erstaunt, daß ich immer noch unbeweglich dastand, während der Mann auf mich zukam. Ich wußte, daß er mich nicht gesehen hatte und erschrecken würde, und um ihn zu warnen, hustete ich. Es war ein lächerliches, kleines Hüsteln, aber er hörte es und blieb stehen und spähte unter seinem riesigen, unhandlichen Regenschirm hervor. Er war keineswegs erschrocken. Er lächelte mich sehr freundlich an und nickte, und ich erwiderte sein Lächeln und Nicken, und dann bedeutete er mir, ich solle ihm die Pforte öffnen, was ich tat.

Ich hatte nichts gesagt, aber er schien das auch nicht von mir zu erwarten und ging mit einem leichten Wink des Danks den Weg hinunter. Mir fiel plötzlich ein, daß seine Frau womöglich im Haus war und daß er vielleicht meinte, ich wolle sie besuchen und er brauchte mich nicht zu fragen, wer ich war oder was ich wollte. Er mußte etwas ähnliches gedacht haben, was ihn besorgt zögern ließ, denn er kehrte um und kam zu mir zurück. »Wollen Sie Mary besuchen?« fragte er. »Werden Sie erwartet?«

»Nein«, sagte ich. »Ich bin fremd hier. Ich kenne sie genausowenig wie Sie. Es ist das Haus, das mich interessiert.«

»Oh, das ist nicht zu verkaufen, meine Liebe, du meine Güte, nein.«

»Das ist auch nicht meine Absicht«, sagte ich. »Ich glaube nur, daß meine Mutter früher einmal hier gewesen ist, und ich wollte es sehen. Leben Sie schon lange hier?«

»Mein ganzes Leben«, sagte er lächelnd. »Ich bin hier geboren und ebenso meine Brüder und Mary.« Dann sah er mich prüfend an und sagte: »Aber Sie sind ja ganz naß, patschnaß, und keinen Mantel und keinen Regenschirm«, und er hielt seinen Schirm über mich. Wir standen ziemlich nah beieinander, und ich merkte, daß ich gemustert wurde. Ich erwiderte seinen Blick, und wir sahen uns an. Er hatte dunkelbraune Augen, wie mein Vater, so dunkel, daß die Pupillen sich kaum abhoben. »Was sagten Sie?« murmelte er ermutigend.

»Meine Mutter«, sagte ich, »ich glaube, meine Mutter war vor langer Zeit einmal hier. Sie haben sie vielleicht gekannt. Es ist etwas kompliziert –«

»Ich habe viele Leute gekannt«, sagte er. »Du lieber Himmel, ja, ich hab in meinem Leben viele Leute gekannt. Seien Sie nicht erstaunt, wenn ich den Namen Ihrer Mutter nicht mehr weiß. Wie war er?«

Zwei Minuten später waren wir in Glebe House. Ich habe oft von Menschen gehört, die vor Schreck bleich werden, fassungslos aussehen, sprachlos sind, aber noch nie habe ich gehört, daß jemand genau entgegengesetzt reagiert, heiter und *lachend.* Dieser Mann lachte, als ich ihm Susannahs Namen sagte. Er schloß die Augen und lachte und sagte, natürlich erinnere er sich an sie, und daß ich gleich mitkommen und Mary kennenlernen müsse. Ich protestierte, er hätte doch gerade vorgehabt auszugehen, und ich wolle ihn nicht aufhalten, aber er sagte, er habe nur einen Brief einwerfen wollen, und der könne warten. Dann ging er voran, den Gartenweg entlang und auf den Eingang zu. »Kommen Sie herein, kommen Sie herein«, sagte er. »Machen Sie sich keine Sorgen, weil Sie naß sind – wir haben eine Hündin, und die macht viel mehr Schmutz, als Sie es je fertigbrächten.« Und sobald er die Haustür öffnete, konnte ich einen Hund bellen hören und eine Frauenstimme, die zu ihm sagte, er solle still sein. »Alles in Ordnung, Mary«, rief der Mann. »Ich bin's. Ich bringe eine junge Besucherin mit.« Er ging einen engen Flur mit Steinfliesen vor mir her in die Küche, wo eine etwa gleichaltrige Frau am Tisch saß und Kartoffeln schälte, während ein Springer Spaniel aufgeregt um sie herumrannte.

Mary schien über meinen Besuch nicht allzu erfreut zu sein, war aber ganz höflich und bot mir sofort eine Tasse Tee an. Der Mann forderte mich auf, Platz zu nehmen, wobei er darauf hinwies, daß die Stühle aus einfachem Holz seien und meine nassen Kleider nicht schaden könnten. Er war es, der den Kessel aufstellte und den Tee machte, wobei Mary ihn die ganze Zeit beobachtete, als traue sie ihm nicht, und sagte: »Den roten Becher, John«, und »Milch ist in der Kühlschranktür, John«, als gäbe sie jemandem Anweisungen, der mit seiner Umgebung absolut nicht vertraut war. Als der Tee fertig war und vor mir stand, setzte sich der Mann, der, wie ich jetzt wußte, John hieß, mir gegenüber hin und sagte: »Du wirst nie erraten, wer das hier ist, Mary.«

»Natürlich nicht«, fuhr sie ihn an, »darum solltest du lieber mit deinem Spielchen aufhören und es mir sagen.«

»Es ist Susannah Camerons Tochter!« sagte er und lachte wieder und breitete seine Arme aus, als habe er gerade einen Preis gewonnen. »Stell dir das vor! Nach all den Jahren!«

Ich merkte, daß Marys Hände einen Augenblick mit dem Kartoffelschälen aufhörten und ihre Augenbrauen sich hoben, aber sie lachte nicht und sagte kein Wort. Ich fand es an der Zeit, eine Erklärung zu geben, nach der John weder gefragt hatte, noch die er zu erwarten schien, und so fing ich an, die Geschichte in wenigen Worten zusammenzufassen, dennoch mußte ich erwähnen, wie ich zu dem Adreßbuch gekommen war. Ich tat das, und dann sagte ich: »Unter ›C‹ steht Ihre Adresse, aber kein Name. Ich konnte nicht widerstehen, auf gut Glück hierherzukommen.«

»Also, ist das nicht seltsam?« sagte John. »Unsere Adresse und kein Name. Ich frage mich, warum.«

»Du fragst zuviel«, sagte Mary grimmig. »Das ist immer dein Problem gewesen.«

John hörte nicht auf sie und wandte sich an mich. »Sie sehen ihr kein bißchen ähnlich«, sagte er. »Sie war blond, wissen Sie – hatte wundervolles langes, blondes Haar und blaue, blaue Augen, traumhafte Augen –«

Mary gab einen verächtlichen Laut von sich, der übertönt wurde, als sie eine geschälte Kartoffel in eine Wasserschüssel neben sich plumpsen ließ.

»– traumhaft, ein schönes Mädchen, schlank, nicht sehr groß. Ich hätte nie geglaubt, daß Sie ihre Tochter sind.«

»Taktlos!« sagte Mary.

»Das macht nichts«, sagte ich. »Ich kenne das. Seit ich ein Kind war, hieß es immer, daß ich meiner Mutter überhaupt nicht ähnlich sähe. Ich gleiche meinem Vater, seiner Familie, alle waren groß, dunkelhaarig und braunäugig. Aber trotzdem bin ich Susannahs Tochter.«

»Aber Sie haben sie nicht gekannt«, sagte John. »Sehr traurig, sehr traurig.«

»Werd nicht sentimental, John«, sagte Mary, »das Mädchen war noch ein Baby. Es war überhaupt nicht traurig für sie.«

»Aber sicher«, protestierte John. »Eine Mutter zu verlieren ist immer schrecklich traurig. Denk doch nur daran, wie traurig wir waren, als wir Mutter verloren –«

»Um Himmels willen«, sagte Mary sichtlich verzweifelt, »unsere Mutter war zweiundachtzig, als sie starb. Das ist doch überhaupt nicht dasselbe, du Dummkopf.«

»Jedenfalls«, sagte ich hastig, weil ich sah, daß das Gespräch in einen Streit zwischen Bruder und Schwester ausartete, und es doch so viel gab, was ich noch herausfinden wollte, »steht diese Adresse in dem Buch ohne einen Namen. Keine Adresse hat einen Namen, und die meisten, aber nicht alle, sind Hotels oder etwas ähnliches.«

»Wie eigenartig«, sagte John. »Nun, mein Name ist sehr langweilig, ich heiße John Graham –«

»John Charles Henry Graham«, sagte Mary.

»– und hier in der Gegend heißen Hunderte so, er könnte gar nicht gewöhnlicher oder alltäglicher sein. Und Marys Name ist genauso verbreitet, Mary Grahams gibt's massenhaft.« Ich wartete darauf, daß Mary das bestritt und den zweiten und dritten Vornamen ergänzte, die sie zweifellos hatte, aber sie preßte nur ihre Lippen fest aufeinander und schwieg. »Unsere Eltern hießen auch John und Mary, und unser Zweig der Grahams ist schon seit Jahrhunderten hier. Unser Ur-Ur-Urgroßvater –«

»Also wirklich, John«, sagte Mary, während sie energisch eine Kartoffel in zwei Hälften zerschnitt, »all das will sie doch gar nicht hören.«

»Ich finde das unheimlich interessant«, sagte er, »Familien und ihre Häuser, und daß wir hier geboren sind. Ich erzähle den Leuten gern davon.«

»Du erzählst den Leuten oft viel zuviel«, sagte Mary, »und meistens mögen sie dir nicht sagen, daß du sie langweilst.«

»Ich langweile mich nicht«, sagte ich. »Ich liebe Häuser und ihre Geschichten. Ich mag gern erfahren, wer in ihnen gelebt hat. Ich wollte immer gern etwas über unser Haus in Oxford erfahren, obwohl es nicht so alt war wie dieses hier und nicht immer ein und derselben Familie gehört hat.«

»Sind Sie dort geboren?« fragte John.

»Nein. Ich bin in Edinburgh geboren. Doch dann starb meine Mutter, und mein Vater heiratete ein zweites Mal, und als ich etwa achtzehn Monate alt war, zogen wir nach Oxford.«

»Arme Susannah«, sagte John, »sie war wunderschön – «

»Er war in sie verliebt«, sagte Mary, und eine weitere Kartoffel landete geräuschvoll in der Schüssel.

»Ja, das war ich, o ja, das war ich«, sagte John und lächelte noch breiter, ohne eine Spur von Verlegenheit. Seine Liebe zu meiner Mutter hatte offenbar keine Spur von Bitterkeit hinterlassen. Er schien vollkommen glücklich, ja sogar stolz zu sein, an seine leidenschaftliche Liebe erinnert zu werden.

»Was ist passiert?« fragte ich, ermutigt durch seine Heiterkeit und weil das geringste Anzeichen, daß er gelitten haben könnte, fehlte.

»Ihr Vater ...«, sagte er. »Wir waren alle sehr jung, wissen Sie, die Dinge, die Beziehungen änderten sich, wie das nun einmal so ist.«

»Dann war es nur eine Affäre?« bedrängte ich ihn.

»Ach was«, sagte Mary und wollte eigentlich weitersprechen, aber ihr Bruder fiel ihr ins Wort.

»Eine *Affäre?*« fragte er ungläubig. »Mein liebes Kind! Nein, keine Affäre, wenn Sie es so meinen, wie ich glaube, daß Sie es meinen, und was man heutzutage damit meint, mit allem, was dazugehört. Es waren die fünfziger Jahre, wir hätten es nicht gewagt, nicht in unserem Teil der Welt. Aber wir waren verliebt, ich wollte damit nicht sagen, daß wir es nicht waren.«

»*Du* warst es«, sagte Mary, »*sie* nicht.«

John hörte auf zu lachen und sah zum erstenmal gekränkt aus. »Oh, ich glaube, sie war es. Ich glaube, Susannah war auch verliebt in mich, Mary, ich glaubte fest, daß sie es war.«

»Du hast alles geglaubt«, sagte Mary. »Tust du jetzt noch.« Sie war mit Kartoffelschälen fertig und stand vom Tisch auf, brachte die Schüssel zum Ausguß, wo sie sie ausschüttete und mit frischem Wasser füllte. Ich sah, daß sie die wenigen notwendigen Schritte nur mühsam zurücklegte und an Arthritis oder einer anderen Krankheit leiden mußte. Vielleicht erklärte sich ja ihre Schroffheit dadurch, daß sie ständig unter Schmerzen litt. Sie kehrte mir den Rücken zu, aber ich wollte sie unbedingt nach Susannah fragen, weil ich spürte, daß ihre Erinnerung genauer und weniger von Emotionen getrübt war als die von John.

»Kannten Sie meine Mutter auch, Miss Graham?« fragte ich und bemühte mich, sie in der richtigen Form anzureden, da ich überzeugt war, der fehlende Ring an ihrer linken Hand bedeutete, daß sie nicht geheiratet hatte.

»Ich bin ihr begegnet«, sagte Mary, ohne sich umzudrehen, »aber ich würde nicht sagen, daß ich sie kannte. Sie war hier zu Besuch. Sie kam von irgendeinem Segelurlaub mit John zurück, und wir alle lernten sie natürlich kennen. Alle Männer waren verrückt nach ihr, selbst Vater, ein bißchen. George liebte sie abgöttisch und Frank auch, obgleich er erst vierzehn war. Die ganze Bande fraß ihr aus der Hand. Es war lächerlich.«

»Sie mochten sie nicht?« fragte ich vorsichtig, aber Mary war gleich ungehalten, drehte sich um und starrte mich an.

»Ich mochte sie nicht? Das habe ich nicht gesagt. Sie drehen mir die Worte im Munde herum. Ich war nicht in sie verliebt wie meine Brüder, wie hätte ich das auch sein sollen? Das heißt aber nicht, daß ich das Mädchen nicht mochte. Sie schien ganz nett zu sein, aber ein bißchen wild. Sie ließ mich nicht links liegen, wie das andere Flammen von John zu tun pflegten, aber sie vergeudete nicht viel Zeit mit mir. Ich erwartete es auch nicht von ihr, warum sollte sie? Ich wußte, sie würde nicht bleiben, und sie tat es auch nicht.«

»Woher wußten Sie das?« sagte ich und beobachtete Mary aufmerksam. Was sie auch sagte, verriet mir, daß sie Susannah nicht gemocht hatte, und ich wollte wissen, warum.

»Oh, daran kann ich mich nicht erinnern, ich wußte es einfach. Ich spürte, sie war klug und ehrgeizig. John war nicht ihr Kaliber.«

»Ich war klug«, protestierte John.

»Aber du warst nicht ehrgeizig, darum geht es«, sagte Mary, die sich wieder an den Tisch setzte, aber ohne die Kartoffeln, an denen sie herumfingern konnte, verloren wirkte.

»Und ob ich das war.«

»Nein, das warst du nicht. Du wärst nicht noch immer hier, wenn du ehrgeizig gewesen wärst. Das ist Beweis genug.«

»Ich bin gern hier.«

»Ganz recht!«

Wieder schoben sie mich auf ein Abstellgleis und genossen ihr Gezanke, und die Zeit verging ungenutzt. »Hatte Ihre Mutter sie gern?« fragte ich Mary, um sie wieder auf das Thema Susannah zurückzubringen.

»Ja, das hatte sie. Sie fand sie interessant, nicht so strohdumm wie die meisten von Johns Freundinnen. Sie empfing sie freundlich.«

»Wie ist sie überhaupt hier ins Haus gekommen?«

»Ich habe sie natürlich eingeladen«, sagte John.

»Aber wo haben Sie sie kennengelernt? Haben Sie auch Architektur studiert? Waren Sie im selben Kurs?«

»Um Himmels willen, nein. Ich war älter. Ich habe ein paar Jahre vorher in Durham Jura studiert. Nein, ich begegnete ihr auf einem Boot, nördlich von Ullapool. Kennen Sie die Nordwestküste von Schottland? Auf dem Boot eines Freundes, wir waren zwölf Leute. Ich kannte ihn von der Schule her, er war auch in St. Bees. Susannah hatte ihn durch einen anderen Freund kennengelernt. Es war eine Klasse II-Hochseeyacht, das Boot –«

Ich versuchte, ihn zu unterbrechen und zu fragen: »Welcher Freund –«, aber er war nicht mehr davon abzubringen, in den nächsten fünf Minuten das Boot seines Freundes in allen Einzelheiten zu beschreiben. Da war kein Halten mehr, und ich mußte so geduldig, wie ich nur konnte, abwarten, in der Hoffnung, daß seine Schwester ihn zum Schweigen brachte, doch sie schien jede (für mich) noch so nebensächliche Einzelheit zu genießen. Ich dachte, wie entspannt er wirkt, als er seitlich am Tisch saß, genau wie mein Vater zu sitzen pflegte, das rechte Bein über das linke geschlagen und mit hinter dem Kopf verschränkten Händen. Er trug auf Hochglanz polierte braune Straßenschuhe und eine Tweedjacke und eine beige Kordhose – jeder Zoll der Kleinstadtanwalt, der er, wie ich inzwischen herausgefunden hatte, gewesen war. Es war irgendwie verwirrend, ihn so wenig berührt zu sehen von meinem doch bestimmt dramatischen Besuch – er wirkte beinahe zu milde, zu gelassen. Doch mir wurde ja auch nicht die Geschichte einer glühenden Leidenschaft enthüllte, die ich mir gewünscht hätte, sondern etwas viel Banaleres, und er war ein Teil der Banalität.

»Wir waren acht Männer und vier Mädchen, Ihre Mutter war eines von ihnen. Ich hatte mit George Senhouse die Schule besucht und zwei der anderen auch, doch die übrigen waren Studenten, die er in Edinburgh kennengelernt hatte. Das Boot gehörte seinem Vater ... Wie hieß es noch gleich –«

»John, der Name spielt doch keine Rolle«, fauchte Mary ihn an, »er interessiert sie nicht.«

»– *Carita*! Ja, es hieß *Carita*. Wunderschönes altes Boot. Ein bißchen schwer, aber verläßlich. Wir umsegelten die Schottischen Inseln und bis hinauf zur Spitze des Festlandes. Und danach fragte ich Susannah, ob sie Lust hätte, uns für ein paar Tage zu besuchen, und sie war einverstanden. Ich fühlte mich vielleicht geschmeichelt, kann ich Ihnen sagen.«

»Ich wüßte nicht, warum«, murmelte Mary. »Was sollte daran schmeichelhaft sein?«

»Ich glaube nicht, daß ihre Familie etwas davon wußte«, sagte ich. »Ihre Schwester, meine Tante Isabella, sagt, sie wisse nichts von einem Trip –«

»Oh, ihre Mutter wußte Bescheid«, sagte Mary. »Es ging alles ganz sittsam zu. Mutter schrieb an ihre Mutter und erhielt ein paar nette Zeilen zurück. Damals wußten die Leute noch, was sich gehört, glauben Sie mir.«

»Wie lange, sagten Sie, ist sie geblieben?«

»Eine Woche«, sagte John im selben Augenblick, als Mary sagte: »Zehn Tage. Sie kam am Freitag und ging in der Woche drauf am Montag.«

»Was haben Sie zusammen gemacht?« fragte ich John, weil ich hoffte, daß Mary ihn jetzt nicht mehr ständig unterbrach, aber er wandte sich an sie und fragte: »Was haben wir gemacht, Mary?«

»Meistens Tennis gespielt«, sagte Mary. »Wir hatten damals einen Rasenplatz. Aber sie wurde schnell müde, es war seltsam.«

»Wir gingen spazieren«, sagte John, »im Park, am Fluß entlang. Ich lieh mir Vaters Auto und fuhr mit ihr nach Wetheral und solche Dinge.«

»Ich glaube, sie langweilte sich«, sagte Mary. »Ich dachte immer, sie sähe gelangweilt aus, wenn sie hereinkam.«

»Sie langweilte sich nicht im geringsten«, sagte John entrüstet, und dieses eine Mal verschwand sein dauerndes Lächeln. »Wir verstanden uns so gut, wir hatten uns immer etwas zu sagen – wir hatten vieles gemeinsam. Ich vermißte sie wie sonstwas, als sie fortging.«

»Du warst ganz schön deprimiert«, sagte Mary.

»Ich schrieb ihr, und sie schrieb zurück, liebe Briefe. Sie sagte, die Zeit hier, das seien die nettesten Ferien gewesen, die sie je erlebt hätte.«

»Die nettesten!« sagte Mary.

»Ja, die nettesten. Ich frage mich, ob ich die Briefe eigentlich aufgehoben habe –«

»Wenn ja, hast du sie verloren. Du verlierst ja alles.«

»Ich lud sie ein, in den nächsten Semesterferien wiederzukommen, aber dann erhielt ich eine Postkarte irgendwoher aus dem Ausland, ich hab's vergessen.

Sie war wieder mit dem jungen Senhouse unterwegs, diesmal mit anderen Leuten. Ich war leider nicht aufgefordert worden, dabeizusein.«

Ich wollte mehr über diesen Typen, über diesen Senhouse, erfahren, doch jetzt war Mary an der Reihe. Und vielleicht war er ja auch ohne Bedeutung.

»Er war eifersüchtig«, sagte Mary. »Dieser George Senhouse war immer eifersüchtig auf dich, während der ganzen Schulzeit.«

»Ich habe danach nie wieder etwas von ihr gehört.«

»Doch, das hast du«, sagte Mary, »du hast eine Weihnachtskarte bekommen, und du warst so durcheinander, daß du sie zerrissen hast.«

»Hab ich das?« sagte John, und ich fragte mich, ob er vielleicht nur so tat, als könne er sich nicht erinnern. Und wenn er es wirklich vergessen hatte, so wurde sein Gedächtnis schnell wieder aufgefrischt, denn seine scharfzüngige Schwester erinnerte sich an jede Einzelheit.

»Du hast die zerrissene Karte zu Boden geworfen und bist wütend aus dem Zimmer gestapft, und Mutter und ich setzten sie wieder zusammen, um zu erfahren, was dich so durcheinandergebracht hatte, und da hieß es, sie wünsche dir frohe Weihnachten, und sie hätte selbst ein sehr frohes Weihnachtsfest, denn sie habe sich gerade mit einem Mann verlobt, der aus deiner Gegend, aus Whitehaven, stamme, ein Architekt wie sie, jedenfalls würde er bald sein Studium abschließen, und sie würden heiraten, sobald sie beide ihr Examen gemacht hätten. Und weiter hieß es, sie hoffe, dich eines Tages wiederzusehen. Mutter und ich meinten, das habe dich besonders wütend gemacht. Nun, du bist drüber hinweggekommen. Dummer Junge, so durcheinander zu sein.«

Mary sagte das »dummer Junge« überhaupt nicht verächtlich, wie sie sonst mit ihrem Bruder zu reden schien, sondern zärtlich. Es war offensichtlich, daß er ihr sehr am Herzen lag und Susannah ihr wahrscheinlich gar nicht mißfallen hatte, sondern das, was sie John mit ihrer Treulosigkeit angetan hatte.

»Mein Herz war gebrochen«, sagte John.

»Unsinn. Du kanntest das Mädchen ja kaum. Drei Wochen auf einem Boot, zehn Tage hier, ein paar Briefe und eine Postkarte – wie kann dein Herz da gebrochen sein? Du weißt gar nicht, wie lächerlich sich das anhört.«

»Ich weiß, was ich gefühlt habe«, sagte John. »Du kannst gar nicht wissen, wie ich mich gefühlt habe.«

»Möglich. Aber ich weiß, daß du drüber hinweggekommen bist und kurz darauf einen anderen Schwarm hattest – dieses rothaarige Mädchen, Beatrice –«

»Oh, *Beatrice.* Die war gar nichts. Sie –«

»So ›gar nichts‹, daß du dich mit ihr verlobt hast. Du kannst mich gern korrigieren.«

Ich konnte mich nicht länger zurückhalten. Als es so aussah, daß John sie tatsächlich korrigieren wollte, sagte ich schnell: »War dieser George Senhouse auch Susannahs Freund?«

»Er war ein *Freund*«, sagte John, »muß er wohl gewesen sein, wenn er sie bat, mit ihm segeln zu kommen, meinen Sie nicht?«

»Aber war er ...?« Und plötzlich verstummte ich, denn es war mir diesen beiden gegenüber peinlich zu fragen, ob ein Mann, von dem ich bisher nie gehört hatte, der Liebhaber meiner toten Mutter gewesen sei. »War er mehr als das?« sagte ich lahm.

»Hab keinen blassen Schimmer«, sagte John ziemlich steif.

Das war's. Ich sah, daß ich absolut nichts mehr über Susannah oder Senhouse aus keinem von beiden herausholen konnte. Dies war eine der Adressen, von denen Susannah gedacht haben wird, daß ich nie zu ihr vorstoßen würde. Ich war fast eine Dreiviertelstunde dort, und es gab keinen Anlaß, noch länger zu bleiben, aber als ich ihnen für das Gespräch und für den Tee dankte und aufstand, um zu gehen, sagte John, er würde mich bis zur Straße begleiten und den Brief einwerfen. Ich fand es eigenartig, daß weder er noch Mary etwas über mich hatten wissen wollen – sie waren offensichtlich von derselben Sorte wie Isabella, die glaubte, es sei aufdringlich, direkte Fragen zu stellen –, aber als ich neben John herging, konnte ich nicht widerstehen, doch ein paar Fragen zu stellen. Ich wollte wissen, ob er je verheiratet war – nein, nie. Und Mary auch nicht. Die beiden anderen Brüder seien verheiratet und hätten Familien, aber sie seien zusammen in ihrem Elternhaus geblieben und »ganz zufrieden« gewesen. Ich konnte nicht umhin, insgeheim Vermutungen darüber anzustellen, was »ganz zufrieden« wohl bedeutete. Zufrieden, aber mit dem Gefühl, etwas zu vermissen? Zufrieden, ohne zu spüren, daß irgend etwas fehlt? John war nicht der Mann, mit dem man solche Dinge hätte diskutieren können. Er mußte Susannah zu Tode gelangweilt haben, Mary hatte recht.

Der Regen hatte aufgehört, und eine schwache, wäßrige Sonne kämpfte sich ihren Weg durch das Grau, als wir langsam den Ashburner Grove zur Straße hinuntergingen. John sagte, er müsse jetzt nach links zum Postkasten und ich nach rechts, um wieder in die Stadt zu kommen. Wir standen einen Augenblick an der Ecke. John schüttelte mir die Hand und sagte, es sei interessant gewesen, mich kennenzulernen, und ich dankte ihm noch einmal, daß er mir zugehört hatte. Er stand noch immer da und wollte noch etwas sagen, fand aber offensichtlich nicht die richtigen Worte. »Sie fuhr mit dem Zug nach Edinburgh zurück«, sagte er schließlich. »Wir gingen den Weg, den Sie gleich gehen werden. Sie wollte nicht, daß ich ein Taxi rufe, und Vater war mit dem Wagen unterwegs.« Ich nickte, sagte nichts, obwohl ich am liebsten gesagt hätte: »Und?« Sein Lächeln war verschwunden, seine Stirn voller Falten, und er sah plötzlich viel älter aus als vorher. »Sie starb bei Ihrer Geburt, sagten Sie?«

»Nein«, korrigierte ich ihn, »sie starb, als ich sechs Monate alt war, an einem Herzleiden. Sie war schon lange Zeit nicht ganz in Ordnung gewesen.«

»Das ist traurig für Sie«, sagte er, »nie Ihre Mutter gekannt zu haben, sehr, sehr traurig.« Ich wünschte fast, Mary wäre da, um ihm noch einmal zu sagen, er solle nicht albern sein. Aber er war noch nicht zu Ende. Schließlich kam ein Anflug von Neugier zutage. »Hat sie Ihren Vater auf dem langen Trip ins Ausland kennengelernt«, sagte er, »damals, als sie mit Senhouse unterwegs war? War er mit von der Partie?«

»Nein, ich glaube nicht. Sie begegnete ihm später. Mein Vater sagte, sie hätten sich in einer Vorlesung kennengelernt. Sie waren das ganze Jahr in denselben Vorlesungen gewesen, aber er habe sie vorher nie gesehen. Das war jedenfalls seine Version.«

»Ah.« Er hustete und fuchtelte nervös mit den Händen herum. »Ich glaube, Senhouse war hingerissen von ihr, ich glaube, er hatte es auf sie abgesehen. Vielleicht ist er ihr – äh – Freund gewesen. Das kann man heutzutage nie wissen, nicht wahr? Er hat immer mit diesem Trip geprahlt, wissen Sie. Jedesmal, wenn ich ihn hinterher traf, erzählte er stundenlang davon. Sie waren drei Monate unterwegs. Segelten von irgendwo los, quer über den Atlantik, verkauften dann das Boot und flogen zurück. Ich wünschte, ich hätte diese Postkarte noch, ich wünschte, ich wüßte noch, wohin sie segelten.«

»Wie war Senhouse?«

»Oh, sportlich. Er war nicht klug. Aber er war reich, sehr reich. Gutaussehend, glaube ich.«

Ich fragte so gleichgültig wie möglich: »Wissen Sie, wo er wohnt?«

»Großer Gott, nein. Hab schon ewig nichts mehr von ihm gehört – «

Schließlich schüttelte er mir noch einmal die Hand, und dann trennten wir uns. Ich machte mich auf den Weg und dachte an George Senhouse, diesen reichen und sportlichen, gutaussehenden Typ, der von Susannah hingerissen war, der sie zu einem aufregenden Trip auf die andere Seite der Welt verführte und sie dann doch an meinen Vater verlor. Aber warum hatte sie ihrer Mutter und ihrer Schwester nichts von dieser aufregenden Reise erzählt? Wie hatte sie einfach für drei ganze Monate verschwinden können? Irgendwie mußte sie ihr Wegsein vertuscht haben. Warum täuschte sie ihre Mutter, an der sie doch so hing? Ich entschied, während ich weiterging, daß die Antwort nur darin liegen konnte, daß sie ihre Mutter davor bewahren wollte, sich Sorgen zu machen. So wie ich Charlotte davor bewahrte, daß sie von meiner Abtreibung erfuhr, bewahrte sie ihre Mutter davor, daß sie sich nicht nur wegen der Gefahren beim Segeln, sondern auch wegen ihrer zarten Gesundheit Sorgen machte. Und vielleicht hatte sie ja eine Affäre mit

George Senhouse. Sie wollte meine streng moralische Großmutter wohl auch davor bewahren.

In der Mitte der Tarraby Lane merkte ich, daß ich meine Autoschlüssel liegengelassen hatte. Ich erinnerte mich, daß ich sie aus meiner Hosentasche genommen hatte, als ich mich bei den Grahams an den Küchentisch setzte – die Hose war eng, und die Schlüssel drückten mich. Dummerweise hatte ich sie nicht vor mir auf den Tisch gelegt, sondern oben auf meine Fototasche am Fußboden, und sie mußten heruntergerutscht sein, oder der Hund hatte sie heruntergestoßen. Es war mir peinlich zurückzugehen, aber offensichtlich mußte es sein. Ich rannte los. Ich wollte die Schlüssel holen, bevor John vom Briefkasten zurück war. Ich keuchte, als ich in das Tor von Glebe House einbog, und hoffte, Mary wäre nicht auch ausgegangen, aber als ich den Weg hinauflief, stand sie in der Tür und schlenkerte mit den Schlüsseln. »Dummes Mädchen«, sagte sie. Ich bedankte mich keuchend und griff nach den Schlüsseln, aber sie hielt sie fest. Ich dachte, ich hätte mich vielleicht nicht genügend entschuldigt und wollte sagen, daß es mir leid tue, sie noch einmal stören zu müssen, aber sie starrte mich an und sagte: »George Senhouse?«

Ich verstand nicht. »Ja?« sagte ich.

»Er kam einmal hierher und suchte Ihre Mutter. Ich wollte John nicht daran erinnern. Er hatte doch wirklich die Frechheit, herzukommen und John nach ihrer Adresse zu fragen. Er sagte, er hätte etwas für sie. Natürlich hat John ihn an die Luft gesetzt und nicht gewußt, wo sie war. *Er* hat immer gedacht, Senhouse habe sie *ihm* gestohlen. Blöd, alle beide. Da, nehmen Sie Ihre Schlüssel. Ich dachte, ich sollte es Ihnen erzählen, weiß auch nicht, warum.« Und sie gab mir die Schlüssel, drehte sich um und ging zurück ins Haus.

»Miss Graham!« rief ich, und sie blieb stehen.

»Miss Graham, ist George Senhouse tot?«

»Tot? Um Gottes willen, nein. Aber er ist in einem Pflegeheim, glaube ich, irgendwo außerhalb von London. Er ist nicht gesund, aber nicht tot. Seine Schwester lebt noch, in Whitehaven, nein, in Maryport. Ich würde sie nicht belästigen, sie ist ein wenig cholerisch. Es fängt wieder an zu regnen, Sie sollten rasch zu Ihrem Auto zurückgehen.« Ich spürte wieder diese eigenartige Aufregung, dieses unheimliche, irritierende Gefühl, als sei ich dabei, etwas Wichtiges zum Verständnis von Susannah zu entdecken, und ich mußte mich zusammenreißen, um nur ja vernünftig zu sein und die vielen bisherigen Enttäuschungen nicht zu vergessen. Aber ich wußte, als ich eilig in das Stadtzentrum zurückging, daß ich natürlich versuchen mußte, George Senhouse aufzuspüren. Maryport war nicht weit, näher als Whitehaven, aber ich brauchte gar nicht unbedingt dorthin zu fahren. Ich konnte die Nummer über die Auskunft bekommen und anrufen.

Kurz bevor ich in die Stadt kam, hielt ich an, stützte mich auf die Steinbrücke und schaute ins Wasser. Der Verkehr auf der Straße hinter mir war so stark und laut, daß es nicht gerade der richtige Ort war, um dazustehen und ins Wasser zu schauen, aber ich brauchte eine Pause, um mich zu beruhigen, und der Fluß gefiel mir. Glücklicherweise sah ich, wie ein Mann seinen Hund irgendwelche verborgenen Stufen hinunterführte, folgte ihm und ging ein kleines Stück in entgegengesetzter Richtung am Ufer entlang. Es war zu naß, um sich ins Gras zu setzen, aber ich kam zu einem großen Baumstamm und setzte mich einen Augenblick, indem ich mich einfach an ihn lehnte. Susannah war in Glebe House nur zu Besuch gewesen. Nichts von ihr war in die dortige Atmosphäre eingedrungen. Sie war vor vielen Jahren gekommen und wieder gegangen, ohne etwas von sich zurückzulassen, abgesehen von flüchtigen Erinnerungen in den Köpfen zweier älterer Leute.

Ich nahm das kleine Adreßbuch aus meiner Tasche und betastete es. So ein kleiner Gegenstand, voll von halbherzigen Versprechungen. Ich fuhr mit dem Finger das zerrissene Alphabet entlang und machte bei »M« halt. Ein Hotel in Manchester, ein weiteres in Malvern. Und natürlich eine Adresse in Maryport. Wie einfach Rätsel sind, wenn man die Lösung schon kennt. Ich riß die Seite heraus und legte sie vorsichtig in meine Brieftasche. Ich würde erst versuchen, dieser Adresse den Namen Senhouse hinzuzufügen und die Telefonnummer zu erfahren, wenn ich wieder zu Hause war. Aber vorher mußte ich noch etwas tun. Ich sah mich um und fand ein paar kleine Steine, riß ein Stück aus dem Stadtplan heraus, machte aus allem ein Päckchen und verschnürte es fest mit einem Gummiband, mit dem ich immer mein Haar zusammengebunden hatte. Dann warf ich das Päckchen in den Fluß, wo es sofort versank und tief unten von der starken Strömung mitgerissen wurde. Ich fühlte mich erleichtert – mehr als erleichtert, zufrieden. Abgesehen von dieser letzten Entdeckung war das Adreßbuch vielleicht der frustrierendste Gegenstand in der Schachtel gewesen. Wäre ich ganz verrückt statt nur halb verrückt gewesen, wäre ich herumgefahren und hätte jede elende Adresse darin überprüft, und das hätte mich auch nicht weitergebracht: Es hätte mich nicht einmal von allein zu George Senhouse geführt.

Das Geheimnis, das es zu bergen schien – das Fehlen von Namen –, war ein grausamer Streich gewesen. Ich glaubte, Susannah eins auswischen zu können, indem ich es wegwarf, und sagte: »Da hast du dein verdammtes Buch, behalt es.« Es war kindisch und bockig von mir, aber während ich das vor mich hinsagte, half es mir, mich besser zu fühlen.

Als ich Carlisle hinter mir gelassen hatte und wieder auf der M6 war, beschloß ich, auch hierher nie mehr zurückzukehren. Ich würde weder Edinburgh noch Carlisle je wieder freiwillig aufsuchen.

Dreizehntes Kapitel

Sobald ich nach Hause kam, setzte ich mich mit dem Blatt, das ich aus Susannahs Adreßbuch gerissen hatte, hin und rief die Auskunft an. Ich machte mir nicht einmal eine Tasse Kaffee oder etwas zu essen, obgleich ich von meiner langen Fahrt durstig und hungrig und erschöpft war. Ich mußte einfach sofort herausfinden, ob die Adresse in Maryport mir weiterhelfen würde. Alles verlief so reibungslos, daß ich es kaum glauben konnte – innerhalb von zwei Minuten hatte ich die Telefonnummer einer Miss Pamela Senhouse in Maryport. Und ich zögerte nicht. Ich rief sie sofort an, noch bevor mir wieder einfiel, daß Mary Graham mich gewarnt hatte, diese Miss Senhouse sei »ein wenig cholerisch«.

Die Stimme am anderen Ende der Leitung hatte einen starken Cumbria-Akzent, eine ziemlich junge weibliche Stimme, und ich wußte, es konnte nicht die Person sein, die ich suchte. Ich fragte nach Miss Pamela Senhouse, und anstatt mich zu fragen, wer ich sei oder was ich wolle, sagte die Frau: »Es geht ihr nicht gut, sie ist nicht hier, sie ist in Hensingham.«

»Hensingham?«

»Im Krankenhaus. Sie haben sie letzte Nacht dorthin gebracht.«

»Sind Sie ...?« Ich sprach nicht weiter, in der Hoffnung, sie würde die gewünschte Auskunft ergänzen.

»Edna«, sagte sie. »Ich bin Edna.«

»Also gut, Edna, es tut mir leid, daß Miss Senhouse krank ist, aber eigentlich wollte ich mich nach der Adresse ihres Bruders George erkundigen.«

»Die hängt hier«, sagte Edna. »Sie bewahrt sie in der Nähe des Telefons auf. Sie vergißt die Nummer immer und ärgert sich darüber, deshalb hat sie sie hier angepinnt.« Dann las sie mir freundlicherweise nicht etwa die Adresse, sondern eine Telefonnummer vor, in der Nähe von Brighton, wie ich feststellte, zumindest aber aus dem Bezirk Brighton. Ich dankte Edna überschwenglich, und sie sagte: »Und wer, soll ich ihr ausrichten, hat angerufen?«

»Eine Freundin der Familie, eine alte Freundin ihres Bruders George, sie wird mit meinem Namen nichts anfangen können, aber ich heiße Musgrave, Catherine Musgrave.«

»Warten Sie, ich schreibe ihn auf, ich vergesse ihn sonst.«

Ich wiederholte meinen Namen in der Hoffnung, mein Familienname würde für Miss Senhouse beruhigend vertraut klingen, da er aus derselben Gegend stammte wie ihr eigener. Ich wollte Edna fragen, ob sie die Haushälterin oder Putzfrau oder eine Nachbarin sei, kam aber zu dem Schluß, daß ich lieber nicht zu viele Fragen stellen sollte, und als ich im Hintergrund so etwas wie eine Türklingel hörte, bedankte ich mich und verabschiedete mich von ihr.

Mit trockenem Mund, aber immer noch fest entschlossen, auch den letzten Schritt zu tun, wählte ich die Nummer in Brighton. Trotz Mary Grahams Warnung war ich ein wenig erstaunt, als ich erfuhr, daß es sich um ein Pflegeheim handelte. Pflegeheime waren etwas für *sehr* alte Menschen, und er konnte doch noch gar nicht so alt sein. Ich fragte nach der Oberschwester. Man sagte mir, die Heimleiterin sei nach Hause gegangen, sie wohne nicht auf dem Gelände. Dann fragte man mich ziemlich brüsk, wer ich sei und was ich wolle. Ich log und sagte, ich sei eine Nichte von George Senhouse, ob ich ihn am übernächsten Tag besuchen könne. Ja, es sei erlaubt, ich könne ihn jederzeit besuchen, am besten jedoch am frühen Nachmittag, und da Mr. Senhouse gewöhnlich kurz nach sechs schlafen gehe, sei der Abend weniger ratsam. Als ich den Hörer auflegte, fühlte ich mich wie erschlagen, aber auch wie elektrisiert: Die Vorstellung, endlich diesen rätselhaften Mann zu Gesicht zu bekommen, der Susannah nach Bequia eingeladen hatte, war einfach elektrisierend.

Nachdem ich ein Bad genommen und etwas gegessen hatte, widmete ich mich meiner Post, von der ein ganzer Haufen hinter der Eingangstür lag. Es gab viele Briefe von Immobilienhändlern, und ich freute mich darauf, die beiliegenden Listen von Häusern, die zum Verkauf standen, durchzusehen, sobald ich nicht mehr so müde war. Ich hatte mich schon beinahe für Chelsea entschieden, spielte aber immer noch mit dem Gedanken, mich weiter flußaufwärts niederzulassen, wo ich mehr für mein Geld bekam. Ich goß die Blumen, öffnete die Fenster und war froh, wieder zurück zu sein. So ist es jedesmal – Reisende, die schweren Herzens nach Hause kommen, tun mir leid. Meines schlägt stets höher, so schön der Urlaub oder Ausflug auch gewesen sein mag. Alles war so, wie ich es zurückgelassen hatte, so, wie ich es gern hatte. Ich war nur vier Tage fort gewesen, dabei hatte ich das Gefühl, als seien es vier Wochen gewesen, vier anstrengende Wochen, und ich war froh, alles hinter mir zu haben. Ich lag auf meinem Bett und öffnete die übrige Post – zwei Schecks von Magazinen, ein Brief mit dem Auftrag, Fotos für einen Reiseartikel über die Normandie zu machen, und eine Postkarte von einem Freund aus Sri Lanka. Dann hörte ich meinen Anrufbeantworter ab. Für einen Augenblick verdrängte er meine Aufregung wegen George Senhouse.

Gleich die erste Nachricht auf dem Band war unerwartet. Ich erkannte die Stimme überhaupt nicht. Es war die zögernde Stimme einer Frau mittleren Alters, die mich mit *Miss* Catherine Musgrave anredete, und obgleich ich gewöhnlich schnell von Begriff bin – zu schnell, pflegte mein Vater mißbilligend zu sagen –, erkannte ich erst, als die Nachricht zu Ende war, wer die Sprecherin gewesen war. Es war Tonys Mutter. Sie rufe an, weil sie annehme, es könne mich vielleicht interessieren, daß ihr Sohn Anthony – auch das verwirrte mich – sehr krank sei. Er habe nach mir gefragt, und sie denke, ich solle davon erfahren, »falls Sie irgendwie darauf reagieren wollen«. Ihre Stimme zitterte, ich wußte allerdings nicht, ob aus Kummer oder vor Nervosität. Keine einfache Sache, die ehemalige Freundin des Sohnes anzurufen, die Frau, von der man weiß, daß sie ihn so sehr verletzt und ihn vor die Tür gesetzt hat. Wetten, daß sie mich nicht ausstehen konnte, wetten, daß sie mich für ein gemeines Miststück hielt? Ich wäre sogar ein noch größeres Miststück, wenn ich nicht umgehend ins University College Hospital fahren würde, wo Tony, wie sie gesagt hatte, nach einem Autounfall auf der Intensivstation lag. Sie hatte weder Zeit noch Datum ihres Anrufs hinterlassen, das tat aber die nächste Anruferin, die

Sprechstundenhilfe meines Zahnarztes, die einen Termin absagte. Daher wußte ich, daß Tonys Mutter vor drei Tagen angerufen hatte. Sie hatte wahrscheinlich die ganze Zeit über gewartet, ob ich mich melden würde, sich aber auch gesagt, da sie meinen Beruf kannte, daß ich vermutlich unterwegs sei.

Ohne lange zu überlegen, rief ich im Krankenhaus an. Ich sollte ohnehin nicht weiter überlegen – so etwas ist unter diesen Umständen eigentlich selbstverständlich. Schließlich erwischte ich eine Schwester, die nur bereit war, mir zu sagen, daß Tony nicht länger in kritischem Zustand und daß er über den Berg, aber immer noch sehr krank sei. Sie wollte mir nicht genauer sagen, was wirklich mit ihm los war, ich wußte also noch immer nicht, wie er sich verletzt hatte. Er war ein vorsichtiger Fahrer, deshalb nahm ich an, daß ein anderer schuld gewesen sein mußte. Aber in Wirklichkeit wollte ich gar nicht wissen, was geschehen war. Es ist eigenartig, daß die meisten Menschen, wenn sie eine solche Nachricht erhalten, sofort nach Einzelheiten fragen. Ich wollte nichts erfahren, aber wollte ich Tony eigentlich sehen? Nein. Sollte er denken, mir sei es egal, daß er schwer verletzt war? Nein. Und was war mit seiner Mutter, sollte ich sie nicht anrufen? Wahrscheinlich.

So gehe ich heute mit den Dingen um. Menschen, die allein leben, tun das. Ich stelle mir selbst die Fragen, die mir ein Partner oder Verwandter stellen würde, und antworte dann so, als wäre ich jemand anders. Ich überlege hin und her, versuche, verständnisvoll und logisch zu sein, und weiß doch, daß alles anders ablaufen würde, wenn ich jemanden hätte, mit dem ich über ein Problem diskutieren könnte. Die Diskussion würde nicht so einfach und reibungslos vor sich gehen, und die andere Person würde Argumente dafür und dagegen anführen, die ich, auf mich allein gestellt, nicht bedachte. Ich versuche mein Bestes, aber eigentlich mache ich mir etwas vor. Etwas anderes sind die Ausflüchte. Ich schiebe Entscheidungen vor mir her, und niemand hält mich davon ab. Nur um meinen Entschluß hinauszuzögern, ob ich Tony besuchen und/oder seine Mutter anrufen sollte, ging ich zurück zu meinem Anrufbeantworter. Ich hatte ihn, ohne das Band zu Ende abzuhören, ausgeschaltet, obgleich ich wußte, daß es voll war. Ich hoffte, die anderen Nachrichten würden mich ablenken, und dabei würde ich mir über meine Gefühle für den armen Tony klar werden können.

Rorys Stimme sagte: »Na, wer hat denn da die liebe kleine Nichte gespielt? Ruf mich an – du hast 'ne Menge auf dem Kerbholz, Herzblatt.« Ja, das lenkte mich wirklich ab. Seine Mutter mußte ihn angerufen haben. Natürlich hatte ich nicht bedacht, daß ich ihn um Erlaubnis hätte fragen sollen, bevor ich ihr seine neueste Nummer gab – sie war doch seine Mutter, verdammt noch mal, wie auch immer ihr Verhältnis sein mochte. Ich hatte ihn einmal, als er etwa drei Jahre lang mit seinen Eltern nicht gesprochen hatte, gefragt, ob er denn nicht erfahren wolle, wenn einer der beiden schwer krank sei. Ich hatte ihn gezwungen, sich das auszumalen, und ihm unterstellt, daß er gewiß zu ihnen eilen würde, er aber lachte nur und sagte, ich sei theatralisch und hätte gräßliche, absurde Vorstellungen von Versöhnungen am Sterbebett. »Aber du würdest doch hinfahren, oder?« hatte ich insistiert, und er hatte nur mit den Schultern gezuckt und gesagt, wenn man ihn dazu auffordern würde, hätte er vermutlich keine andere Wahl, es würde ihm aber auch nichts ausmachen, wenn er unauffindbar wäre und die Gelegenheit verpassen würde. Er glaube nicht, daß der Anblick seiner Mutter oder seines Vaters auf dem Sterbebett irgend etwas ändern würde. Rorys Problem ist, daß er nicht die geringste Ahnung von Sterbebetten hat. Ich schon. Ich wußte, *alles* würde anders sein, wenn man ihn je riefe, weil Isabella oder Hector im Sterben lägen. Eine Nachtwache, wie ich sie bei Charlotte gehalten hatte, würde seine Gefühle verändern. Ich erzählte ihm davon. Er sagte, er bezweifle das, hoffe aber, nicht auf die Probe gestellt zu werden. Er hoffe, daß seine Eltern, wenn es an der Zeit sei, soviel Anstand besäßen zu sterben, wie mein Vater es getan hätte, ganz plötzlich, ohne jegliche Vorwarnung, das würde ihn aller Verpflichtungen entheben.

Zumindest wußte ich, daß es Isabella gutging, und Rorys schnodderiger Ton bewies, daß es bei ihrem Anruf um nichts Ernsthaftes gegangen sein konnte. Hatte sie ihm ein Friedensangebot gemacht? Wenn ja, dann war jede Form der *Annäherung* zwischen ihnen mir zu verdanken, obwohl ich wußte, daß Rory niemandem etwas zu verdanken glaubte. Er behauptete immer, der Riß zwischen ihnen käme ihm gerade recht – dadurch könne er sein eigenes Leben leben, ohne ständig von seinen nörgelnden Eltern zur Rechenschaft gezogen zu werden. Er hoffe nur, daß sie ihn nicht aus ihrem Testament gestrichen hätten, sei aber bei ihrem ausgeprägten Familiensinn ganz zuversichtlich, daß sie nicht so weit gehen würden. Ihr Vermögen stamme hauptsächlich aus Hectors Familie, und dieser habe es geerbt, statt daß er es im Schweiße seines Angesichts habe erwerben müssen, also sähe er es vermutlich als seine Pflicht an, es weiterzuvererben, was auch immer damit geschehen würde. Das hoffte Rory jedenfalls. Ich hatte ihn boshaft darauf hingewiesen, daß seine Eltern, vor allem Isabella, sich den verschiedenen Wohltätigkeitsinitiativen, die sie unterstützten, stark verbunden fühlten und daß sie ihr Vermögen vielleicht ihnen vermachen würden. Und Hector, Stützpfeiler der Tory, könne auf den Gedanken kommen, deren Schatulle mit seinem Zaster zu füllen. Rory habe keinerlei Garantie, daß er auch nur einen Penny erben würde, und verdiene es auch gar nicht. Er sagte, das sei ja wohl ein starkes Stück, ausgerechnet von mir, die eine enorme Summe geerbt habe, ohne es ebensowenig verdient zu haben, woraufhin ich sagte, wenigstens hätte ich meine Eltern geliebt und sie nie verlassen. Und Rory konterte, er habe nicht gewußt, daß ich so selbstgefällig sein könne.

Jedenfalls war ich neugierig geworden, was wohl zwischen Rory und Isabella vorgefallen sein mochte. Außerdem lenkte es mich ab, und so rief ich ihn an Ort und Stelle zurück. »Na endlich«, sagte er, als er meine Stimme hörte, und noch bevor ich ihn davon abhalten konnte, sagte er, er komme gleich vorbei, und legte auf. Ich rief ihn noch einmal an, wollte ihn anschreien, er spinne wohl, ich sei müde und mache mir Sorgen wegen Tony, und es sei fast Mitternacht, aber es meldete sich niemand, nicht einmal der Anrufbeantworter schaltete sich ein. Ich lag, wütend über mich selbst, auf meinem Bett. Wie dumm von mir, ihn überhaupt anzurufen. Er würde mich die halbe Nacht wach halten und unentwegt reden und mich zu Tode langweilen. Davon trafen aber nur zwei Dinge zu. Er langweilte mich nicht, ganz im Gegenteil, er ließ mich Tony und meine Müdigkeit einfach vergessen, so daß ich, als er zu Ende erzählt hatte, ganz gelassen war und wußte, was ich tun würde.

Als er kam, war er wild entschlossen, das gesamte Telefongespräch mit seiner Mutter noch einmal durchzuspielen, angeregt von der Flasche Wein, die er sich gleich bei seiner Ankunft aus der Küche geholt hatte. Wir lagen auf meinem Bett, und er sprach beide Rollen, wobei er Isabellas Stimme derart perfekt imitierte, daß man hätte glauben können, sie sei im Raum. »Sie hat gesagt: ›Ich würde gern mit Mr. Rory Cameron sprechen‹, in ihrer schrecklich förmlichen Art – du weißt schon, um nur ja ganz offiziell und kurz angebunden zu klingen –, und wie sie sich dann immer erst räuspert, und ich habe gefragt, in einem wirklich blöden, übertriebenen und alles andere als gut getroffenen Cockneyakzent, wer denn dran sei, und sie hat gesagt: ›Vielleicht habe ich ja die falsche Nummer. Würden Sie mir freundlicherweise sagen, ob dies die Nummer von Mr. Rory Cameron ist?‹ Ich wollte erst dabeibleiben und so tun, als sei ich so ein Schlägertyp und hätte noch nie etwas von einem *Mister* Cameron gehört, aber das war mir zu anstrengend. Plötzlich war alles wieder da, wie nervtötend sie ist ... ohne eine Spur von Humor – eine dumme Kuh –, jedenfalls hab ich dann aufgegeben und gesagt: ›Liebste Mutter, ich bin's‹, und sie hat mir eine von ihren Wie-kannst-du-nur-so-albern-und-frech-sein-Szenen gemacht und gesagt, sie hätte beinahe aufgelegt. Ich hätte am liebsten gesagt, warum hast du's nicht getan, ist mir doch scheißegal, hab dann aber gesagt: ›Das wäre aber schade gewesen‹, nur ganz leicht sarkastisch, und sie hat gesagt: ›Rory, warum bist du so unverschämt?‹ O Gott, das Ganze war so nervig. Ich mußte mich wirklich beherrschen, um nicht loszubrüllen.

Ich hab sie gefragt, wie es Dad gehe, nur um irgendwas Harmloses zu sagen, und sie hat gesagt, er mache sich Sorgen um mich, was seinen Magengeschwüren oder seinem Blutdruck nicht gerade guttue, und ich dachte, o Gott, jetzt bin ich noch schuld an seinen Magengeschwüren, dabei hat er sie nur, weil er ein Schwein ist und so verdammt viel ißt und trinkt. Ich war so sauer, daß ich sie gefragt hab, warum sie überhaupt anruft, da hat sie gesagt: ›Braucht eine Mutter denn dafür einen Grund?‹ Ich dachte: Diese schon, meine Liebe, aber ich war ganz brav und hab nicht ein Wort gesagt, und sie hat gesagt, sie habe gedacht, wir hätten abgemacht, daß ich sie wenigstens auf dem laufenden halten würde, wo ich jeweils sei. Ich hab gesagt, ich konnte es mir einfach nicht verkneifen: ›Bist du mein Bewährungshelfer oder was?‹, und da geriet sie wieder in Fahrt, du meine Güte, und ich mußte einschreiten, bevor ich total durchdrehte, und hab gesagt, ich hätte gedacht, sie und Dad wollten nichts mehr mit mir zu tun haben, ich hätte sie so tief verletzt, weil ich stolz darauf sei, schwul zu sein. Na ja, natürlich habe ich mit Absicht dick aufgetragen, und sie ist herausgeplatzt: ›Sag das nicht!‹, und ich hab ganz unschuldig gesagt: ›Was? Daß ich stolz bin? Oder schwul? Oder beides?‹, und sie hat gesagt, ich wisse genau, was sie meine, und wolle sie nur quälen – *ich sie* quälen. Ich hätte schön blöd ausgesehen, wenn ich mir das hätte gefallenlassen, wir warfen uns also lauter Dinge an den Kopf, und wir hätten beide jeden Moment aufhängen können, und *moi*, ich war drauf und dran, da hat sie plötzlich gesagt: ›Catherine hat uns besucht.‹ Dann hat sie gesagt, ihr beide hättet euch ›ein bißchen unterhalten‹, und es hätte sie nachdenklich gemacht – und ich dachte, nun, das ist ein Fortschritt –, und sie habe den Eindruck, daß wir uns sehen sollten und versuchen, die Dinge in Ordnung zu bringen. Ich holte tief Luft und hab gesagt, mir sei nicht ganz klar, was sie mit ›in Ordnung bringen‹ meine, ich sei, wie ich sei, und von mir aus sei alles ›in Ordnung‹, und da hat sie gesagt: ›Rory, du bist unser *Sohn.*‹ Ich hab gesagt: ›Wie wahr‹, und wartete ab. Ich konnte hören, wie sie mühsam schluckte, und ich wartete und wartete, aber sie sagte nichts weiter, und einen schrecklichen Augenblick lang dachte ich, die dumme Kuh fängt gleich an zu weinen – ach du meine Güte. Ich hatte das Telefon in der Küche abgenommen, und ich mußte mich zurücklehnen, um den Kühlschrank öffnen, mir eine Flasche Wein schnappen und einen Schluck nehmen zu können und meine Nerven zu beruhigen. Offensichtlich mißverstand sie das glucksende Geräusch, mit dem ich den Wein hinunterkippte, als Zeichen für meine Verzweiflung und sagte: ›Nun, Rory, es ist für uns beide nicht gut, die Fassung zu verlieren‹, und ich schaffte es, mir das Lachen zu verkneifen – ja, ich schaffte es sogar, mit *ausgesprochen* liebevoller Stimme zu sagen, nein, das sei es nicht. Was für ein Theater, und daran bist allein du schuld, Catherine.«

»Ich hab überhaupt nichts getan, mach mir keine Vorwürfe.«

»Sie haben sich mit ihr ›ein bißchen unterhalten‹, Madam.«

»Na und?«

»Das hat alles ins Rollen gebracht und, was auch immer du gesagt haben magst, es hat diesen Anfall von schlechtem Gewissen ausgelöst.«

»Ich kann mich nicht daran erinnern, so etwas gesagt zu haben.«

»Sie sagte, du hättest sie daran erinnert, was es bedeutet, eine Mutter zu sein –«

»Ach, das –«

»Ja, das. Es war, ehrlich gesagt, peinlich, ihr zuzuhören. Warum bist du überhaupt zu ihr gefahren? Sie kam gar nicht dazu, mir das zu erzählen.«

»Ich war gerade wegen eines Jobs unterwegs. Da bot es sich an.«

»Lügnerin.«

»Also gut, nein, ich hätte eigentlich wegen eines Jobs unterwegs sein *sollen*, aber ich hab versucht, dem blöden Bild aus der Schachtel, dem unfertigen Ding, auf die Spur zu kommen –«

»Wirklich?«

»Was denkst du denn? Jedenfalls hat deine Mutter es gesehen und sich an vieles erinnert, das werde ich dir aber nicht erzählen, weil ich nicht darüber sprechen möchte. Ich hab es bei ihr gelassen, es ist vorbei –«

»Und so habt ihr euch ganz von Frau zu Frau über mich unterhalten?«

»Nein. Wir haben uns bloß unterhalten –«

»Bloß? Himmel, komm mir bloß nicht mit bloß – was meinst du mit *bloß*?«

»Ich weiß nicht mehr, wie es dazu gekommen ist, ehrlich nicht. Wir kamen einfach auf dich zu sprechen. Auf sie und auf dich. Wir haben über das verflixte Bild und Susannah geredet, über den ganzen Mutterkram und so'n Zeug. Sie war auf einmal so nett, und sie hatte mich vorher gefragt, ob ich mich noch an die Tanzstunden erinnerte, die wir besucht haben –«

»Verschon mich mit Nostalgie.«

»O. k. Aber so war's. Sie *liebt* dich, Rory, da bin ich

mir ganz sicher. Überleg doch mal, welche Überwindung es sie gekostet haben muß, dich anzurufen und um Verzeihung zu bitten –«

»Ha! Nichts dergleichen hat sie getan, sie hat mich *nicht* ›um Verzeihung gebeten‹, großer Gott, sie –«

»O. k., o. k., ich hab übertrieben, aber sie hat angerufen, und ich finde, du solltest darauf reagieren. Ich finde, du solltest zu ihr und Hector fahren, eine Stippvisite machen und die Lage peilen.«

Die Situation bot sich förmlich dazu an, ihm zu erzählen, was Hector mir erzählt hatte, aber ich zögerte. Man konnte nie wissen, wie Rory reagieren würde. Er würde nicht zwangsläufig vor Mitleid für seine Mutter vergehen, nur weil sie ein Baby gehabt hatte, das nach wenigen Wochen den plötzlichen Kindstod gestorben war. Da würde er schon eher Susannahs Part herauspicken und sich an der dramatischen Konfrontation zwischen den beiden Schwestern ergötzen, was mir zuwider wäre. Und er würde noch mehr Einzelheiten wissen wollen und seine Mutter womöglich bedrängen, sie ihm zu erzählen. Er würde den Namen des Babys wissen wollen, und ob sie begraben worden sei, und die arme Isabella würde ihn wegen seiner unverhohlenen Neugier verabscheuen. Er würde an etwas rühren, das sie tief in sich begraben hatte, und ihr möglicherweise großen Schmerz zufügen. Und wenn ich es ihm erst erzählt hätte, würde Rory sich über alle meine Bitten, taktvoll und behutsam damit umzugehen, hinwegsetzen – ich würde keine Kontrolle über ihn haben. Es könnte ihn vielleicht sogar wütend machen, daß ich mir einbildete, diese Enthüllung würde das Verhalten seiner Mutter ihm gegenüber wenn nicht entschuldigen, so doch wenigstens erklären. Man wußte es einfach nicht. Mir blieb also nichts anderes übrig, als darauf zu drängen, daß er Isabella besuchte und sich mit ihr zu versöhnen versuchte. Es war zwar feige, aber der sicherste Weg. »Mach eine Stippvisite bei ihnen«, wiederholte ich. »Bitte, Rory, ich denke, das solltest du.«

»Ich hab doch gesagt, daß ich's tue.«

»Großartig.«

»Aber nur, wenn du mitkommst.«

»Nein.«

»Du mußt. Ich kann nicht allein fahren. Du mußt mir helfen.«

»Nein. Ich hab mir geschworen, daß ich nie wieder nach Edinburgh fahre. Das ist Vergangenheit, und ich habe mit der Vergangenheit abgeschlossen – sie macht mich fertig.«

»Aber du liebst die Vergangenheit, du bist vernarrt in sie, in diese *blue remembered hills*, tra la ...«

»Halt den Mund, Rory.«

Das tat er, und dann schlief er ein. Er drehte sich zu mir um, während ich noch auf dem Rücken lag und ihm zuhörte, murmelte »Gute Nacht« und schlief ein. Ich hatte gewußt, daß es so kommen würde. Ich wußte, daß ich ihn die Nacht über am Hals haben würde. Ich hätte ihn wachrütteln und rausjagen können, aber er sah im Schlaf so süß aus, wie ein Kind und nicht wie ein Mann über dreißig. Kein anderer Mann, mit dem ich in einem Bett geschlafen habe, hatte je wie Rory ausgesehen. All die anderen Gesichter von Männern, die neben mir eingeschlafen waren, hatten mit ihren Bartstoppeln am Kinn und um den Mund, mit ihrer faltigen und zu Grimassen verzogenen Haut immer ausgesprochen männlich ausgesehen, während Rorys Gesicht im Schlaf sanft und blond und glatt aussah. Er war noch immer ein hübscher Junge, und ich ertappte mich bei dem Wunsch, daß seine Mutter ihn hätte sehen können.

Ich konnte nicht schlafen. Ich lag da und dachte an Tony und wußte, ich würde ihn besuchen müssen. Ich spielte in Gedanken durch, wie alles sein würde: das Krankenzimmer, der Anblick, wie er mit lauter Verbänden am Tropf hing, das Mitleid, das sich in mir regen würde. Würde er sprechen können? Er würde mich neben seinem Bett stehen sehen und vermutlich meinen Namen sagen und eine Hand ausstrecken, wenn er eine Hand frei hätte, um sie auszustrecken, und ich, was würde ich sagen und tun? Ich würde ihn weder küssen, noch würde ich weinen oder zärtliche Dinge flüstern. Ich würde ihn berühren, wenn da ein Arm wäre, den ich vorsichtig streicheln könnte, aber ich würde ihn, selbst wenn es möglich wäre, nicht umarmen – ihm keine Hoffnungen machen, zwischen uns würde alles wieder gut. Ich wollte ihm nur zeigen, daß ich nicht herzlos war und daß mich seine Verletzungen nicht kaltließen. Als ich mir aber diesen Auftritt vorstellte, mußte ich mir notgedrungen einen zweiten ausmalen. Angenommen, Tonys Anblick löste mehr in mir aus als bloßes Mitleid? Angenommen, an die Stelle eines Wald-und-Wiesen-Mitleids träte Zärtlichkeit und der Wunsch, wieder mit ihm zusammenzusein? Das wollte ich nicht. Solchen Gefühlen, mit allem, was sich daraus ergeben könnte, wollte ich nicht nachgeben. Ich wollte allein bleiben und doch nicht herzlos sein.

Etwa eine Stunde später, kurz bevor ich endlich einschlief, wachte Rory auf. Er stöhnte, sagte, er habe furchtbare Kopfschmerzen, und ich stand auf und brachte ihm ein Aspirin. Während er eine Staatsaffäre daraus machte, es einzunehmen, rief ich noch einmal im Krankenhaus an. Er hörte zu, und als er merkte, daß etwas Dramatisches vor sich ging, hellte sich sein Gesicht auf. Er hörte nur, daß ich Tonys Namen sagte und danach fragte, wie es ihm gehe, das reichte schon.

»Tony?« sagte er, als ich den Hörer auflegte. »Im Krankenhaus?«

»Ein Unfall. Frag mich nicht, ich weiß es nicht. Seine Mutter hat mir eine Nachricht hinterlassen. Er ist auf der Intensivstation, aber außer Gefahr.« Rory stützte sich auf einen Ellenbogen und erforschte meinen Gesichtsausdruck, ohne ein Wort zu sagen. »Sieh mich nicht so an.«

»Ich hab schon immer gewußt, daß du da einen Fehler gemacht hast«, sagte er.

»Ach, wirklich?«

»Ihn so einfach grundlos rauszuwerfen, den lieben, lieben Tony. Wenn ich das Glück gehabt hätte –«

»Wenn du schon wach bist, dann kannst du ja jetzt gehen.«

»Also wirklich, Catherine, es ist halb fünf.«

»Na und? Du bist schon oft bis halb fünf unterwegs gewesen.«

»Die U-Bahn fährt noch nicht.«

»Das wird sie aber, bis du nach Highgate gelaufen bist. Du kannst dir, wenn du willst, erst noch einen Kaffee machen und duschen.«

»Weißt du was, du hast zu lange allein gelebt.«

»Du etwa nicht?«

»Ich bin fast nie allein, auch wenn ich allein lebe. Aber du, du wirst mit jedem Tag, den du allein lebst, seltsamer. Ich wette, du führst Selbstgespräche. Das liegt an dieser verdammten Schachtel –«

»Sei still. Ich will nicht, daß man sie verflucht.«

»Das war kein Fluch, aber sie hat dich mit einem Fluch belegt.«

»Sei nicht albern, das ist lächerlich. Gar nichts hat sie mit mir gemacht.«

»Ha! Sie hat dich doppelt so reizbar gemacht, wie du sowieso schon bist, und dreimal so launisch.«

»Also, ich hab inzwischen aufgegeben. Auch wenn dich das eigentlich nichts angeht.«

»Also Schluß mit der Muttersuche?«

»Charlotte war meine Mutter.«

»Ach, hör auf. Du bist wie eine Schallplatte mit einem Kratzer, wenn du damit anfängst –«, und er machte mich nach, wie ich sagte, Charlotte sei meine Mutter. »Du hast schon immer damit übertrieben, wie wunderbar Charlotte sei und wie sehr du sie bewunderst. Es hat mich nie überzeugt –«

»Halt den Mund, Rory. Ich hasse dich, wenn –«

»Natürlich haßt du mich, *wenn*. Du bist voller Haß, sobald jemand nicht deiner Meinung ist, Haß, Haß, Haß –«, und er stieß das Wort immer wieder hervor, spuckte es aus. »Ich will dir mal sagen, was *ich* hasse. Ich hasse Leute, die sich um jeden Preis was vormachen, wie du's getan hast, mit der langweiligen alten Charlotte, als hättest du Angst, dir einzugestehen, daß sie doof und langweilig ist und nicht so, wie du dir deine Mutter gewünscht hättest, genausowenig wie meine Mutter ist, wie ich mir eine Mutter gewünscht hätte.«

Ich verließ den Raum, schlug die Tür hinter mir zu und rannte ins Badezimmer, wo ich beide Wasserhähne aufdrehte, um Rorys Schreierei zu übertönen. Er kam und trommelte gegen die Tür und brüllte, er werde jetzt gehen. Dann ging er, indem er voller Wut alle Türen zuschlug, die er zuschlagen konnte. Ich saß zitternd auf dem Badewannenrand. Wie immer hatte

Rory gewußt, wie er mich verletzen konnte. Auch wenn ich wußte, daß das, was er gesagt hatte, nicht stimmte, waren seine Vorwürfe verletzend. Und immer war da tief in mir diese völlig vage Angst, er könne womöglich etwas in mir entdeckt haben, was zu denken ich mir selbst nie erlaubt hatte. Er hatte unrecht, wenn er sagte, ich hätte Charlotte nicht geliebt und verehrt und wäre nicht glücklich mit ihr gewesen, aber vielleicht stimmte es ja, daß ich nie zugegeben hatte, sie sei nicht in jeder Hinsicht *die Mutter, die ich mir gewünscht hatte,* gewesen.

Es dauerte sehr lange, bis ich mich beruhigt hatte. Ich wußte, ich sollte Tony besuchen, aber ich konnte nicht, nicht in dem Zustand, in dem Rory mich zurückgelassen hatte.

Ich schlief ein paar Stunden und fühlte mich beim Aufwachen so schrecklich, daß mir klar war, ich hätte lieber nicht schlafen sollen. Nicht einmal eine eiskalte Dusche konnte meine Lebensgeister wecken, und beim Gedanken an Kaffee drehte sich mir der Magen um. Ich zog mich ganz in Schwarz an, was unter den Umständen wahrscheinlich nicht sehr taktvoll war, konnte mich aber nicht zu irgendwelchen anderen Kleidern durchringen und nahm einfach nur die Hose, den Pullover und die Jacke, die zur Hand waren. Es hatte keinen Sinn, mit dem Auto zu fahren, weil ich in der Nähe der Universitätsklinik nirgends einen Parkplatz finden würde. Ich nahm also den Bus und war froh, daß er im Verkehr steckenblieb und erst nach einer Stunde in der Gower Street ankam. Ich saß teilnahmslos da und starrte aus dem Fenster auf die vollen Straßen und Bürgersteige, ohne irgend etwas wahrzunehmen, weil ich nur an das Radcliffe Hospital in Oxford dachte, in dem Charlotte gestorben war.

Tag für Tag hatte ich diesen Ort aufgesucht und ihn, die Atmosphäre, die Gerüche, verabscheut. Wenn ich wieder herauskam, mußte ich mich oft erst an eine Wand lehnen und mich beruhigen, so benommen war ich vor Anspannung. Einmal war ich auf der Toilette ohnmächtig geworden. Ein sicherer Ort, um das Bewußtsein zu verlieren, eine Krankenhaustoilette: lauter Schwestern, die sich um einen kümmern. Sollte man meinen, aber das Komische – Komische? – war, daß keine da war und ich von allein wieder zu Bewußtsein kommen und mich allein zurechtfinden mußte.

Es ist natürlich die Angst. Das muß es sein. Angst, mir könnte dasselbe passieren, an einem solchen Ort zu liegen, krank, vielleicht sogar sterbenskrank, gefangen, ohne Hoffnung. Ich denke an den Schmerz und das Entsetzen über verlorene Glieder und schreckliche Wunden, die nicht heilen, und an die Qual und die Demütigung, leiden zu müssen. Ich bin sogar einer Ohnmacht nahe, wenn ich nicht schnell genug nach draußen komme. Charlotte wußte das und sagte immer, ich müsse mich nicht dieser Tortur aussetzen, und ich sagte, daß ich mich deshalb verachten würde, denn schließlich sei sie es, die die Tortur über sich ergehen lassen müsse, und nichts könne mich fernhalten. »Ich muß mal schnell aufs Klo«, sagte ich schließlich etwa zweimal jede halbe Stunde, und dann stürzte ich zur Toilette und bespritzte mein Gesicht mit kaltem Wasser, oder ich saß mit dem Kopf zwischen den Knien da, bis das Schwindelgefühl vorüber war. Natürlich tat das der armen Charlotte nicht gut. Und jetzt war ich wieder dabei, in ein Krankenhaus zu gehen, um wieder einen schwerkranken Menschen zu besuchen, und wieder versagte ich.

Warum tat ich es überhaupt? Ich bin kein guter Mensch. Ich tue die Dinge nicht, weil ich es *für richtig* halte. Ich drücke mich ständig vor dem, was andere als meine Pflicht ansehen, genau wie Rory. Für ihn, für Rory, würde ich natürlich auch ein Krankenhaus ertragen. Für meine Eltern und für Rory konnte ich mich zu allem zwingen, aber für Tony? Es war keine moralische Erpressung: Seine Mutter hatte mich mit ihrem Anruf nicht gedrängt. Es war eher das Bedürfnis, mich einer Sache zu stellen, ohne zu wissen, worum es eigentlich ging. Etwas zu klären, etwas über mich selbst herauszufinden, das erst vor kurzem zum Vorschein gekommen war. Als ich an der Euston Road aus dem Bus stieg und in Richtung Gower Street ging, kam mir der Lärm ausnahmsweise gerade recht – er ließ mich überhaupt nicht nachdenken. Benommen vor Angst, den Kragen meiner Jacke gegen imaginäre Zugluft hochgeschlagen und die Arme über der Brust verschränkt, wie um mich zusammenzuhalten, betrat ich den Haupteingang. Ich kannte mich nicht aus, traute mich aber auch nicht, jemanden anzusprechen, und verließ mich darauf, daß die vielen Schilder und Zeichen mir den Weg zu der Station wiesen, auf der Tony, wie ich erfahren hatte, lag. Ich ging immer weiter, düstere Flure entlang, Treppen hinauf, vorüber an Bahren und Teewagen und all den anderen Krankenhausgeräten, mehr und mehr im Sog dieser Welt, die mir so verhaßt war. Ich hatte, lange bevor ich die richtige Station fand, das Gefühl, jede Identität, die ich besessen hatte, verloren zu haben.

Ich konnte nicht einfach nur zu ihm hinein- und dann wieder hinausgehen. Die Intensivstation, auf der er lag, war wie eine größere Kabine, die von der übrigen Station getrennt, jedoch durch Glasscheiben einsehbar war. Darin standen vier Betten, die alle belegt waren. Ich mußte einer Schwester, die an einem Tisch am anderen Ende des Ganges saß, meinen Namen nennen, woraufhin sie in einer Liste nachsah. Ich dachte, wie glücklich ich wäre, wenn mein Name nicht darauf stünde – schließlich hatte ich meinen Besuch nicht angekündigt, niemand wußte, daß ich kommen würde –, aber er stand darauf. Nur die Familie und enge Freunde, die die Erlaubnis der Familie besäßen, dürften zu Besuch kommen, und dann auch nur jeweils einer zur selben Zeit für nicht mehr als zehn Minuten und pro Tag nicht mehr als vier Besucher. All das erzählte mir die Krankenschwester, während sie mir so etwas wie einen weißen Kittel reichte und eine Maske aus Gaze, die ich anlegen sollte, weil die Gefahr bestehe, Infektionen in die Station zu tragen, und dies sei eine Vorsichtsmaßnahme. Meine Hände zitterten, während ich mir die Maske umzubinden versuchte, und sie tat es für mich, wobei sie mich verständnisvoll anlächelte. Tony sollte sich in diese Krankenschwester verlieben, die genau so war, wie man sich eine Krankenschwester vorstellte, und sie heiraten.

Er lag ganz hinten in der Ecke. Sie führte mich hinein, vorbei an den anderen Betten. Es herrschte keine absolute Stille – von den Maschinen waren verschiedenste Zischlaute und ein seltsames rhythmisches Klikken zu hören –, aber hinter all diesen oberflächlichen Geräuschen war es sehr still. Tony lag mit nacktem Oberkörper da, halb aufgerichtet, aus seiner rechten Armbeuge kam eine Kanüle und eine zweite aus der Seite. Ich hatte mich nicht nach seinen Verletzungen erkundigt, und die Schwester hatte angenommen, ich wisse Bescheid. Aber ich konnte erkennen, daß sein

Gesicht, obwohl sein Kopf und sein Brustkorb verbunden waren, unversehrt war und er noch beide Arme und Beine hatte. Die Schwester überprüfte etwas an einer der Kanülen und machte dann ein Zeichen, daß sie jetzt ginge. Sie zeigte auf ihre Armbanduhr und streckte alle zehn Finger in die Höhe und ließ mich, indem sie nur die Lippen bewegte, wissen, daß sie zurückkommen werde. Ich hielt fünf Finger in die Höhe und sagte ebenfalls nur mit den Lippen: »Das reicht, danke«, und sie nickte.

Tonys Augen waren geschlossen. Er war unrasiert. Seine gewöhnlich olivfarbene, leicht sonnengebräunte Haut war gelb. Unter seinen Augen lagen tiefe dunkle Schatten. Ich hätte ganz einfach nach einer seiner Hände greifen können. Sie waren nicht verbunden und lagen reglos seitlich neben ihm, die Innenfläche nach oben. Er war immer so gesund und stark gewesen, und sein Körper sah, welche inneren Verletzungen er auch haben mochte, noch immer unversehrt und gesund aus, wobei die Muskeln an den Schultern deutlich hervortraten, anders als bei Charlotte, die gegen Ende ganz ausgezehrt war, nur noch Haut und Knochen. Ich konnte Tony ansehen, ohne zurückzuschrecken. Man konnte sich nirgendwo hinsetzen – es gab überhaupt kaum Platz –, daher stand ich bewegungslos da und sah ihn an. Dann öffnete er die Augen, so langsam, als seien seine Lider tonnenschwer, und durch die Schlitze sah er mich an. Seine Augen waren dunkelbraun, wie meine, und die Lider nur gerade so weit geöffnet, daß ein schwarzer Fleck zu sehen war. Ich hielt den Atem an und betete, er stünde so unter Medikamenten, daß er mich nicht erkannte, aber die Lider schlossen sich ganz langsam, und anstatt erleichtert zu sein, war ich bestürzt.

Da nahm ich seine Hand, ganz zaghaft, indem ich meine behutsam über die seine legte und sie eher bedeckte als hielt. Sie fühlte sich heiß an, die Haut auf dem Handrücken glühte. Ich drückte sie nur leise, und seine Augen öffneten sich erneut einen winzigen Spalt. »Tony?« murmelte ich. Seine Lippen bewegten sich ein bißchen, und seine Augen öffneten sich ein klein wenig mehr, aber er runzelte die Stirn und sah aus, als habe er Schmerzen, und ich hatte Angst, noch einmal seinen Namen zu sagen. Ich war seltsamerweise atemlos und versuchte immer wieder zu schlucken, als wollte ich etwas sagen. Aber es gab nichts zu sagen, selbst wenn ihn irgendwelche Worte hätten erreichen können. Ich hätte mich über ihn beugen und ihm ins Ohr flüstern können, daß ich es sei, Catherine, und daß ich ihn liebe. Nur war ich mir dessen nicht sicher, oder ob ich es überhaupt je getan hatte – jedenfalls nicht so, wie er es sich gewünscht hatte, nicht genug, um mich für immer an ihn zu binden und in sein Leben integrieren zu lassen. Ich wollte ihm nur sagen, daß ich gekommen sei, weil mir leid tat, was ihm zugestoßen war, leid tat, ihn in diesem Zustand zu sehen, und daß ich ihn gern hätte und immer mit ihm befreundet bleiben wolle. Das aber würde nicht genug sein.

Die Krankenschwester kam zurück, und ich nahm meine Hand von der seinen, drehte mich um und verließ zusammen mit ihr die Intensivstation. Ich dachte, ich sei vollkommen gefaßt, machte aber offenbar auf sie nicht diesen Eindruck, denn sie drängte mich, einen Augenblick auf dem Flur Platz zu nehmen, und brachte mir ein Glas Wasser. »Es geht ihm schon besser«, sagte sie. »Er ist jetzt außer Gefahr, ihm geht's gut. Er wird wahrscheinlich morgen auf die Station verlegt, dann erwachen seine Lebensgeister wieder.« Ich nickte und dankte ihr und fragte sie, ob ich eine Nachricht hinterlassen könne. Sie brachte mir einen Kugelschreiber und ein Blatt Papier und zog sich taktvoll zurück, damit ich schreiben konnte, was immer ich wollte.

Ich saß lange da und fragte mich, was ich eigentlich schreiben wollte. Eigentlich sollten er und seine Mutter nur wissen, daß ich hier gewesen war, ohne daß einer der beiden sich falsche Vorstellungen machte. Zuletzt schrieb ich nur wenige Zeilen, daß ich gekommen sei, um zu sagen, wie leid es mir tue, daß er so krank sei, daß man mir aber erklärt habe, er sei außer Gefahr, und es gehe mit ihm bergauf, und ich hoffte, er fühle sich bald besser. Ich schrieb, ich würde wiederkommen, wenn es ihm besser ginge. Und ich unterschrieb mit »In Liebe, Catherine«. Alles andere hätte unter diesen Umständen zu kalt, zu hart geklungen – selbst für mich. Es gab keinen Briefumschlag, daher faltete ich das Papier zusammen und machte ein kleines Päckchen daraus und schrieb Tonys Namen in Druckbuchstaben vorne drauf. Es war mir egal, ob irgend jemand anders es las, es war nichts Privates.

Für mich ist das Verlassen eines Krankenhauses der Inbegriff von Glück. Sobald ich aus einem Krankenhaus komme, ganz gleich, wen ich zurücklasse, wird mir schwindelig, nicht nur weil die Anspannung nachläßt, sondern vor lauter Freude, am Leben zu sein und gesund und frei davongehen zu können. Die Gower Street ist weiß Gott eine laute, häßliche Straße, und wenn man zur Tottenham Court Road hinüberläuft, wird es auch nicht besser, trotzdem war ich in bester Laune und begeistert, Luft einzuatmen, die zwar voller Abgase war, aber nicht nach Krankheit und Desinfektionsmitteln roch. Ich hatte getan, was ich tun mußte, ich hatte Tony besucht und Glück gehabt. Wenn er bei Bewußtsein und eine Unterhaltung unvermeidlich gewesen wäre, hätte es womöglich eine quälende Szene gegeben, und ich wäre meinen eigenen Gefühlen in die Falle gegangen und hätte mich vielleicht gezwungen gefühlt einzugestehen, daß er mir mehr bedeutete, als mir bewußt war. Aber nichts dergleichen war geschehen. Ich war dort gewesen, hatte einen Beweis dafür zurückgelassen und angekündigt, daß ich wiederkommen würde, ohne zu sagen, wann.

Auf dem Nachhauseweg fiel mir plötzlich ein, Tony könne, wenn er wieder zu sich käme, es seiner Mutter vielleicht sogar übelnehmen, daß sie mich angerufen hatte, und sie müßte ihm dann, um sich zu verteidigen, erzählen, er selbst habe nach mir gefragt. Er würde es wahrscheinlich leugnen – es würde für ihn ein solcher Gesichtsverlust sein – oder sagen, sie hätte doch wissen müssen, daß er mit dem Tode gerungen oder unter Medikamenten gestanden und nicht gewußt habe, was er sagte. Ich dachte, wieviel Glück ich auch noch in anderer, banalerer Hinsicht gehabt hatte, daß ich so früh am Morgen ins Krankenhaus gegangen war. Die Schwester hatte mir erzählt, Tonys Eltern seien bis zum gestrigen Tag kaum von seiner Seite gewichen und würden schon sehr bald zurückkehren. Mir widerstrebte der Gedanke, mit seiner Mutter zusammenzutreffen, die mich wahrscheinlich seit Monaten für Tonys Unglücklichsein verantwortlich machte und sich nicht vorstellen konnte, irgendeine Frau könne ihrem Sohn widerstehen.

Mütter sind so. Charlotte war so, sie hielt zu mir,

was auch immer ich anstellen mochte, und wäre nicht im Leben darauf gekommen, daß ich möglicherweise nicht so wunderbar war, wie sie glaubte. Isabellas waren rar, dachte ich auf dem Nachhauseweg. Und Susannah? Da war sie wieder und drängte sich erneut in meine Gedanken. Unmöglich zu sagen, wie Susannah gewesen wäre. Zärtlich, nehme ich an, aber vielleicht nicht unkritisch. Ich hatte, seitdem ich ihre Schachtel geöffnet hatte, genügend über sie erfahren, um das Bild eines lieben, reizenden, sonnigen Idols, das man mir von ihr vermittelt hatte, in Frage zu stellen und anzufechten. Sie war leichtsinnig, sie tat ständig Dinge, die ihre Gesundheit gefährdeten. Und sie konnte in ihrer Schwester, die sie alles andere als freundlich behandelt hatte, eine gewisse Unruhe, wenn nicht gar Angst hervorrufen. Sie war ehrgeizig, sehr ehrgeizig, und das ließ in meinen Augen auf eine Spur von Aggressivität schließen, die meinem Vater vollkommen fehlte. Selbst wenn ich nicht noch mehr von George Senhouse erfahren würde, wußte ich, daß sie ihre Geheimnisse hatte und vielleicht sogar manches bedauerte: Sie war sehr viel komplizierter, als ich je Grund hatte anzunehmen. Ich fragte mich, wie alles gekommen wäre, wenn ich alt genug gewesen wäre, sie als Tote zu sehen. Ich hatte Charlotte sterben und tot gesehen. Susannah war immer nur eine Vorstellung gewesen, vage, ohne jede Substanz. Wenn ich sie aber besucht hätte, so wie ich Charlotte, oder eben auch Tony, besucht hatte, wenn ich sie krank und leidend und dann tot gesehen hätte, wäre ich dann auch so sehr darum bemüht gewesen, ihr einen Platz in meinem Leben zu verweigern? Sie hatte erst real werden müssen, bevor ich irgendeinen Verlust empfinden konnte.

Ich schloß die Tür zu meiner Wohnung auf und dachte, ich sollte die Dinge ins reine bringen. Nach meinem Besuch bei George Senhouse sollte ich wieder verreisen, allein, nicht mit Rory. Der *Hidden Scotland*-Job war noch nicht erledigt, aber mir war nicht nach Schottland zumute. Ich würde ihn absagen. Ich würde diesmal nach Frankreich reisen und mich eine Zeitlang einfach treiben lassen. Zuerst war es jedoch an der Zeit, die Andenkenschachtel selbst loszuwerden, sie sozusagen symbolisch zu verbrennen oder in Stücke zu reißen. Sie lag in meiner Dunkelkammer auf der Lauer und erinnerte mich ständig an jemanden, den ich nie wirklich finden konnte. Bevor ich verreiste, würde ich mich von ihr befreien. Ich ging sofort hin und zerrte sie in mein Wohnzimmer. Sie sah überhaupt nicht bedrohlich aus – vielmehr hell, freundlich und beruhigend. Ich konnte kaum glauben, daß mich ihr Anblick noch vor etwa sechs Monaten dermaßen in Angst versetzt hatte. Mir kam es vor, als seien Jahre vergangen, seitdem ich sie – gegen meinen Willen – aufgeregt ausgepackt hatte. Ich starrte sie an und fragte mich, wie ich auch nur einen Moment lang hatte glauben können, daß diese Schachtel eine solche Macht besäße. Die Liste der in ihr enthaltenen, sorgfältig numerierten Gegenstände lag darin. Ich nahm einen Bleistift und hakte sie gewissenhaft mit »Erledigt/Nicht erledigt« ab. Bei Nummer 11 stockte ich. Ich hatte auf Nummer 11 nur einen kurzen Blick geworfen. Von allen Gegenständen war nur noch sie in der Schachtel geblieben. Ich hatte sie weniger vergessen, vielmehr meiner Aufmerksamkeit nicht für würdig gehalten. Ich hatte die Papprolle zurück in die Schachtel gelegt, nachdem ich sie aus der Truhe, in die ich sie zuerst gepackt hatte, genommen und Rory gezeigt hatte, und hatte seither nie wieder an sie gedacht.

Nummer 11, zwei Bilder, aufgerollt in einer Papprolle. Langsam rollte ich sie auseinander.

Vierzehntes Kapitel

Zwei Bilder, auf beiden eine Mutter und ein Baby. Ich hatte damals im September einen Blick darauf geworfen und sie nie wieder angesehen. Jetzt breitete ich sie, nachdem ich sie andersherum aufgerollt hatte, um sie zu glätten, nebeneinander auf dem Tisch vor mir aus. Ich befühlte das Papier und folgerte, daß mein ursprünglicher Eindruck richtig gewesen war – es waren Seiten, die aus einem Kunstbuch oder einem teuren Katalog geschnitten worden waren, etwas, das mein Vater als einen Akt des Vandalismus bezeichnet hätte. Das Papier war dick und glatt, die Farbreproduktion hervorragend. Die Seiten waren sauber herausgeschnitten worden. Ich konnte einen ganz zarten Bleistiftstrich am linken Rand entlang der einen und am rechten Rand entlang der anderen Seite erkennen. Susannah hatte einen Strich gezogen, bevor sie entweder mit einer Schere oder vielleicht einem Messer oder sogar mit einer Rasierklinge zu schneiden begonnen hatte. Und doch war das Buch oder der Katalog ruiniert worden.

Bis ich ziemlich groß war, hat mein Vater mich seine Kunst- und Architekturbände nur unter seiner Aufsicht betrachten lassen. Es war ein Privileg. Ich mußte zuerst meine Hände gründlich waschen, sie mit einer Nagelbürste unter heißem Wasser schrubben, und mich dann an einen Tisch setzen. (Ich durfte die Bücher nicht auf meinen Knien halten.) Mir wurde sogar gezeigt, wie ich die Seiten umzublättern hatte, indem ich die obere Ecke einer jeden Seite mit so wenig Druck wie möglich festhielt und sie wendete, ohne daran zu ziehen. Mein Vater sagte, seine Bücher seien nicht wie andere Bücher. Sie seien buchstäblich Kunstwerke und kostbar und müßten als etwas Besonderes und Wertvolles behandelt werden. Als ich noch ganz klein war, fünf oder sechs Jahre alt, war es aufregend, etwas ansehen zu dürfen, von dem es hieß, es seien »Schätze«. Ich hatte mich beeilt, alle Bedingungen zu erfüllen, und mich ausgesprochen eifrig bemüht, seinem Befehl, aufrecht zu sitzen und mich nicht auf die dicken Bände zu stützen, zu gehorchen. Aber später, zu Anfang der Pubertät, hatte ich mich über seine strikten, meiner Ansicht nach unnötigen und pingeligen Anweisungen aufgeregt und versucht, mich ohne sein Wissen über sie hinwegzusetzen. Ich ging in das untere WC neben seinem Arbeitszimmer und ließ bei offener Tür Wasser laufen und sagte dann, ich hätte meine Hände gewaschen, obwohl ich es überhaupt nicht getan hatte. Um Himmels willen, dachte ich, ich bin doch nicht in einer Kohlengrube gewesen, meine Hände sind sowieso sauber, und mich durchlief beim Schwindeln ein schuldbewußter, aber angenehmer Schauder. Wenn mein Vater das Zimmer verließ, blätterte ich die Seiten absichtlich grob um und lümmelte mich über die Bücher, ohne es allerdings zu wagen, ihnen auch nur den geringsten Schaden zuzufügen, versuchte aber, dem so nah wie möglich zu kommen. Später hatte ich überhaupt keine Lust mehr, sie anzusehen, wenn ein solches Theater darum gemacht wurde. Ich holte mir billigere, benutzerfreundlichere Ausgaben, auch wenn er mich darauf aufmerksam machte, daß sie in jeder Hinsicht minderwertig seien. Solche »Schätze« seien ihren exorbitanten Preis wert, was ich sehr wohl wußte – jeder Dummkopf konnte den Unterschied sehen.

Wie hatte Susannah, die gehorsame Ehefrau, es nur über sich gebracht, ein Kunstbuch von solchem Wert, aus dem diese Tafeln offensichtlich stammten, zu entweihen? Aber dann erinnerte ich mich, daß sie ja ihre eigene Büchersammlung besaß, nicht sehr groß und längst nicht so umfangreich und eindrucksvoll wie die meines Vaters, aber sie gehörte ihr. Im Arbeitszimmer meines Vaters gab es ein Bücherregal mit Susannahs Büchern und auch mit einigen von ihm. Sie standen auf den drei obersten Borden, so hoch, daß ich sie ohne Kletterpartie nicht erreichen konnte, und dafür interessierten sie mich zu wenig. Aber ich wußte, daß es ihre Bücher waren und daß sie irgendeine besondere Bedeutung hatten, sonst hätte mein Vater sie nicht aufgehoben. Als ich Abitur in Kunstgeschichte machte, meinte er, ich solle sie doch einmal ansehen. Sie könnten mir vielleicht helfen. Wie immer wollte ich nichts mit Dingen zu tun haben, die Susannah gehört hatten, und warf nur widerwillig einen flüchtigen Blick hinein. Bei den Büchern ging es immer um Malerinnen (kein Wunder also, daß die Sammlung so schmal war). Es gab nicht nur welche über berühmte Frauen – Gwen John, Rosa Bonheur –, sondern auch welche über weniger bekannte und einige, von denen ich noch nie etwas gehört hatte, wie Emily Carr Osborn und Cecilia Beaux. Ich begann, die Bücher heimlich zu benutzen, während ich meinem Vater so beiläufig wie nur möglich sagte, sie seien nicht besonders gut. In Wahrheit verfaßte ich ganze Essays, die auf dem basierten, was ich in einigen von ihnen gefunden hatte, und bekam sehr gute Zensuren.

Ich vermutete, daß die Bilder aus einem Buch ihrer eigenen Sammlung stammten – ja, das war ziemlich offensichtlich –, aber ich konnte nicht danach suchen, weil ich die ganze Sammlung verkauft hatte. Ich hatte alles, was mit Susannah zusammenhing, so schnell wie möglich loswerden wollen, so daß ich ihre Bücher nicht einmal sorgfältig angesehen hatte. Ich hatte meine Hast schon bald danach bereut, aber gleichzeitig war ich froh, sie aus dem Weg geräumt zu haben. Es war eine Art Verrat, sie so einfach loswerden zu wollen, andererseits hatte ich mein Leben lang jede Verbindung zu ihr geleugnet, und dies war einfach ein Teil derselben Verweigerung. Aber als ich mich jetzt mit diesen irgendwo herausgeschnittenen Drucken konfrontiert sah, schämte ich mich bei dem Gedanken, daß ich die Möglichkeit gehabt hätte, sie zu identifizieren, und dies durch mein übereiltes Handeln verpaßt hatte. Mein eigenes Wissen über Malerinnen, vorausgesetzt, es war eine Frau, die ich suchte, reichte nicht aus, um zu erraten, wer diese Porträts gemalt hatte. Der Abiturkurs war lange her, und ich hatte das damals erworbene Wissen weder erweitert noch vertieft. Aber während ich diese beiden Blätter aus Hochglanzpapier genau betrachtete, kam mir in den Sinn, daß es womöglich gar nicht auf die Malerin ankam, von der diese Drucke stammten (es waren eher Radierungen als Gemälde – zumindest das wußte ich). Vielleicht kam es nur darauf an, was sie hatte darstellen wollen. Die Künstlerin selbst mochte bedeutungslos sein. Ich hatte wieder einmal *zu* schlau sein wollen und mir Susannah zu umständlich vorgestellt, während doch Einfachheit des Rätsels Lösung sein könnte.

Also versuchte ich, einfach zu denken. Was hatte ich vor Augen? Auf dem ersten Bild saß eine Frau in einem hübschen, blaßblauen, geblümten Kleid, einem langen Kleid, auf einem Stuhl, dessen gepolsterte Rückenlehne nur gerade eben hinter ihrer rechten Schulter sichtbar war, und hielt ein nacktes Baby auf ihrem Schoß und küßte es. Sie hatte dunkles Haar, das auf ihrem Kopf ordentlich zu einer Rolle aufgesteckt war. Ihre rechte Hand stützte den nackten Po des Babys, und mit ihrer ziemlich großen und unproportionierten linken Hand drückte sie das Baby an sich. Wenn ich von der linken oberen Ecke eine Linie zur rechten unteren gezogen hätte, wäre das ganze obere Dreieck praktisch leer gewesen. Die Farben waren, bis auf den fleischfarbenen Ton der Haut des Babys, blaßblau und grau. Das zweite Bild zeigte ebenfalls eine dunkelhaarige Frau, womöglich dieselbe, aber mit einem anderen Baby (blond anstatt dunkel). Diese trug ein cremefarbenes, über und über mit blassen Punkten in einem dunkleren Cremeton übersätes Kleid. Der Stuhl, auf dem sie saß, war mit einem creme- und aprikosenfarben gemusterten Stoff gepolstert, und dahinter stand etwas, das aussah wie ein mit weißem Leinen bezogenes Holzbett. Die Frau war en face, das Baby im Profil dargestellt. Und auch sie hielt das Kind fest an sich gedrückt.

Ich versuchte noch immer, einfach vorzugehen, und stellte immerhin fest, wie hübsch jeweils die Komposition war und wie sorgfältig Mutter und Baby in beiden Fällen arrangiert waren. Die Farben waren zart und verführerisch, der Eindruck, daß alles in den Bildern zu einem harmonischen Ganzen verschmolz, sehr stark. Dies waren keine komplizierten Bilder – sie waren vollkommen eindeutig und riefen dazu auf, für bare Münze genommen zu werden: eine Mutter, die ihr Baby liebt. Das war alles. Doch als ich sie noch weiter betrachtete, genauer anschaute, verwarf ich die oberflächliche Schlußfolgerung, die so verlockend gewesen wäre. Hier ging es weder nur um eine Mutter, die ihr Baby liebt, noch um die Wirkung hübscher Motive. Das Baby auf dem ersten Bild sträubte sich eindeutig. Es wehrte sich gegen den Kuß seiner Mutter. Die Mutter hielt ihre Augen geschlossen, verzückt über den Kuß, den sie ihm gab, aber die Augen ihres Kindes waren offen, sein Mund war zugekniffen. Auf dem zweiten Bild war das Gegenteil der Fall. Hier schmiegte sich das Baby an, drückte sein Gesicht heftig an die Wange seiner Mutter, und die Mutter, die müde und verloren aussah, als sei das Baby in ihren Armen zu schwer, und als sehne sie sich danach, es abzusetzen, erduldete den Kuß lediglich. Interessant. Zwei Bilder, zwei Perspektiven oder zwei Seiten derselben Medaille. Ich konnte nicht mit Gewißheit sagen, daß die beiden Frauen ein und dieselbe waren. Beide hatten dunkles Haar, waren im gleichen Stil gekleidet, aber die Körpersprache war verschieden, was darauf hindeutete, daß sie nicht identisch waren. Die erste Frau war selbstsicher und entspannt, die zweite angespannt. Es war nicht möglich, das Geschlecht der Babys zu erkennen, aber ich spürte ohne ersichtlichen Grund, daß beides Mädchen waren. Ich konnte auch nicht sagen, wie alt sie waren. Ich sehe so selten Babys, daß ich keinen Anhaltspunkt hatte, aber ich dachte, beide könnten, wenn ich mich an Fotos von mir selbst in diesem Alter erinnerte, etwa sechs Monate alt sein. Die Botschaft war, wenn überhaupt, allzu einfach geworden. Das war Susannah, und das war ich. Sie wollte mir nicht nur zeigen, wie sehr sie mich, sondern auch, *wie sehr ich sie geliebt hatte.* Das zweite Bild war besonders ergreifend, denn es zeigte ihre Schwäche und Verzweiflung bei dem Versuch, mich zu halten, die ich voller Leben in ihren müden Armen zappelte. Diese Bilder durften nicht als Kitsch abgetan werden. Sie waren rührend und schmerzlich und voll mütterlicher Gefühle.

Spielte die Malerin nun also eine Rolle? Ich war mir noch immer nicht sicher, trotzdem ließ es mir keine Ruhe, nicht zu wissen, von wem die Bilder stammten, und mir wurde klar, daß ich sorgfältig nachforschen mußte, damit mir nur ja nichts entging. Es war ein leichtes, in die Courtauld Library zu gehen und herauszufinden, wer es war: Die Malerin ließ sich mühelos identifizieren. Sie war durchaus bekannt – nur mir nicht. Es war die amerikanische Künstlerin Mary Cassatt. Es gab viele Informationen über sie. Kinder, oft Babys, von Verwandten und Freunden dienten ihr gewöhnlich als Modelle, und sie war als »Malerin von Mutter-und-Kind-Szenen par excellence« berühmt geworden. Ich fand heraus, daß Mary Cassatt 1891 an einer Serie von zehn großen Farbradierungen gearbeitet hatte, zu denen *Mother's Kiss* und *Maternal Caress* gehörten – und genau dies waren die Reproduktionen. Sie war vom Malen zur Radierung übergegangen und zur Expertin geworden. Der Text, den ich nur überflog, sagte nichts über das Warum und Wie, statt dessen befaßte er sich mit ihrem Leben. Es überraschte mich zu erfahren, daß diese für ihre Bilder von Müttern und Babys berühmte Frau selbst nie ein eigenes Kind gehabt hatte. Sie hatte nie mütterliche Zärtlichkeiten ausgeteilt. Sie wurde 1855 geboren, ließ sich in Paris nieder und blieb unverheiratet. Ihre Porträts von Müttern, ob Gemälde oder Radierungen, wurden wegen ihres Gefühlsausdrucks gelobt, aber sie hatte die Emotion, die sie einfingen, nie selbst empfunden. Alles, was sie getan hatte, war beobachten. Sie hatte überhaupt nicht aus irgendeiner persönlichen Erfahrung heraus gemalt. Das beeindruckte mich außerordentlich, ein Beweis, daß wahre Kunst nicht notwendigerweise aus eigener Erfahrung entstand, aber sobald ich das dachte, hielt ich inne – dies *war* persönlich. Mary Cassatt mag keine Kinder gehabt haben, aber ihr Werk sprach nicht von Besitz, sondern von Sehnsucht. Vielleicht hatte sie sich nach Kindern, die sie nicht hatte, gesehnt, und diese Sehnsucht, dieser Schmerz waren in ihre Bilder mit eingeflossen. Die Sehnsucht einer Frau nach etwas, das sie nicht haben konnte, etwas, das sie vermissen würde. Die Bibliothek schloß, als ich das Buch abgab.

Zu Hause warf ich, wie ich mir schwor, einen letzten Blick auf die Drucke. Ich fragte mich, was sie einem zufälligen Betrachter, wenn er irgendwo an einer Wand, an der sie hingen, vorüberginge oder in dem Buch, aus dem sie stammten, blätterte, wohl sagen würden. Einmal abgesehen von ihrer Bedeutung für mich, was waren sie? Zweifellos nur das, was ich ursprünglich gedacht hatte: hübsche Bilder. Wenn ich sie mit Leid und Verlust befrachten wollte, mußte es daran liegen, daß sich bei mir in den letzten paar Monaten etwas geändert hatte. Ich war gezwungen worden einzusehen, daß es überhaupt Verlust gegeben hatte und damit Schmerz. Susannahs Schmerz, von dem ich nichts hatte wissen wollen. Und jetzt meinen eigenen, den Schmerz, sich ihrer Agonie bewußt zu werden. Ich hatte alle verspottet, die mir mit ihrem hehren Verlangen nach tiefen Gefühlen zu suggerieren versuchten, mir sei meine »richtige« Mutter, bevor ich sie kennenlernen konnte, durch den Tod grausam entrissen worden. Woher rührte er, dieser Drang zum Spott? Warum hatte ich mich so sehr bemüht, diese tote Frau aus meinem Leben herauszuhalten? Warum wehrte ich mich so leidenschaftlich dagegen, ihr auch nur im geringsten ähnlich zu sein?

Auf jeden Fall war all das für mich vorbei, als ich die Reproduktionen schließlich wieder wegpackte. Susannah war endlich meine Mutter, Charlotte meine Stiefmutter geworden. Es konnte sein, daß niemand außer mir davon erfahren würde. Mit wem sprach ich denn schließlich heute noch über eine meiner beiden Mütter? Höchstens vielleicht mit Rory. Und in Zukunft mit jemandem, der in mein Leben trat und dem ich womöglich nahestand. Tony vielleicht. Es wird vermutlich eine Art Lackmustest werden – wenn ich ihn oder irgend jemanden sonst genügend liebe, um über meine Mutter zu sprechen und damit Susannah meine, dann werde ich mir seiner sicher sein. Ich hatte einen Sinn in alldem gefunden. Ich wußte, daß der Inhalt der Andenkenschachtel, so sehr ich auch über ihn gespottet hatte, so wütend er mich auch gemacht hatte, mir meine Mutter in unerwarteter Gestalt gezeigt hatte, die weder auf Fotografien zu erkennen gewesen war noch in den kleinen Brocken jener Berichte, denen ich erlaubt hatte, meine Abwehrhaltung zu durchdringen. Ich würde in Zukunft jemandem erzählen können, daß ich erstaunlicherweise glaubte, sie sei mir sehr ähnlich gewesen. Nein, daß *ich* ihr sehr ähnlich bin. Ich würde die Behauptung wagen, daß wir uns wahrscheinlich sehr gut verstanden hätten. Ich würde, wenn man mich dazu drängte, zugeben müssen, ja, es sei traurig, daß ich sie nicht gekannt hätte, und, ja, daß ich mich heute danach sehnen würde, sie kennengelernt zu haben. Ich brauchte sie also doch.

Nun, ich konnte und kann sie mir nicht herbeiwünschen. Selbst wenn ich diese Sehnsucht schon vor Jahren gefühlt und mir eingestanden hätte, ich hätte sie nicht herbeiwünschen können. Man stelle sich vor, wie verbittert ich hätte werden können, wenn ich mich nach einer toten Mutter verzehrt hätte, wie unglücklich ich mich selbst hätte machen können, wie sehr ich mir hätte einreden können, daß mein Leben vollkommen verpfuscht sei. Für Charlotte wäre es die Hölle gewesen. Sie hätte ihr ganzes Leben versucht, mir zu ersetzen, wonach ich mich so verzweifelt sehnte. Sie hatte sich immer gewundert, daß ich ihr meine ganze Liebe und Hingabe schenkte und sie nie in die unglückliche Lage so vieler Stiefmütter kam, und daß diese glückliche Beziehung mich wiederum mit meinem Vater verband, der nie fürchten mußte, ich sei ohne mütterliche Liebe.

Als ich die Bilder wegpackte, kam mir plötzlich in den Sinn, wie seltsam es war, daß ich nie danach gefragt hatte, wie mein Vater selbst mit dem Tod meiner Mutter fertig geworden war. Ich kannte die Fakten, was er getan, wie er zurechtgekommen war und all das, bis meine Stiefmutter auftauchte, aber ich wußte nichts über seine Gefühle während jener Zeit. Wir hatten nie darüber gesprochen. Ich hatte nicht gefragt, und er war nicht freiwillig damit herausgerückt. Er war nicht die Sorte Mann, die das täte. Es war schwer genug für ihn gewesen, mir zu erzählen, nicht Charlotte sei meine Mutter, sondern eine Frau, die tot sei. Ich war noch nicht ganz fünf, als er sich vornahm, es mir zu erzählen – es war vermutlich unmittelbar, bevor ich in die Schule kam –, und er es, so nehme ich an, für seine Pflicht hielt, dafür zu sorgen, daß ich über die Familienverhältnisse Bescheid wußte. Ich habe das Gefühl, als sei er womöglich von Isabella unter Druck gesetzt worden, denn ich erinnere mich, daß sie und Rory uns eine Woche zuvor besucht hatten. Vielleicht hatte sie sich über meine offensichtlich grenzenlose Liebe zu meiner Stiefmutter geärgert, daß ich ihr ständig am Hals hing und wir uns häufig zärtlich küßten. Wollte Isabella alles verderben? Es war ganz gewiß nicht ein Akt der Loyalität gegenüber dem Andenken an eine Schwester, die zu hassen sie allen Grund hatte.

Aber als mein Vater begann, über »deine richtige Mutter« zu sprechen, weil er Susannah in meiner Vorstellung zum Leben erwecken wollte, sprang ich von seinem Knie herunter und rannte, »*Mummy, Mummy, Mummy!*« schreiend, durchs Haus, bis ich Charlotte fand. Den ganzen Tag über ließ ich sie nicht mehr aus den Augen. Mein Vater kam nicht hinter mir her. Er ließ Charlotte sich um mich und meine Verzweiflung kümmern (was sie natürlich vorbildlich tat). Jahrelang erwähnte er Susannah mir gegenüber nie mehr, und er sprach nie wieder, niemals, von ihr als von meiner »richtigen« Mutter. Ich unterstützte ihn bei seinem Wunsch, sie endgültig zu begraben, indem ich niemals Fragen über sie stellte, und wenn das Gespräch dennoch auf sie kam, was unweigerlich geschah, wenn meine Großmutter bei uns zu Besuch war, verließ ich das Zimmer.

Wie sehr hatte er sie geliebt? Ich hatte ihn nur mit Charlotte glücklich gesehen und keine Ahnung, was er für meine Mutter empfunden hatte. Ich hatte ihn durch meine strikte Ablehnung, auch nur einen Gedanken darauf zu verwenden, daß Susannah meine

Mutter gewesen war, daran gehindert, aber trotzdem hätte er, denke ich, zu einem gewissen Zeitpunkt, als ich erwachsen war, versuchen sollen, mit mir über sie, über sie beide, ihre Beziehung zu reden. Er konnte doch, als ich mittlerweile über zwanzig war, nicht im Ernst annehmen, daß irgendein Bekenntnis von ihm meine Liebe zu Charlotte noch beeinflussen würde. Aber er sagte nie ein Wort. Ich wußte nur von Susannahs Familie, wie sie sich kennenlernten und wann sie heirateten und wo sie lebten und was sie taten. Es war, als wolle er, wie ich, die Erinnerung an sie auslöschen. Aber anders als ich hatte er sie gekannt und geliebt und hatte meiner Meinung nach irgendwie die Pflicht, das, was sie einander bedeutet hatten, in liebevoller Erinnerung zu behalten. Wußte meine Mutter, daß sie ihm hierin nicht trauen konnte? Wußte sie wohl, daß er zu der Sorte von Männern gehörte, die nur überleben können, wenn sie Tragödien abblocken und alle schmerzlichen Dinge aus ihrer Erinnerung eliminieren?

Ich denke heute, daß mein Vater Susannah vielleicht vergessen hatte. Ich vermute, daß es ihn verlegen machte, ihn sogar beschämte, sich mit den Jahren kaum noch an sie erinnern zu können. Diese leere Stelle in ihm, wo sie einst gewesen war, mag ihn beunruhigt haben, und deshalb war es vermutlich wunderbar passend, daß ich ihn nie bat, mir von ihr zu erzählen. Könnten Sie sich, wären Sie ein so freundlicher Mann wie mein Vater, dazu überwinden, Ihrer Tochter zu gestehen, daß Sie sich nicht mehr gut an ihre Mutter erinnern? Schwierig. Aber es kommt mir so vor, als gäbe es eine noch schwierigere Situation: Eine Tochter erkennen zu lassen, daß der Tod ihrer Mutter vom Standpunkt eines Vaters aus sich womöglich im nachhinein als Segen herausgestellt hat, weil er den Weg frei gemacht hat, sich eine andere Frau zu suchen, mit der er viel glücklicher ist. Aber mein Vater hätte natürlich nie zugelassen, daß seine Tochter so etwas erkennt, selbst wenn es wahr gewesen wäre. Es gab viele Gründe, warum er mir nie sein Herz ausschüttete, ganz abgesehen von meiner Abwehrhaltung. Er hätte sich Gedanken gemacht, wie ich womöglich alles, was er mir erzählte, interpretieren würde, und gespürt, daß es gefährlich war zu versuchen, seine so weit zurückliegenden Gefühle zu beschreiben. Ich bezweifle sogar, daß ich ihn, wenn er heute noch lebte, dazu bringen könnte. Meine Mutter hat sich selbst für mich durch ihre Schachtel vergegenwärtigt, aber für ihn wäre sie für immer verloren geblieben.

Zumindest denke ich das. All das ist hypothetisch, es sind Dinge, die man gut mit Charlotte hätte besprechen können. Sie hätte mir bestimmt mehr darüber sagen können als mein Vater selbst, wie er über meine Mutter gedacht hatte. Ich bedauere es so sehr, daß sie nicht da ist und ich mich nicht mehr an sie wenden kann – sie wäre so froh gewesen, denn ihr war nie wohl dabei, daß alles, was mit meiner Mutter zu tun hatte, verdrängt wurde. Oft hat sie versucht, Susannah gegenwärtig werden zu lassen, indem sie meiner Großmutter und Isabella, wenn ich dabei war, ihre eigenen Fragen stellte, und sie war es auch, die dafür sorgte, daß ihre Fotografien dablieben, und sie wieder an ihren Platz stellte, wenn ich sie versteckt hatte. Aber wieviel hat mein Vater ihr wirklich erzählt? Sie hat oft genug zu mir gesagt, daß ihr an ihm als erstes sein abwesender Blick, seine zerstreute Art aufgefallen seien, was ihn, einen jungen, gutaussehenden Mann, so verletzlich habe erscheinen lassen. Ja, sie habe ihn spontan bemuttern wollen. Als sie erfahren habe, daß er Witwer sei, mit einer kleinen Tochter, habe er ihr sehr leid getan, und sie habe angenommen, daß der Trauerfall zu kurz zurückliege, als daß er schon wieder mit jemandem Freundschaft hätte schließen wollen. Sie habe das Gefühl gehabt, er wanke durch den Tag und daß es ihre Aufgabe sei (sie war die Sekretärin des Seniorpartners in der Firma, für die er arbeitete), ihm auf jede nur mögliche Weise zu helfen. Es wäre ihr nicht im Traum eingefallen, sich mit ihm nach Geschäftsschluß zu verabreden, noch hätte sie auch nur einen Augenblick daran gedacht, daß er sich mit ihr verabreden würde. Sie habe geglaubt, er würde Jahre brauchen, um diese Tragödie zu überwinden, und wenn er es schaffte, falls er es schaffte, würde er nicht an ihr interessiert sein. Sie habe die Fotografie seiner verstorbenen Frau auf seinem Schreibtisch gesehen und gewußt, daß sie sich nicht mit ihr messen könne – sie sei zu gewöhnlich, zu plump, zu schlicht, um an Susannah heranzureichen.

Ihr Chef brachte sie, nur drei Monate nachdem mein Vater seine Frau verloren hatte, zusammen. Er hatte zwei Karten für ein Konzert, zu dem er und seine Frau nicht gehen konnten. Mein Vater war in seinem Büro und zeigte ihm einige Zeichnungen, als dieser zu beiden, zu Charlotte, die an ihrer Schreibmaschine saß, und zu meinem Vater, sagte: »Warum nehmen Sie beide eigentlich nicht die Karten?« Charlotte war hochrot geworden und wollte so schnell wie möglich ablehnen, um meinem Vater die peinliche Situation zu ersparen, als dieser sagte, er würde sie sehr gern nehmen, wenn Miss Fraser einverstanden sei. »Es war, als ob er nur auf eine Gelegenheit gewartet hätte«, hatte sie mir erzählt, und als ich – ich liebte die

Geschichte – meinen Vater neckte, lächelte er und sagte, das sei vollkommen richtig, er habe es kaum erwarten können, sich mit Charlotte zu verabreden, habe sich aber nicht getraut. Sie gingen in das Konzert, und das war's mehr oder weniger. Danach waren sie selten getrennt und schoben die Heirat nur aus Gründen des Anstands auf. Er verliebte sich in eine Frau, die schon in ihn verliebt war, und seither war er glücklich.

Wirklich glücklicher, als er es je mit meiner Mutter gewesen war? Vielleicht. Ich fragte mich, ob ich am nächsten Tag, wenn ich George Senhouse besuchte, herausfinden würde, daß auch er eine Frau gefunden hatte, mit der er glücklich war. Jedenfalls schien mein Vater etwas für Charlotte empfunden zu haben, das er nie für meine Mutter empfand. Und was wäre daran auszusetzen? Nichts. Isabella hatte sich einmal, als ich dabei war, mißbilligend darüber geäußert (ihre starke Seite), wie schnell mein Vater über den Tod meiner Mutter »hinweggekommen« sei. »Sie war kaum tot, als er schon etwas mit Charlotte angefangen hat«, sagte sie viele Jahre später zu meiner Großmutter, als ihr Hochzeitstag sich wieder einmal jährte und sie langatmig von ihren Erinnerungen redete. Meine Großmutter zögerte nicht einen Augenblick. »Das war richtig«, sagte sie. »Ich war froh. Er brauchte jemanden. Es hätte für ihn keinen Sinn gehabt, sein Leben lang zu trauern.« Ich wünschte auch, meine Großmutter wäre noch am Leben. Ich hätte mit ihr reden können. Es hätte sie so glücklich gemacht, daß ich endlich jede Einzelheit über meine Mutter erfahren wollte. Nur Isabella war noch übrig, und bei ihr hatte ich es schon versucht. Sie war nicht die Richtige, die ich fragen konnte. Lange vor dem tragischen Tod ihres Babys stand sie ihrer Schwester bereits feindlich gegenüber, aus Gründen, die mir ein Rätsel blieben und die vielleicht auf keiner realen Basis, sondern auf einer Art chemischer Reaktion beruhten, die ein Geschwisterteil einem anderen gegenüber zeigen kann. Und sie hatte meinem Vater nie nahegestanden. Alles, was Isabella zu sagen hatte, war voreingenommen. Sie konnte mir, was immer sie wollte, über meine Eltern erzählen, und ich konnte es nicht widerlegen.

Ich rief mir die Worte ins Gedächtnis, die ich in den Grabstein meiner Stiefmutter hatte eingravieren lassen: »geliebte Mutter von Catherine«. Vielleicht hätte ich das nicht tun sollen. Vielleicht nahm ich meiner Mutter damit nicht nur etwas, sondern gab meiner Stiefmutter auch etwas, das sie nicht brauchte. Vielleicht war es eine Beleidigung für sie beide. Konnten sie gleichberechtigt nebeneinander existieren? Daran hatte ich nie gedacht, doch ich wußte, das war die letzte Entscheidung, die ich treffen mußte, bevor die Macht der Andenkenschachtel verblaßte.

Fünfzehntes Kapitel

Als ich aufbrach, um George Senhouse in seinem Pflegeheim zu besuchen, war ich nervös und gar nicht sicher, ob ich ihn überhaupt aufsuchen sollte. Es könnte peinlich sein, für ihn und für mich. Ich bringe nicht gern Leute in Verlegenheit, während Rory geradezu seine Freude daran hat: Er tut es absichtlich. Im Zug nach Brighton – ich hatte nach jener langen Rückreise von Schottland genug vom Autofahren – versuchte ich, mir zu überlegen, was ich zu Mr. Senhouse sagen sollte, aber irgendwie konnte ich keine einzige Frage richtig formulieren. Dasselbe war mir, erinnerte ich mich, auf meinem Weg zu Gracie Monroe auf Bequia passiert, und als ich dort ankam, hatte ich vergessen, was ich fragen wollte. Aber das hier war etwas anderes, diese Begegnung erforderte ganz besondere Fragen. Ich hatte immer gewußt, daß Gracie mir nicht viel würde erzählen können und die Chance, daß sie Susannah kannte, minimal und die Idee überhaupt etwas lächerlich war. Dieses Mal wußte ich mit Sicherheit, daß die Person, die ich sehen würde, Susannah nicht nur gekannt, sondern ihr, zumindest für kurze Zeit, nahegestanden hatte. Das machte den Beginn einfacher, die Fragen aber schwieriger.

Als ich so aus dem Zugfenster sah, überlegte ich, warum George wohl in einem Pflegeheim in Brighton war (in Wirklichkeit war es fünf Meilen von Brighton entfernt). Er stammte aus Cumbria, und seine Schwester lebte noch in Maryport – andererseits wußte ich nichts über ihn. Vielleicht war er vor langer Zeit in den Süden gezogen und hatte sich in Brighton niedergelassen. Aber ich dachte an John Graham, der ungefähr in Georges Alter sein mußte, wie fit und lebhaft er gewesen war, sowohl körperlich als auch geistig, und überlegte noch einmal, wie eigenartig es war, daß George anscheinend ständig in einem Pflegeheim lebte. Ihm mußte etwas zugestoßen sein, und als mir das klar wurde, fing ich an, mir Sorgen zu machen, daß er möglicherweise gar nicht in der Verfassung war, mir irgend etwas zu erzählen. Vielleicht würde ich ja einen von Krankheit gezeichneten Mann besuchen, dessen Gedächtnis und Sprache beeinträchtigt waren.

Am Bahnhof in Brighton nahm ich ein Taxi und genoß die Fahrt auf der Küstenstraße zu dem Pflegeheim. Die See war rauh, große graue Wellen schlugen auf den Kiesstrand und schleuderten Berge von Gischt über die Esplanade, so daß die Fußgänger bis auf die Haut durchnäßt wurden. Ich dachte an die Karibik und ihre wundervollen Blau- und Grüntöne und die zarten cremefarbenen Linien aus Schaum an ihren Rändern. Ich fragte mich, ob man von Georges Heim auf diese düstere See blicken konnte und ob auch er sie beobachte und an jenen anderen Ozean dachte, wo er mit Susannah gesegelt war. Aber als wir Downside House erreichten, sah ich, daß es keine Fenster mit Seeblick hatte. Es lag ein paar Meilen landeinwärts in einer von Bäumen umgebenen Senke. Man hatte Ausblick auf die Hügel. Ich hatte mir ein altes Gebäude, vielleicht ein umgebautes Herrenhaus, vorgestellt, aber es war neu und sah zu meiner Überraschung eher wie ein modernes Hotel aus. Mein Kopf, stellte ich fest, war voll von Dickensschen Vorstellungen über Pflegeheime gewesen, die mich an Armenhäuser hatten denken lassen.

Nichts hätte weiter von der Wahrheit entfernt sein können. Die kreisrunde Eingangshalle war hell und luftig, der Fußboden mit hübschen, grün und weiß gemusterten Fliesen ausgelegt. In der Mitte stand ein runder Tisch aus Kiefernholz mit einem großen Krug voller gelber Tulpen. Sobald ich eintrat, kam eine Frau aus einem Raum zu meiner Rechten, lächelte freundlich und fragte, ob sie behilflich sein könne. Ich hatte einen Drachen befürchtet – noch eine falsche Vorstellung, worin mich die Schroffheit der Frau bestärkt hatte, die bei meinem ersten Anruf am Telefon war. Ich sagte, ich sei gekommen, um George Senhouse zu besuchen, und hätte mich vor zwei Tagen erkundigt, ob dies möglich sei. Sie nickte und sagte, er sei vielleicht noch nicht wieder auf seinem Zimmer und noch beim Essen im Speisesaal, aber sie werde mich begleiten. Ich wollte unbedingt auf seinen Zustand vorbereitet sein, daher fragte ich sie, als ich mit ihr einen Flur entlanglief, der von der Halle wegführte, wie es ihm gehe. »Unverändert«, sagte sie. Es schien keinen Sinn zu haben, so zu tun, als wisse ich, was das bedeutete, daher gab ich zu, keine Ahnung zu haben, und fragte direkt: »Warum ist er hier?«

Sicherlich fand sie es seltsam, wenn eine Besucherin fragte, was dem Patienten, den sie besuchte, fehlte, aber sie zeigte sich nicht überrascht und schien mir nicht im mindesten zu mißtrauen. Sie erzählte mir, George habe vor einigen Jahren einen schweren

Unfall gehabt, bei dem er sich seinen rechten Arm so schlimm verletzt habe, daß er ihn nicht mehr gebrauchen konnte. Der Unfall sei auf See passiert, Einzelheiten wisse sie nicht. Doch der Grund, warum er hier lebe, sei nicht das, was der Unfall bei ihm angerichtet habe, sondern weil er seit einem kurz danach erlittenen Schlaganfall rechtsseitig gelähmt sei. Die Lähmung sei teilweise zurückgegangen, aber er spreche noch immer undeutlich und sei zu sehr behindert, um allein zu leben. Seine Frau sei lange, bevor all das geschehen sei, gestorben, und seine beiden verheirateten Söhne lebten im Ausland. »Er ist oft sehr niedergeschlagen«, sagte sie abschließend. »Er bekommt nicht viel Besuch und wird sich sehr freuen, Sie zu sehen.«

Inzwischen hatten wir Georges Zimmer erreicht, und sie ließ mich eintreten. Wie sie vorausgesagt hatte, war er nicht da, aber sie sagte, er werde bald vom Essen zurück sein und ich solle mich wie zu Hause fühlen. Ich war froh, als sie mich allein ließ, denn ich brauchte Zeit, mich auf alles, was sie mir erzählt hatte, einzustellen. Dieser Mann würde eindeutig nicht wie der gesunde John Graham sein, und wenn das Sprechen beeinträchtigt war, bestand wenig Hoffnung auf irgendeine ergiebige Unterhaltung. Das alles würde Zeitverschwendung sein, und ich warf mir vor, daß ich mich nicht, bevor ich überhaupt hierhergekommen war, über Georges Zustand informiert hatte. Ich stand unschlüssig mitten im Zimmer und wünschte, ich könnte weglaufen, ohne gesehen zu werden, aber ich spürte, ich war in der Falle. George würde inzwischen von meiner Ankunft erfahren haben, und es gehörte sich einfach, wenigstens ein paar Minuten zu bleiben. Unruhig ging ich im Zimmer auf und ab und stellte fest, wie behaglich es eingerichtet war. Wahrscheinlich waren es seine eigenen Möbel – sie machten nicht den Eindruck, als gehörten sie zum Heim. Es gab ein paar Sessel, bezogen mit Chintz in einem Rosenmuster, eine Fußbank mit einem bestickten Überzug und einen kleinen Nußbaumtisch, sie alle wirkten, als seien es persönliche Dinge. Das Zimmer war L-förmig, und im kleineren Teil war ein Bett mit einem Nachttisch daneben. Ich betrachtete die gerahmten Fotografien, die auf dem Nachttisch und der Fensterbank standen. Da war, wie ich annahm, George an seinem Hochzeitstag. Die Braut sah etwas hochmütig aus und starrte herausfordernd in die Kamera, als lehne sie es ab zu lächeln. George lächelte auch nicht. Er sah sehr gut aus, schlank und athletisch. Ich dachte an Susannah und hatte plötzlich Schmetterlinge im Bauch.

Es gab keine weiteren Fotos von seiner Frau, aber einige von Kindern, in denen ich seine Söhne vermutete. Sie waren auf Booten aufgenommen, George lächelte und sah zwischen seinen beiden Söhnen restlos zufrieden aus. Im letzten Rahmen war das neueste Foto. Es stammte von der Hochzeit eines seiner Söhne. George hatte sich gut, sehr gut gehalten. Offensichtlich hatte dieses Ereignis vor dem Unfall und dem Schlaganfall stattgefunden, denn er sah völlig fit aus, noch ganz der sportliche Held, den John Graham beschrieben hatte. Sein Haar war weiß, aber sehr voll, und sein Gesicht noch immer attraktiv, eher wettergegerbt als faltig. Ich hatte das Foto in die Hand genommen, um es aus nächster Nähe zu betrachten, als ich Stimmen hörte und, wie ich vermutete, das Geräusch eines Rollstuhls, der geschoben wurde und dessen Räder leise auf dem Boden quietschten. Ich stellte das Foto hastig wieder hin und drehte mich zur Tür um.

Mit dem Mann, der da hereingefahren wurde, konfrontiert zu werden, war ein Schock. Ich hätte ihn nach den Fotos, die ich gerade prüfend angeschaut hatte, nie erkannt. Jeder, der in einem Rollstuhl saß und sich von einem Schlaganfall erholte, würde natürlich verändert aussehen, aber dieser Kontrast war erschreckend. Hier war ein ehemals großer, kräftiger Mann jetzt so zusammengeschrumpft und dünn, daß er in seinen Kleidern ganz verloren wirkte und die Haut seines Gesichts zu weit geworden zu sein schien – sie hing buchstäblich über den hervortretenden Wangenknochen. Nur sein Haar war nach wie vor kräftig und voll, aber selbst das war nicht von Vorteil, denn es war jetzt viel zu üppig für das abgemagerte Gesicht.

»Da sind wir, George«, sagte die junge Frau, die ihn hereingeschoben hatte. »Hier ist die Besucherin, von der wir gehört haben. Ist das nicht schön? Wollen Sie sich jetzt allein in Ihren Sessel setzen oder möchten Sie, daß ich Ihnen helfe?«

George ignorierte sie. Er starrte mich an und runzelte die Stirn. Ich spürte, wie ich rot wurde. Mir wurde ganz heiß, und zugleich überkam mich ein vages Schuldgefühl. Ich erinnerte mich daran, daß George angeblich Schwierigkeiten beim Sprechen hatte, und da ich nicht wollte, daß er sich damit abmühen mußte zu fragen, wer in aller Welt ich sei und was ich wolle, sagte ich rasch: »Mr. Senhouse, Sie kennen mich nicht, aber mein Name ist Catherine Musgrave, und ich bin die Tochter von jemandem, den Sie vor langer Zeit kannten. Ich bin die Tochter von Susannah Cameron – vielleicht erinnern Sie sich an sie?« Sofort veränderte sich sein Ausdruck. Die Stirn glättete sich, und er gab ein leises Stöhnen von sich. Die Schwester, die noch immer geduldig wartete, sagte noch einmal: »Soll ich denn nicht mit anfassen, George?«, und er schüttelte den Kopf und machte eine, wie ich fand, ziemlich unhöfliche Geste, daß sie gehen solle. Dann zog er die Bremse seines Rollstuhls an und begann, sich langsam nur mit Hilfe seiner linken Hand hochzuhieven. Es war ein qualvoller Anblick, wie er sich zunächst abmühte, aufzustehen und dann zu seinem Sessel zu gehen, aber schließlich schaffte er die zwei oder drei Schritte und setzte sich. »Setzen Sie sich«, sagte er zu mir und deutete mit dem Kopf auf einen zweiten Stuhl. Zu meiner Erleichterung sprach er diese drei Worte vollkommen deutlich aus.

Wir saßen einander in einer Entfernung von etwa einem halben Meter gegenüber. Ich versuchte, zu lächeln und ganz still sitzen zu bleiben, weil ich merkte, daß er Zeit brauchte, um mich genau zu mustern. Ich wußte, er hakte meine Gesichtszüge einen nach dem anderen ab und verglich sie mit Susannahs, so wie die Leute, die sie gekannt hatten, es immer taten, bevor sie das unvermeidliche Verdikt aussprachen, ich sähe ihr kein bißchen ähnlich. Ich wartete darauf, aber George überraschte mich. Er nickte und schien sich ein wenig zu entspannen, oder vielleicht machte er es sich auch nur etwas bequemer in seinem Stuhl. Er atmete tief durch, hielt kurz inne, als bringe er etwas unter Kontrolle oder mache eine Übung, die er gelernt hatte und die auszuführen er sich anstrengen mußte, und dann sagte er: »Sieht nach ihr aus«, und nickte wieder. Ich war absurderweise erfreut und erleichtert.

»Gewöhnlich sagen die Leute das nicht zu mir«, sagte ich lächelnd und stellte fest, daß ich zum erstenmal in meinem Leben glücklich war, gesagt zu bekommen, ich hätte etwas von Susannah an mir. »Alle sagen, daß ich *überhaupt* nicht aussähe wie sie – «

»Nicht *wie*«, unterbrach er mich, »nach ihr. Anders.«

»Tut mir leid.«

»Energisches Gesicht«, sagte, »gleicher Ausdr – «

Aber er brachte das Wort »Ausdruck« nicht ganz heraus, und das frustrierte ihn. Er versuchte es noch einmal, und ich kam ihm zu Hilfe, indem ich es für ihn aussprach, wenn auch besorgt, dies könne falsch oder taktlos sein, aber er hatte nichts dagegen. Er sah bei der Anstrengung zu sprechen sehr müde aus, und ich beschloß, lieber selbst zu reden und damit die Fragen zu beantworten, die er meiner Ansicht nach haben mußte, aber nur unter großen Mühen stellen konnte.

»Mr. Senhouse«, sagte ich, »Sie möchten sicher wissen, warum ich einfach so, so plötzlich, so aus heiterem Himmel, gekommen bin, um Sie zu sehen.« Er nickte. »Nun, meine Mutter starb, als ich sechs Monate alt war – «

»Herz?« fragte er.

Ich sagte, ja und registrierte, daß dies hieß, er hatte Susannahs Zustand gekannt. Er hatte davon gewußt und sie trotzdem auf jenen gefährlichen Segeltrip in die Karibik mitgenommen. »Dann wußten Sie also über ihr Herz Bescheid?« fragte ich, und wieder nickte er. »Und trotzdem nahmen Sie sie mit nach Bequia und segelten mit ihr die ganze Strecke bis zu den Westindischen Inseln?« Ich versuchte, nicht tadelnd zu klingen, sondern statt dessen Bewunderung anzudeuten.

»Sie war – «, und das Wort klang wie »verschlossen«. Ich erriet schnell »fest entschlossen«, und das war richtig. Es war schrecklich, welcher Tortur ich ihn aussetzte, und ich erklärte eilig den Grund meines Besuchs, erwähnte kurz die Andenkenschachtel, ohne ihren restlichen Inhalt aufzuzählen, und konzentrierte mich lediglich auf das Adreßbuch und darauf, wie neugierig ich auf die Adressen darin gewesen sei, die mich zunächst nach Bequia und dann zu den Grahams und schließlich zu ihm geführt hätten. »Deshalb«, schloß ich, »wollte ich eigentlich nur bestätigt haben, daß Susannah tatsächlich nach Bequia gesegelt ist, und zwar mit Ihnen.«

Er lächelte, und indem er seinen Kopf hob und seinen Hals streckte, sagte er: »Wundervoll, es war wundervoll!« Jedes Wort kam deutlich hervor, und er freute sich so sehr, daß er mehrmals »wundervoll« wiederholte. Als er mich weiter anstrahlte, sah ich, daß seine rechte Gesichtshälfte nicht wie die linke lächelte, sondern gelähmt war, und doch ahnte ich, was für ein wunderbares, warmherziges Lächeln er früher gehabt haben mußte. Ich wollte ihn gerade nach der *cabin* fragen, die ich nicht hatte finden können, als er auf eine Kommode in der Ecke des Zimmers zeigte. »Im oberen Schubfach«, sagte er und sprach die Worte nach dem Triumph mit den vorherigen schrecklich undeutlich aus, aber ich konnte ihn trotzdem auf Anhieb verstehen. »Ich soll etwas aus der oberen Schublade holen?« Er nickte und sah erwartungsvoll und sogar begeistert aus. Ich zog die Schublade auf. Sie war voller Fotoalben, etwa ein Dutzend lagen in zwei Stapeln in der breiten, tiefen Schublade. »Datum«, sagte er. Ich sah, daß auf jedem Album ein Etikett mit einer Jahreszahl klebte. Unter großen Schwierigkeiten versuchte er, mir das gesuchte Datum zu nennen, aber schließlich hörte ich 1956 heraus.

Ich brachte das richtige Album zu ihm und legte es auf seine Knie. Es war ein großes, längliches Album, und auf seinem Einband war ein kleines Foto von einem Boot, unter dem das Datum stand. Nachdem er mir bedeutet hatte, ich solle mich hinter ihn stellen und ihm über die Schulter sehen, blätterte er die Seiten um. Jeder Kommentar war überflüssig. Susannah und er waren auf jedem Foto, manchmal in einer Gruppe, manchmal nur sie beide. Sie hatten immer die Arme umeinander gelegt und lachten fast immer. Oder sie küßten sich. Sie waren beide braungebrannt, und ihr Haar war von der Sonne gebleicht. Sie trugen Shorts oder Badeanzüge, Susannahs war hellrosa. Ich brauchte nicht zu fragen, ob sie ein Verhältnis gehabt hatten – es war so offensichtlich. Unter den Fotos, die ich von meinem Vater und Susannah kannte, gab es keines, auf dem sie so aussahen wie dieses Paar auf Bequia. George kam zum Ende seines Albums und hielt bei der letzten Fotografie inne. Ich erkannte, wo es aufgenommen worden war – hoch oben auf dem Hügel, wo Gracie Monroe lebte. George und Susannah standen sich gegenüber, die Arme um die Taille des anderen geschlungen, ihr Gesicht war leicht angehoben, seins leicht gesenkt, so daß sie einander in die Augen sehen konnten. Wir beide sahen dieses Foto lange an, als zollten wir ihm unseren Respekt.

Dann schloß George das Album. Ich setzte mich wieder ihm gegenüber hin. Sein Gesichtsausdruck war merkwürdig. Ich konnte mich nicht entscheiden, was er mir zu verstehen geben wollte: Wartete er auf eine Antwort von mir, nachdem er mir das Album gezeigt hatte und damit genügend gesagt zu haben meinte, oder dachte er, daß sich jedes weitere Wort erübrige? Ich entschied mich dafür zu reagieren. »Demnach waren Sie und Susannah ein Liebespaar?« fragte ich. Er lachte und hob beide Hände, wie aus Verzweiflung über meine Idiotie – natürlich waren sie ein Liebespaar. »Was passierte dann?« sagte ich. »Warum hat sie meinen Vater geheiratet? Warum wurden Sie geheimgehalten?« Er hörte auf zu lachen, seufzte und nahm einen Notizblock und einen Bleistift, beides lag auf dem Tisch neben ihm. Er schrieb mühsam etwas mit der linken Hand und zeigte es mir. Da stand: *»Ist Ihr Vater auch tot?«* Ich sagte ja. Das schien ihn zu beruhigen, und er begann, noch mehr zu schreiben. Ich schaute zu, wie er drei Seiten schrecklich langsam vollschrieb, und wünschte mir verzweifelt, daß er ohne Mühe mit mir hätte sprechen und mir bis in alle Einzelheiten von seiner Beziehung zu Susannah hätte erzählen können. Er war offensichtlich Rechtshänder gewesen, und mit der Linken zu schreiben war beinahe genauso schwierig für ihn, wie zusammenhängend zu sprechen. Ich merkte, daß ich zuviel von ihm verlangte und meine bloße Anwesenheit und meine Fragen ein grausames Eindringen in seine Erinnerungen bedeuteten. Ich hatte wirklich kein Recht, ihn all dies durchmachen zu lassen.

Aber nachdem er das Geschriebene durchgelesen hatte, sah er ganz ruhig aus und überreichte es mir. Ich las es zweimal und sagte: »Danke«, und faltete die Blätter vorsichtig zusammen und steckte sie in meine Tasche. Ich blieb noch eine halbe Stunde und erzählte ihm alles, was mir einfiel, über Susannahs Leben, nachdem sie meinen Vater geheiratet hatte. Ich war mir nicht sicher, wieviel er wußte – aus dem, was er geschrieben hatte, war nicht ersichtlich, ob sie den Kontakt vollständig abgebrochen und sich gänzlich aus den Augen verloren hatten, oder ob gemeinsame Bekannte sie vielleicht weiterhin über das Leben des anderen auf dem laufenden gehalten hatten. Ich erzählte ihm jetzt ausführlich von der Andenkenschachtel und sagte, ich sei überzeugt, ihr Sinn liege darin, mir Dinge mitzuteilen, die mir sonst niemand erzählen würde oder könnte, und ich hätte das Gefühl, als sei wahrscheinlich eine schriftliche Erklärung beabsichtigt gewesen, aber nie zustande gekommen, so daß ich mit einem Rätsel dastand, und er sei ein Teil davon. Ich sagte, ich sei überzeugt, daß er für sie ungeheuer wichtig gewesen sei und der Trip nach Bequia das Spannendste, was sie je erlebt habe. Es sei ihr großes Abenteuer und er ihre große Liebe gewesen. Und ich sagte, daß das, was ich gerade von ihm erfahren, was er aufgeschrieben habe, mich mehr mit Susannah verbinden würde, als irgend etwas anderes es je hätte können.

Bevor ich, als Tee gebracht wurde, ging, sagte ich, ich würde wiederkommen. Es war mir Ernst. Ich hatte nicht die Absicht, alles, was ich wissen wollte, aus George Senhouse herauszuholen und ihn dann im Stich zu lassen. Wir schüttelten uns die Hand, und ich beugte mich spontan zu ihm hinunter und küßte ihn, und er hielt meine Hand ganz fest und schien gerührt zu sein. Auf dem Weg nach draußen ging ich zusammen mit der Frau, die mich zu Anfang begleitet hatte, den Korridor entlang und nahm die Gelegenheit wahr, etwas mehr über George zu erfahren. Sie habe gesagt, er bekäme nicht viel Besuch, und ich würde mich fragen, warum er nicht in die Nähe seiner Schwester gezogen sei. Er habe, erwiderte sie, vor seinem Unfall in Amerika gelebt, viele Jahre lang, meine sie, und nach dem Unfall habe man ihn in ein Krankenhaus in Brighton gebracht. Er sei lediglich auf Urlaub in England gewesen und habe kein Haus hier außer einem Cottage irgendwo an der Küste. Als dem Unfall auch noch der Schlaganfall folgte, sei er gesundheitlich nicht mehr imstande gewesen, nach Amerika zurückzukehren, und seine Söhne hätten sich für dieses Pflegeheim entschieden. Sie wisse nicht, ob er lieber im Norden gewesen wäre oder nicht.

Ich fand es sehr traurig, daß sein Leben so enden sollte. Auf der ganzen Rückreise im Zug dachte ich über George nach und fragte mich, wie ich die Lükken in seiner Geschichte füllen könnte. Es wäre sicher leicht, die Adressen seiner Söhne herauszubekommen und ihnen zu schreiben oder sogar seine Schwester in Maryport aufzusuchen, die die ganze Geschichte genauer kannte, aber irgendwie zweifelte ich daran, daß ich es je tun würde. Den Teil der Geschichte, der mich am meisten interessierte, kannte ich nun. Ich holte hervor, was er geschrieben hatte, und strich die Blätter glatt. Ich konnte den Wortlaut schon beinahe auswendig. Wenn Susannah diese Geschichte doch nur mit ihren Worten erzählt hätte, wieviel mehr hätte sie darin sagen können als der arme George mit seinen holprigen Sätzen nach so vielen Jahren. Und doch war es ihm gelungen, mir die wesentlichen Fakten mitzuteilen, aus denen ich mir alles übrige konstruieren konnte oder mir einbildete, es zu können. Schließlich handelte es sich um eine ganz gewöhnliche Geschichte, es war leicht für mich, sie in den Einzelheiten zu ergänzen. Als sie, nachdem das Boot verkauft war, mit dem Flugzeug aus Bequia zurückkehrten, glaubte Susannah, sie sei schwanger. Sie war verzweifelt, daß ihre Karriere ruiniert sein würde, bevor sie begonnen hatte – sie würde die Universität verlassen müssen –, und bei dem Gedanken an den Kummer ihrer Mutter, dachte aber nicht einen Augenblick daran, das Baby abzutreiben. Er wollte sie sowieso heiraten und war im geheimen froh, daß sie durch ihre Schwangerschaft gezwungen sein würde, auf der Stelle seine Frau zu werden und ihn nicht drei Jahre warten zu lassen, bis sie ihr Examen gemacht hätte. Sie beschlossen, standesamtlich zu heiraten und keinem Menschen davon zu erzählen, bis alles vorüber war. Und dann stellte Susannah am Morgen des Tages, an dem die Hochzeit stattfinden sollte, fest, daß sie doch nicht schwanger war. Sie weigerte sich, ihn zu heiraten, und sagte, die Hochzeit sei nicht mehr notwendig. Er war wütend. Er hatte nicht gedacht, daß es nur eine Zweckheirat sein sollte. Sie stritten sich. Er war so verärgert und enttäuscht, daß er Dinge sagte, die er später bereute, und er glaubte, ihr ginge es ebenso. Jedenfalls gab es eine laute Schreierei, und sie verließ sein Zimmer mit den Worten, sie wolle ihn nie wiedersehen. Er hatte nicht einen Moment lang angenommen, sie meine es wirklich ernst, war aber zu stolz und zu zornig, um ihr nachzulaufen, und sie rief ihn nie wieder an, noch schrieb sie ihm. Er wartete weiterhin darauf, von ihr zu hören, was aber nie geschah. Er wußte, er sollte zu ihr gehen, war aber zu verletzt und fühlte sich zu gedemütigt. Dann ging er nach Amerika, um einen Wirtschaftskurs zu absolvieren. Sie hatte gewußt, daß er fortging, und er erwartete noch immer, da der Tag seiner Abreise näherrückte, daß sie sich versöhnen würden. Aber sie taten es nicht. Er reiste ab und blieb ein Jahr fort. Er schrieb ihr damals, erhielt aber keine Antwort und war sich nicht einmal sicher, ob sie seinen Brief bekommen hatte. Als er zurückkehrte, war sie nicht zu Hause, sondern, wie ihre Mutter sagte, »mit Freunden« im Urlaub. Er dachte,

John Graham könnte einer dieser Freunde sein, und setzte sich mit ihm in Verbindung, aber er wußte nicht, wo sie oder mit wem sie unterwegs war. George ging zurück nach Amerika, wo er einen Job annahm und Celia kennenlernte und heiratete.

All das war in kurzen, abgehackten Sätzen geschrieben, die wenig von seinen Gefühlen verrieten, bis auf die letzte Zeile. »Wir haben es verschenkt«, hatte er geschrieben. »Meine Schuld. Ihr seither nachgetrauert.« Ich nahm an, »ihr« bedeutete der wahren Liebe oder etwas Ähnliches. George war eindeutig nicht der Ansicht, sie bei Celia wiedergefunden zu haben. Susannah hatte mehr Glück gehabt. Sie hatte meinen Vater gefunden, und er war der perfekte Mann für sie, das jedenfalls hatten alle gesagt: Sie seien ein Traumpaar. Na ja, meine Großmutter hatte das gesagt, aber andererseits – was hatte sie schon gewußt? Zunächst einmal hatte sie weder von George Senhouse gewußt, noch wo ihre Tochter tatsächlich war, als sie gesagt hatte, sie würde während der Ferien in Amerika in einem Camp arbeiten. (George hatte mir von dieser Ausrede erzählt, als ich ihn gefragt hatte, wie um alles in der Welt Susannah es fertiggebracht hätte, ihrer Mutter den Bequia-Ausflug zu verheimlichen.) Susannah war, so stellte sich heraus, unglaublich hinterhältig und gerissen gewesen, und ich war an einem Punkt angelangt, wo ich anfing, alles, was man mir über sie erzählt hatte, in Frage zu stellen. Aber, wie ich zu George gesagt hatte, auch ich war an dem Punkt angelangt, wo ich mehr denn je von mir in ihr wiedererkannte. Sie machte Fehler. Sie liebte George, war aber nicht bereit, ihn zu heiraten, nur um ihm ihre Liebe zu beweisen. Sie erwartete von ihm, daß er dachte wie sie, und wenn er es nicht tat, war sie überzeugt, daß er es am Ende tun würde. Sie brauchte ihn nur zu verlassen, und er würde ihr schon nachkommen. Er war im Unrecht und nicht sie.

Aber liebte sie meinen Vater später, mit der Zeit, ebensosehr? War der Krach mit George im nachhinein ein Segen? Da waren sie wieder, diese unzähligen Fragen, die mich ganz krank machten und die niemand beantworten konnte. Vielleicht war Susannah glücklicher gewesen als George, aber selbst wenn mein Vater noch lebte, zweifle ich, ob er mich in diesem Punkt hätte restlos überzeugen können. Er würde nicht wissen, ob er dem Vergleich mit einem früheren Liebhaber standhalten könnte, den sie ihm gegenüber vielleicht nie erwähnt hatte. Aber bekanntlich ließ er sie *wirklich* schwanger werden und schenkte ihr mich und machte sie auf eine Weise glücklich, wie George es nicht getan hatte, also war sie am Ende glücklicher. Es sei denn, George hatte auch Kinder – oh, es war viel zu verwirrend und sinnlos zu versuchen, eine Antwort auf die Frage zu finden, wie Susannah für sich aus der ganzen Sache herausgekommen war. Ich sehnte mich danach, mit jemandem darüber zu sprechen, der einen klaren Kopf hatte und all das in einer Weise beurteilen konnte, wie ich es nicht konnte, und mir die wirkliche Bedeutung dessen, was George mir erzählt hatte, zeigte. Tony könnte das. Ihm würde die Herausforderung gefallen. Aber er war krank, und ich durfte ihn nicht mit meinen Problemen belasten. Seine eigenen waren weit ernster und dringlicher – wie hätte ich von ihm erwarten können, sich um ein Durcheinander zu kümmern, das vor so langer Zeit entstanden war? Ich sollte es einem schwerkranken Mann gegenüber mit keinem Wort erwähnen.

Aber ich tat es. Als ich Tony das nächste Mal besuchte, war er nicht mehr auf der Intensivstation, sondern in einem Einzelzimmer daneben. Er war wach und saß mit geöffneten Augen, von Kissen gestützt, da. Die Schläuche waren verschwunden, aber nicht die Verbände, und obgleich er schrecklich aussah, war er ganz wach. Er lächelte nicht, als er mich erkannte, sondern schnitt statt dessen eine Grimasse, die ich sehr gut in Erinnerung hatte, gespielt traurig heruntergezogene Mundwinkel und hochgezogene Augenbrauen, was ausdrücken sollte, daß ihm alles zuviel war. Ich mußte unweigerlich lächeln und ihn leicht und behutsam auf die Wange küssen. »Nun«, sagte er mit einer krächzenden, seiner eigenen ganz und gar nicht ähnlichen Stimme, »Überraschung.« Ich sagte, ich wisse nicht, warum er überrascht sei, ich hätte doch eine Notiz hinterlassen, daß ich wiederkommen würde, oder etwa nicht? Dann fragte ich nicht, wie er sich fühle, sondern wo es weh tue, und er stöhnte und sagte, überall, daß die Verletzungen aber nicht so groß seien, wie zunächst angenommen. Ihm habe die Milz entfernt werden müssen, und einige Rippen seien gebrochen, andere angeknackst, aber die größte Sorge bereite ihm sein Kopf. Er sei operiert worden, »um etwas aufzuräumen«, wie sie sich ausgedrückt hätten, und jetzt müßte er eigentlich in Ordnung sein, da sein Gehirn überhaupt nicht, »oder jedenfalls nicht sehr«, verletzt worden sei. Aber jede verdammte Bewegung sei eine Qual, und er habe keine Kraft. Und das schlimmste sei nicht der Schmerz, sondern dazuliegen und die ganze Zeit darüber nachzudenken, daß der Unfall durch seinen eigenen blöden Fehler zustande gekommen sei.

Ich hatte gedacht, das letzte, was er mir würde erzählen wollen, sei, wie es passiert war, und ich hatte ganz sicher nicht die Absicht gehabt, ihn danach zu fragen, aber es schien ihm ein Bedürfnis zu sein, alles noch einmal durchzugehen. Er beharrte darauf, für den Zusammenstoß mit dem Laster allein verantwortlich zu sein. Er habe, als er aus einer Seitenstraße in die Hauptstraße einbog, die Entfernung falsch beurteilt und die Geschwindigkeit des ankommenden Lasters unterschätzt. Das sah ihm überhaupt nicht ähnlich – ich kannte ihn als guten, vorsichtigen Fahrer –, und er konnte selber nicht glauben, sich so geirrt zu haben. Der einzige Trost sei, daß niemand sonst verletzt wurde.

»Denk nicht mehr daran«, sagte ich. »Es bringt nichts, über Dinge nachzugrübeln, die vorbei sind. Ich weiß, ich weiß, das ist eine Binsenweisheit, aber es stimmt.«

»Ich kann's nicht ändern«, sagte er. »Mein Kopf ist voll davon. Ich kann über nichts anderes nachdenken.«

Deshalb erzählte ich ihm von meinem Besuch bei George Senhouse und mußte dann natürlich, um die Sache verständlich zu machen, bis zu dem Punkt zurückgehen, als ich die Andenkenschachtel entdeckte. Ich hatte Angst, ihn zu ermüden, aber er schien sich über die Ablenkung zu freuen, und erst am Ende meines kleinen Berichts fielen ihm die Augen langsam zu. Er bemühte sich, wach zu bleiben, aber ich drückte seine Hand und sagte, ich müsse gehen, und als er sagte: »Aber du kommst doch wieder?« sagte ich, ja. Es war unmöglich, es ihm abzuschlagen. In jener Woche besuchte ich ihn dreimal und sah, daß er jeden Tag ein wenig kräftiger wurde. Er konnte sich besser konzentrieren, und obgleich unsere Unterhaltung von vielen Pausen unterbrochen wurde, wenn er wegdriftete, wurde sie doch immer persönlicher. Ich wußte, wie gefährlich die Situation allmählich wurde. Tony war, wie ich feststellen konnte, mehr und mehr überzeugt, daß meine Besuche und meine Sorge um ihn bedeuteten, wir könnten womöglich wieder zusammenkommen. Seine Stimme klang gereizt, wenn er über Susannah und George sprach und noch einmal durchging, was ich ihm erzählt hatte und wann es zwischen ihnen schiefgelaufen war. »Armer George«, sagte er. »Ich kann mir vorstellen, wie er sich gefühlt hat.«

»Er hätte ihr nachgehen sollen«, sagte ich. »Er hatte auch Schuld.« Sobald ich die Worte ausgesprochen hatte, wußte ich, was kommen würde. Aber Tony sagte nicht, was ich erwartet hatte, noch nicht. Er schwieg, und wir gingen, wie so oft, zu Belanglosigkeiten über.

In der nächsten Woche fand ich ihn eines Tages, als ich kam, nicht mehr im Bett, sondern daneben sitzend vor. Er sah erschöpft und zerbrechlich, aber zufrieden mit sich aus. Er erzählte, man habe ihm gesagt, daß er, wenn er so weitermache, in einigen Wochen nach Hause könne. Ich fragte nicht, ob mit »nach Hause« sein Elternhaus gemeint sei. Ich wollte über seine Entlassung überhaupt nicht nachdenken. Wie konnte ich ihm sagen, daß ich aufhören würde, ihn zu sehen, wenn es ihm besser ging? Ich konnte es nicht und wußte auch nicht, ob ich es wollte. Ich wußte überhaupt nicht mehr, was ich wirklich für ihn empfand. Was ich seit seinem Unfall empfunden hatte, war meiner Ansicht nach eine Wald-und-Wiesen-Sympathie, wie man sie für jemanden empfindet, dem man einst nahegestanden hat. Sympathie, schlicht und einfach. Doch es war weder schlicht noch einfach. Es war nicht nur Sympathie, was ich jetzt fühlte, sondern es war etwas von dem alten Reiz, den er einst für mich gehabt hatte. Kein körperlicher Reiz, sondern eine Art emotionale Bindung. Ich stellte fest, daß ich ihn vermißt hatte, und daß die Trauer um den Tod meiner Eltern verdeckt hatte, wie sehr. Ich hatte seine Gesellschaft vermißt. All die Dinge, die mich allmählich immer mehr an ihm irritiert hatten, wurden auf einmal unwichtig. Wir mochten im persönlichen Bereich in Konflikt geraten, aber gerade dieser Konflikt hatte etwas in mir entfacht, und ohne ihn war ich abgestumpft.

»Hilf mir auf die Sprünge«, sagte er eines Tages, als er mich bis ans Ende des Korridors begleitete, »was passiert ist. Ich hab's vergessen, ehrlich. Warum haben wir uns getrennt? Hilf mir auf die Sprünge.« Ich schwieg. Wir waren beim Lift angelangt, und ich flehte inständig, daß er schnell kommen möge. Mein ganzer Scharfsinn verließ mich. »Na, komm schon«, drängte er. »Was habe ich getan oder nicht getan? Was ist mit uns passiert? Alles, woran ich mich noch erinnere, ist der Schock.«

»Nichts ist passiert«, sagte ich. »Ich war's. Ich wollte niemanden in meiner Nähe haben. Ich bin durchgedreht.«

»Und ich konnte es nicht ändern.«

»Niemand konnte das. Ich wollte einfach allein sein, allein unglücklich sein, zur Ruhe kommen.«

»Und bist du zur Ruhe gekommen?«

»Ein bißchen.«

»Und du bist glücklicher allein? Glücklich?«

»Nicht wirklich glücklich, aber ich fühle mich besser. Ich bin nicht mehr so durcheinander.«

»Nein, das bin ich jetzt, ich bin der, der durcheinander ist.«

»Aber das kommt durch den Unfall, du wirst bald wieder normal sein und –«

»Werd ich das? Nun, ich scheine das gar nicht zu wollen. Was soll's?«

Der Lift kam. Ich küßte ihn und stieg sehr erleichtert ein. Er hatte ausgesehen, als würde er gleich anfangen zu weinen, und das konnte ich nicht ertragen. Der einzige Weg, seine Verzweiflung zu heilen, war, daß ich vorschlug, wieder zusammenzuleben, aber das wollte ich nicht sagen, noch nicht, nicht, solange er noch längst nicht gesund war. Ich wollte warten und sehen, wie die Dinge sich entwickelten, wenn er erst einmal das Krankenhaus verlassen hatte und wieder arbeitete. Ich wußte, indem ich das dachte, gab ich zu, daß ich ihn sehen *würde*, sobald er entlassen war, aber das war unvermeidlich geworden. Er war es gewesen, der nicht wollte, daß wir einfach Freunde waren. Wenn er dachte, meine ständigen Besuche würden bedeuten, daß ich mir wünschte, wir wären wieder mehr als nur Freunde, konnte ich es auch nicht ändern. Ich würde ihn dahin bringen müssen zu akzeptieren, daß am Anfang Freundschaft stehen müsse und daß es darüber hinaus keine Garantie für die Zukunft geben könne. Ich wollte ihn wieder in meinem Leben haben, das war alles.

Eigenartig, wie gut es tat, mir das einzugestehen, und wie glücklich es mich machte, ganz gleich, welche Probleme auch immer vor uns lagen.

Sechzehntes Kapitel

Es war also alles vorbei. Ich brauchte die Andenkenschachtel nicht mehr. Als ich mit Tony kurz nach seiner Rückkehr in seine Wohnung (keine sehr schöne Wohnung, aber er sagte, sie sei nur eine vorübergehende Lösung) die ganze Angelegenheit besprach, begriff ich endlich, was der Tod meiner Mutter für mich bedeutet hatte. Ich hatte zwar nie bewußt einen so extremen Gedanken gehabt wie: »Wenn ich ein Kind bekomme, werde ich sterben«, aber mein Verhalten war sicher in gewisser Weise von dieser Furcht geprägt.

Ich glaube noch immer, daß ich kein Kind will, selbst wenn ich wider Erwarten eines bekommen könnte, aber der Gedanke daran macht mir keine Angst mehr. Ich glaube nicht, daß ich dazu bestimmt bin, Mutter zu sein, aber das stört oder bekümmert mich nicht weiter. Ich habe oft genug vom Glück der Mutterliebe gehört und gelesen, ohne je wirklich überzeugt worden zu sein. Ich habe immer daran gezweifelt, daß sie alle anderen Arten von Liebe übertrifft. Selbst Charlotte, für die Mutterschaft so ungeheuer wichtig war, hätte, wenn es darauf ankam, nie gesagt, daß ihre Liebe zu mir größer sei als die zu meinem Vater (ja, sicher, sie war keine richtige Mutter ...). Ich habe mich schon immer gegen die Vorstellung gesträubt, daß ich, wenn ich ein Baby gehabt hätte oder je eins haben sollte, nur noch dessen Sklave sein würde. Aber beweist das nur mein mangelndes Verständnis? Vielleicht muß ich ja selbst erst Mutter werden, bevor ich wirklich ermessen kann, was mir meine eigene Mutter mit ihrer Andenkenschachtel zu sagen versuchte.

Ich denke an meine beiden Mütter und daran, was ihre leidenschaftliche Liebe zu mir, ihrem Baby, ihrem Kind, ihnen gegeben hat, und alles wird unergründlich. Auch wenn ich den Tod meiner Mutter möglicherweise beschleunigt habe, ist der Preis nach dem, was ich gelernt habe, nicht zu hoch gewesen. Und meine Stiefmutter, die selbst keine Kinder bekommen konnte, sagte, ihr Leben sei durch mich erst erfüllt gewesen. Bin ich also, falls ich kinderlos bleiben sollte, eine unerfüllte Frau? Liegt vielleicht tief in mir, so tief, daß ich mir dessen nicht bewußt bin, die Fähigkeit begraben, zu lieben, wie meine Mütter geliebt haben, jene Fähigkeit, die ich gnadenlos unterdrücke? Man kann es nicht wissen, aber ich bezweifle es und will es auch nicht wissen. Ich werde den Gedanken nicht zulassen, eine solch ungeheuerliche Vorstellung könne womöglich wahr sein. Das ist sie nicht. Ich bin gewiß nicht unerfüllt. Zumindest das hat mir die Andenkenschachtel gezeigt. Was Tony das *Missing link* nennt, hat sich gefunden. Ich bin jetzt mit meiner Mutter verbunden und erfüllt.

Ich denke, daß meine Mutter die falschen Andenken für ihre Schachtel ausgewählt hat, aber an ihrer Motivation war nichts auszusetzen. Sie versuchte nicht, wie ich in den vergangenen Monaten häufig angenommen habe, aus dem Jenseits Kontrolle über mich auszuüben (wie ich es mir, mit meinem Hang zu Klischees, gern dramatisch ausmalte). Sie nahm es mir nicht übel, daß ich eine Zukunft hatte, die sie nicht hatte. Sie konnte allerdings nur schwer den Gedanken ertragen, daß sie keinen Anteil daran haben und womöglich aus meinem Gedächtnis gelöscht werden würde. Sie wußte, daß meine Erinnerung nur aus dem, was andere mir gaben, bestehen würde, und wollte lieber selbst eine Spur legen. Sie konnte nicht einfach einem Baby, das ihre Worte nicht verstand, »adieu« sagen und dann gehen. Das war zu hart, zu schmerzlich. Beim Gedanken an mein Leben nach ihrem Tod waren die Qual und die Angst so groß, daß sie von Bitterkeit erfüllt wurde. Es war weniger quälend für sie zu denken, daß sie durch die Andenkenschachtel mit ihrer eigenen Stimme zu mir sprechen könnte und ich im Laufe der Zeit, weil ich ihr Kind war, möglicherweise lernen würde, ihr zuzuhören und sie zu verstehen.

Zuletzt verbrannte ich die Schachtel. Ich verbrannte sie im Garten des Hauses, das ich vor meiner Abreise nach Frankreich kaufte. Tony half mir dabei. Ich machte ein richtiges Freudenfeuer, bevor die Handwerker Einzug hielten. Die Schachtel selbst hatte nie irgendeinen Wert besessen, und für mich war es kein Verrat, sie zu verbrennen. Über den Wert ihres Inhalts, dieses seltsamen Durcheinanders an Dingen, bin ich mir nicht so sicher. Manchmal denke ich, die kleinen Entdeckungen, die ich durch sie gemacht habe, sind bedeutsam, und manchmal, sie waren belanglos. Manchmal überkommen mich beim Gedanken an das, was in der Schachtel war, heftige Gefühle, und manchmal empfinde ich gar nichts. Einerseits nehme ich die Schachtel furchtbar ernst, und andererseits kommt sie mir wieder ganz unwichtig vor. Sie hat mir eine schwierige Zeit beschert, aus welchem

Blickwinkel ich sie auch betrachte, und ich *glaube nicht*, daß dies wirklich in der Absicht meiner Mutter lag. Für irgendwelche Spiele fehlte ihr die Kraft. Sie mußte ihre Energie stets für wichtige Dinge sparen. Nur ihr Geist war in jenen letzten Wochen, in denen sie schwächer und schwächer wurde, voll unbändiger Energie, da sie sich ausschließlich auf mich konzentrierte.

Diese intensive Beschäftigung ist restlos erwidert worden. Ich habe mich im vergangenen Winter fast ausschließlich auf sie konzentriert. Ich blieb ganz für mich und traf mich mit niemandem außer mit Rory und kurz mit Isabella und Hector. Durch meine Arbeit hatte ich kaum Kontakt und wurde nie von meinen ständigen Gedanken an meine Mutter abgelenkt. Es war kein besonders gesunder Zustand. Ich habe nicht gut geschlafen, ich habe nicht ordentlich gegessen. Ich bin dünn geworden und sehe ziemlich abgespannt aus. Tony sagt, wir seien beide Rekonvaleszenten. Ich habe meine Freunde vernachlässigt (es sind wenige genug) und die meisten Aktivitäten aufgegeben. Ich bin den ganzen Winter über nicht im Theater oder Kino gewesen, es hat sich ein kleiner Stapel von Einladungen angehäuft, auf die ich nicht reagiert habe, und die Nachrichten auf meinem Anrufbeantworter habe ich größtenteils gelöscht, ohne sie abzuhören. Ich wollte nicht erreichbar sein. All das ist nicht gut und klingt pathetisch, aber es hat sich etwas sehr viel Positiveres daraus entwickelt. Ich bin umgezogen, habe ein Haus gekauft, bin endlich aus der Betäubung aufgewacht, in der ich seit dem Tod meiner Eltern war – ich kann wieder etwas empfinden. Es ist so, als sei der Höhepunkt einer Krise überschritten, der durch die Andenkenschachtel ausgelöst und dann überwunden wurde. Die Vergangenheit, die Vergangenheit meiner Mutter, von der ich so gut wie nichts wußte (und auch nichts wissen wollte), ist mir, anstatt sie hinter mir zu lassen, vor mich hingestellt und verarbeitet worden. Jetzt scheint alles in Ordnung zu sein.

Ich habe Rory neulich davon erzählt. Er ist noch immer in London – es hat keine wundersame Versöhnung mit seinen Eltern gegeben, aber er hat sich widerwillig bereit erklärt, mit ihnen in Kontakt zu bleiben – und liebäugelt natürlich mit meinem schönen, neuen Zuhause und den, wie er es nennt, »vielen Gästezimmern«. Ich erzählte ihm, daß ich die Schachtel verbrannt habe und mit ihr mein Ressentiment und mein Mißtrauen meiner verstorbenen Mutter gegenüber. Ich erzählte ihm, daß ich mir für sie irgendeinen Ort der Erinnerung wünschte. Meine Stiefmutter hat einen Grabstein (und ich werde die Inschrift beibehalten), aber meine Mutter nicht. Vor kurzem bin ich zum Krematorium gegangen, wo sie eingeäschert worden ist. Ich bin absichtlich an ihrem Todestag hingegangen, weil ich erfahren hatte, daß immer ein Gedenkbuch aufgeschlagen daliegt, worin Tag für Tag alle Leute aufgelistet werden, die eingeäschert worden sind. Ihr Name war nicht unter den dreiundzwanzig (offenbar ein bevorzugter Tag, um zu sterben). Ich erkundigte mich und erfuhr, es gäbe keinen Eintrag für eine Susannah Musgrave oder Cameron, weil keiner beantragt und nicht dafür gezahlt worden sei. Mein Vater hatte es offenbar nicht gewollt. Ich stimme ihm zu. Aber trotzdem wünschte ich mir irgendeinen angemessenen Ort der Erinnerung.

Ich dachte – und denke noch immer – darüber

nach, ihr zum Gedenken einen Baum zu pflanzen und davor eine Tafel anzubringen, aber wo? Ich möchte gern für immer in diesem Haus bleiben, aber wer weiß – vielleicht ziehe ich ja doch weg, und dann würde der Baum in dem Garten zurückbleiben und möglicherweise herausgerissen oder von irgendwelchen fremden Leuten gefällt werden. Ich dachte sogar an einen Sitzplatz, an eine Holzbank mit ihrem eingravierten Namen. Sie ließe sich mit umziehen, aber es würde eher ein Denkmal für einen alten Mann sein. Und gestern kam ich auf – eine Schachtel. Ich könnte mir eine Schachtel anfertigen lassen, in Handarbeit, aus Silber, nicht zu groß, damit ich sie leicht überallhin mitnehmen könnte, nicht zu klein, damit sie nicht verlorenginge. Etwa die Größe einer Schmuckschatulle, ungefähr zwanzig mal acht Zentimeter, der Dekkel ohne Beschriftung. Ich würde sie mit smaragdgrünem Samt auslegen lassen, dem weichsten, den ich finden könnte, und ihre Halskette darin aufbewahren.

Wenn jemand sie bewunderte, würde ich sagen: »Hm, die Schachtel hat mir meine Mutter vermacht.« Niemand müßte erfahren, daß es nicht diese Schachtel war. Sie hätte etwas Geheimnisumwobenes. Wenn man mich aber drängen würde, was vermutlich kaum jemand täte, würde ich von Susannah so erzählen können, wie ich immer von Charlotte gesprochen habe.

Romantisch? Vielleicht. Sentimental? Wahrscheinlich. Tröstlich? Bestimmt. Und das ist das einzige, was für mich zählt, so wie für meine Mutter das Tröstliche daran gezählt hat. Ihre Schachtel hat ihren Sinn erfüllt. Für sie. Meine wird meinen Sinn erfüllen. Für mich. Und keine von uns beiden wird je erfahren, worin genau die Bedeutung liegt, abgesehen davon, Schmerz zu lindern und eine verlorene Verbindung wiederherzustellen.

Gibt es etwas Besseres?

Margaret Forster, 1938 in Carlisle geboren, studierte Geschichte in Oxford und hat zahlreiche Romane und mehrere Biographien veröffentlicht. Margaret Forster ist verheiratet, hat drei Kinder und lebt als freie Schriftstellerin in London und im Lake District. Ihre fünf auf deutsch erschienenen Romane *Es sind die Töchter, die gefressen werden* (1982), *Ich glaube, ich fahre in die Highlands* (Arche 1990), *Christabel* (Arche 1991), *Die Dienerin* (Arche 1992) und *Nichts wird mehr sein, wie es war* (Arche 1996) sowie *Familiengeheimnisse* (Arche 1997) und die Biographie über *Daphne du Maurier* (Arche 1994) wurden auch hierzulande große Erfolge. *Das Vermächtnis meiner Mutter* ist in England unter dem Titel *The Memory Box,* ebenfalls 1999, erschienen.

Margaret Forster

Familiengeheimnisse
Aus dem Englischen von
Dietlind Kaiser
395 Seiten. Gebunden

»Anschaulich und mit fast dokumentarischer Präzision erzählt Margaret Forster von drei Generationen von Frauen, die zwischen dem Familien-Biotop und dem Wunsch nach beruflicher Selbstbestimmung hin- und hermanövrieren.« *Brigitte*

»Margaret Forster entdeckt bei ihrer Reise in die Vergangenheit nicht nur die Wahrheit über ihre Großmutter. Ihr Schicksal steht auch stellvertretend für viele Frauenschicksale jener Epoche um 1900. Ein biographisches Zeitdokument.«
Margarete von Schwarzkopf, NDR

Margaret Forster im Arche Verlag

Christabel
Roman. Aus dem Englischen von
Dietlind Kaiser
386 Seiten. Gebunden

Die Dienerin
Roman. Aus dem Englischen von
Dietlind Kaiser
672 Seiten. Gebunden

Ich glaube, ich fahre in die Highlands
Roman. Aus dem Englischen von
Sylvia Höfer
392 Seiten. Gebunden

Nichts wird mehr sein, wie es war
Roman. Aus dem Englischen von
Roseli und Saskia Bontjes van Beek
419 Seiten. Gebunden

Daphne du Maurier
Ein Leben. Aus dem Englischen von
Einar Schlereth und Brigitte Beier
567 Seiten. 53 Fotos. Gebunden

»Man muß Margaret Forsters Romane überhaupt nicht anpreisen, es genügt, sich in ihren Sog ziehen zu lassen.« Manfred Flügge, *Tagesspiegel*